クト〉とは

Project?

決めて、
原始から未来までの歴史物語を
みんなでいっせいに書きませんか?」

伊坂幸太郎の呼びかけで始まった8作家=**朝井リョウ、天野純希《すみき》、伊坂幸太郎、乾《いぬい》ルカ、大森兄弟、澤田瞳子《とうこ》、薬丸岳《がく》、吉田篤弘**による競作企画。本作はこの企画から生まれた。

ルール1

「海族」vs.「山族」の対立を描く

ルール2

共通のキャラクターを登場させる

ルール3

共通シーンや象徴モチーフを出す

1冊でも面白いけれど、続けて読むともっと面白い!
〈螺旋〉に隠されたメッセージを、あなたはいくつ読み解けるか。
コラボレーションをより楽しむヒントは次ページから。

〈螺旋〉の秘密を解くカギ

Keys to unlock several secrets of the RASEN

謎めいた「伝承」

本篇の前後に置かれた「海と山の伝承」は、
全作品が共有する〈螺旋〉のエッセンス。

対立する一族の特徴

◆瞳が青い
◆水に強い
◆猫が好き

◆耳が大きい
◆野山に強い
◆犬と仲良し

どの物語にも出てくる「超越的な存在」

「海族」「山族」の対立の歴史を
知るキャラクターで、物語によって
性別や年齢、姿形は異なる。

それは誰なのか?

共通のシーンが必ずどこかに

時は夕暮れ、何かが壊れるとき、
8作家8様の演出で「対立」を
めぐる会話が始まる。

物語の後半に出現?

作品をまたいで見え隠れするモチーフ

作家が互いの伏線を拾い合い、物語をつなぐ重要な役割を果たすことも――

クジラ

エビ沼

絵本

八王子

謎の壁画

渦巻きのお守り

宮子

螺旋階段

つむじ

カタツムリ

平蔵

分断の壁

「おおる、おおる……」

ウェレカセリ

鬼仙島

RASEN PROJECT

Chronology

〈螺旋〉年表

★この年表はネタバレを含みます

年表の見方

青の文字……海族
緑の文字……山族
オレンジの文字……主な共通アイテム

イラスト：スケラッコ

原始

BC 3000	寒冷化が始まる
	イソベリが海岸で集落をつくる
	ヤマノベが山から海辺へ押し寄せる
	ウナクジラが**イソベリ**の聖地・シオダマリに座礁する
	イソベリと**ヤマノベ**の対立、激化
	ウェレカセリの描いた**壁画**が発見される

昭和後期に再発見され、ニュースに!?

古代

AD 724	**聖武天皇**即位、**光明子**が皇后に
729	**長屋王**の変（**藤原**四兄弟の陰謀）
740	**藤原広嗣**の乱、その後遷都が相次ぐ
752	東大寺大仏開眼供養
753	鑑真来日
756	**聖武天皇**崩御
940	**平将門**の乱、終結
1185	屋島・壇ノ浦の戦いで**源氏**が**平家**を滅ぼし鎌倉幕府開設

『ウナノハテノガタ』
大森兄弟

『月人《つきひと》壮士《おとこ》』
澤田瞳子

中世・近世

- 1192 **源頼朝**、征夷大将軍となる
- 1198 **頼朝**、落馬（**平教経**による襲撃？）
- 1333 鎌倉幕府滅亡　**足利尊氏**、**楠木正成**ら活躍
- 1336 室町幕府開設
- 1369 **足利義満**、征夷大将軍となる
- 1399 応永の乱　**大内義弘**ら、**義満**に討たれる
- 1560 桶狭間の戦い　**織田信長**台頭
- 1582 本能寺の変　**明智光秀**、**信長**を討つ
- 1586 **豊臣秀吉**、太政大臣に
- 1600 関ヶ原の戦い　**徳川家康**勝利
- 1603 江戸幕府開設
- 1837 **大塩平八郎**の乱　息子・格之助、**鬼仙島**へ
- 1863 新選組結成　**土方歳三**ら活躍

瀬戸内海のどこかにある島。江戸時代以降、迫害された海族の人間が集まるようになる。

明治

- 1868 明治維新
- 1877 西南戦争　**西郷隆盛**死去（『もののふの国』ここまで）
  平蔵、**鬼仙島**へ
- 1890 呉鎮守府開庁
  山神司令長官のもと、**榎木新太郎**らが勤務
- 1891 **新太郎**の妹・**鈴**、**鬼仙島**へ
  海軍、**鬼仙島**を襲撃　**灯**ら海賊が迎え撃つ

『もののふの国』
天野純希

『蒼《そう》色《しょく》の大地』
薬丸 岳

昭和前期	
1937	日中戦争勃発
1941	真珠湾攻撃、太平洋戦争勃発
1942	ミッドウェー海戦／戦局悪化
1944	**浜野清子**、お守りとともに宮城県にある高源寺へ疎開、**那須野リツ**と出会う
1945	**清子**、帰京／東京大空襲

渦巻き状の模様が彫り込まれた木製の首飾り。各時代で登場する。

昭和後期	
1951	サンフランシスコ平和条約締結／冷戦激化
1980頃	国内情報機関の強化／**宮子**、スパイとして活躍
1982	**宮子**と北山直人、出会う
	バブル景気はじまる
	宮子と直人、結婚／**宮子**と直人の母**セツ**の対立激化
1989	紀元前の壁画が発見される
	直人夫婦、**セツ**と別居
	絵本『アイムマイマイ』の制作開始

螺旋を背負ったカタツムリのヒーローが活躍する。

1989	平成に改元
1992	**南水智也**、**堀北雄介**、北海道で生まれ、幼なじみとしてともに育つ
	絵本『アイムマイマイ』、漫画『帝国のルール』流行

2011
2012
2014

智也、**雄介**、北海道大学に進学
古文書に**鬼仙島**の記述が確認される
「嬉泉島」が海山伝説の聖地に
雄介は渡航を計画

近未来

2030頃
2032
2050
2071

人工知能ウェレカセリの研究が進む
バンド・γ《ガンマ》モコ流行、作曲担当の田中カタナ死去
水戸直正、**檜山景虎**、自動車事故で家族を失う
大停電により、情報のアナログ化が進む
γモコの杏アント死去
ウェレカセリの開発者・寺島テラオ死去
水戸直正、寺島テラオの最後の手紙を運ぶ
壁が建設される

東京を東西に分断する長大な壁。

未来

2085
2089
2092
2095

SSS〈スーパー・シミュレーション・システム〉が未来を予測、
その後、映画『眠り姫の寝台』の脚本が作られる
〈レイドバック〉施行により技術の進化がとまる
東京に不眠症が蔓延
壁の崩壊がすすむ
シュウ、睡眠コンサルタント〈ドリーム8〉に勤務、
眠り姫の秘密を追う

〈螺旋〉の舞台

RASEN Map

8つのバトルが燃え上がる！

海族 vs. 山族

昭和前期

都会っ子vs.山っ子

乾 ルカ

コイコワレ

疎開先の村で出会った二人の少女による宿命の対決！

平成

「生きてるだけ」vs.生産性

朝井リョウ

死にがいを求めて生きているの

平成を生きる若者たちの絶望と祈りの物語

古代

藤原氏vs.天皇家

澤田瞳子

月人《つきひと》壮士《おとこ》

母への想いと、出自の葛藤に引き裂かれる若き聖武天皇

伊坂幸太郎

下記2篇は『シーソーモンスター』に収録

近未来 **配達人vs.国家**

スピンモンスター

ある天才科学者が遺した手紙を携え、二人の男が世界を救うべく激走する！

昭和後期 **嫁vs.姑**

シーソーモンスター

バブル期の気弱な勤め人の悩みは嫁姑の過激すぎるバトル

未来

吉田篤弘

眠り姫vs.睡眠薬開発者

天使も怪物も眠る夜

2095年、東京は不眠に悩まされていた。睡眠薬開発を担う青年は謎の美女と出会う

織田信長vs.明智光秀

中世・近世

天野純希

もののふの国

千年近くにわたりこの国を支配してきた武士、その戦いの系譜

明治 **海賊vs.海軍**

薬丸 岳

蒼色《そうしょく》の大地

明治海軍と海賊の戦いの中で、少年と少女の運命が交錯する

原始 **イソベリvs.ヤマノベ**

大森兄弟

ウナノハテノガタ

生贄の運命から逃れた女の登場に、死を知らない海辺の一族が戦慄する

中公文庫

もののふの国

天野純希

中央公論新社

目次

戦国の巻

幕末維新の巻

もののふの国

少年が息を荒らげ、山を登ってくる。砦で女が彼を迎え、どうしたのかと訊ねると、「これ、何？　下で見つけたんだ。カタツムリの殻かな」と言う。

　女はそれを節くれだった指で受け取り、かざす。

　日が透けた。

「これはたぶん、貝殻。貝」

「貝って」

「貝は、海のもの」

　その途端、隣で寝そべっていた黒犬がむくっと頭を上げた。

　少年は分かりやすいほどにおびえ、顔に手をやらんばかりだ。

「海のものがどうして山にあるの？　海と山はまざらないんじゃないの」

「まざるとかまざらないじゃなくて、ぶつかるの。わたしたちは海の人と会えば、衝突するようになっているからね」

　海にあるはずの貝がどうして山にあったのか。昔、海の人間がこのあたりに来た印なのか。もしくは海に行った何者かが持ち帰ったのか。

　確かなのは、そこで大なり小なりの争いが起きたことだ。

　山の者と海の者の対立は、太古から未来まで繰り返され、その衝突のひとつひとつに物語がある。

　海と山、両者を自在に行き来する唯一の者、争いを見届ける者がいつかそう語ったという。

「仲良くやればいいのに」

　少年が言った時、海の集落でも、海の子供が海の大人に同じことを口にしていた。

　仲良くやればいいのに。

「会ったらいけないんだ」

　どちらの大人もそう答えるほかない。

——海と山の伝承「螺旋」より

序

そこはさして広くもない、山中の洞窟《どうくつ》だった。

剝《む》き出しの岩肌に、一人の男が胡坐《あぐら》を掻《か》いていた。詰襟《つめえり》の軍服。傍《かたわ》らには刀が一振り。

男の周囲を照らすか細い灯明の炎は、時折吹く風に揺れている。

真夜中だった。山中に籠《こ》もる将兵たちは、見張りの者を除いて眠りについている。この地で兵を挙げた時には一万二千を超える軍勢だったが、敗退を重ねて再びこの地に舞い戻った時、兵力はわずか数百にまで激減していた。

この山に立て籠もって、二十日余りが過ぎた。敵の総攻撃は、いつはじまってもおかしくはない。

敗北を目前にした男の頭を占めているのは、いかに死ぬかということだった。元より、確たる勝算があってはじめた戦いではない。

男は、かつて目《ま》の当たりにした光景を思い起こす。

それは紛れもない〝未来〟の光景だった。

空から異国の軍艦に襲いかかる、無数の鳥のような兵器。とてつもない光と熱を放ち、天へ昇っていく巨大な火球。キノコにも似た巨大な雲が消えた後に残された、一面の焼け野原と焼け焦げた人々の骸《むくろ》。

あの凄惨な未来を防ぐ。この国を将来の破滅から救い、同時に今を生きるもののふたちを救う。それが、男がこの戦争を起こした目的だった。

だが、敵は圧倒的な兵力と優秀な武器で味方を打ち破り、夥《おびただ》しい流血の末に男を追い詰めている。

戦争が終わり、自分が死んだ後、この国はどこへ向かうのか。あの時目にした未来は、もはや避けることはできないのか。考えたところで、答えを知ることはかなわない。

不意に、一際強い風が吹いた。灯明の灯《あか》りが消え、洞窟は闇に閉ざされる。

来たか。男はじっと眼を凝らす。

闇の中に、ぼんやりと淡い人影が浮かんだ。洞窟の入口では見張りの兵が篝火《かがりび》を焚《た》いているが、異変に気づく者はいない。

「そなたの果たすべき役割は、じきに終わる」

耳ではなく、頭の中に響くような声。闇に向け、男は問い返す。

「我が役割とは、何か」

数拍の間を置き、闇が答えた。

「それを知る前に、聞くがよい。かつてこの国を支配した〝武士《もののふ》〟と呼ばれる者……すなわち、お前たちの物語だ」

源平の巻

一　黎明の大地

一

一際強くなった風が、草木を騒《ざわ》めかせていた。真冬の空には雲が厚く垂れ込め、吹く風は研《と》ぎ澄まされた刃《やいば》のようだ。

将門《まさかど》は丘の上に置いた陣営から、眼下の軍勢を見下ろす。

参陣した将兵は、一千を超えた。いずれも、将門の呼びかけに応じた坂東《ばんどう》の豪族たちである。戦の気配に集まってきた野盗や流民の類《たぐい》は、ことごとく追い返した。この場に集まっているのは、純粋な坂東の兵たちだ。その中でも、将門直属の百騎は、自ら鍛え上げた精鋭中の精鋭だった。

今日の戦が坂東にとって大きな転機となることを、肌で感じているのだろう。士気は高く、張り詰めた気が漂っている。

「兄上。出陣の仕度、整いました」

馬で丘を駆け上がってきた将頼《まさより》が報告した。三十七になる将門の三つ下の弟で、兄弟の中では将門に次ぐ戦上手だ。

「騎馬武者二百五十。徒《かち》が八百三十。総勢、千八十名です」

「思いの外《ほか》、集まったな」

「しかし、敵は三千と号しております。それでも、進まれますか」

「決めたことだ」

　床几《しょうぎ》から腰を上げ、曳《ひ》き出された馬に跨《またが》った。麓《ふもと》の軍勢の視線が将門に集まる。

「出陣。目指すは、常陸国府《ひたちこくふ》」

　藤原《ふじわら》摂関家が栄華を極める都での出世に見切りをつけ、生まれ育った坂東に戻って八年。亡父の遺領を巡る一族同士の私戦を勝ち抜き、続いて敵対した常陸の豪族・源護《みなもとのまもる》との戦にも勝利を収めた。将門の武名は今や、坂東諸国に鳴り響いている。

　朝廷による坂東の統治は、形骸化しつつあった。国司は自ら任地に赴任することなく、国府の役人たちに政《まつりごと》を任せ、都にあって税だけを吸い上げていくのだ。

　だが、大小の在地豪族が割拠する坂東にあって、国府はあまりにも無力だった。野盗の跳梁《ちょうりょう》や豪族同士の争いを抑える力を持たず、役人たちは時に、自らの利になる側へ味方し、敵対者に朝敵の烙印《らくいん》を押した。そうして滅びていった豪族を、将門はこれまで数えきれないほど見ている。

こうした状況が長く続いたことから、坂東では武力を重んじる風潮が強い。そして武名を挙げた将門のもとには、紛争の調停を求める者が集まることとなる。桓武《かんむ》天皇の末裔《まつえい》である平氏《へいし》の最有力者であり、当事者に調停案を受け入れさせるだけの武力を持つ将門は、混沌《こんとん》とした坂東の旗頭として、各地の豪族から期待が寄せられたのだ。

今回の戦も、常陸の受領《ずりょう》（国府の最上官）・藤原惟幾《これちか》と、常陸の豪族・藤原玄明《はるあき》の諍《いさか》いがきっかけだった。

常陸国府は、玄明が租税を納めず乱暴狼藉《らんぼうろうぜき》を働いているとして、その追捕《ついぶ》を企てた。霞《かすみ》ヶ浦《うら》沿いに多くの所領を持つ玄明の富を求めてのことである。だが、それを察した玄明は妻子を連れて将門に庇護《ひご》を求める。将門は玄明の引き渡しを拒んだ上で、追捕の撤回を求めたものの、国府はこれを拒絶し、軍勢を集めはじめた。

かくなる上は、戦うしかなかった。ここで屈して玄明を差し出せば、これまで築き上げた武名は地に堕《お》ちる。しかし国府に戦を挑めば、朝敵として討伐の対象となるのは明白だ。都から大規模な追討軍が送られてくる恐れもある。

だが、迷いはもう振り払った。富を吸い上げるしか能のない都の貴族たちを追い払い、坂東に新たな秩序を打ち立てる。それこそが、天が自分に与えた役割なのだと、あの女は言った。ならば、その言葉を信じて進むしかない。

「半里先に敵勢、およそ三千！」

物見に出ていた将頼が駆け戻り、報告した。藤原惟幾自ら出陣し、横に大きく拡がる鶴《かく》翼《よく》の陣を布《し》いてこちらを迎え撃つ構えだという。兵力で劣る相手と対する際の、定石と言っていい。

「敵の中にも、兵法を知る者はおるようだな」

敵はこちらの三倍。だが、精兵揃いの味方に対し、国府軍は朝廷の威を借りて掻き集めた烏合《うごう》の衆だ。用兵さえ誤らなければ、勝利は難しくない。

「突き進むぞ。目指すは藤原惟幾が首ただ一つ。それ以外は打ち捨てよ」

怒濤《どとう》のような喊声《かんせい》が上がる。将門は太刀《たち》を抜き放ち、馬腹《ばふく》を蹴った。

二

冬枯れの野を駆け続けると、ようやく海が見えてきた。

「冬の海も、悪くはあるまい」

鞍《くら》の前に乗せた小柄な女が「はい」と答える。

浜へ下り、馬の鞍を外して飼葉《かいば》を与えた。その間も、女は浜に立って海を見つめている。

女は桔梗《ききょう》といった。都から流れてきた歩き巫女《みこ》で、野盗に捕らわれ市場で売りに出されていたのを、将門が見初めて買い取った。

身分の低い歩き巫女に法外な値がつけられていたのは、女の目のせいだった。左目の瞳は黒いが、右目の瞳だけがなぜか、澄んだ海のように蒼《あお》い。よくよく見れば、耳の大きさも左右で違う。

将門は生まれつき、瞳が人よりも蒼い。それは、父も母も弟たちも同じだ。だが、片目だけが蒼い人間には会ったことがなかった。

飼葉を与え終えると、将門は桔梗と並んで砂の上に腰を下ろした。

藤原惟幾の軍を打ち破ってから、半月ほどが経《た》っている。

戦は、まさに鎧袖一触《がいしゅういっしょく》だった。国府軍は将門の突撃で一たまりもなく崩れ、惟幾は呆《あっ》気《け》なく降伏、国府の印璽《いんじ》を差し出した。勢いに乗った将門軍の諸将は、さらに軍を進めて勢力を拡げるべきだと息巻いている。

そうした慌ただしさの中、将門は本拠の下総石井《しもうさいわい》から呼び寄せた桔梗を連れて、遠乗りに出ていた。

「でも、よろしいのですか。このような時に」

「なに、ちょっとした気晴らしだ。大戦の後は、面倒事が多くてな。今頃、将頼たちは大慌てかもしれんが」

声を上げて笑うと、桔梗も微笑《ほほえ》んだ。

不思議な女だった。物心ついた時には母に連れられて諸国を歩いていたというが、桔梗は自分の正確な歳さえも知らないらしい。十七、八くらいにしか見えないが、三年ほど前に将門が買い取った時から、容貌はまるで変わってはいなかった。

「殿は、海がお好きですか？」

「そうだな。見ていると、なぜか心が安らぐ」

幼い頃からひたすら武芸の修練に明け暮れ、海など目にしたことがなかった。元服すると、父の命で都に上り、摂関家当主の藤原忠平《ただひら》と主従の契りを結んだ。

坂東では貴種として崇敬の目で見られる平氏の御曹司も、都では一介の衛士《えじ》にすぎない。武骨で歌の一つも詠《よ》めない将門にとって、都はただただ息苦しい場所でしかなかった。

都の貴族たちの頭には、出世と保身、私腹を肥やすことしかない。民の貧しい暮らしぶりに目を向けようともせず、同じ貴族以外は人とも思わない。そんな連中にかしずく日々が、十二年もの長きにわたって続いた。

「あのまま都に居続ければ、俺は身も心も腐っていただろうな」

通りかかった村々は、どこも寂れていた。毎年のように繰り返される戦に野盗の跳梁、さらには不作と疫病が重なり、坂東の民は疲弊している。都で出世していれば、ああした光景を目にしても心の動かない醜い貴族に、自分も成り果てていたかもしれない。

自分が自分らしく生きられる場所は、この坂東の他にない。自由に馬を駆り、思うままに生きる。戦も豪族同士の争いを仲裁するのも、己が生きる場所を守るための手段でしかない。

　だが常陸国府を襲った後、将門は大きな選択を迫られていた。

　将門が国府を襲い、印璽まで奪ったことは、すぐに都に伝わる。場合によっては、大規模な追討軍が送られてくるかもしれない。

　朝廷に印璽を返還し、あくまで自衛のための戦いだったと申し開くか、あるいは開き直って叛逆《はんぎゃく》に踏み切り、坂東八ヶ国を制した上で追討軍を迎え撃つか。将門の弁明を、朝廷が受け入れる保証はない。だが、坂東を制して朝廷と戦ったその先に、どんな道が開けるのか。人知れず、将門は苦悩を抱えている。

「昨夜、夢を見ました」

　海を見つめたまま、桔梗がぽつりと言った。

「また、夢告げか？」

　桔梗が頷《うなず》く。この夢告げに助けられたことが、これまで何度かあった。屋敷が敵方の夜襲を受けた時も、遠乗りの途中で刺客に襲われた時も、桔梗の夢告げがなければ死んでいただろう。

　こちらに向き直り、桔梗は続けた。

「やがて来る世の夢です。そこでは貴族の威光が廃れ、都大路はきらびやかな軍勢を従え、雄々しい軍馬に跨った武人が闊歩《かっぽ》していました。この国はいずれ、もののふが治めることとなるようです」

「武士が、この日ノ本を治めるだと？」

　桔梗の夢告げには慣れているが、ここまで途方もない話ははじめてだった。

「いや、あり得なくはないか」

　まともな武力を持たない朝廷の支配は、もはや限界に達しつつある。現に、坂東では将門が、西国では藤原純友《すみとも》が叛旗《はんき》を翻しているが、朝廷はいまだ有効な手立てを打てていない。

　政と武力は、切っても切れない。どれほど善政を布いたところで、人々を従わせる武力を持たねば意味はないのだ。

「殿は遠からず、坂東の王になられます」

　確信に満ちた声で、桔梗が言う。

「そなたはいつか、俺が坂東に新たな秩序を打ち立てる。それが、天に与えられた役割だと言ったな。それは、俺が王になるということだったのか？」

「私はただ、見た夢をお伝えするのみ。私のような学のない者に、天が見せる夢の意味を解することなどできません」

　そう答えると、桔梗は果てなく広がる海に視線を戻し、目を細めた。

三

天慶《てんぎょう》二年十二月、下野《しもつけ》、上野《こうずけ》両国に兵を進めた将門は、上野国府で除目《じもく》を行った。

除目とは、帝《みかど》が官職を任命する儀式である。それを無位無官の将門が行うことが何を意味するかは、誰の目にも明らかだった。

将門が麾下《きか》の諸将を坂東諸国の国司に任じると、その席に一人の巫女が現れた。八幡大《はちまんだい》菩薩《ぼさつ》の使いを称する巫女は将門に対し、皇位に就くよう告げる。これをもって、将門は己を『新皇』と称した。

無論、巫女の正体は桔梗である。将門が行わせた神託ではあったが、桔梗の振舞いは本当に神が乗り移ったかのようだった。

新たな国を立ち上げる。内外にそう宣言した将門は、意気上がる将兵を率い、坂東平定に乗り出す。

武蔵《むさし》、相模《さがみ》の受領は戦うことなく都へ逃げ帰り、坂東諸国の大半は瞬く間に将門の掌中に落ちた。翌年一月、将門謀叛《むほん》の報を受けた朝廷は藤原忠文《ただふみ》を征東大将軍に任じ、将門討伐を命じた。討伐軍は一月十九日、都を出陣したという。

「副将は、あの男か」

源経基《つねもと》。清和源氏《せいわげんじ》の当主で、三年前には武蔵介《むさしのすけ》として坂東に赴任していた武人だ。経基は武蔵国府にいた頃、在地豪族と諍いを起こし、将門が調停を請け負ったことがある。だが、経基はその調停案を不満とし、あろうことか都へ帰って将門謀叛を上訴した。将門の弁明によって謀叛の疑いは晴れたものの、その時の怒りは今も忘れてはいない。

思えば経基とは、はじめて会った時から反《そ》りが合わないのを感じていた。黒々とした目に大きな耳。容貌も声も、所作の一つ一つまでもが何故か癇《かん》に障る。そして、この男とは生涯、和することはないだろうと確信した。

老齢の藤原忠文は恐らく、飾り物の将軍にすぎない。事実上の大将は、経基だ。これも、天の計らいというものなのかもしれない。

「追討軍を迎え撃つ前に、連戦で疲れた兵を休ませておけ。すぐに田起こしの時季だ。自分の田畑を案じている兵も多かろう」

「よろしいのですか？」

「俺が築く新しい国の礎は、民だ。民の信望無くして、我らの勝利はない。その事を、肝に銘じておけ」

将門自身は本拠の石井にとどまり、坂東統治の体制作りに当たった。新たに役人を登用し、租税集めの仕組みも築かなければならない。やるべきことは、いくらでもある。

新たな国を造る。ほんの二月《ふたつき》前には、考えもしなかったことだ。だが、朝廷の脆弱《ぜいじゃく》な支配下にあって争いが絶えないよりも、新たな国を建てて秩序を取り戻す方が、民にも武士たちにとっても利は大きい。坂東はいまだ未開の地が多いが、戦が絶えれば開墾に力を注げる。北の蝦夷《えぞ》や西国との交易を活発にし、富を得るという道もあるだろう。

将門に、都の朝廷を滅ぼすつもりはなかった。

平氏は坂東を、朝廷は西国を、蝦夷は奥羽の地を、それぞれ治めればいい。己の力量を超える領域を支配したところで、生まれるのは不満や憎悪ばかりだ。それならば、手の届く範囲を治め、交易で互いに豊かになることを目指せばいい。時に争いも起こるだろうが、人と物の行き来が活発になれば、誰もが戦は割に合わないと考えるようになる。

だが、すべては坂東全土を制し、朝廷の討伐軍を打ち破ってからの話だ。武力では敵《かな》わないことを思い知らせなければ、貴族たちは交渉にも応じないだろう。

「この国の歴史が動くぞ、将頼。それも、とてつもなく大きくだ」

「はい、兄上。考えただけで、体が震えてきます」

「俺が望むのは、俺自身や平氏一門の栄華ではない。それだけは、言っておく」

「心しておきます」

二月に入り、下野から急使が送られてきた。

平貞盛《たいらのさだもり》、藤原秀郷《ひでさと》が将門討伐を掲げ、兵を集めはじめているという。その数、およそ四千。

その報《しら》せに、石井の館は騒然となった。味方の軍は諸方に散り、将門の手元に残るのは一千程度にすぎない。

「貞盛と秀郷か」

平貞盛は、将門の従兄弟《いとこ》に当たる。だが、貞盛の父・国香《くにか》は将門の亡父・良将《よしもち》の死後にその遺領を巡って将門と敵対し、討死している。貞盛にとって将門は、従兄弟であると同時に父の仇《かたき》でもあった。

国香の死後、貞盛は潜伏していたが、追討軍の近づく今を好機と見て、下野の有力豪族である秀郷を味方につけて兵を挙げたのだろう。

「直ちに出陣する。急げ！」

まずは守りを固め、散った味方が戻るのを待つべきだという諸将の反対を押し切り、将門は命じた。ここで速やかに貞盛を打ち破らなければ、追討軍が坂東に攻め入り、将門軍は挟撃されることになる。

敵の大半は、将門に追い散らされた国府軍の残党だ。恐れるほどではないが、ここで勢いづかせれば後々厄介なことになる。

「案ずるな、すぐに戻る」

鎧兜《よろいかぶと》を身に着けると、桔梗に向かって言った。

「ご武運を」

頷き、その小柄な体を抱き寄せて口を吸う。

「殿はいずれ、神になられます。最初は畏《おそ》れられ、やがては坂東、さらにはこの国の人々を守る神に」

「神か。お前の話は大きすぎて、俺には想像もつかん」

「よいのです。殿は、戦うことだけお考えください」

将門は頷いた。自分には天が味方している。敗《ま》けるはずがない。己に言い聞かせ愛馬に跨った。

貞盛との一戦は、思いがけない形ではじまった。後衛を任せた将門の配下が敵を発見し、独断で攻めかかったのだ。

三百の後衛軍は敵を押しまくり、将門本隊から遠ざかっていく。だがそれは、敵の罠《わな》だった。深入りしたところを包囲された後衛軍は壊滅し、将門は緒戦で三百を失う。

「見え透いた罠にかかりおって！」

下野川口村に置いた本陣で、将門は怒声を上げた。

「戦の仕度《したく》だ。敵は勢いに乗って攻めかかってくるぞ！」

予想通り、逃げる後衛軍を追って、敵は川口村に殺到してきた。

将門は陣頭に立って馬上から太刀を振るったが、敵は途切れることなく押し寄せてくる。

味方が疲弊しはじめた頃を見計らい、敵の一隊が側面に回り込んだ。時宜を得た一撃に味方は浮足立ち、崩れ出した。

「やむを得ん、退《ひ》け！」

命じて、馬首を巡らせた。総崩れになった味方は敗走に移ったものの、逃げ遅れた者たちが次々と討たれていく。将門の鎧にも、幾本もの矢が突き立っていた。

激しい追撃を受けながらも辛《かろ》うじて戦場を離脱し、下総の猿島《さしま》郡まで逃れた。このあたりは沼地が多く、地形も入り組んでいる。身を潜めて軍を再編するにはうってつけだった。

しかし、兵力は出陣した時の半数以下に減っている。将門は敵が捜索に繰り出した小勢を破りながら陣を転々と移し、味方の再集結を待ったものの、本隊に合流する前に討たれる者が多く、集まりは悪い。反対に、敵は将門を見限った豪族を傘下に収め、兵力を増している。

「まさか、これほど手強《てごわ》いとは」

将頼が呻《うめ》くように言った。敗戦から数日が過ぎ、その顔つきはかなり憔悴《しょうすい》している。

「貞盛に、これほどの軍略はあるまい。恐らく、采配を握っているのは藤原秀郷だろうな」

「感心している場合ではありませんぞ、兄上。このままでは」

「焦るな、勝機は必ずある。それよりも、兵に動揺を見せるな。士気が下がる」

「はい」

将頼が踵《きびす》を返した時、どよめきが起こった。

「兄上、一大事です！」

「わかっている」

本拠の石井の方角に、黒煙が上がっていた。敵は軍の一部を割いて、石井を焼き討ちさせたのだろう。

最初に脳裏をよぎったのは、桔梗の顔だった。唇を噛《か》んで、振り払う。今は、女子《おなご》一人の身を案じている時ではない。自分の双肩には、坂東の行く末がかかっているのだ。

「兵たちの動揺を静めろ。この仇は貞盛、秀郷の首を獲《と》ることで奉じる。動ずることなく、時を待て」

「承知」

「全軍に告げよ。明日、朝廷軍に決戦を挑む」

夜になってようやく、石井に残した家来たちが合流してきた。いずれも満身創痍《そうい》で、鎧には何本もの矢が突き立っている。

石井に押し寄せてきたのは、貞盛自らが率いる五百ほどだった。敵は将門の館のみならず、周辺の民家にもことごとく火を放ち、武士と民の別なく撫《な》で斬りにした。

桔梗は家来の制止も聞かず屋敷を飛び出し、貞盛に無益な殺戮《さつりく》を止めるよう訴えた。だが、狂気に駆られた貞盛は聞く耳を持たず、桔梗を一刀のもとに斬り捨てたという。

「そうか」

報告を受けると、将門は陣幕をくぐり外に出た。

太刀を抜き、手近な枝に次々斬りつける。貞盛への憎悪。己の不甲斐《ふがい》なさへの怒り。すべてを太刀に乗せて振るった。

荒い息を吐きながら太刀を納め、桔梗の顔を思い浮かべる。

戦うことだけを考えろ。桔梗はそう言った。ならば、その言葉に従うまでだ。

四

二月十四日午《うま》の刻、将門は全軍を猿島郡北山に置き、北に向けて陣を構えた。

総勢わずか四百。だがそのうちの百は、将門直属の精兵である。川口村での敗戦の後も、一騎も欠けることなく将門に付き従っていた。

「敵勢、見えました。南から、こちらへ向かっております」

物見の声が上がった。

敵勢は三千余。しかし、将門には十分な勝算がある。

「聞け、皆の者」

全軍を前に、将門は馬上から声を張り上げた。

「朝廷の支配下で根こそぎ奪われ、やがて枯れ果てるか。それとも新たな国を打ち立て、坂東を我らの楽土とするか。すべては、この一戦にかかっている」

一同は咳《しわぶき》一つ立てず、将門を見つめる。

「我らの戦いは、我らのためのみにあらず。子々孫々にいたる坂東の未来のため、この将門に命を預けてくれ」

数拍の間を置き、地が揺れるほどの喊声が上がった。

「旗を掲げよ。新皇将門ここにありと、敵に教えてやるのだ」

本陣に、平氏の赤旗が高々と掲げられた。全軍の士気が高まっていくのが、肌ではっきりと感じられる。

ふと、背中に視線を感じた。振り返るが、誰の姿もない。

幼い頃から時折、この感覚に捉われることがあった。誰かが遠くから自分を見つめている。そんな気がするのだ。

埒《らち》もない。気を取り直し、山の麓を見下ろした。

敵は、三段構えの陣を組んでいた。その後方に秀郷、貞盛の本陣が見える。数こそ多いものの、士気はそれほどでもない。本陣さえ突き崩せば、この戦は勝てる。

木々のざわめきが耳朶《じだ》を打った。吹きはじめた風が、強さを増している。見上げると、血の色にも似た平氏の赤旗が大きく翻《ひるがえ》っていた。

この地方特有の、春先に吹く強い南風だ。巻き起こった砂塵《さじん》が、敵陣に襲いかかっている。

「時は今ぞ。かかれ！」

三百を託した将頼を先駆けに、味方が動き出した。山を駆け下りながら、騎兵が馬上から矢を放つ。鍛え上げた坂東の兵だけができる芸当だ。

唸《うな》りを上げて降り注ぐ矢に、敵兵がばたばたと倒れた。敵の楯《たて》は強風に煽《あお》られ、役に立っていない。敵が射返してくる矢は、向かい風に勢いを削《そ》がれ威力が半減している。

将頼は山を下る勢いのまま、乱れた敵の前衛に突っ込んだ。たちまち、敵の歩兵が崩れかかる。

睨んだ通りだと、馬上から戦況を見守りながら思った。敵の主力は、朝廷軍の勝ちに乗じて集まった兵だ。緒戦でこちらの強さを見せつければ、すぐに浮足立つ。

だが、秀郷の用兵も見事なものだった。崩れた前衛を素早く後退させ、第二陣、三陣を合わせて前に出してくる。

敵の陣形は、大きく横に拡がっていた。突出した将頼を包み込んで殲滅《せんめつ》するつもりだろう。

「この機を逃すな。続け！」

将門は弓を取り、直属の百騎を率いて山を下った。

寡兵の分、こちらは小回りが利く。将頼を押し包もうとする敵の側面に回り込んだ。

前方に、二百ほどの騎馬が立ち塞《ふさ》がった。秀郷は、将門の意図を読んでいたのだろう。

覚えず、笑みが浮かんだ。肌が粟立《あわだ》ち、同時に強敵と手合わせする喜びが込み上げる。

「我は新皇将門である。道を空けよ！」

大音声《だいおんじょう》を上げ、力を籠めた両脚で鞍を強く挟み込む。立て続けに矢を放ち、四騎を射落とした。

間合いが詰まる。弓を投げ捨て、太刀を抜き放つ。敵の騎馬武者と馳《は》せ違う。重い手応え。騎馬武者の腕が、太刀を握ったまま跳んだ。続けて、もう一騎を叩き落とす。

敵の騎馬は、八十騎ほどを失って敗走していった。味方の百騎に、損害はほとんどない。

騎馬戦の敗北を見て、立ち直りかけていた敵の歩兵は再び崩れかけていた。得物《えもの》を捨てて逃げ出す者が続出している。

戦場を見渡した。将頼は、乱戦に持ち込んで敵の主力を引きつけるという役目を見事に果たしている。敵本陣に残るのは、三百程度だ。

「このまま敵本陣を衝《つ》く。続け！」

百騎は一丸となり、原野を疾駆する。

敵本陣。一人一人の顔が見分けられるほどに近づいた。床几に腰を下ろした老将。あれが秀郷だろう。貞盛は立ち上がり、兵たちを叱咤《しった》している。

勝てる。確信した時、将門はふと違和を覚えた。

風が止んでいる。気づいた直後、猛烈な北風が吹きはじめた。舞い上がった砂埃《すなぼこり》が叩きつけ、思わず顔を俯《うつむ》けた。

再び顔を上げた刹那《せつな》、雨のように矢が降ってきた。左肩と右足に痛みが走る。馬鎧にも、数本の矢が突き立っていた。

歯を食い縛って堪《こら》え、馬を駆けさせた。矢は間断なく降り注ぎ、味方を射落としている。側近の文屋好立《ふんやのよしたつ》が喉を射抜かれ、馬から転げ落ちた。弟の将武《まさたけ》の馬が肢《あし》を折り、人馬もろとも視界から消えた。将門の頬を矢が掠《かす》め、兜が飛んだ。周囲の味方はもう、数えるほどしか残っていない。

奮戦していた将頼の隊も、数に押されて壊滅しかけている。敗北の二字が浮かんだ。自分が生き延びたとしても、もはや再起は不可能だろう。

この叛乱《はんらん》に、意義はなかったのか。家来たちの、桔梗の、そして自分の死は、この国の歴史にとって何の意義もない犬死にすぎないのか。だとしたら、桔梗の夢告げは何を意味していたのだろう。戦場にあって、場違いとも言える疑念が脳裏をよぎる。

いや、まだだ。まだ戦える。本陣までは、あと十間。疑念を振り払った。雄叫《おたけ》びを上げ、太刀を振り上げる。

貞盛。番《つが》えた矢をこちらへ向けている。
矢が放たれた。鏃《やじり》が目の前に迫る。眉間《みけん》に衝撃を受けた瞬間、目に見えるすべてが闇に閉ざされた。

――案ズルナ。

どこかから、〝声〟が聞こえた。

――オ前ハ役割ヲ果タシタ。安ラカニ眠ルガヨイ。

男とも女とも、童《わらわ》とも老人ともつかない不思議な声。

誰だ。どこから喋っている。将門は目を見開くが、視界は白く薄《うっす》らとした光に包まれ、誰の姿も見えない。それどころか、己の姿形すら曖昧《あいまい》で、自分の存在そのものが周囲の光と融け合っているかのように思える。

貞盛の矢を、眉間に受けたはずだ。ならば、自分は死んだのか。これが、死というものなのだろうか。

再び〝声〟が響く。

――コノ後、オ前ノ一族ハ天下ヲ握リ、次ナル世ヲ切リ拓ク。ソシテソノ次ハ、モウ一ツノ一族ガ天下ヲ制スルデアロウ。二ツノ一族ノ対立ハ渦トナリ、果テルコトナク続イテイク。

役割とは……二つの一族とは……。将門の疑問に答えることなく、〝声〟は続ける。

――モノノフノ国ガ始マル契機ヲ、オ前ハ作ッタノダ。オ前ノ戦イハ、決シテ無駄デハナイ。

不意に光が消え、視界が開けた。

どこかの大きな町。その景色には見覚えがある。

思い出した。都の朱雀大路《すざくおおじ》だ。鈴なりになった群衆が見守る中を、大軍が進んでいく。きらびやかな大鎧をまとい、軍馬に跨る将たちの目は、将門と同じように青みを帯びている。その軍勢が掲げるのは、平氏の赤旗だった。

ああ、そうか。これは、桔梗がいつか見た夢だ。いや、夢というにはあまりに生々しい。これはいつの日か訪れる、未来の光景なのだろう。

桔梗と同じものを見ている。そう思うと、不思議な安らぎを覚えた。

再び目の前の景色が掻き消え、仄白《ほのじろ》い光が将門を包み込んでいった。

二　担いし者

一

仏前で経を唱えながら、頼朝《よりとも》はあるか無きかの視線をその身に感じていた。

誰かが自分を見ている。その漠然とした思いは、物心ついた頃から三十四歳になる今も、消えたことがない。

遠乗りで人気のない野山へ出かけた時も、仏前で経を上げる時も、妻との交合《まぐわ》いの最中でさえも、ふと、何者かの視線を感じるのだ。無論、あたりを見回したところで誰もいるはずがない。人に話しても、怪訝《けげん》な顔をされるだけだ。妖《あやかし》に魅入られているのかと思い悩み、恐れたこともあるが、今のところ物《もの》の怪《け》に出会ったこともなければ、神隠しに遭ったこともない。

恐らく、源氏《げんじ》の棟梁《とうりょう》たらんとする思いが強すぎたのだ。自分自身の生来の臆病《おくびょう》さは、はっきりと自覚している。ゆえに、常に己が人の目にどう映るかを意識し、ことさらに泰《たい》然自若《ぜんじじゃく》を装う。そしてその後ろめたさから、ありもしない視線を感じるようになってしまったのだろう。

人の目を意識しすぎる傾向は、十四歳の時に生まれ育った都から伊豆《いず》へ流されて以来、より一層強いものとなった。

実際、流人として自分の行動は常に監視されているのだ。一つ間違えば、謀叛の意思ありとして即座に斬られかねない。胸の奥底で燻《くすぶ》る恨みを、欠片《かけら》も覗《のぞ》かせるわけにはいかない。

そんな暮らしが二十年も続けば、己の腹の底を見せず、他人の言動の裏ばかり読もうとするのも習い性となってくる。

日課としている読経《どきょう》を終えても、仏前で瞑目《めいもく》し、熟考を続けた。

流人とはいえ、獄《ごく》に繋《つな》がれているわけではない。小さいが屋敷を与えられ、外出の自由もあれば、身の回りの世話をする郎党《ろうとう》もいる。先年には妻も迎え、娘も生まれた。流された当初は絶望に打ちひしがれたが、ひとたび慣れてしまえば、この暮らしは当たり前のものになっている。

この穏やかな日々を、捨てることができるのか。一度流れに飛び込んでしまえば、もう戻ることはできない。激流に呑《の》まれ、二度と浮かび上がることもかなわないかもしれない。

平清盛《きよもり》を棟梁とする平家《へいけ》は今、まさに絶頂にあった。

今から二十四年前、皇位継承問題が発端となって戦われた保元《ほうげん》の乱で、頼朝の父義朝《よしとも》と清盛は同じ陣営に属していた。だが、両者はその後対立を深め、三年後、平治《へいじ》の乱で激突する。その結果、義朝は敗死し、源氏の勢力は壊滅、捕らえられた頼朝はこの伊豆蛭《ひる》ヶ小《こ》島《じま》に流された。

かくして、平家一門の繁栄がはじまった。清盛は武士として初めて太政大臣《だじょうだいじん》に任じられ、一門は隆盛《りゅうせい》を極めていく。昨年には対立した後白河《ごしらかわ》法皇の院政を停止し、清盛を頂点とする事実上の政権を打ち立てていた。平家一門が知行する国は二十九ヶ国、領する荘園は五百ヶ所にも上るという。

だが、平家の専横に異を唱え、立ち上がった者がいた。後白河法皇の皇子でありながら冷遇され、いまだ親王宣下《せんげ》も受けられていない、以仁王《もちひとおう》である。王は源頼政《よりまさ》の協力を得て諸国の源氏残党に平家打倒の令旨《りょうじ》を発したものの露見し、五月十五日に京《きょう》を脱して近江《おうみ》大津《おおつ》の園城寺《おんじょうじ》に立て籠もったという。

以仁王の令旨は無論、頼朝の許へも届いている。だが、頼朝は起つとも起たぬとも明言せず、形勢を観望していた。周囲には平家方の豪族が多く、迂闊《うかつ》に動けば命はないのだ。

「佐殿《すけどの》」

郎党に呼ばれ、頼朝は目を開けた。

都で右兵衛権佐《うひょうえごんのすけ》の官にあった頼朝は、周囲から佐殿と尊称されている。

「京の三善《みよし》様より、文が」

来たか。逸る気持ちを抑えて文を受け取った。三善康信《やすのぶ》は京の下級公家《くげ》で、頼朝の乳母《めのと》の甥《おい》に当たる。その縁で、月に三度は京周辺の情勢を記した文を送ってくる。

去る五月二十六日、宇治川《うじがわ》にて合戦。以仁王、並びに源頼政、仲綱《なかつな》父子敗死。

結果だけを記した短い文面に目を通し、頼朝は大きく息を吐《は》いた。

これで、諸国の源氏に対する平家の目はさらに厳しいものとなる。事実、頼朝は以仁王の令旨を受け取っているのだ。後顧《こうこ》の憂《うれ》いを断つため、平家側がいつ、この屋敷に兵を差し向けてきてもおかしくはない。

「起つしかない、か」

郎党にも届かないほどの小声で、頼朝は呟《つぶや》く。自分には最早、選択の余地さえ残されてはいなかった。

兵を挙げ、平家を討って源氏を再興する。膝が震え出しそうなほどの恐怖に耐え、頼朝は決意した。

時世は激しく流れはじめている。生き残るには、この激流に飛び込んで泳ぎきるしかない。

二

挙兵の決意を固めると、頼朝は郎党を相模の三浦義明《みうらよしあき》、房総《ぼうそう》の千葉《ちば》常胤《つねたね》、上総《かずさ》広常《ひろつね》といった有力武士団に派遣し、協力を求めた。三浦らは頼朝の亡父義朝と近く、この平家の世では不遇をかこっている。

二十一年前の平治の乱以来、この国の武士は平家に尻尾を振らなければ生きていけなくなっていた。だが、「平家にあらずんば人にあらず」とまで称される世にあって、諸国の武士の不満は積もりに積もっている。

特に、かつて源氏の地盤であった坂東の地では、平家の世を恨む武士が多い。父祖代々にわたって切り拓き、耕してきた土地を己のものにできず、都から派遣された代官に収奪される。そして、平家に連なる者たちだけが肥え太っていく。

武士団同士の所領争いに平家は介入せず、己の土地は己で守るしかない。坂東の武士たちは心の底で、自らの所領を安堵してくれる新たな権威を求めているはずだ。ならばその権威に、自分がなる。たとえ単なる御輿《みこし》であったとしても、坂東の武士たちを結集するには、源氏嫡流《ちゃくりゅう》という血統を武器とするしかない。

「まずは伊豆目代《もくだい》、山木《やまき》兼隆《かねたか》の首を獲る」

妻政子《まさこ》の実家である北条《ほうじょう》の一族を前に、頼朝は宣言した。

「その後、三浦、千葉、上総らの軍勢と合流し、鎌倉《かまくら》へ入る」

「なるほど、鎌倉は源氏ゆかりの地。よき思案かと」

言ったのは、舅《しゅうと》の北条時政《ときまさ》だった。頷き、頼朝は先を続ける。

「平家は都から追討の軍を送ってこよう。それまでに坂東八ヶ国を制し、追討軍を迎え撃つ」

成算など無きに等しいことは、この場にいる誰もがわかっている。頼朝の自前の兵力などほんの数名で、北条の家の子郎党を掻き集めても、百に満たないのだ。

だが、三善康信からの報せによれば、平家はすでに諸国の源氏追討に動き出しているという。手を拱《こまぬ》いていれば、待つのは一族の滅びだけだ。頼朝を婿として迎え入れた時点で、頼朝と北条一族は一蓮托生《いちれんたくしょう》の間柄となっている。

「挙兵は八月十七日。それまで、決して口外せぬよう」

十七日は、三島社《みしましゃ》の祭礼の日に当たる。山木館は要害だが、郎党が祭見物に出払っていれば勝機はある。

「今更申すまでもありますまいが」

時政が居住まいを正した。息子の宗時《むねとき》、義時《よしとき》や他の一族も、時政に倣《なら》う。

「我ら北条一門、佐殿に地獄の果てまでお供いたす所存にござる」

時政が言うと、一同が深々と頭を下げる。その裏にある打算や野心は見て見ぬふりをして、頼朝は鷹揚《おうよう》に頷いた。

清盛が都を遷《うつ》したという報せが京から届いたのは、六月も半ばを過ぎた頃だった。

以仁王の乱を平定して間もない六月二日、清盛は突然一門を率い、安徳《あんとく》天皇、後白河法皇、高倉《たかくら》上皇を伴って摂津《せっつ》福原《ふくはら》へと移ったのだという。京に暮らす貴族や民衆にも、急ぎ福原へ移るよう布告がなされたらしい。

「遷都とは、思いきったことを」

頼朝が言うと、報せを運んできた時政が憤りを露《あら》わにした。

「まったく。己が一存で都を遷すなど、思い上がりも甚《はなは》だしい。平家の専横も、ここに極まり申したぞ」

元々、福原には平家一門の別邸が多く、清盛もこの地で過ごすことが多かった。南は海、北は六甲山地《ろっこうさんち》に守られた天然の要害でもある。だが、叛乱を鎮めたばかりの清盛が、この時点で守りに入るとは考え難い。

あるいは、寺社勢力の強い京から皇族を引き離すことを狙ったのか。京周辺の大寺院は、平家に反感を持つところが少なくない。実際、以仁王の乱では園城寺、南都興福寺《こうふくじ》が反平家の立場を鮮明にしていた。

いや、それはない。若かりし頃、叡山《えいざん》衆徒が担ぐ神輿《みこし》に矢を射かけたという清盛が、そこまで弱気になるとは思えなかった。

「海、か」

呟き、頼朝は息を呑んだ。

「舅殿。これは単に都を遷すというだけの話にはござらぬ。清盛は、この国の仕組みを根底から変えるつもりだ」

福原には、大輪田泊《おおわだのとまり》がある。平家は古くからこの湊《みなと》を拠点に、宋《そう》との交易を行ってきた。清盛の父、忠盛《ただもり》は瀬戸内《せとうち》の海賊討伐で名を上げ、交易で得た唐物《からもの》を皇族や貴族たちにばらまくことで、京の政界で地位を高めてきたのだ。清盛も大輪田泊を重視し、私費を投じて大規模な湊の改修を行ったという。今の平家の栄華は、宋との交易によるところが大きかった。

この国のあらゆる土地は建前上、朝廷のものだった。朝廷はそこから上がる税収で国を運営し、それが行き詰まると、貴族や寺社、地方豪族の私有地である荘園の設置を認めてそこへ税をかけた。武士が生まれ発展してきたのも、自ら切り拓いた荘園を守るため武装せざるを得なかったという側面がある。

だが、交易が盛んとなれば、土地にしがみつく必要はなくなる。誰もが商いをはじめ、夥しい量の銭が体を流れる血のように国中を巡るようになるだろう。そして銭は、いずれ土地や米よりも大きな価値を持つようになる。

「つまり、この国の根幹を土地から得る年貢ではなく、交易による富に切り替えるということだ」

「馬鹿な。そのようなことが……」

「可能だ。事実、西国ではすでに、多くの銭が流通しているという。そのほとんどが、平家が宋から持ち込んだものだ」

「では、平家の世が続けば」

「武士は存在する意味を失う。少なくとも、これまでとはまるで違った存在となるしかない。そして、我ら坂東武士は時の流れに取り残され、朽《く》ち果てていく」

　時政は唇を引き結び、床の一点を見つめている。これまで己の領地だけを見てきた武士にとって、清盛の思惑を理解するのは容易ではないだろう。頼朝自身も、この推測に絶対の自信があるわけではない。

　だが、将門の乱の後、西国で勢力を蓄えた平家は言うなれば、海の一族だった。清盛自身も西国の国司を歴任し、海との繋がりを深めてきた。

　対する源氏は、坂東の大地でその力を育んできた。未開の土地を切り拓き、耕し、戦となれば馬で大地を駆け、一所懸命に生きてきたのだ。

　頼朝は一度だけ、清盛と対面したことがある。平治の乱で敗れ、捕らわれた時のことだ。

あの時、頼朝は清盛をはじめとする平家の人々に、言いようのない恐怖を感じた。平家の者たちに共通する潮に焼けた肌と、うっすらと蒼みがかった瞳。まるで見知らぬ獣と出会ったかのように、頼朝は戦慄した。

敵であるという以前に、この者たちと倶《とも》に天を戴《いただ》くことはできない。それは、目の前にいるのが父を討った憎い仇ということさえ些末《さまつ》に思えるほどだった。思えば、父も自分と同じものを感じ、清盛と敵対したのかもしれない。

「討たねばならん」

自然と、そんな言葉が口を衝いて出た。

「平家を討つ。源氏の誇りにかけ、平家の者どもを一人残らず海の底に沈めるのだ」

よほどの気魄《きはく》が籠もっていたのか、時政は気圧《けお》されたような表情を浮かべていた。

蛭ヶ小島の頼朝の屋敷を一人の僧侶が訪ねてきたのは、それから数日後のことだった。

文覚《もんがく》と名乗ったその僧は、まさに異相と呼ぶのに相応《ふさわ》しい容貌だった。身の丈は六尺近く、僧衣の上からでも隆々とした筋骨が見て取れる。目は深い皺《しわ》のように細く、厳《いかめ》しい顔立ちは鬼の彫刻を思わせた。歳の頃は、四十から五十といったところか。そしてその異相の中でも際立つのは、片方の耳だけが大きいことだった。

半年ほど前に都から流されてきたという噂《うわさ》は、頼朝の耳にも入っている。何でも、荒れ果てた高雄山神護寺《たかおさんじんごじ》再興のための寄付を募りに法皇御所《ごしょ》を訪れたものの、警固の武士と揉《も》め、その場で乱暴狼藉を働いたらしい。

「貴殿が佐殿か」

対面するなり、文覚は口元にうっすらと笑みを浮かべた。

「読経三昧《ざんまい》の日々と聞いておったが、なかなかによい面構えをなさっておる。さすがは源氏の棟梁と申すべきかな」

平家側が自分の動向を探るために送り込んだ間者《かんじゃ》。真っ先に脳裏に浮かんだのはそれだった。念のため、隣室には腕の立つ従者を控えさせ、いざという時は斬り捨てるよう言い含めてある。

「なんの。源氏の血を享《う》けたとはいえ、それがしは一介《いっかい》の流人。相国《しょうこく》様のお慈悲で生かされているにすぎません。これからも、亡父や一族郎党の菩提《ぼだい》を弔いながら生きる所存にございます」

相国とは、清盛のことだ。平治の乱の後に捕らえられた頼朝は、清盛の継母池禅尼《いけのぜんに》の助命嘆願《たんがん》によって処刑を免れていた。早逝した池禅尼の息子と頼朝が生き写しだったからだという。

「なるほど、噂に違《たが》わず慎重な御仁《ごじん》じゃ。そうでなければ、大業は為《な》せぬ」

「はて、御坊《ごぼう》。大業とは、いったい何のことにござろうか」

「言うまでもあるまい。再び源氏の旗を掲《かか》げ、平家を討つ。それ以外に貴殿が生きる術《すべ》、いや、貴殿がこの世に生まれ落ちた意味はない」

その口ぶりに、頼朝は思わず眉を顰《ひそ》めた。文覚は気にかける風もなく、脇に置いた包みを手に取った。

「これが何か、おわかりか」

それは、人の頭蓋骨だった。文覚は愛《いと》おしげにその髑髏《どくろ》を手に取り、語る。

「亡きお父上、義朝殿の頭《こうべ》じゃ。平治の乱の後、弔う者もなかったのを、拙僧《せっそう》が十余年も前に掘り起こしてまいった。いずれ、佐殿とこうして出会うことを知っておったゆえな」

「ほう、ここでそれがしと御坊が出会うのは、定めであったと？」

「いかにも」

「ならば、信ずるより他ありませんな」

失笑を堪えつつ、頼朝は誰のものとも知れない髑髏に手を合わせた。大方、このあたりの墓地から掘り出してきたのだろう。

「いまひとつ、これを貴殿に進ぜよう」

言うと、文覚は懐《ふところ》から小ぶりな袋を取り出す。

受け取り、袋を開いた頼朝は息を呑んだ。

それは、木製の首飾りだった。一寸余りで、形は蝸牛《かたつむり》の殻のようにも、巻貝のようにも見える。

「御坊……なぜ、これを」

かつて、頼朝はこれと同じものを持っていた。平治の乱の直前に病死した母が、頼朝のために作った物だ。だがそれからほどなくして、首飾りは音もなく粉々に砕け散った。頼朝の助命が決定した日のことだ。

「八重《やえ》殿が、貴殿と引き離された後に作った物だ。いつか、人を通じて貴殿に届けようと思っていたのであろうな」

「何と」

思いがけない名に、頼朝は目を見開く。

「これと同じ物に命を救われたという話を、貴殿は八重殿にしたのではないか？」

「確かに、いつか話したことがある。だがなぜ、御坊がこれを」

文覚は答えず、身を乗り出す。

「この先、貴殿は幾度も窮地に立たされるであろう。己の死と直面した時には、義朝殿、一族郎党、そして八重殿と千鶴丸《せんつるまる》君の無念を思うがよい。この首飾りが、必ずや力を与えてくれよう」

八重。千鶴丸。その名に、胸の奥が痛んだ。記憶の底に封じたつもりでいても、消えることのない痛み。

頼朝は何かに魅入られたかのように、掌《てのひら》に置いた首飾りを見つめ続けた。

三

深い闇の彼方《かなた》に、炎が見えた。それは瞬《またた》く間に燃え広がり、夜の闇を焦がしていく。焼かれているのは、山木兼隆の館だ。やがて伝令の兵が駆け戻り、兼隆を討ち取ったと報告した。やはり、山木の郎党の多くは祭見物に出かけ、残った者も館で酒宴に興じていたらしい。

沸き返る陣営にあって、頼朝に喜びはなかった。これで後戻りはできない。その思いがあるだけだ。

「三浦、千葉、上総らに使いを送れ。山木兼隆は討ち取った。予定通り、相模土肥《どひ》郷に集結せよと」

伊豆の目代とはいえ、山木は小豪族に過ぎない。周囲にはまだ、大庭《おおば》、畠山《はたけやま》といった平家方の有力な豪族がひしめいている。対抗できる兵力を得るには、三浦、千葉らと一日も早く合流する必要があった。

相模土肥郷を領する土肥実平《さねひら》は、すでに頼朝への協力を表明し、山木館襲撃にも自ら参陣している。八月二十日に土肥郷へ入ると、周囲の小豪族が加わり、兵力はようやく三百に達した。だが、いまだ有力な豪族の参陣はない。

いたずらに時が過ぎる中、平家方の軍がこちらへ向かっているという注進が入り、頼朝は三百の全軍を石橋山《いしばしやま》へ移した。平地の土肥郷では、抵抗することもかなわない。

「三浦は、千葉、上総はまだ参らぬのか！」

「旗色悪しと見て、怖気《おじけ》づきおったか」

諸将が口々に罵るのを聞き流しながら、頼朝は天を仰いだ。空は厚い雲に覆われ、生暖かい風が吹いている。遠からず、激しい雷雨が襲ってくるだろう。

視線を少し動かすと、海が見えた。石橋山の東の麓を通る海道の向こうには、相模灘が広がっている。海は荒れ、白く尖《とが》った波が立っては消えていく。

背筋がぞくりと震え、すぐに海から目を逸らした。都で生まれ育った頼朝は、海を見ると決まって恐怖に駆られる。

理屈ではなかった。果てがなく、底も見えない。そして、ひとたび暴れ出せば、家々を押し流し、何百、何千という人をいとも容易《たやす》く呑み込んでいく。その想像もつかない大きさが、頼朝に恐怖を感じさせるのだ。

やがて、四方《しほう》に放っていた物見《ものみ》が次々と戻り、敵の陣容がはっきりしてきた。敵は、北から攻め寄せる大庭景親《かげちか》、梶原景時《かじわらかげとき》らを中心とするおよそ三千。さらに南からも、三百ほどの軍勢がこちらへ向かっているという。

「その三百は、どこの兵か？」

南から戻った物見に、頼朝は訊《たず》ねた。南を押さえられれば、伊豆への退路を断たれる形となる。

「はっ、伊東祐親《いとうすけちか》とその一党にございます」

その名に、胸の奥底がざわめいた。深い場所で凝り固まった憎悪《ぞうお》が、頭をもたげてくる。

脳裏に、様々な光景が浮かんでは消えていく。産着《うぶぎ》にくるまれた、まだ首も据《す》わらない赤子。穏やかな笑みを湛《たた》え、赤子をあやす母。突如現れた軍兵《ぐんぴょう》と、逃げることしかできない自分。

「……佐殿、佐殿！」

気づくと、時政がすぐ側で声を張り上げていた。他の諸将も、不安げな面持《おもも》ちで頼朝を見つめている。

「何をぼんやりなされておる。敵はもう目前に迫っておりますぞ。疾《と》く、お下知《げじ》を！」

束《つか》の間《ま》思案し、命じた。

「山へ籠もり、迎え撃つ」

「しかし、佐殿」

「この石橋山は要害の地。ここで一日、二日と持ちこたえれば、味方が馳せ参じてまいろう。急ぎ周囲の木を切り倒し、柵《さく》と逆茂木《さかもぎ》を巡らせよ」

三浦らが駆けつけると信じているわけではない。だが、他に手の打ちようがなかった。

大粒の雨が降り出したのは夕刻、敵の主力が酒匂《さかわ》川《がわ》を越えたという報せが入った直後だった。雷鳴が轟《とどろ》き、海から吹きつける風に煽られ、横殴りの冷たい雨が全身を叩く。

陣小屋の用意もなく、ひたすら耐えるしかなかった。体は冷えきり、兵糧《ひょうろう》を摂《と》ることもままならない。とはいえ、頼朝は安堵を覚えていた。この雨ならば、敵も容易には動けないはずだ。

夜半近くになり、ようやく雨は小降りになってきた。あれほど吹き荒れた風も、だいぶ弱まっている。

「三浦勢が、酒匂川東岸まで進出しております」

最も見晴らしの利く尾根に配した見張りが、本陣に戻って報告した。諸将が沸き立ち、頼朝も拳《こぶし》を握りしめる。

三浦勢はおよそ三千。このまま南下して敵の背後を衝けば、戦況は一気に逆転する。

「明朝になれば、敵が攻め寄せてこよう。三浦勢の到着まで、何としても耐えるのだ」

諸将がおお、と声を揃えた時、別の見張りが本陣へ駆け込んできた。

「敵襲、敵襲にございます！」

「馬鹿な！」

頼朝が床几から腰を浮かせた刹那、喊声がどっと沸き起こった。山の東側からだ。敵は嵐を衝いて、一隊を麓の森に潜ませていたらしい。

「怯《ひる》むな、地の利はこちらにある。矢を射かけて追い落とせ！」

だが、戦いがはじまると同時に、敵の本隊も山の北側から攻め寄せてきた。南からも、伊東勢が迫ってくる。味方は柵を楯に応戦しているが、敵の勢いに完全に押されていた。たちまち柵は引き倒され、敵が斜面を駆け上ってくる。怒号と断末魔の悲鳴が重なり、何本もの矢が頼朝のすぐ側を掠めていった。

「三浦は、三浦の軍勢はどうした？」

「恐らく、酒匂川が増水して動けぬものと」

頼朝は弓を手に立ち上がったものの、何をどうすればいいのかもわからない。

「舅殿、宗時、義時……！」

声を張り上げるが、姿は見えない。傍らにいた従者の喉を、矢が貫いた。足が竦《すく》み、血の臭いに吐き気が込み上げる。

「最早、支えきれませぬ。ここは土肥郷の椙山《すぎやま》まで退き、態勢を立て直すべきかと」

乱戦を抜け出した土肥実平が、頼朝に耳打ちする。頷くと、実平が撤退を号令した。

「佐殿、ここは我らが」

頼朝の挙兵に応じた豪族の一人、佐奈田与一《さなだよいち》が自身の郎党を引き連れ、敵中へ斬り込んでいく。その間に、頼朝らは徒歩《かち》で石橋山を下り、南西の椙山へ向かった。

後方からは数百の追手が迫ってくる。五十人ほどいた味方は背後から射かけられる矢に次々と倒れ、十町と進まないうちに半数近くまで討ち減らされた。

「佐殿、もはやこれまで。ここは我らに任せ、落ち延びられよ！」

椙山の麓の堀口まできた時、実平が叫んだ。敵の追手は、半町足らずの距離まで迫っている。

数名の従者とともに、頼朝は脇目もふらず走った。深い森を進むうち、従者ともはぐれた。どこへ逃げるべきか。今後、味方をどう立て直すか。まるで頭に浮かばない。あるのはただ、死の恐怖だけだ。

いつしか、雨は止んでいる。どれほど駆けたのか、頼朝は灌木《かんぼく》の茂みの中で膝を折った。息が上がり、雨に濡れた体ががたがたと震える。

この二十一年、平家への聞こえに配慮して、ろくな鍛錬《たんれん》をしていない。体の衰えは想像以上だった。鎧の重みと駆け続けた疲れに、立ち上がる気力さえ湧《わ》かない。

ここで死ぬのだろうか。先を思い、頼朝は震えた。敵の追手は、じきにこのあたりまでやってくる。山狩りがはじまれば、逃げ切れるとは思えない。

二十一年前は、父に従っただけだった。だが、今度は頼朝が自ら旗頭となって兵を挙げたのだ。捕らえられれば、確実に首を刎《は》ねられる。それならばいっそ、ここで自害して果てるべきか。

確かめるように脇差《わきざし》の柄に触れた刹那だった。

不意に、あたりが闇に閉ざされた。もたれかかっていたはずの杉の木は消え、何もない場所に頼朝は佇《たたず》んでいる。

夢か。それとも幻術の類か。あたりを見回した。闇は濃く深く、ほんの一間先さえも判然としない。だが頼朝は、その向こうに自分を見つめる者の存在をはっきりと感じていた。

何者か。手にした弓に矢を番え、頼朝は呼ばわった。

答えはない。弦《つる》を引き絞り、気配に向けて矢を放つ。だが、手応えはまるでなかった。くぐもった笑い声が聞こえた。低く、腹の底まで響くような声。到底、人のものとは思えない。やはり、鬼か物の怪か。恐怖に総身が竦むが、震える手で次の矢を番える。

——無駄ダ。我ヲ討ツコトハ、誰ニモデキヌ。

声が聞こえた。若いのか老いているのか、いや、男か女かさえも判別できない不可解な声。それは耳にではなく、脳裏に直接語りかけてくるかのように響いている。

声に出さず、頼朝は問う。

——今まで俺を見つめていたのは、お前か。

——ソウダ。ズット、見テイタ。コレカラ先モ、見続ケル。

——なぜだ。

——オ前ハ、選バレタ。

――選ばれた？　誰にだ？

〝声〟はその問いに答えることなく言った。

――オ前ハ、マダ死ナヌ。役目ヲ果タスマデ、死ヌコトハ許サレナイ。

――役割とは何だ。お前は何者だ。神か仏か。それとも天魔か。

――思イ出セ。アノ者ラニ味ワワサレタ苦シミヲ。妻ト子ノ無念ヲ。

不意に、闇の中に薄らと人影が浮かんだ。それは徐々にはっきりと像を結び、一組の母子の姿を映し出す。

「八重、千鶴！」

手にした弓矢を投げ出し、頼朝は叫んだ。

だが、その声は届かなかった。駆け寄ろうとしても、体は金縛りにあったように言うことを聞かない。

八重は頼朝の存在など目に入らないかのように、穏やかな笑みを湛え、産着にくるまれた千鶴丸をあやしている。

と、そこへ突然、具足《ぐそく》に身を包んだ数人の武者たちが現れた。我が子を守ろうと必死に抗《あらが》う八重から千鶴丸を奪い取り、何処《どこ》かへ消えていく。八重は蹲《うずくま》って泣き叫ぶが、頼朝にはどうすることもできない。

これは、あの日の光景だ。そう思った刹那、八重の姿も闇の中へと消え、すべてが闇に包まれた。

四

目覚めると、頼朝は茂みの中に横たわっていた。

知《し》らず識《し》らずのうちに眠ってしまったのか。空は相変わらず厚い雲に覆われ、月も星も見えない。だが実感として、それほどの時が経ったようには思えなかった。

あれは夢だったのか。それにしてはあまりに生々しい。八重も千鶴丸も、本当にその場にいたとしか思えなかった。

八重は、伊東祐親の娘だった。祐親は平家から頼朝の監視を委ねられていたが、頼朝と八重はどちらからともなく恋仲になり、祐親が京に滞在している間に、八重は千鶴丸を産んだ。

しかし、京から戻った祐親は平家への聞こえを恐れて八重を幽閉し、生まれて間もない千鶴丸を川に沈めて殺害する。

蛭ヶ小島の屋敷でそのことを聞いた頼朝は、祐親が兵を向けてくることを恐れ、着の身着のままで北条館に逃げ込むことしかできなかった。

それからほどなくして、屋敷を抜け出した八重は、千鶴丸が沈められた狩野川《かのがわ》に入水《じゅすい》し、自ら命を絶ったという。

なぜあの時、二人を助けようとしなかったのか。あれから何度となく自問した。

答えはとうに出ている。自分が臆病だったからだ。闘ったとしても、数百の兵を持つ祐親に勝てるはずがない。ここで死んだところで、ただの犬死だ。そう己に言い聞かせ、頼朝は逃げた。

あれからもう、十年近い月日が流れている。だが、自分はまたしても逃げ出した。口では平家打倒を叫び、源氏の再興を謳《うた》っても、土壇場で恐怖に駆られ、戦うことなく敵に背を向けた。

ふと物音が聞こえ、頼朝はびくりと体を震わせた。

茂みを掻き分ける音。話し声も聞こえる。わずかに顔を上げ、視線を左右に走らせた。

松明《たいまつ》の灯り。一人の鎧武者と数人の雑兵《ぞうひょう》が、薙刀《なぎなた》で草木を払いながらこちらへ向かってくる。明らかに、味方ではない。距離は、わずかに五間ほど。

「このあたりに潜んでいるはずだ。何としても探し出せ！」

鎧武者が、雑兵たちを叱咤していた。ここまでか。引きずり出され、首を打たれる己の姿が脳裏をよぎる。

「頼朝は八重姫さまをたぶらかし、お命まで奪った憎き敵ぞ。生きたまま捕らえ、殿の御前で八つ裂きにしてくれようぞ」

伊東家の郎党。理解した途端、胸のあたりがかっと熱くなった。体の奥底からとめどない憎悪が湧き上がり、激流のように恐怖を押し流していく。

八重と千鶴丸と過ごしたわずかな日々。絶望に打ちひしがれ、己の弱さを呪った日々。すべてが凄《すさ》まじい速さで駆け巡り、頼朝の体が勝手に動き出す。

立ち上がり、弓に矢を番えた。敵がこちらを振り向くより早く、一矢《いっし》を放つ。雑兵の一人が、矢の突き立った喉を押さえて倒れた。

「いたぞ、敵じゃ！」

「囲め。囲んで討ち果たせ！」

頼朝はさらに二本、三本と立て続けに矢を放った。矢は狙いを逸れることなく、自分でも不思議なほど、確実に敵の急所を捉えている。

五本目の矢を放とうとした時、弦が切れた。

弓を捨て、太刀を抜き放った。叫び声を上げながら、敵に向かって駆け出す。雑兵が突き出した薙刀を払い、刃を首筋に叩きつける。肉を斬り、骨を断つ手応え。熱い血が全身に降り注ぐ。向かってきたもう一人の腕を斬り飛ばし、喉元を貫いた。駆け続けた疲れも鎧の重みも、まったく感じない。まるで、自分の体を別の誰かが動かしているようにすら感じる。

残すは、鎧武者一人。その表情は恐怖に歪《ゆが》み、構えた太刀の切っ先はかすかに震えている。

「八重と千鶴丸の恐怖は、こんなものではないぞ」

「貴様、頼朝か」

答えず、頼朝は踏み出した。同時に、鎧武者も前に出る。馳せ違った。振り返る。鎧武者は首筋から血を噴き出し、膝を折って倒れた。

頼朝は荒い息を吐きながら、周囲に転がる骸を呆然と見つめた。

この十人近い敵を、本当に自分が倒したのか。これまで、戦に出たことはあっても、実際に人を斬ったことなどない。しかもこの二十一年の間、太刀を抜いたことさえなかったのだ。

ふと思い立ち、頼朝は鎧の紐《ひも》を緩めた。懐から、文覚に渡された首飾りを取り出す。巻貝に似た飾りは明らかに熱を発し、頼朝の心の臓に合わせるかのように脈動している。

突然、首飾りが強い光を放った。そのまばゆさに、頼朝は思わず目を閉じる。目を開くとすでに光は消え、首飾りは掌の中で粉々に砕け散っていた。

これはいったい何なのだ。息を呑んで首飾りの残骸を見据える頼朝の視界に、松明の灯りが映った。

追手。まだ遠いが、その数は十や二十ではきかない。

とにかく、今は生き延びることだ。首飾りのことを頭から追い払い、頼朝は駆け出した。

闇はなおも深く、地面はぬかるみ、前に進むだけで体力を奪われていく。松明の灯りは遠ざかり見えなくなったが、自分が今どのあたりにいるのかさえわからない。

ふと視線を転じると、巨大な杉の木が見えた。近づくと、根本のあたりが裂け、洞《ほら》になっている。深い考えもなく、頼朝はその中へ飛び込んだ。奥行きは十分にあり、人が一人横になれるほどの広さがある。

あたりを窺《うかが》って追手の気配がないのを確かめ、安堵の吐息をつく。

ようやく、今後のことを考える余裕が出てきた。

まずは味方の誰かと合流し、誰が討たれ、誰が生き残っているのか把握しなければならない。そして軍勢を再結集し、態勢を立て直す。

そこから先はどうするか。平家方に再戦を挑むか、それとも三浦家の軍勢と合流し、さらに味方を募るべきか。

思案を巡らせているうちに、睡魔が襲ってきた。兜を脱ぎ、洞の内壁にもたれかかる。

どれほどの時が経ったのか。気配が肌を打ち、頼朝は目覚めた。

はっと体を起こし、洞の入口に顔を向けた。

一人の武者が、こちらを覗き込んでいる。距離はほんの二間足らず。鍬形《くわがた》を打った大鎧。年の頃は、四十前後か。それなりの地位にあるようだが、見覚えはない。つまりは、敵だ。

脇差の柄を握り、鯉口《こいぐち》を切った。虜囚《りょしゅう》の辱《はずかし》めを受けるよりは、潔く自害する。それが源氏の棟梁としての、せめてもの矜持《きょうじ》だ。

「源頼朝殿、ですな」

武者が、低い声で言った。頼朝は脇差を抜き放ち、首筋に刃を向ける。

「早まってはなりませぬ。拙者は大庭景親が一族、梶原平三景時《かじわらへいぞうかげとき》と申す者。このあたりにいた追手は、それがしが遠ざけ申した」

「何故《なにゆえ》か」

「平家の世には、いささか飽き申した。景親のような愚物の下で己が才を腐らせるは、我が本意にあらず」

束の間、視線が交錯した。己の才によほどの自負があるのか、男の目は揺るがない。

この男の中にある、打算と野心。情けや忠義などより、よほど信頼できる。頼朝は脇差を鞘《さや》に納め、梶原と名乗った男に頷きを返した。

「ここから南西に進めば、平家方の兵はおり申さぬ。散ったお味方と落ち合うこともかないましょう。さあ、急がれよ」

そう言い残し、梶原は足早に去っていった。

あたりを窺い、頼朝は意を決して洞を出た。梶原の言う通り、周囲に敵はいないようだ。役目を果たすまで、自分は死なない。夢なのか幻なのか、確かにあの〝声〟は言っていた。

　信じてみるか。口中で呟き、頼朝は兜の緒を締めた。

五

　一面に広がる冬枯れの野を、大軍が埋め尽くしていた。富士川《ふじがわ》の東岸一帯に布陣する軍勢は、総勢八万。掲げるのは、源氏の白旗《しろはた》である。そして、富士川を挟んだ対岸にも平家の赤旗を掲げる数万の軍がひしめいていた。

　治承《じしょう》四年十月二十日。黄瀬川《きせがわ》に置いた頼朝の本陣には、ひっきりなしに伝令が駆け込んで味方の参陣を伝えてくる。鎌倉を発《た》って四日が経つが、いまだに味方は増え続けていた。遠からず、兵力は十万に達するだろう。

　鎌倉から富士川まで進出したのは、都から遠征してくる平家軍を迎え撃つためだ。平家軍とは戦の作法に則《のっと》って使者をやり取りし、決戦は二十四日に行うと決まった。

　だが、本陣に切迫したものは漂っていない。敵は十万という触れ込みだが、西国を襲った飢饉《ききん》の影響で戦意も兵糧も乏しく、脱走が相次いでいる。敵陣に紛れ込ませた間者によれば、兵力はすでに二万を割り込んでいるという。

「これだけの大軍を目の当たりにして、平家の者どもも怖気づいておりましょうな。あるいは、戦の前に逃げ出すやもしれませんぞ」

「都で歌だの笛だのにうつつを抜かしていた連中じゃ。それもあり得る」

「しかしそれでは、功名の立て時が無《の》うなってしまいますな」

本陣に居並ぶ諸将が軽口を叩き、笑い合っている。それだけ、この戦を楽観視しているのだろう。

それにしても、と頼朝は思う。

我ながら、よくもこれほどまでに盛り返せたものだ。一時はたった一人で山中を彷徨《さまよ》い、恐怖に震えていた。あの石橋山での敗戦から、まだ二月と経っていない。

梶原景時に見逃された頼朝は、その日のうちに北条時政、土肥実平らと合流し、箱根《はこね》権《ごん》現《げん》に数日の間身を潜めた。その後、頼朝一行は実平の手引きで真鶴岬《まなづるみさき》から船を仕立て、安房《あわ》へと渡る。

海は荒れ、押し寄せる波は頼朝たちの乗る小船を容赦なく揺さぶった。見上げるほどの高波が全身に降り注ぎ、船縁《ふなべり》や帆柱に何度となく打ちつけられる。胃の中の物をすべて吐き出しても、吐き気はさらに襲ってくる。

頼朝が船に乗ったのは、伊豆へ流される途上で伊勢湾を渡った時だけだ。十四歳の頼朝は恐怖と船酔いに震え、船倉で蹲っていることしかできなかった。

海への恐怖は今も消えてはいない。それでも、頼朝は耐えた。平家に対する憎しみに比べれば、恐怖など何ほどのこともない。水に沈んだ八重と千鶴丸が、自分を守ってくれる。そう信じて、頼朝は頼りない帆柱にしがみつき、歯を食い縛り続けた。

荒海を乗り切り安房にたどり着いた頼朝は、この地で奇跡を目の当たりにする。

同じく平家方の包囲から脱出してきた三浦一族が合流してきたのを皮切りに、千葉常胤ら、房総一帯の諸豪族が続々と頼朝の麾下に参じてきたのだ。安房に上陸した時はほんの三百足らずだった軍勢が、ほとんど戦らしい戦も経ず、わずか一月で二万五千に膨れ上がった。

さらに、房総最大の豪族である上総広常が二万の大軍を率いて参陣する。武蔵を経て鎌倉へ入る頃には、味方は五万を優に超えていた。石橋山では平家方だった梶原景時、畠山重忠《しげただ》といった豪族たちも頼朝に寝返り、大庭景親は領地を捨てて姿をくらましたという。

あまりにも急激な状況の好転に、頼朝は当初困惑した。だがよくよく考えてみれば、これは奇跡などではなく、当然の帰結と言える。

それだけ、坂東武士の平家に対する恨みが深かったということだ。頼朝の首を差し出したところで、その先も平家の世は続く。むしろ、より一層盤石《ばんじゃく》なものとなるだろう。それならばいっそ、頼朝という貴種を担いで平家を倒し、今よりいくらかでもましな政の仕組みを作り上げた方が得るものはずっと大きい。そのことに気づいたからこそ、豪族たちは頼朝の下に馳せ参じたのだ。それは頼朝個人の思惑をはるかに超えた、時代の趨勢《すうせい》とも言うべき流れだった。

であればこそ、頼朝も油断することはできない。自分という存在は、あくまで御輿にすぎないのだ。旗色が悪くなれば、あるいは豪族たちの望む政ができなければ、担ぎ手たちはいとも容易く自分を捨てるだろう。頼朝の従兄弟に当たる木曽《きそ》義仲《よしなか》や、甲斐《かい》源氏の武田《たけだ》信義《のぶよし》なども反平家の旗を掲げている。担ぐに足る御輿は、頼朝の他にもいるのだ。坂東に一大勢力を築きはしたが、配下の誰も信ずるには足りない。舅の北条時政でさえ、状況によっては躊躇《ためら》うことなく自分を裏切るはずだ。

孤独であることに変わりはないか。頼朝は誰にも聞こえない声で呟き、自嘲の笑みを漏らした。

待ち人が現れたのは、その日の夜のことだった。

「久しいな、御坊。ずいぶんと探させたぞ」

宿所としている豪農屋敷の一室。そこで、頼朝は文覚と向き合って座っていた。従者たちは遠ざけ、余人の姿はない。

「さて、拙僧を探しておると聞いて訪ねてはきたが、平家との決戦も近いというに、坊主と語り合う暇などおありになるのかな？」

「案ずるには及ばん。すでに死《し》に体《たい》の平家軍などより、わしはそなたのことが気にかかっておった」

鎌倉に入って頼朝が真っ先に命じたのは、文覚の捜索だった。蛭ヶ小島を訪ねてきた直後から、文覚は行方をくらましている。そして今日になって、文覚の方からこの黄瀬川を訪ねてきた。

「もはや、つまらぬ駆け引きはいらん。率直に訊ねる。そなたは、どこの手の者だ」

「拙僧が、誰ぞの意思で動いておると？」

「そうだ。あの首飾りにも、何かしらの術が施してあった。違うか？」

幻術の類を、頼朝はこれまで信じてこなかった。だが、あの日見た幻は、今もはっきりと覚えている。あの首飾りが自分の命を救ったのも、間違いはないだろう。

源氏と平家をぶつからせて利を得る者。思い浮かぶのは後白河院か、奥州《おうしゅう》の藤原秀衡《ひでひら》あたりだ。後白河法皇と清盛の対立は周知の事実で、奥州に独立した勢力を築いている藤原秀衡も、平家の力は削いでおきたいはずだ。

「申せ。そなたは誰の命で、我が前に現れた」

重ねて問うと、文覚は口元に微笑を浮かべた。

「さて。確かに拙僧は、ある意思のもとで動いておる。だがそれは、どこの誰というような小さなものではない。人には触れることも、その意を慮《おもんばか》ることもかなわぬ」

「ほう、神か仏の御意思だとでも申すつもりか？」

「神、仏、天命、宿運。人は何かと名付けたがるが、意味などありはせぬ。万物の一切は、人の頭では想像もつかぬ大きな流れの中で動いておる。そしてすべては流れ、移ろいゆく。諸行は無常ぞ」

「そなたと問答をするつもりはない」

立ち上がると、頼朝は刀架《とうか》の太刀を摑《つか》んだ。鞘を払い、切っ先を文覚に向ける。

「わしは幼き頃より、何者かの視線を感じながら生きてきた。常に何かに怯《おび》え、世を憎みながら日々を過ごしてきた。だが、それももう終わりだ。わしはこれより先、己の意思で生きる。誰にも操られはせぬ」

文覚は突きつけられた刃に怯む様子もなく、微笑を湛え続けている。

「よき心がけじゃ。なればこそ、そなたが選ばれたのであろうな」

「黙れ。そなたはいったい何者だ。吐かねば、斬り捨てる」

不意に、全身が見えない硬い物で縛《いまし》められたかのように強張《こわば》る。また妖の術か。人を呼ぼうと叫んだが、声が出ない。

――無駄ダ。

頭の中に、あの〝声〟が響いた。

――我ヲ討ツコトハ、誰ニモデキヌ。

文覚がゆっくりと立ち上がり、細い目を見開く。

頼朝は息を呑んだ。文覚の左右の目の色が違うことに、はじめて気づいたのだ。左目の蒼い瞳。それは頼朝に、海を思わせた。

いきなり体中の力が抜け、頼朝は床に膝をつく。太刀を握り直そうにも、まるで力が入らない。

「二つばかり、よいことを教えて進ぜよう。一つ。対岸の平家軍は今頃兵糧が尽き、退却の仕度にかかっておる。されど、追い討ちは無用。西国の飢饉は、坂東とは比べ物にならん。平家を逐《お》って都へ入ったところで、その先にあるのは滅びの道ぞ」

己の目で見てきたかのように、文覚の声は確信に満ちている。殺気を籠めた頼朝の視線も意に介さず、文覚は続ける。

「二つ。近く、源氏の命運を切り拓く男がここを訪れてまいる。そなたと同じく、重き役目をその背に負うた若者じゃ。大事にいたすがよい」

それだけ言うと、文覚は踵を返し庭へ下りていく。腕の立つ従者たちが庭に控えているはずだが、誰も現れない。ようやく体が言うことを聞くようになった時、彼方から馬蹄《ばてい》の響きのような音が轟いた。

それは数千、数万の水鳥がいっせいに飛び立つ羽音だった。

これを源氏軍による夜襲と誤認した平家軍は、たちまち混乱に陥《おちい》った。源氏軍の先鋒《せんぽう》はこの機に乗じ、独断で富士川を渡って攻撃を開始する。平家軍はなす術なく壊乱し、散り散りになって敗走していった。報告によれば、平家軍は水鳥が羽ばたく前から退却の仕度にかかっていた模様だという。

追撃の許可を求める使者に、頼朝は首を振った。

文覚の言葉に従うわけではない。ここで追撃をかけて都を奪えたとしても、飢饉に喘《あえ》ぐ西国で十万の軍は養えないのだ。何より、坂東の豪族たちはこれ以上の出兵による負担を望んではいない。

ならば坂東で力を蓄え、政の仕組みを整えて盤石な支配を確立すべきだ。この坂東の地に、朝廷とも平家とも違う新たな政権を打ち立てる。そして万全の準備が整った後に、平家をことごとく討ち果たせばいい。

「佐殿。ただ今、源九郎義経《くろうよしつね》と名乗る御仁が、佐殿にお目通りを願うておられます」

勝利を祝う宴《うたげ》の席で、従者が報告してきた。

「九郎義経だと？」

「はっ。何でも義朝公の御子息にして、佐殿の異母弟に当たられる御方とか。御母上は、常盤御前《ときわごぜん》とのことにございます」

常盤は父義朝の妾《めかけ》だった。元の身分は低いが、その容色は都一とまで称えられ、義経の他に二人の男子を産んでいる。常盤は平治の乱の後に子らとともに捕らえられたが、清盛に我が身を売ることで我が子の助命を承諾させたらしい。

義経は幼くして鞍馬寺《くらまでら》に預けられたが、そこを抜け出し、奥州藤原氏の庇護を受けている。頼朝の挙兵を聞いていてもたってもいられず、わずかな供だけを連れて参陣したとのことだった。

頼朝は思案を巡らせた。

源氏の嫡流は、自分ひとりでいい。血の繋がった弟など、内紛の火種でしかないのだ。しかも奥州から来たとなれば、藤原秀衡が何らかの意図をもって送り込んできたと見るのが妥当だった。

追い返せ。喉まで出かかった言葉を、頼朝は呑み込んだ。上手く手懐《てなず》ければ、有力な手駒が一つ増えるかもしれない。追い払うかどうかは、会ってから決めても遅くはないだろう。

「よかろう。通せ」

しばらくして現れたのは、赤糸縅《あかいとおどし》の鎧をまとった、小柄だが端整な顔立ちの若武者だった。大きな耳は、自分や亡父義朝とよく似ている。

「お初にお目にかかります。九郎義経にございます」

淀《よど》みのない京言葉で、義経はこれまでの己の境遇と、平家打倒にかける意気込みを語る。母は父の仇に身を売り、その後別な男のもとに再嫁した。鞍馬寺では兄弟子たちに虐《しいた》げられ、清盛の考え一つでいつ殺されてもおかしくはない。帰るべき家もなく、明日をも知れぬ命に怯え、ただただ世を恨むだけの孤独な日々。平家を討つことだけを心の支えに、今日まで生きながらえてきたという。

「されど、兄上と対面してわかりました。私は、独りではなかったのだと」

澄んだ目をこちらへ向け、義経が言った。胸の奥に熱い何かが生じ、頼朝は戸惑《とまど》う。

気づくと、頼朝は立ち上がり、義経の前に膝をついていた。手を取り、弟の顔を見つめる。

義経の双眸《そうぼう》の奥に、頼朝は押し殺した狂気をはっきりと見て取る。戦の場に放てば、この弟は嬉々《きき》とした表情で敵を殺していくのだろう。それが、己の生きる意味だというように。

まるで、水面に映る自分の姿を見ているようだった。この若武者は、もうひとりの自分なのだ。

「よく来てくれた、九郎。そなたはまぎれもなく、我が弟だ」

「兄上……」

義経が声を詰まらせた。潤んだ目から、雫《しずく》がこぼれ落ちていく。頼朝は微笑を浮かべ、その手を握った。義経は声を殺して泣き、見守る将たちも嗚咽《おえつ》を漏らしている。

頼朝は涙を見せなかった。泣こうにも、涙は八重と千鶴丸を失った時に涸《か》れ果てている。

源氏の命運を切り拓く男と、文覚は言っていた。確かにその通りかもしれない。いや、たとえ文覚の予言が無くともわかる。この弟は、天が平家を討つために遣わした鬼だ。ならばその望み、この兄が叶《かな》えてやる。

海に浮かぶ無数の軍船。渦に呑まれ沈みゆく夥しい数の武者と、平家の赤旗。脳裏にその光景がまざまざと浮かび、頼朝は小さく笑った。

三　相克の水面

一

森は深く、どこまでも果てることなく続いているように思えた。

教経《のりつね》は茂みの中に潜み、じっと息を殺して待つ。頭上を覆う梢《こずえ》に遮られ、日の光も届かない。聞こえるのは、彼方で啼《な》く鳥の声と、風にそよぐ草木のざわめきだけだ。

どれほどの時が経ったのか、ざわめきが大きくなった。勢子《せこ》役を務める村の男衆《おとこし》だ。

弓に矢を番え、目を凝らす。一頭の猪《いのしし》。毛皮を着込んだ十数人の男衆が、こちらへ追い立ててくる。

木々の合間を縫いながら、猪が駆けてきた。かなりの大物だ。二十間、十間。狙いを定め、矢を放つ。鏃は過《あやま》たず、猪の右目に深々と突き立った。猪が甲高《かんだか》い声を上げて倒れる。

「一矢で仕留めるとは、お見事」

「さすがは〝王城一の強弓《ごうきゅう》〟と呼ばれた御方じゃ」

男衆の称賛を浴びながら、立ち上がって猪に歩み寄る。その傍らにしゃがみ、手を合わせた。これでしばらく、肉には困らない。毛皮が手に入るのもありがたかった。

「よし、村へ帰るぞ。今宵《こよい》は皆で鍋を囲もう」

男衆が歓声で応える。二日間山に籠もって倒した獲物は、この猪と鹿が一頭、兎《うさぎ》が四羽。この分なら、今年の冬も何とか越せそうだ。猪の四肢を棒に括《くく》りつけ、二人がかりで担ぎ上げる。

日はすでに、西へだいぶ傾いている。晩秋とあって、日が落ちるのは早い。

「急ごう。皆、腹を空《す》かせて待っているぞ」

村までの道のりはおよそ半里。急斜面に二十軒ほどの家が立ち並ぶだけの小さな村だ。狩猟と焼畑が中心で、深い谷と峻嶮《しゅんけん》な峠《とうげ》を越えなければたどり着けないため、外との往来はほとんどない。暮らし向きこそ貧しいが、山深いこの地の他に、教経らが生きられる場所はなかった。

しばらく獣道を進み、見晴らしのいい場所へ出ようとしたその時だった。

教経は足を止め、目を見開く。かつて嫌というほど嗅《か》いだ、戦の臭い。全身の肌がひりついた。

正面の山。村が見える。そのうちの何軒かから、禍々《まがまが》しい黒煙が天に立ち上っていた。火事ではない。逃げ惑う村人たちを、いくつかの黒い影が追い立て、斬り伏せている。

「声を立てるな」

鋭く命じ、木陰に身を隠した。男衆も獲物を置き、それに倣う。

とうとう嗅ぎつけられたか。見たところ、敵は真っ当な武者たちではない。野伏《のぶ》せりや野盗とも違う。鎌倉の抱える、影働きの者たちだろう。要所に配した見張りは、恐らくすべて殺されている。

「おのれ……頼朝」

我知らず、呻きにも似た声が漏れた。村には、教経の妻と十歳になる息子が残っている。

「行くぞ」

妻子が逃げ延びていることを願いながら、弓を手に走り出す。戦えるのか。最後に戦に出たのは、もう十四年も前のことだ。

教経は駆けながら、武士だった頃の記憶を呼び起こした。

二

昇りはじめた朝陽が、ようやくすべてを照らし出した。

陸地には無数の白旗がたなびき、浜辺を兵馬が行き交っている。主上《しゅじょう》のおわした内裏《だいり》や主立《おもだ》った将領の屋敷、郎党たちの陣屋《じんや》にいたるまでが焼き払われ、黒々とした焼け跡と化していた。

平教経は沖合の船上から、陸の敵陣を睨んだ。敵は浜辺に楯を並べ、こちらの反撃に備えている。騎馬はせいぜい百騎余り。徒歩武者はほとんどいない。

やはり寡兵《かへい》であったか。歯噛みしながら、握りしめた拳を船縁に叩きつける。

平家軍の本営たる讃岐国《さぬきのくに》屋島《やしま》に、源氏軍が怒濤のごとく押し寄せてきたのは、夜明け前のことだった。源氏に船は無く、この屋島へ渡ることはできない。その思い込みが、すべての判断を狂わせた。敵は周辺の家々に火を放つと、干潮で浅くなった海を押し渡り、攻め寄せてきたのだ。

大軍の襲来と誤認した総大将の宗盛《むねもり》は慌てふためき、ろくに応戦することもないまま、帝や女房衆を連れて船で海上へ逃れ出る。教経らも、やむなくこれに従った。

だが、敵はこちらの十分の一にも満たない寡兵だった。方々に放火して回ったのも、こちらの動揺を誘い、正確な兵力を知られないようにするためだろう。

「これに勝る恥辱があろうか」

吐き捨てると、教経は乗船を宗盛の御座船《ござぶね》に寄せ、乗り移った。

「宗盛殿、今すぐ総攻めの下知を。敵は小勢にござる」

「しかし、たったあれだけの兵で攻め寄せてくるとは思えん。どこぞに援軍がおるのではないのか」

清盛亡き後平家の惣領《そうりょう》となった宗盛は、二十六歳の教経より十三も年長だが、戦に関しては童も同然だった。無駄な肉のついた瓜実《うりざね》顔には、逡巡《しゅんじゅん》が色濃く浮かんでいる。これが、あの清盛の息子なのか。舌打ちを堪え、さらに詰め寄った。

「援軍がおるならなおのこと、屋島を奪い返し、迎え撃つ仕度を整えておかねばなりませぬ。このままでは、我らは四国までも失うことになりますぞ」

「わ、わかった。戦はそなたに任せる」

その言葉を引き出すと、教経は即座に攻撃を命じた。

富士川で惨敗し、京を失い、一の谷では予期せぬ山上からの奇襲を受けて敗北、多くの有能な将を失った。ここで再び敗れれば、平家はもう立ち上がれない。

教経は浜へ船を寄せ、浜辺の源氏軍に遠矢を射かけさせた。屋島に上陸するには、この狭い入江を突破するしかない。だが、敵はしっかりと楯を並べ、守りを固めている。

屋島は海からの攻めには強い。それがこの地を本拠とした理由だったが、今は完全に仇《あだ》となっている。味方は矢を放ちながら入江に攻め入って上陸を試みるが、波に足を取られている間に敵の矢が降り注ぎ、次々と討たれていった。波打ち際に骸が折り重なり、海が赤く染まっていく。

「埒が明かんな」

呟き、教経は自身の乗船を前に進めた。

敵は矢の雨をかいくぐって殺到する味方と戦うため、楯から出てきている。今が好機だった。

滋藤《しげどう》の弓に、矢を番えた。狙いは、白馬に乗った小柄な将。赤地の鎧直垂《ひたたれ》に、紫糸で縅《おど》した鎧、鍬形を打った兜。

源九郎義経。平家を逐って入京した木曽義仲を一撃で粉砕し、一の谷では崖の上からの奇襲を敢行し、平家軍敗北のきっかけを作った男。このたった一人の将のために、平家は窮地に追い込まれている。

弦を引き絞り、狙いを定める。間合いは一町余。並の武者には遠いが、〝王城一の強弓〟の異名を取る教経にとっては、さして難しい距離ではない。風を読み、心気を研ぎ澄ます。

放った。矢は緩やかな弧を描き、義経に向かって飛ぶ。

命中。確信したその時、義経と轡《くつわ》を並べていた郎党が、鞍から身を投げ出した。鏃は喉を貫き、郎党が波打ち際に倒れる。

「おのれ！」

いま一矢。だが矢を番えた時には、別の郎党たちが集まって義経の姿を隠していた。

義経は郎党の死に動じる様子もなく、指揮を執り続けている。

「坂東武者には、血が通っておらんのか」

教経は立て続けに矢を放つが、義経の脇を固める僧形《そうぎょう》の男が、薙刀ですべて叩き落としていく。信じ難いほどの遣い手だった。

「殿、ここは私が」

船から飛び降りたのは、菊王丸《きくおうまる》という従者だった。まだ十八歳で、もとは一の谷で討死した兄の通盛《みちもり》に仕えていた。

「早まるな！」

叫んだが、菊王丸は止まらない。太刀を手に、波を蹴り立てながら浜へ進んでいく。

次の刹那、菊王丸が歩みを止めた。水飛沫《みずしぶき》を上げ、仰向けに倒れていく。その眉間には、義経の郎党が放った矢が突き立っていた。

菊王丸の首を獲ろうと、敵が殺到する。教経は弓を投げ捨て、船から飛び降りた。駆けながら太刀を抜き放ち、群がる敵を斬り伏せていく。菊王丸の骸を片手で船に投げ上げ、自身も乗船した。

見ると、浜辺の味方はあらかた討たれていた。やむなく、教経は船を沖へ戻すよう命じる。

日はすでに暮れかけていた。今日の戦は、もう終わりだ。

離れ際、教経は船の艫《とも》に立ち、義経に向けて声を放った。

「九郎義経殿。我こそは、平相国入道《しょうこくにゅうどう》清盛の弟、教盛《のりもり》が次男、能登守《のとのかみ》教経である」

義経は答えず、じっとこちらを見つめている。

「今日のところは我らの負けだ。だが、貴殿の御首級《みしるし》、いつの日かこの能登守教経が必ずや挙げてみせん！」

義経は無言のまま、薄い笑みを浮かべていた。人の持つ温かみが一片も感じられない、酷薄《こくはく》な笑み。

戦の場で初めて、背筋に冷たいものが走った。何の根拠もないまま、教経は確信する。あの男とは、倶《とも》に天を戴くことはできない。違う出会い方をしたとしても、いつか必ず殺し合う定めなのだ。

翌日、教経は正面から屋島を攻めるのを断念し、東の志度浦《しどのうら》に回り込んだが、ここでも駆けつけた源氏軍に阻まれた。

そしてついに、東の海上に源氏の船団が現れた。船は、紀伊熊野《きいくまの》水軍のものだった。数はこちらと同数程度だが、味方は一両日の戦いで疲弊しきっている。教経は撤退を命じるしかなかった。

「敗けたな」

屋島を捨て、西へ落ち延びる船の中で、教経は独り呟いた。

だが、完膚《かんぷ》なきまでの敗北ではない。長門《ながと》の彦島《ひこしま》には、知盛《とももり》がいる。宗盛の弟で、亡き清盛からはその軍才を愛されていた。武芸の腕はともかく、一軍の将としては自分など遠く及ばないと、教経は思っている。

彦島で知盛と合流し、源氏に最後の決戦を挑む。残された道は、それしかない。

三

教経が物心ついた頃、平家はすでに、その栄華の絶頂にあった。

清盛が平治の乱で源義朝を棟梁とする源氏一党を壊滅させたのは教経の生まれる前年で、八歳の頃には、清盛は武士で初めて太政大臣の地位に就いている。他の要職も平家一門が独占し、教経も十代の若さで従五位下《じゅごいのげ》能登守の官位を与えられた。

だが教経は、幼い頃から他の一門と上手く馴染むことができなかった。

和歌や管弦といった公家の趣味に興じ、陰では官位や荘園を巡って足を引っ張り合う。戦を忘れ、武芸の鍛錬を厭《いと》い、位階の上昇にばかり血道《ちみち》を上げる。武士であることさえやめてしまったかのような一門の中にあって、独り黙々と武芸の腕を磨く教経は、明らかに異端者だった。

だが、以仁王の挙兵から今回の大乱がはじまるに及んで、俄《にわ》かに教経の武勇に期待が寄せられることとなった。平家は頼朝と義仲に敗れ、京・福原を失うが、教経は知盛と共に、平家の失地挽回に奔走する。

知盛は長門に拠《よ》って山陽道を西進する源範頼《のりより》を食い止め、教経は屋島周辺の反平家勢力を次々と討伐していく。知盛の智略と教経の武勇。清盛亡き後の新たな平家は、この二本を主柱としていた。

しかし、ようやく反攻の態勢が整いつつあった矢先での、屋島の敗戦だった。

「まだ、終わったわけではない」

彦島の本営で敗北を詫《わ》びた教経に、知盛は穏やかな声音《こわね》で言った。

「そなたを失わずにすんだだけでも、不幸中の幸い。私はそう思っている」

知盛は当年三十四。線の細い美男で、従兄弟同士ではあるが教経とはまるで似ていない。歳はいくらか離れているものの、平家一門の中では最も気の合う相手だった。

「知盛殿、加減が優れぬように見えるが。しばらく静養した方がよいのでは？」

元々頑健な質《たち》ではないが、ここ数年の苛酷な軍務で、以前よりもさらに痩せたように思える。

「そう悠長なことも言ってはおれん。源氏はとうとう水軍を手に入れたのだ。いつ、この彦島に攻め寄せてきてもおかしくはない」

屋島を落とした敵は、そのまま周防《すおう》の大島《おおしま》へと進んでいた。義経はそこで、味方の集結を待っているという。

「伊予《いよ》の河野《こうの》水軍も源氏に付いたそうだ。それを見た瀬戸内の水軍衆は、続々と大島へ集まっているらしい」

平家方の船は、およそ五百艘《そう》。対する敵は熊野、河野を加え、こちらと同等かそれ以上になるだろうと知盛は見ていた。

「何か策はあるのか、知盛殿」

「この彦島を、捨てる」

「何と」

「これまで、義経は我らの拠点に奇襲を仕掛け、勝利を得てきた。ゆえに、我らは拠点を捨て、海上に陣を張る。さすれば、義経も正面からの船戦《ふないくさ》を仕掛けざるを得まい」

「なるほどな」

「海の上での戦となれば、我らに一日の長がある。船の数が増えたと言っても、敵の主力はあくまで海に不慣れな坂東武者。恐れる必要はない」

教経は頷いた。やはり、軍略では知盛には敵《かな》わない。

「まずは義経を討ち、返す刀で九州へ渡った範頼を倒す。西国を再び支配下に収めて力を蓄え、鎌倉の頼朝を討つ」

「承知した。義経の首は、俺が必ずや獲ってみせる」

義経の不敵な笑みが脳裏に蘇《よみがえ》った。掌に、じわりと汗が滲《にじ》む。

「知盛殿。俺は、あの九郎義経という男が恐ろしい」

武人が口にすべき言葉ではない。それでも、吐き出さずにはいられなかった。

知盛は笑うでも怒るでもなく、黙って先を促す。

「あの男は、戦の作法も通用しなければ、武人が守るべき道義も持ち合わせてはおらん。いかに多くの敵を殺すか。あの男の頭にあるのは、それだけではないのか」

戦にも、守るべき道はあった。戦場《いくさば》とは、作法に則り個々人の武勇を競い合う、武人の誉れの場なのだ。だが、あの男は違う。端武者《はむしゃ》、雑兵にいたるまで、すべての敵を殺し尽くす。そんな暗い執念を、まざまざと感じるのだ。

「九郎義経は、我ら平家の人間を殺すことを、心の底から愉《たの》しんでいる。俺には、そう思えて仕方ないのだ」

「確かに、一の谷の戦場で九郎義経を目にした時、私も同じことを感じた。あれは、我ら平家一門を喰らい尽くさんがために現れた、人の姿をした鬼ではないのか、とな」

そう語る知盛の顔には、疲れの色がありありと滲んでいる。

「だが、鬼であろうとなかろうと、我らが為すべきは戦に勝つことのみ。義経、範頼を倒して鎌倉の頼朝も討ち、今度こそ源氏の血を根絶やしにする。それ以外、我らに道はない」

「そうだな、知盛殿の言う通りだ。つまらぬことを口にした。許してくれ」

知盛は笑って首を振り、珍しく酒を命じた。

「海はいいな、教経」

粗末な陣屋の外に目を向け、知盛が呟いた。

「波の音。潮の香り。ただそれだけで、心が落ち着く」

「わかるような気がする。私も、息苦しい京の都より、福原の方が居心地は良かった。なぜか、懐かしいような気持ちになるな」

「あそこは目の前が海だったからな。我ら平家一門は、海で生きてきた。その血が、海への郷愁を掻き立てるのかもしれん」

惜しむように、知盛は盃《さかずき》を舐《な》めた。範頼軍が九州に上陸して以来、物資の補給が途絶え、酒さえもめったに口にはできなくなっている。

「父上は福原を拠点に、この国の仕組みを根本から作り変えようとしておられた。土地から上がる収穫ではなく、銭で政の費用を賄《まかな》う。そのための、宋との交易だった」

この国で起こる戦の大半は、土地を巡る争いだった。清盛の望む仕組みが出来上がれば、戦は今よりもずっと少なくなるだろう。

「だが知盛殿、もしそうなれば、多くの武士が拠って立つものを失うということにならないか？」

「そうだ。だからこそ、頼朝は兵を挙げ、坂東武者たちもそれを支持したのだろう。あの男は、父上が目指されていたものを正確に見抜いている。私は義経よりも、頼朝の方が数倍恐ろしいな」

「頼朝か」

確かに、初めはただの御輿かと思っていたが、あの精強で自立心の強い坂東武者たちを、頼朝は見事なまでに御している。そして自身は鎌倉を動くことなく、義経を使って木曽義仲を討ち、平家をここまで追い詰めたのだ。見ようによっては、義経以上の化け物にも見える。

「いずれにしろ、俺にできるのは戦うことだけだ。それ以外のことは知盛殿、貴殿にすべて任せる」

「私は時々、そなたが羨《うらや》ましくなる」

「面倒なことは知盛殿に押しつけて、戦のことばかり考えているからか？」

「そういうことだ」

知盛は笑って、盃に残る酒を呷《あお》った。

平家軍五百余艘が彦島を出陣したのは、寿永《じゅえい》四年三月二十四日の朝のことだった。

すでに物見の船から、源氏軍が大島を出陣したとの報が入っている。源氏の船は、こちらの予想を大きく上回り、八百艘を超えているという。さらに九州側の陸地にも、範頼軍数千が現れていた。これを受け、知盛は直ちに出陣を命じたのだ。

平家軍は知盛の策に従い、彦島の陣を捨てた。帝や三種の神器《じんぎ》、女房衆まで伴っての出陣である。ここで勝たねば、帰る場所さえない。弥《いや》が上にも、将兵の士気は高まる。

教経は船団の左翼に位置する自船から、源氏軍を見据えた。

　およそ三十町を隔て睨み合う形になっている。敵の陣容ははっきりとはわからないが、八百を超える船団はやはり圧巻だった。

　右手の豊前《ぶぜん》田《た》ノ浦《うら》にも、源氏軍数千が陣を布いていた。ただ、こちらの敵は船を持っていない。よほど岸に近づかなければ、矢が届くことはないだろう。

　こちらの布陣は、先鋒に筑前《ちくぜん》の山鹿《やまが》秀遠《ひでとお》。二陣に肥前《びぜん》の松浦《まつら》党。その後方に宗盛、知盛の平家本隊。右翼には四国の田口成能《たぐちしげよし》。そして左翼に、教経が控えている。

　先鋒を務める山鹿秀遠の船団には、大型の唐船《からふね》が三艘並んでいた。だが、漕《こ》ぎ手と舵《かじ》取りの他に兵はほとんど乗っていない。この唐船に敵が殺到したところを、精鋭を乗せた小型の兵船で取り囲み一網打尽にする。それが知盛の立てた策だった。

　辰《たつ》の刻。敵の全船が一斉に動きはじめた。

「来るぞ！」

　潮は東から西へと緩やかに流れ、源氏の船はそれに乗って攻め寄せてくる。

　だがそれも、知盛の策の内だった。

　長門と豊前に挟まれたこの早鞆《はやともの》瀬戸《せと》は、最も狭い場所は六町余りしかない。そして、潮流は川のように速く、しかも目まぐるしく変わっていく。熊野や河野の水軍にも、そのすべてを知る者はいないだろう。

敵味方の間合いが十町をきったその時だった。源氏の船足が、明らかに鈍っている。

突如、潮流が西から東へと変わった。

「今だ、押し出せ！」

太鼓が打ち鳴らされ、水夫《かこ》たちがそれに合わせて櫓《ろ》を動かす。潮風が頬を打ち、船足はみるみる速まっていく。敵との間合いも、瞬く間に縮まった。

敵味方双方から、鏑矢《かぶらや》が放たれた。矢合わせの合図だ。

夥しい数の矢が飛び交った。だが、敵の矢は狙いが定まっていない。速さを増していく潮流に櫓を取られ、船が安定しないのだ。対する味方の矢は、源氏の武者を次々と射倒していく。

敵は苦し紛れに、唐船に殺到していた。鉤縄《かぎなわ》を掛け、高い舷側をよじ登っていく。その背後から味方の兵船が矢を射掛け、敵兵を射落としていった。

「見事だ、知盛殿」

勢いは完全にこちらのものだった。潮に押され、敵の陣形は千々に乱れている。そこへ味方の先鋒が突っ込み、続々と敵船に乗り移って敵の武者を血祭に上げていく。

激しい乱戦になっていた。敵味方ともに潮に流され、戦場は満珠島《まんじゅしま》の沖合に移っている。このあたりになると潮流は緩やかになるが、味方は勢いのまま源氏軍を追い込んでいた。

教経は麾下の三十艘を一所にまとめたまま、戦には加わらずじっと戦況を窺っていた。視線を左右に走らせ、義経の船を探す。知盛から託された役目は、義経の首を獲ることだ。乱戦に加わって麾下をすり減らすわけにはいかない。

午の刻を過ぎれば、潮の流れは再び東から西へと転ずる。それまでに決着をつけねばならない。

義経は必ず先陣にいると、教経は確信していた。あの男が後方に腰を据え、じっくりと戦を見守っているとはどうしても思えない。

どこにいる、義経。胸中に呟いた次の刹那、視界の片隅に薙刀を手にした僧形の武者が映った。あの巨軀《きょく》は、間違いなく屋島にいた義経の郎党だ。

さらに目を凝らす。見えた。僧形の武者の背後。屋島で見たのと同じ鎧だ。

「義経はあれにある。船を寄せよ！」

薙刀を義経の船に向けた直後、義経が何か叫びながら片手を天に掲げ、振り下ろした。

直後、源氏の船が一斉に矢を放ちはじめた。味方の船から、無数の悲鳴が上がる。敵が狙ったのは、漕ぎ手と舵取りだった。狙われていると知った漕ぎ手たちは我先に船から逃げ出し、平家の船は動く術を失っていく。

「馬鹿な。これが坂東武者の戦か！」

教経は叫んだ。漕ぎ手も舵取りも、武者ではない。それを狙うのは、戦の作法に反することとされている。

だが、効果は絶大だった。一気に動揺が広がり、源氏軍が盛り返してくる。味方の船の中には、武者の制止を無視して後退をはじめるものも出てきていた。

「教経様！」

教経の船の舵取りが、悲鳴に近い声を上げた。潮流の向きが変わりはじめている。空を仰ぐと、日は中天からわずかに西へ傾いていた。

押しきれなかったか。歯嚙みしたその時、後方で喊声が上がった。振り返る。味方の右翼に位置していた田口成能の船団が、第二陣の松浦党に襲いかかっていた。

「おのれ、やはり裏切ったか」

田口成能の息子は、屋島の合戦の後に源氏に投降していた。成能はその後も平家に味方し続けてきたが、去就に揺れているのは明らかだったのだ。知盛は、成能を成敗することを進言したものの、戦力の低下を危惧《きぐ》した宗盛に却下されていた。

悪夢を見ているようだった。つい先刻まで戦場を支配していた平家軍が、今度は方々で狩り立てられている。水面には無数の赤旗が漂い、船から落ちた味方が必死に助けを呼んでいた。

いや、まだだ。まだ、終わってはいない。教経は再び、義経の乗船を見据えた。

距離は十町ほどか。間には、無数の敵船がひしめいている。

「者ども、聞け！」

　麾下に向け、教経は大音声を放つ。

「この能登守教経ある限り、平家は沈まぬ。目指すはあれにある九郎義経が首、ただ一つ！」

　麾下の将兵が鬨《とき》の声を上げた。主戦場から離れていたため、漕ぎ手に被害はない。太鼓が打ち鳴らされ、三十艘が一丸となって走りはじめる。

　先頭をきって進む自船の舳先《へさき》に立ち、教経は手当たり次第に敵の武者を射落としていった。敵の戦列が乱れ、そこへ三十艘が突っ込んでいく。義経を守ろうと敵船が集まり、たちまち乱戦となった。

　教経は弓を捨て、薙刀を手に跳躍した。一丈近くを跳び、敵船に乗り移る。船が大きく揺れた。驚愕の表情を浮かべる武者を、続けざまに斬り伏せる。

「下郎《げろう》、死にたくなければ道を空けよ！」

　残った敵が、得物を捨てて海へ飛び込んでいく。次の船へ乗り移った。腕を飛ばし、膝を割り、首筋を斬り裂き、さらに次の船へ。幾度か繰り返し、ようやく義経の船が目の前に現れた。血脂《ちやに》の浮いた薙刀を捨て、太刀を引き抜く。

　義経。目が合った。待っていたと言うように、楽しげな笑みを浮かべている。やはり、この男は生かしておくべきではない。雄叫びを上げ、教経は跳んだ。同時に、義経は身を翻し、隣の船へ飛び移る。

「おのれ、逃げるか！」

叫んだ刹那、横合いから凄まじい斬撃《ざんげき》がきた。薙刀。辛うじて、太刀で受け止める。

「主の首が欲しくば、わしを倒してからにいたせ」

「下郎、名は？」

「武蔵坊弁慶《むさしぼうべんけい》」

とてつもない膂力《りょりょく》で押し込まれた。後ろへ跳んで間合いを取り、再び前へ出る。双方が立て続けに繰り出した斬撃は、ことごとく空を斬った。技量は互角か。血の昂《たか》ぶりを感じたが、ここで時を費やす暇はない。

「教経殿！」

味方の船から、数人が乗り移ってきた。

「ここは我らが！」

頷き、教経は義経を追った。だが、義経は再び身を躍らせ、次々と別の船へ飛び移っていく。

教経は荒い息を吐きながら、太刀を船板に突き刺し、兜と大鎧を脱ぎ捨てた。これで、体はかなり軽くなる。

太刀を握り直し、再び跳んだ。着地と同時に一人の腕を斬り飛ばし、海へ蹴り落とす。

背後から、別の武者が組みついてきた。さらにもう一人が、太刀を握る右手を抱え込む。

振り払おうと両腕に力を籠めた瞬間、視界が揺れた。右胸に、一本の矢が深々と突き立っている。顔を上げた。弓を手に、義経が勝ち誇るような笑みを湛えている。

「おのれ、どこまでも卑劣な……」

体がぐらりと揺れ、組みついた武者もろとも海に落ちた。そのまま、深い場所へと沈んでいく。

敗けたのか。あの男の勝利への執念に、自分は勝てなかった。義経を討てなかった以上、平家の勝利はない。栄華を誇った平家一門は、この海で滅ぶのだ。

薄れゆく視界が、なぜか鮮やかな真紅に染まった。それが自身の血の色か、それとも水中を漂う平家の赤旗なのか、教経にはわからない。

ただ、深い海に沈みゆく感覚だけが、教経を捉えていた。

四

最初に目に映ったのは、雲一つない一面の青空だった。

近くから、波の音が聞こえる。鼻をくすぐるのは、潮の香りだ。背中には、柔らかな砂の感触。

ひどく疲れていた。立ち上がる気力すら湧かない。自分は生きているのか。それとも、ここが黄泉《よみ》の国なのだろうか。

顔だけを動かし左右を見ると、浜辺には夥しい数の骸と、紅白の旗が打ち上げられている。

ふと思い立ち、頭を上げた。自分の右胸に目を向ける。鎧直垂には穴こそ開いているものの、確かにあったはずの矢傷は、跡形もなく消えていた。

やはり、自分は死んだのだ。そう結論づけて目を閉じた刹那、記憶が鮮明に蘇ってきた。

源氏の武者二人を抱えたまま、教経は深く暗い水底へと沈んでいく。力の限り戦ったのだ、悔いはない。そう思い定めた時、不意に教経の体を眩《まばゆ》い光が包んだ。

何が起きたのか、まるで理解できなかった。視界は真っ白な光に満たされ、つい先刻までの息苦しさも、傷の痛みも消えている。抱えていたはずの武者たちの姿もない。

戸惑う教経の脳裏に、声が響いた。

――オ前ハマダ、死ヌコトヲ許サレテハオラヌ。

人の姿は見えない。そもそも、ここは水の中ではないのか。

――オ前ノ果タスベキ役割ハ、未来ニアル。

何者だ。役割とは何だ。問いかけても答えはない。やがて、光は眩さを増し、目を開けていることさえできなくなった。

覚えているのは、ここまでだった。いや、あれが現実に起こったことだとは思えない。

「王城一の強弓と呼ばれたもののふが、いつまで寝ておる気だ？」

不意に声をかけられ、教経は体を起こした。

砂浜に立っていたのは、一人の僧侶だった。

立ち上がり、教経は身構えた。ただの僧侶ではない。声を発するまで、こちらにまるで気配を感じさせなかったのだ。だが、僧侶はずっとそこにいたかのように、静かに佇んでいる。

六尺近い、引き締まった体軀《たいく》。年の頃は、四十から五十だろう。衣は襤褸《ぼろ》同然だが、卑屈さは感じない。害意があるようにも見えなかった。

「残党狩りの軍兵が、この浜に向かっておる。疾く、落ち延びるがよい」

僧侶が言った。教経は魅入られたように、その顔を見つめる。

異相と言う他なかった。僧侶は片方の耳が大きく、開かれた目は、片方の瞳だけが、平家の者たちと同じように蒼い。こんな顔立ちの者を、教経はこれまで見たことがなかった。

「何処《いずこ》の手の者か。なぜ、私を助ける」

「忘れたか。そなたはまだ、死ぬことを許されてはおらぬ。定められた役割を果たす、その時まで」

束の間、息をするのも忘れた。あの〝声〟はやはり、現実のものだったのだ。だとするとこの僧侶は、物の怪か、それとも天魔の類か。

「わしは文覚という。名など意味はないが、そなたも聞き覚えはあろう」

確かに、その名は聞いたことがあった。真言宗《しんごんしゅう》の僧侶で、高雄山神護寺の再興を法皇御所に強訴し、伊豆へ流されたという。それがなぜ、こんなところに現れるのか。

文覚は振り返り、彼方の山を指した。

「問答しておる暇はないぞ。あの山の東側の中腹に、大きな洞穴がある。そこに、そなたの仲間が潜んでおる。急げ」

「待て。そなたはいったい……」

「時は、絶えることなく流れておる。それを見失うまいぞ」

そう言い残し、文覚は踵を返して歩み去っていく。

文覚の思惑は読めなかった。あの〝声〟の正体も、なぜ傷が治ったのかもわからない。だが、残党狩りが迫っているのは間違いないだろう。ここは、文覚を信じる他なさそうだ。

教経は、文覚が指した山へ向かって歩きはじめた。


「教経殿、生きておられたか！」

山中で教経を見つけたのは、平家長《いえなが》だった。平家の傍流で、知盛の乳兄弟《ちきょうだい》だった男だ。

家長によると、ここは豊前の貫山《ぬきさん》というところらしい。だとすると、教経は壇《だん》ノ浦《うら》からかなりの距離を流されたことになる。

「それで、戦はどうなった。知盛殿は」

訊ねると、家長は力無く首を振る。

平家軍は、あの戦で完全に壊滅していた。一門の主立った者たちは、ことごとく入水して果てている。知盛も「見るべきほどのものは見た」と呟き、大鎧二領を着込んで海に沈んでいった。

「では、帝も」

「いえ。それがしは知盛殿より、帝と二位尼《にいのあま》様をお連れして落ち延びるようにと命じられました」

「何と、帝がおられるのか」

家長が言うには、知盛は敗北に備え、帝とその祖母、二位尼によく似た替え玉をあらかじめ用意していたのだという。替え玉は偽の神器を抱き、他の一門らと共に入水した。

家長の案内で洞穴へ入ると、帝と二位尼が十数人の武者に守られていた。

「教経殿、よくぞご無事で……」

二位尼は声を詰まらせ、袖で涙を拭《ぬぐ》った。清盛の後妻で、宗盛、知盛らの母に当たる。帝の生母・建礼門院徳子《けんれいもんいんとくこ》は、戦の際に行方知れずとなっていた。

八歳の帝は疲れきり、祖母の懐で寝息を立てている。三種の神器のうち、八咫鏡《やたのかがみ》と八《や》坂瓊曲玉《さかにのまがたま》は戦の混乱で紛失したものの、天叢雲剣《あまのむらくものつるぎ》だけは携えてきたという。

自分が果たすべき役割とは、このことか。帝を守り、平家を再興せよ。天は、自分にそう命じているに違いない。

それからの数年は、苦難の連続だった。

人目につかぬよう深い山中を彷徨う、明日をも知れぬ日々。野盗の襲撃で、命を落とした者もいる。

一行は豊前から豊後《ぶんご》にかけて流れ歩いたが、範頼軍による残党狩りは執拗《しつよう》だった。やむなく漁村で船を調達し、四国へと渡った。そしてさらに数ヶ月の流浪を経てようやくたどり着いたのが、険しい山と深い渓谷で外界と隔てられた、阿《あ》波国《わのくに》祖谷《いや》の地だった。

まずはこの祖谷を、安住の地にしなければならない。

流浪するうちに平家の落ち武者たちが一人二人と加わり、一行は三十人を超えている。教経は自然と指導的な立場になり、村作りを差配することとなった。

家を建て、森を切り拓き、土を耕す。すべてが、教経にとってははじめての経験だった。住む家も食べる物も着る物も、生まれた時から当たり前に与えられてきた。それがどこからもたらされるのか、考えたこともなかった。

だが今は、己の生きる場所を一から作り上げねばならない。それは苦しくもあり、同時に思いがけないほどの喜びを教経に与えてくれた。はじめて蕎麦《そば》の実が収穫できた時には、家長や郎党たちと手を取り合い、涙を流したものだ。かつての平家の栄華は、この収穫を年貢として吸い上げることで成り立っていたのだと思うと、心が塞ぎもした。

村の形が整うと、周辺の樵《きこり》や狩人《かりゅうど》、木地師《きじし》などが移り住むようになった。年貢が納められず、在所を捨ててこの地に逃れてきた百姓もいる。女子の数も増え、子を生す者も出てきた。

これが、あるべき人の営みの姿なのだろう。戦の勝ち敗けや武芸の優劣などより、よほど価値がある。平家の再興も一門の仇討《あだうち》も、今あるこの暮らしを守ることに比べれば、些末なことに思えた。

やがて、源氏の動静も風聞として伝わってくるようになった。

壇ノ浦の戦いの後、義経と頼朝は不和となり、ついには義経が後白河法皇から、頼朝追討の院宣《いんぜん》を受けるという事態にまで発展した。しかし、頼朝は早急に軍勢を上洛させ、義経は逃亡を余儀なくされる。京を追われた義経は、かつて庇護を受けていた藤原氏を頼って奥州平泉《ひらいずみ》へ落ちていったという。

教経が妻に迎えた村の娘が男児を産んだその年、藤原氏当主泰衡《やすひら》は頼朝の脅迫に屈し、衣川《ころもがわ》の義経館《よしつねだて》を襲って自害に追い込んだ。武蔵坊弁慶ら郎党たちもことごとく討たれ、義経の首は鎌倉へ送られたという。

「あの九郎義経が、討たれたか」

　家長からその話を聞いた教経は、感慨を込めて呟いた。

「ただ、鎌倉に送られた首は腐敗が激しく、まだ生きているとの噂もあるようですが」

「そうだな。俺も帝も、こうしてここで生きている。義経がどこかへ落ち延びていても、不思議ではない」

　だが、頼朝は泰衡の謝罪を受け入れることなく、大軍をもって奥羽《おうう》へ攻め入った。泰平を謳歌《おうか》していた藤原軍は、歴戦の鎌倉軍に呆気なく敗北、四代百年にわたって奥羽を支配してきた奥州藤原氏は滅亡にいたる。

　頼朝はすでに、朝廷に強要して全国に守護《しゅご》・地頭《じとう》を置いていた。諸国の荘園を管理するのが地頭で、それを監督し、有事の際には任国の武士たちを指揮するのが守護である。

　全国に散らばる平家の旧領も、頼朝を通じて鎌倉武士たちに分け与えられていた。鎌倉に奉公すれば、御恩として、領地の安堵や新たな土地の給与を受けられるのだ。

　かつて清盛が目指していたのとは正反対の、土地に拠って立つ国の仕組みが完成しようとしていた。頼朝のやり方を見る限り、源氏がかつての平家のように武士らしさを失い、軟弱な貴族と化すこともないだろう。

　義経よりも頼朝を恐れていた知盛は、やはり慧眼《けいがん》だった。頼朝は朝廷を奉じながらも、まったく新しい国を築き上げつつあるのだ。

「やはり、兵は挙げられませんか」

家長の問いに、教経は頭を振る。

「是非もあるまい。奥州攻めの鎌倉軍は、二十万を超えたという。今さら我らが起《た》ったところで、その十分の一も集まるまいよ」

「しかし、頼朝が挙兵した時、従うのはわずか数十名だったと聞きます。教経殿の武勇と帝の存在があれば、あるいは」

「よせ。ようやく天下が治まり、我らも安住の地を得たのだ。あえて世を乱すことはない。それに、帝の御身に万一のことあらば、それこそ知盛殿に申し訳が立たん」

「そうですか」

思いのほか簡単に、家長は引き下がった。

「教経殿が兵を挙げると仰ったら、それがしは身を挺《てい》してでもお止めいたす所存でした。時の流れは、源氏に向いております。今さら乱を起こしたとて、民草《たみくさ》を苦しませるだけでしょう」

「時の流れか」

文覚も、同じようなことを言っていた。あそこで文覚と出会ったことは、誰にも話していない。

「とにかく、教経殿と袂《たもと》を分かたずにすんで、安堵いたしました」

そう言って笑う家長からは、武士らしさが消えている。武士でも貴族でもない、一人の男になったのだと、教経は思った。

奥州攻めから三年の後、頼朝は朝廷から征夷大将軍《せいいたいしょうぐん》に任じられた。その翌年には、頼朝の勘気《かんき》を受けて伊豆へ流された範頼が誅殺《ちゅうさつ》された。

そうした外界の事情に、教経は次第に興味を失っていった。この国がどう変わっていこうと、村は変わらない。貧しくとも平穏なこの暮らしを守る。いつしか、それが教経の誇りになっていた。

だが、鎌倉はそれを許しはしなかった。

村が鎌倉の手の者に襲われたのは、壇ノ浦の戦いから実に十四年後の晩秋のことである。

五

帝が害された。村人たちも、老若男女の別なく半数以上が殺された。家長は帝を守るため雄々しく戦い、斬り死にしたという。

妻と息子は、教経が駆けつけた時、すでに息絶えていた。

妻子の亡骸《なきがら》を目にした後、自分がどう戦ったのかは覚えていない。気づいた時、敵はすべて死骸となっていたのだ。

鎌倉の手の者を一人残らず倒したため、天叢雲剣が奪われることはなかった。だが、ここが見つかった以上、鎌倉は再び討手を差し向けてくるだろう。教経は村人たちにさらに奥地へ移るよう指示すると、太刀と弓を手に村を出た。

海を渡り、京を経て坂東の地へ。何かに衝き動かされるように、教経は歩き続ける。どこへ向かうのか、何を為すべきか、はっきりと見えていた。それで何が変わるのか、考えることはしない。

「やはり、山の中では生きられなんだか」

箱根の山中で、声をかけられた。関所を避けたため、山は深く、周囲に余人の姿はない。

「文覚か」

ほとんど獣しか通らないような狭い道の脇に、小さな祠《ほこら》がある。その脇に、文覚は佇んでいた。

「頼朝は明日、橋供養のため相模川を訪れる」

天気の話でもするように、文覚は言った。橋供養。完成した橋の無事を願い、渡り初めの前に行う儀式だ。

「壇ノ浦で俺を救ったのは、こうなることを知っていたからか」

答えず、文覚は編《あ》み笠《がさ》の下で、大振りな口に笑みを浮かべる。あれから十四年以上経っているが、まったく歳を重ねたように見えない。

教経は何げなく歩み寄り、抜き打ちを放つ。だが、文覚は最初から見通していたかのように後ろへ跳び、難なくかわした。

「やめておけ。そなたが討つべきは、わしではあるまい」

「そうだな」

この僧侶が何者であろうと、どうでもよかった。胸の奥底に凝り固まった憎悪をぶつけるのは、こんな得体の知れない男ではない。

教経は再び歩き出す。しばらくして振り返ると、まるで最初から誰もいなかったかのように、文覚の姿は消えていた。

頼朝の側に、自分の顔を知る者がいたら。思いいたると、足元の拳より大きな石を摑んだ。迷わず、鼻面に叩きつける。さらに二度、三度。歯が何本か折れ、鼻が曲がった。血と一緒に、折れた歯を吐き棄てる。この程度の痛みは、わけもわからず殺された妻と子の苦しみに比べれば、どうということもない。

頭の芯が痺《しび》れている。痛みのせいではない。村が襲われた時からずっとだ。妻と子の顔。村での日々。戦で死んだ父や兄弟、郎党たち。家長や知盛。とりとめもなく、浮かんでは消えていく。

平家は滅んだ。義経も範頼も討たれた。妻も子も、帝も、多くの村人も死んだ。そして、自分と頼朝は生きている。天が教経に何を命じようと、やることは変わらない。

気づくと、朝になっていた。小川の水で、顔を洗う。太刀と弓矢は菰《こも》でくるみ、脇に抱えた。薄汚れた身なりは、物乞《ものご》いにしか見えないだろう。

相模川に近づくと、警戒が厳しくなった。頼朝の姿を拝もうと多くの群集が詰めかけているが、方々に薙刀を手にした武者が立っている。教経は群衆の中に紛れ、時を待った。噂では、頼朝が自ら渡り初めを行うという。

海はすぐ近くのようだった。師走《しわす》の冷たい風に、潮の香りが混じっている。

儀式が終わろうとしていた。馬に乗った烏帽子《えぼし》直垂姿の武士が、橋の向こうからこちら側へと渡ってくる。渡り初めとあって、周囲に護衛はいない。

教経は目を凝らした。坂東武者らしからぬ下膨れの顔と、大きな耳。伝え聞く、頼朝の特徴と一致している。間違いない。あの男が頼朝だ。

頼朝の馬が橋の中央に達したところで、教経は群衆を掻き分け飛び出した。

「曲者《くせもの》ぞ！」

「捕らえよ！」

太刀を抜き放ち、向かってきた数人の武者を片手で斬り伏せる。血飛沫が舞い、群衆から悲鳴が上がった。

視線を前方へ向けた。頼朝は目を見開きながら、馬首を巡らそうと手綱《たづな》を引いている。

教経は太刀を地面に突き刺し、弓矢を手にした。間合いは一町足らず。狩猟用の半弓だが、十分に狙える距離だ。

素早く矢を番え、心の臓を狙って弦を引き絞った。不意に、全身に衝撃が走る。背中を薙刀で斬り裂かれたらしい。理解すると同時に、矢が弦から離れた。

取り巻く武者たちに構わず、矢の行方を追う。狙いは逸れ、矢は頼朝の右足に当たっていた。馬が棹立《さおだ》ちになり、頼朝が落馬する。対岸から、源氏の武者たちが頼朝を助けようと殺到してくる。

歯を食い縛り、次の矢を番えた。次の刹那、左腕の肘から先が消えた。血が噴き出し、弓が地面に落ちる。

この程度で、平能登守教経が倒せるものか。右手に残った矢を、目の前の武者の喉元に突き立てる。地面に刺した太刀を摑み、横に薙《な》ぐ。さらに二人が倒れた。

立ち上がろうとする頼朝に向け、駆け出した。背中に、数本の矢が突き刺さる。それでも、足は止めない。

頼朝。目が合った。その目の色は、怒りでも恐怖でもない。ようやく解き放たれるという、安堵にも似た色。

刹那、教経は理解した。

お前も同じだったのか。望みもしない〝役割〟とやらを、誰かに押しつけられたのだろう。その役割を果たすため、平家を滅ぼし、弟を殺し、帝を弑逆《しいぎゃく》したのか。

だが貴様は、妻と子を殺した。それだけは、許すわけにはいかない。

駆けながら、片手で太刀を振った。頼朝の首筋から、血飛沫が上がる。教経はよろめき、橋の欄干《らんかん》にぶつかった。そのまま、川へと落ちていく。

一度深く沈み、すぐに浮き上がった。真っ青な空が見える。川の匂いは、やがて潮の香りに変わった。水の冷たさは感じない。むしろ、心地よい懐かしさのようなものが、全身を包み込んでいる。

そうか、海へ帰るのか。ならば、妻子にも、家長や知盛にも会えるはずだ。

教経は目を閉じ、緩やかな流れに身を委ねた。

南北朝の巻

「よもや、頼朝公の死が暗殺であったとはな」

長い話を聞き終え、男は呟く。

それは不可思議な体験だった。闇の向こうから響く〝声〟の語ることが、すべて目の前で起きているかのように脳裏に映し出されるのだ。そして、源頼朝や平教経の心の声まで、男にははっきりと聴こえていた。

頼朝の死が、本当にこの通りだったのかはわからない。だが、鎌倉幕府の正史である『東鑑《あずまかがみ》』にさえ、頼朝の死は詳《つまび》らかに記されてはいなかった。

「頼朝が死んでも、武士の世は揺るがぬ」

頭の中に、再び声が響く。

「だが、歴史は新たな対立を求めた。これは、その渦中で足《あ》掻《が》き、苦しみ、生ききった二人の男の物語だ」

四　中興の秋《とき》

一

男の目を見た瞬間、高氏《たかうじ》は眉を顰めた。

二十七歳になる高氏より、十以上は上だろう。小柄で温厚そうな微笑を湛えてはいるが、肌は漁師のごとく浅黒く、四肢は引き締まり、どこにも無駄な肉はついていない。

そして、瞳の色だった。由《ゆ》比《い》ガ浜《はま》から眺める海を思わせる、深い蒼。それがなぜか、高氏の胸をざわつかせる。

「お初にお目にかかりまする。楠《くすの》木《き》兵衛尉《ひょうえのじょう》正成《まさしげ》にござる」

低く、落ち着いた声音だった。商人の姿に身をやつしてはいるが、卑屈さはまるで感じない。

「聞いておる。得宗《とくそう》家被官でありながら主家に弓引いた、河内《かわち》の悪党。すでに、鎌倉にその名を知らぬ者はおらん」

正成は恐縮したように軽く頭を下げた。

得宗家とは、代々執権《しっけん》を務める北条一門の本家である。源氏の将軍が三代で絶えた後、謀略の限りを尽くして幕府の頂点に立ち、この国を支配する一族だった。その力は強大で、高氏は源氏の流れを汲《く》む名門足利《あしかが》家の当主でありながら、得宗家の顔色を窺いながら生きるしかなかった。

その得宗家に、正成は敢然《かんぜん》と弓を引いた。倒幕を目指して笠置山《かさぎやま》で挙兵した後醍醐帝《ごだいごてい》の呼びかけに応じ、河内赤坂城《あかさかじょう》に立て籠もったのだ。京の六波羅探題《ろくはらたんだい》だけでは手が回らず、高氏も得宗家の命を受けて鎌倉を出陣し、叛乱軍の勢力下にある伊賀国《いがのくに》制圧の任に当たっていた。

九月の末には笠置山が陥落し、十月には赤坂城も落ちた。帝は捕らわれたものの、楠木正成の行方は杳《よう》として知れない。そこへ、伊賀国服部《はっとり》の地の豪族服部元成《もとなり》を介して、正成から密会を求めてきたのだ。

得宗家の被官とはいえ、正成の所領はわずかなものである。赤坂城で兵を挙げるまで、その名を知る者さえ鎌倉にはほとんどいなかったのだ。それが、一月ほども幕府の大軍を相手に戦って生き延びている。どんな男かと興味を惹《ひ》かれ、高氏は承諾した。

密会の場は、服部元成の屋敷の一室である。高氏と正成の他に、人はいない。だが高氏が一声かければ、隣室に潜んだ武者たちが殺到する手筈《てはず》になっている。その程度のことは、正成も承知の上だろう。豪胆なのか、それとも単に無謀なだけなのか、高氏には測りかねた。

「しかし、このようなところへ貴殿が現れようとはな」

「服部元成殿は、それがしの妹婿にござってな。さらに申せば、服部一族の祖は、かの平知盛公の乳兄弟、平家長殿にござる」

「平家長と言えば、壇ノ浦で知盛殿と共に入水したと『平家物語《へいけものがたり》』にあったが」

「一族の口伝《くでん》によれば、家長殿は強弓で知られる能登守教経殿と共に生き延び、安徳帝と天叢雲剣を奉じて阿波の山奥へ逃れたそうにござる。家長殿はその途上で非業の死を遂げられたが、その子孫が山中を転々とした後、たどり着いたのがこの服部の地であると」

「それは、なかなかに面白き話にござるな」

高氏は笑ったが、大方、己の家の格に箔《はく》をつけるための作り話だろう。

「真偽のほどはさておき、尊皇《そんのう》の志に篤《あつ》い一族にござる。古くから楠木家とも縁が深く、こうして仲介の労をとってもらった次第にて」

「なるほど。して、それがしに何用あってここへ参られた」

高氏は笑みを消し、本題に踏み込んだ。

「すでに笠置山は落ち、主上は捕らわれの身。今頃、河内の幕府軍は血眼《ちまなこ》になって貴殿の行方を追っておろう。その貴殿が、ひそかに我が陣所を訪ねてくる。これは、再起を諦めての投降と考えてよいのかな」

「さにあらず。それがしは、足利殿と膝を交えて話をしてみたかっただけにござる」

「ほう。帝の御謀叛は失敗に終わった。それでも、幕府に降《くだ》るつもりはないと？」

「さよう」

悪びれることなく、正成は頷く。

「そもそも、謀叛とは下の者が上の者に刃を向けること。帝の御謀叛なる言葉は、いささか矛盾《むじゅん》しておりますな」

「この国で実際に力を持ち、政を行っておるのは幕府にござろう。それを乱すならば、謀叛と呼ぶしかあるまい」

「古来よりこの日ノ本を統《す》べてこられたは、武士ではなく帝。幕府の統治は、帝より委ねられたものにすぎません。その幕府が腐敗したからには、これを倒し、再び帝の治世に戻すまで。我らは、そのために起ち上がりました」

確かに、幕府の政は腐りかけていた。

北条得宗家当主の高時《たかとき》は闘犬《とうけん》や田楽舞《でんがくまい》にうつつを抜かして政を顧みず、側近が幕政を壟《ろう》断《だん》、賂《まいない》が横行して全土に不満が渦巻いている。諸国には悪党と呼ばれる無頼《ぶらい》の徒がはびこり、乱暴狼藉を働いているが、幕府の取り締まりはまるで効果を挙げてはいない。

正成の言葉は、理に適《かな》ってはいる。だが、それ以上でも以下でもない。あちこちが綻《ほころ》び、腐敗が進んではいても、この国の政は幕府が握っているのだ。倒そうと思って倒せるものではない。実際、後醍醐帝の挙兵はほんの一月ほどで鎮圧されている。力の伴わない理想など、ただの絵空事にすぎないのだ。

「確かに、笠置山でも赤坂でも、我らは敗れ申した。されど、帝さえご健在であれば、本当に敗れたことにはなりませぬ。いかに幕府と得宗家が強かろうと、やがては疲れ、倒れることとなりましょう」

「そのために、私に力を貸せと？」

「幕府を倒したとしても、すべての武士が死に絶えるわけではござらぬ。この国の武士たちをまとめていく存在が、必ずや必要となりまする。その役目は、足利殿を置いて他におられますまい」

やはり、斬るべきか。楠木正成と密会していたことが得宗家に知れれば、足利の家も危うくなる。この男の首を差し出せば、相応の恩賞にも与《あずか》れるだろう。

足利家の生き残りだけを考えれば、そうするのが正しい選択だった。だが、なぜかそうする気にはなれない。天下がさらに乱れることを望んでいるのか、それともこの男の語る理想に惹かれるものがあるのか。高氏は、自分の心の動きが摑めずにいる。

「楠木殿。此度《こたび》ばかりは見逃そう。だが、今後もしも戦場でまみえることがあれば、容赦なくその首をいただく」

「そうはならぬことを、心より願《ねご》うておりまする」

軽く一礼し、正成が腰を上げる。

一瞬、海の匂いを嗅いだような気がして、高氏はまた眉を顰めた。

二

一度は奪い返した赤坂城が、再び幕府軍に落とされた。

赤坂城の守備を託していた平野《ひらの》将監《しょうげん》は京へ送られ、閏《うるう》二月一日に斬首されたという。

そうした報告を受けても、正成が焦ることはなかった。赤坂城の再陥落は織り込みずみで、守兵も俄《にわ》かに味方となった野伏せりや悪党の類ばかりだ。本当の主力は、千早《ちはや》城に温存してある。

一年間に及ぶ雌伏を経て正成が再び兵を挙げたのは、昨年の十一月のことだった。金剛《こんごう》山《さん》中に密かに千早城を築き、武具・兵糧を運び込んだ。そして、満を持して赤坂城を奪回したのだ。

一昨年の笠置山陥落後に捕らわれた後醍醐帝は、隠岐《おき》へ流罪《るざい》となっていた。だが、帝の皇子である大塔宮《おおとうのみや》護良《もりよし》親王は、大和《やまと》・紀伊の一帯に潜み、正成とほぼ同時に吉野《よしの》で兵を挙げている。しばらくは千早城と吉野で幕府軍の攻勢を凌《しの》ぎ、さらなる叛乱が起こるのを待つしかない。

「長い戦になるぞ、正季《まさすえ》」

「無論、覚悟の上です」

弟の正季が頷く。その表情からは、恐怖よりも早く戦いたいという思いの方が強く伝わってくる。

赤坂を落とした幕府軍は、数日のうちにもこの城を取り囲む。数は恐らく、三万は下るまい。それほどの大軍が一つの城に攻め寄せたことなど、この国の長い歴史でも例がないだろう。

打てる限りの手は打った。武具、兵糧も十分に集めてある。そしてそれは、正成の父や祖父が蓄えてきた銭によるものだった。

河内赤坂周辺に根を張る楠木家は、観心寺《かんしんじ》や金剛寺といった有力寺社と繋がりを持ち、金剛山一帯で採れる辰砂《しんしゃ》の採掘を一手に請け負っていた。さらに、採掘した辰砂を運ぶための人足を多く抱え、街道や舟運の要衝を押さえている。

また、伊賀の服部家をはじめとする畿内近国の土豪《どごう》たちと血縁を結び、諸国の悪党や海賊も手懐けて商いの範囲を拡げてきた。一介の土豪にすぎない楠木家が幕府の軍と渡り合えたのも、何世代にもわたって築き上げた強固な基盤があったからである。楠木家は、坂東武者たちが蔑《さげす》む商いで、力を蓄えてきたのだ。

だがそれも、自分の代で無に帰するかもしれない。この戦に負ければ、楠木家は滅び、幕府の世がさらに続くことになる。帝は名実ともに坂東武者たちの飾り物と成り下がり、やがては誰からも忘れ去られていくだろう。なればこそ、どんな手を使っても負けるわけにはいかない。

その晩、幕府軍の猛攻により、吉野が陥落したという報せが届いた。大塔宮は奮戦したものの衆寡敵せず、脱出して山中へ逃れたという。

これで、正面から幕府に敵対しているのは千早城ただ一つとなった。吉野を攻めていた二万余の幕府軍も、こちらへ向かうはずだ。戦いは、より厳しいものとなるだろう。

やがて、千早城から見える谷間が幕府軍で埋め尽くされた。五万を超える軍勢の圧力は、想像していたよりもはるかに大きい。兵たちも、目の当たりにした大軍に息を呑んでいる。

千早城は、金剛山の尾根の一つの先端に築かれていた。城自体は小規模だが、四方は深い谷に囲まれ、容易には近づけない。

城内には、わずか五百の兵がいるだけだった。だが、正成が自身の目で選び、訓練を施してきた精鋭である。これでどこまで戦えるか。先は見えないが、ひたすら耐えれば光明は見えてくるはずだ。

翌早朝、法螺貝《ほらがい》や陣太鼓《じんだいこ》が打ち鳴らされ、攻撃がはじまった。

敵は楯を連ね、崖と言ってもいいような急斜面を我先に這《は》い上がってくる。十分に引きつけたところで、一抱えもある岩を次々と落とした。岩は転がり落ちる勢いのまま楯を突き破り、敵兵を薙ぎ倒していく。

続けて、楯を失った敵兵に向けて、味方が礫《つぶて》を放ちはじめた。拳大の石を布でくるみ、頭上で振り回して勢いをつけ、相手に放つ技だ。坂東武者は下賤《げせん》の技と蔑んでいるが、その効果は大きい。無数の悲鳴が上がり、敵兵が転がり落ちていく。

「兄上、敵が退いていきます」

「まだだ。すぐに次が来るぞ」

態勢を整え直した敵が、再び攻め上ってきた。幕府は、正成の首を獲った者には身分にかかわらず領地を与えると触れている。そのため、敵は雑兵にいたるまで士気が高い。岩や礫では、致命傷にはならない。敵に恐怖を植えつけるには、多数の死者が必要だ。

「油の用意」

今度は、城壁際まで敵を引きつけた。その頭上へ油を撒《ま》き、松明を投げ込む。たちまち、数十人が炎に巻かれ、敵が大混乱に陥った。火だるまになった者と、それを避けようと逃げ惑う者。そこへ、矢の雨を降らせた。

肉の焼ける臭いを嗅ぎながら、正成は開門を命じた。正季を先頭に、二百の兵が飛び出していく。正季は逃げ惑う敵を追い立てながら麓の敵陣まで斬り込み、敵が反攻に転じる前に引き上げてくる。

正季らが城へ戻った頃には、日が暮れかけていた。かなりの数を討ち取ったが、味方は数名が手負っただけだ。緒戦としては、上出来だろう。

だが、敵は数にものを言わせ、翌日からも力攻めを続けてきた。

正成は岩や丸太を転がし、礫と矢を浴びせ、時には城から打って出てそのすべてを撃退したが、十日が過ぎても敵の攻勢は続いた。夜になると、敵は鉦《かね》や太鼓を打ち鳴らし、喊声を上げる。味方は疲弊し、落とす岩や丸太も尽きた。矢は敵が放ったものを拾って使っていたが、それに気づいた敵は、矢による攻撃をやめている。

二十日が経った頃には、倒れる兵が出はじめた。水も食糧もまだ十分に蓄えがあるが、大軍に昼夜を分かたず攻め立てられる心身の疲労は、徐々に兵たちを蝕《むしば》んでいる。

しかし前回のように、城に火を放って行方を晦《くら》まし、再起を図るというわけにはいかない。千早城が落ちれば、幕府軍は今度こそ、死に物狂いで正成の首を獲ろうとするはずだ。残党狩りはさらに厳しいものとなり、再起は不可能となるだろう。

隠岐に流されていた帝が脱出を果たし、伯耆船上山《ほうきせんじょうさん》に拠ったのは、閏二月二十八日のことだった。

帝を奉じて兵を挙げたのは、伯耆の名和長年《なわながとし》である。正成と同じく、商業に携わって勢力を伸ばしてきた、武士とも悪党ともつかない男だ。帝は盛んに綸旨《りんじ》を発し、倒幕の軍を募っているという。

吉野から逃れた大塔宮も、悪党や野伏せりを集めて勢力を拡げつつあった。播磨《はりま》の悪党赤松円心《あかまつえんしん》も挙兵し、幕府の追討軍を打ち破ったという。いまだ数では幕府軍に遠く及ばないが、次第に正成が望んだ形勢になりつつある。

そうした報せは、伊賀の服部元成の手の者から届けられていた。服部家では代々、服部党と呼ばれる間者を多く抱えている。山がちで土地が貧しい伊賀では、間者としての技を鍛え、それを他国に売る者が多いのだ。

「兄上、ようやく光が見えてまいりました」

「まだ安心するのは早い。鎌倉では、さらなる大軍を京に出陣させる動きもあるのだ」

それも、旅の芸人に扮して鎌倉に潜む間者からの情報だ。鎌倉からの増援は、足利高氏と北条一門の名越高家《なごえたかいえ》が指揮を執るという。

足利高氏が寝返れば。思ったが、口には出さなかった。高氏が寝返るという確信があるわけではない。兵たちの前で、不確かな希望を口にすべきではなかった。

高氏が寝返ろうと幕府方にとどまろうと、自分のやるべきことは変わらない。

この国の歪んだ歴史を正し、帝を中心とした世に戻す。そのためには、この城で戦い続けるしかなかった。

源頼朝が鎌倉の地に打ち立てた幕府は、承久《じょうきゅう》の乱を経てその支配を日ノ本全土へと及ぼしていた。だが、二度にわたる蒙古《もうこ》襲来を退けた後には、戦の負担と恩賞の不足から没落する御家人が相次ぎ、その支配は激しく動揺している。

　幕府はもはや、天下を治める能力を失っている。長く商業に携わってきた正成にとって、それは自明の理だ。

　すべては、銭と商いだった。

　大陸から流れ込んだ銅銭は、人体を流れる血のように国のすみずみまで行き渡り、何を為すにも欠くべからざるものとなっている。武士であれ百姓であれ、銭を持つ者こそが尊ばれ、持たない者は己の生きる場所を追われ、路頭に迷う。そうした者たちが生きるために徒党を組んだのが、今や国中にはびこる悪党や野伏せり、海賊たちだった。

　だが、幕府は銭と商業の浸透に何ら有効な手を打たず、権力を巡る醜悪な争いを繰り返していた。広大な土地と財力を持つごく一部の者たちが政を私物化し、御家人や民の困窮も、悪党の跋扈《ばっこ》もことごとく放置されている。

　商いで村々を回る正成の目には、窮乏に喘ぐ武士や百姓の姿が嫌でも映ってきた。その日食べる物にも事欠き、病に倒れても薬を購《あがな》うこともできない。生きるため我が子を人買い商人に売り渡す親も、何度も見てきた。そして自分は、そうした貧しい人々を踏み台にして、財を蓄えている。

　罪の意識に苛《さいな》まれる正成を救ったのは、一人の僧侶だった。

名を、文観《もんかん》という。醍醐寺《だいごじ》座主でありながら、京や奈良《なら》で貧民救済に力を尽くし、その一方で、髑髏を崇《あが》め淫祠邪教《いんしじゃきょう》と言われる真言宗立川《たちかわ》流の大成者でもある。

「世の乱れを正すには、鎌倉の東夷《とうい》どもを滅ぼし、再び帝の世を打ち立てるより他なし。武家も公家も、僧侶も百姓もない。この国に住まうすべての者が、帝の御心に従い、帝をお支えするのだ」

乾いた砂に注ぐ水のように、文観の言葉は正成の腹の底に染み入った。この国のあるべき姿を取り戻す。そのために、帝は文観らとともに日ごと倒幕の謀議を重ねているのだという。

文観と出会って半年ほどが過ぎた頃、正成は帝のとある側近の屋敷で催される酒宴に招かれた。宴は身分の上下を問わない無礼講で、正成の他にも多くの公家、僧侶、武士が集まっていた。

そしてその席で、正成は帝と呼ばれる人物をはじめて目の当たりにする。

そのすべてに、正成は圧倒された。煌々《こうこう》と強い光を放つ双眸。胸にまで達する黒々とした髭《ひげ》。低く腹の底に響くような声で語られる、理想の政の形。乱れた世を救うのは、この御方を置いて他にいない。そう確信できるだけの威厳を、帝はその身にまとっていた。

その後、文観は幕府の呪詛《じゅそ》を行っていたことが露見し、硫黄島《いおうじま》へ流罪となった。だが、帝と自分が生きている限り、倒幕の炎が消えることはない。

船上山の地で、帝は今も戦っておられる。それを思えば、たとえ何百倍の敵が相手だろうと、音《ね》を上げるわけにはいかない。

千早城を囲まれて、二月が過ぎようとしていた。敵はいまだ力攻めでの攻略を諦めてはいないが、攻撃の頻度は以前よりもかなり落ちている。死傷者も、かなりの数に上っているだろう。

時流は、倒幕へと向かっているはずだ。船上山には周辺の武士たちが集まり、丹波《たんば》へと攻め入った。大塔宮の軍勢も数千にまで膨らみ、千早城を囲む幕府軍の後方を盛んに攪乱《かくらん》している。そして播磨で起った赤松円心は、幕府の追討軍を打ち破って摂津、山城《やましろ》まで侵攻していた。四国や九州でも、幕府に叛旗を翻す武士が出はじめているという。

だが、あと一つ決め手に欠けた。赤松軍は幾度となく京へ攻め入っているが、幕府軍の抵抗は激しく、六波羅を落とすにはいたっていない。

やはり、あの男しかいないか。正成は一度だけ会った、足利高氏の顔を思い浮かべた。源氏の名門たる高氏がこちらに寝返れば、北条一門の下風《かふう》に立たされてきた多くの武士がそれに続く。六波羅はおろか、坂東の支配さえ揺らぐはずだ。

しかし、高氏は本当に起つのか。直接会ってはみたものの、腹の底まではわからない。北条一門に含むところがあるようにも、ただ強い者に靡《なび》いて、家を保ちたいだけのようにも見えた。いずれにせよ、慎重な男には違いない。動くとすれば、必ず勝てると確信した時だけなのだろう。

とはいえ、どこかに引っかかるものがあった。帝の下でこの男と手を携え、あるべき政の姿を実現させる。そんな日は永久に来ないのではないか。はじめて高氏の顔を見た時、そうした思いが胸をよぎったのだ。黒々とした瞳に大きな耳。話し方や放つ気配。そのすべてが、なぜか正成の胸をざわつかせた。

いや、今はそんな些末な予感を気にかけている時ではない。誰であろうと、組める相手とは組む。幕府を倒さないことには、何もはじまりはしないのだ。

三

幼い頃から、海が嫌いだった。それは、鎌倉という土地の記憶とも密接に繋がっている。

高氏は、足利家の嫡男《ちゃくなん》ではない。本来ならば、五つ上の兄である高義《たかよし》が家督を継ぐはずだったのだ。兄は文武ともに自分よりもはるかに優れ、父の貞氏《さだうじ》も高義に期待をかけていた。だが、兄は高氏が十二の時、海で水練中に溺れ死んだ。父は不肖の弟である自分をしぶしぶ跡継ぎとしたが、落胆は隠しきれなかった。なぜ、高氏ではなく高義が死なねばならなかったのか。酔ってそう呟くのを、高氏は何度も耳にしている。

その父も、一昨年に没した。だが、鎌倉の息苦しさは今も変わらない。足利一門は幕府内では優遇されているが、多くの武士からは、源氏の名門でありながら、家来筋の北条一門に尻尾を振っていると見做《みな》されている。鎌倉にいる限り、高氏は常にそうした視線にさらされ続けるのだ。そして、毎日のように兄を奪った海を目にしなければならない。

「これでしばらく、海を見ずにすむな」

尾張《おわり》を過ぎて美濃《みの》に入ると、高氏は弟の直義《ただよし》に向かって言った。

鎌倉を出陣して十余日。病を口実に先延ばしにしていたが、度重《たびかさ》なる要請に、病を押して出陣したという形である。無論、病は腰を据えて情勢を見極めるための偽りだった。

先発の名越高家は、今頃大津あたりだろう。高家はそのまま摂津へ進んで赤松円心を攻め、高氏は丹波・伯耆方面へ進出して船上山を攻める手筈になっている。

「三日後には京です。まずは六波羅探題に参じ、その後に山陰《さんいん》道から丹波へ入ることとなりましょう」

高氏の陣屋を訪れ、直義が言った。足利家は、政務を一歳下の直義が、戦向きは執事の高師直《こうのもろなお》が切り回している。領地の経営や軍勢の手配はその二人が行い、高氏は最終的な断を下すだけだ。

「丹波には後醍醐帝の側近、千種忠顕《ちぐさただあき》の軍が進出しております。しかし、所詮は公家。五千ほどの麾下も、野伏せり悪党の寄せ集めとか。一万の我らが恐れることはありますまい」

「ぶつかるとすれば、の話だ」

直義が頷いた。場合によっては幕府に叛旗を翻すこともあり得るとは、すでに伝えてある。むしろ、直義も師直も、それを望んでいた。

「船上山へ送った使者も、じきに戻ってまいりましょう。あとは、兄上のお心一つです」

決断を下すのが遅いという悪癖を、高氏は自覚している。だが、慎重に慎重を期さなければ、鎌倉では生きていけなかったのだ。一つ振舞いを間違えれば、足利家は北条一門に滅ぼされた幾多の一族と同じ末路をたどっていただろう。

　西国こそ大きく揺らいでいるが、坂東の支配はいまだ盤石だ。起つべき時を誤れば、自分や弟、家臣たちの首も飛び、足利家は滅び去る。

「畿内の戦況に変化は？」

「千早城は、いまだ落ちず。城を囲む幕府軍の後方を、大塔宮の軍勢がしきりに攪乱しているようです。赤松軍も摂津方面にいまだ健在です。こちらもなかなか手強いようで、六波羅は手を焼いておりますな」

　直義の答えに淀みはなかった。命じられたことは着実にこなし、遺漏《いろう》がない。そして、絶対に兄よりも目立とうとはしない。自分には過ぎた弟だった。

「船上山に密使を送れ。倒幕の綸旨を手に入れておきたい」

「ご決断なされましたか」

「念のためだ。ぎりぎりまで、両端を持しておくにこしたことはない」

綸旨など、所詮は紙切れだ。いざとなれば、知らぬ存ぜぬを決め込めばいい。

「しばし、一人で考えたい」

直義が出ていくと、高氏は思案を巡らせた。

あと一撃で、六波羅は落とせる。だが、その後はどうなるのか。それほど簡単に、鎌倉が落とせるとも思えない。結果として、国を二分する内乱が果てしなく続くことにはならないか。

高氏のただ一つの望みは、生き残ることだった。権勢欲も、天下への野心もない。家名と累代《るいだい》の領地を守り、一族郎党を養っていければそれでよかった。

だが、あの男は違う。楠木正成は、領地も蓄えた財も、一族郎党や自らの命さえも投げうち、己の信ずる大義のために戦っている。なぜそんな真似ができるのか、高氏にはまるで理解できなかった。

正成のことを考えると、なぜか苛立《いらだ》ちを覚える。あの男は、これまで高氏が会ってきた武士たちの誰にも似ていなかった。家格も領地の広さも、高氏には遠く及ばない。しかし正成は、わずかな手勢《てぜい》で幕府の大軍を数ヶ月も釘付《くぎづ》けにするという、誰にも真似のできないことをやってのけている。

なぜそこまで戦い続けられるのか。どれほど考えても答えは出ず、苛立ちは募るばかりだった。

その男が現れたのは、高氏が近江鏡宿《かがみのしゅく》に入った日の夜のことだった。

「久しいな、高氏殿」

「これは、導誉《どうよ》殿。ようおいでなされた」

佐々木《ささき》導誉。近江を本拠とする佐々木家一門の庶流だが、近江国内の要所を領地とし、一門に強い影響力を持っている。

「京におられると聞いたが」

訊ねると、導誉は細い目をさらに細めて笑った。

「足利殿が上洛なされるというのに、出迎えもせぬというわけにはいくまい。それに、高氏殿はずいぶんと迷っておられるようだしな」

「迷う、とは？」

「とぼけられるな。六波羅は、今や朽ちた家も同然。足利殿がひと押しすれば、簡単に倒れるぞ」

「戯言《ざれごと》を申されるな。私は、船上山の叛徒《はんと》を討つために上洛したのだ」

「戯言か否かは、じきにわかる。さて、ちと喉がかわいたゆえ、酒でも所望いたそうか」

導誉は、高氏より九つ年長だった。剃髪《ていはつ》こそしているものの、俗世を離れることなどまるで頭にないらしい。

古くからの顔見知りだが、どこか摑みきれないところがある。ただ、世渡りは巧みだった。北条一門に睨まれることもなく、一体と見られるほど近づきすぎてもいない。

「して、例の物は手に入れたのか？」

運ばれてきた酒を舐めながら、導誉が言った。

綸旨のことだろう。ちょうど今日、船上山に出した密使が倒幕の綸旨を持ち帰ったところだった。

「さて、何のことやら」

「まあよい。わしは、高氏殿に謀叛を勧めにきたわけではないのだ」

「では、何のために？」

「つまらぬことに縛られず、心の赴《おもむ》くままに生きられよ。それが、貴殿の定めでもある。そう、伝えとうてな」

「定め、とは」

「世が動く時には、天に選ばれし者が大きな役割を果たす。平清盛、源頼朝、義経、そして蒙古を打ち払った北条時宗《ときむね》。他にも多くの者たちが、天に与えられた役割を果たしてまいった」

「私が、その中の一人だと？」

「少なくとも、わしはそう見ておる」

高氏は思わず苦笑した。自分にそんな器量はない。たまたま名門の家に生まれ、たまたま家督を継ぐことになっただけだ。

「わしは、しばらく近江にとどまる。わしがおる限り、誰も我が許しなく近江を通り抜けることはできん。それだけは、覚えておかれるがよい」

　導誉がにやりと笑った。

　幕府は後醍醐帝を隠岐へ配流《はいる》した後、新たな帝を立てていた。光厳《こうごん》帝である。高氏が懸念しているのは、自分が六波羅を攻めた時、光厳帝に鎌倉まで逃げられることだった。そうなった場合、東と西に別々の帝が並び立ち、この国の分裂は決定的になる。できることなら、それは避けたかった。

　だが、導誉は街道を塞ぎ、帝を通さないと言っている。

「心に留めておきましょう」

　満足げに頷き、導誉は盃を干して腰を上げた。

　翌日、高氏は京に入った。

　先発の名越高家は、すでに京を出て山崎《やまざき》へ向かっている。いったんは摂津まで退いた赤松軍が、再び京の目と鼻の先まで進出しているのだ。

　二人の六波羅探題北条仲時《なかとき》、北条時益《ときます》から、まずは名越軍に合流するようにとの指示があった。先に赤松軍を打ち破り、その後に船上山を攻めよという。

「人使いの荒いことにござるな」

執事の高師直が、ぼやくように言った。戦向きのことを任せてはいるが、荒々しい猪武者というわけではない。

「急ぐことはない。ゆるゆると進み、明日の夕刻あたりに名越軍に追いつけばよかろう」

「承知。ただし、物見はしかと出しておきまする」

「それでよい」

名越軍は七千、赤松軍は四千といったところだ。だが、名越高家はまだ若く、功に逸っている。対する赤松円心は、調べた限りでは老獪《ろうかい》な戦をする男だった。

四月二十七日、京を出て南西へ進む高氏の下へ、名越軍からの注進が入った。早朝から赤松軍の急襲を受け、交戦に入ったというものだ。高氏は焦らず、ゆっくりと軍を進めた。

ようやく、戦場が見えてきた。戦は、名越軍が数で押している。

この戦に賭《か》けてみるか。ふと思った。ここで赤松軍が潰《つい》えれば、叛乱軍は瓦解《がかい》する。逆に赤松軍が勝てば、時の流れは倒幕に大きく傾くだろう。

軍を停め、馬上から戦場を睨んだ。名越軍が押してはいるものの、赤松軍を敗走させるにはいたっていない。加えて、戦場の久我畷《こがなわて》は泥田が多く、坂東武者の得意とする騎馬が役に立たない。

不意に、法螺貝の音が響いた。それを合図に、赤松軍が一斉に反撃に転じる。両軍の旗が入り乱れた。

やがて、名越軍の本陣が大きく揺れた。赤松軍の粗末な身なりの兵たちが、本陣に殺到している。

「名越高家殿が、討たれたようです」

物見が戻って報告した。名越軍はすでに、全軍が敗走に移っている。

直義と師直が、馬を寄せてきた。

「兄上、我らも戦の仕度を。赤松軍が攻め寄せてまいりますぞ」

「構うな。我らは今から北へ向かう」

「北、ですか」

「丹波篠村《しのむら》へ向かう。その地で、倒幕の兵を挙げるのだ」

篠村は足利家の領地だった。京を攻めるにあたっての地の利もある。

直義と師直は、束の間顔を見合わせ、すぐに歓声を上げた。

「ようやく、ご決断なされましたか」

頷き、高氏は自軍の旗を見上げた。源氏の白旗。足利家の二つ引き両の旗と並んで、西からの風を受けてたなびいている。

「赤松、千種に使いを出せ。足利高氏、帝の御為《おんため》に北条一門を討つ、と」

「承知」

直義が大声で応え、駆け出していく。

様々なものが、胸を去来した。父や兄の顔。鎌倉で過ごした、鬱々《うつうつ》とした日々。すべてを失うかもしれない。だが、悔いはなかった。自分は心の底で、この時をずっと待っていたのではないか。今となれば、そんな気さえする。

強行軍で丹波篠村まで進むと、高氏は陣屋に籠もり、諸国の武士に自分の挙兵を報せる書状を認《したた》めた。北は奥州から南は薩摩《さつま》まで、数十通に及ぶ。幕府への謀叛ではなく、勅命を受けた義の戦なのだと、武士たちに示さなければならない。

今頃、六波羅は大混乱に陥っているだろう。すぐに討伐軍を送ることはできないはずだ。それまでに、どれだけの軍勢を集められるか。勝負はそこにかかっている。

今、京にいる幕府軍はおよそ三万。厄介《やっかい》なのは、千早城を囲む軍だった。一部を城の押さえに残し、大半をこちらへ向ければ、敵の兵力がさらに三万から四万は増えることになるのだ。

篠村に入った四日後、河内方面に放った間者から報せがもたらされた。千早包囲軍は大塔宮の軍勢に牽制《けんせい》され、河内から動くことができないでいる。京の幕府軍も、山崎にとどまった赤松軍が睨みを利かせている。

高氏の下には続々と軍勢が集まり、数日で三万に達した。だが、後醍醐帝はいまだ船上山にとどまっている。気性の激しい御方と聞いていたが、さすがに自身で戦場に立つつもりはないようだ。

「出陣は明日、五月六日。我らは嵯峨野《さがの》から、赤松は八幡《やわた》、千種は伏見《ふしみ》から、洛中《らくちゅう》へ攻め入り六波羅を目指す。光厳帝をはじめとする皇族の方々には、絶対に危害を加えてはならん」

　翌朝、高氏は全軍を率い、篠村を発った。

　勝てるのか。源氏の白旗を見上げながら、己に問う。兵力では、こちらがいくらか上回っている。だが、その中には悪党や野伏せりも多い。いったん戦が不利になれば、躊躇いなく逃げ出すだろう。

　高氏自身も、これだけの規模の戦ははじめてだった。恐怖がないと言えば嘘になる。鎌倉に残してきた妻子のことも気がかりだった。脱出の手筈はつけてあるが、上手く逃れられるかはわからない。

「恐いな、直義」

　轡《くつわ》を並べる弟に向かって言った。

「だがそれ以上に、気持ちは晴れ渡っている。不思議なものだ」

「兄上は長く、北条一門の下で耐えてこられました。ようやく、その軛《くびき》から逃れられるのです」

頷いた。だがそれは、勝つことができたらの話だ。

夜には、嵯峨野の手前まで達した。敵は京を守るように、洛外《らくがい》に広く布陣している。坂東武者が主力の六波羅が、夜襲の策を採ることはないだろう。決戦は、明日の朝だ。

「兄上。正面からぶつかるおつもりですか？」

「そうだ。ここで策を弄《ろう》するつもりはない」

足利軍の正面に位置する敵は二万。残りは、南の千種、赤松軍と六波羅の守備に充てているのだろう。

その夜、高氏はほとんど眠ることができなかった。それでも、気力は充実している。

やがて、東の端から夜の闇が払われはじめた。睨み合いの形にはしたくない。全軍に朝《あさ》餉《げ》をとらせると、高氏は総攻めを命じた。

矢合わせがはじまった。無数の矢が空を覆い、敵味方双方の頭上に降り注ぐ。千種、赤松軍も交戦に入ったという注進が届いた。

互いに矢が尽き、打ち物を取ってのぶつかり合いとなった。徒武者《かちむしゃ》が駆け、騎馬が馳せ違う。地を揺るがすような足音が腹の底に響き、喊声が耳を聾《ろう》する。

ぶつかり合いは、一刻以上続いた。開戦当初は互角だったが、味方は徐々に押されはじめている。味方は畿内の武士が中心で、真正面からの戦いではやはり坂東武者に分があった。

やがて、味方の陣の方々が綻びはじめた。後方から新手《あらて》を繰り出して支えさせたものの、敵の勢いは衰えない。

「前へ出るぞ、直義。足利の兵を一つにまとめ、ぶつかる」

「しかし、兄上」

「我らにはもはや後がない。ここで出ずに何とする」

返事を待たず、馬に飛び乗って馬腹を蹴った。直義と師直が麾下をまとめ、後を追ってくる。

十町も進むと、血の臭いが鼻を衝いた。押されている味方を掻き分け、太刀を抜き放つ。勢いのまま、敵とぶつかった。

一騎の騎馬武者が、こちらへ向かってくる。高氏は、腹の底から雄叫びを放った。太刀を構え、馳せ違う。重い手応え。同時に頬に鋭い痛みが走り、兜が飛んだ。斬られたが、傷は浅い。振り返る。騎馬武者は首筋から血を噴き出しながら、馬から転げ落ちた。

「兄上！」

「大事ない。敵に向かえ！」

気づくと、形勢が逆転しつつあった。畿内の武士たちも混乱から立ち直り、再び戦列に復帰している。

今度は、敵の陣が綻びかけていた。やがて一ヶ所が瓦解し、それを潮に敵の全軍が崩れはじめる。

「よし、六波羅まで押し続けよ」

勢いに乗った味方が、追い討ちに向かった。敵は後退を続け、戦場はすでに京市中に移っている。

「殿の奮戦が、味方を奮い立たせましたな」

全身に返り血を浴びた師直が、白い歯を見せる。

「そういうものか」

何かに衝き動かされるように戦っただけだ。死の恐怖も、まるで感じなかった。夢の中にいたような気さえする。

「まだ終わってはおらんぞ。六波羅を落とし、光厳帝の身柄を押さえるまで、勝ったわけではない」

南でも、赤松軍の奮戦によって敵は敗走していた。高氏は洛外に本陣を定め、諸勢に使い番を送った。市中での乱暴狼藉を禁じ、火が出た場合には消火を優先せよという命である。

すでに、日は落ちかけていた。洛内では踏みとどまろうとする敵との間で、いまだ激しい戦が続いている。幾筋か黒煙が上がっているのが見えたが、それほどの数ではない。

やがて、敵は六波羅へと逃げ込んだ。残りは四散し、京を離れているという。

深更《しんこう》になって、北条仲時、時益の二人が六波羅から逃亡したという報せが入った。光厳帝と後伏見《ごふしみ》、花園《はなぞの》の両上皇も伴い、神器を載せた輿《こし》も確認されている。

「追撃の兵を出しますか？」

師直の問いに、高氏は首を振った。この混乱の中では、何が起こるかわからない。幕府が擁立《ようりつ》した飾り物とはいえ、帝を害したという事実は作りたくなかった。後は、導誉が上手くやってくれるだろう。

「洛中へ入る。六波羅を落とし、京の混乱を鎮めるのだ」

探題が逃げ出したことで、六波羅に残った兵はほとんど戦うことなく逃げ散った。

高氏は六波羅を本陣とし、直義に命じて奉行所を設置させた。参陣した武士たちの名と戦功を記録し、後の論功行賞の参考とする軍忠状を作成するためである。たとえ帝のための戦であろうと、武士は戦う代償に土地を求める。それを疎《おろそ》かにすれば、武士たちはたちまち離れていくのだ。

翌々日、導誉が使いを立ててきた。東へ落ち延びた北条時益は落ち武者狩りに遭って落命し、何とか逃れた仲時も、伊吹《いぶき》山中で野伏せりに囲まれ、一族郎党ことごとく自刃《じじん》して果てたという。

「して、帝と神器は？」

「佐々木の軍勢がお守りし、今は伊吹山太平護国寺《たいへいごこくじ》に。上皇方も、ご無事にございます」

「よし。すぐに方々と神器を伴い、上洛するよう伝えよ」

ひとまず、胸を撫で下ろした。千早城を囲む軍も、六波羅陥落を知れば四散するはずだ。後は、後醍醐帝を京に迎え、鎌倉攻めの軍を募ることになるだろう。

それから先のことは、まだ不確定な要素が多すぎる。この勢いのまま鎌倉を落とせるのか。後醍醐帝は、どんな政を為すのか。高氏や武士たちの処遇はどうなるのか。いずれにしろ、武門の棟梁としての足場を着実に築いておくことだ。

さらに数日の後、鎌倉に残した留守居役からの報せに、高氏は言葉を失った。

正室の登子《とうし》と嫡男の千寿王《せんじゅおう》が、鎌倉脱出に成功した。しかし、庶子で千寿王の兄に当たる竹若《たけわか》が、鎌倉の手の者に見つかり刺殺されたという。竹若の首は、謀叛人の子として鎌倉の町に晒《さら》されたらしい。護衛に付けた者たちも、ことごとく討たれ、あるいは自刃して果てていた。あらゆる状況を想定し、入念に手配りしてきたつもりだった。だが、甘かったということだ。

「兄上……」

直義が慰めを口にするが、耳には入らなかった。

竹若はまだ、十二歳だった。母は足利家に仕える侍女で、正室を憚《はばか》って伊豆の寺へ入れていたのだ。いずれは家臣の一人として迎え入れるつもりだったが、それもかなわなかった。

「直義、軍勢を集めよ。直ちに東国へ下るぞ。鎌倉を攻め落とし、北条一門を一人残らず討ち滅ぼすのだ」

「兄上、お待ちを。帝の還幸《かんこう》も待たず、兵を発することはかないませぬ。それに、今京を離れては」

「黙れ。我が子の首を晒されて、黙っていろと申すか」

「殿、ここは耐えてくだされ。ここで短気を起こされては、六波羅を落とした意味がありませんぞ。竹若様も、そのようなことは望んではおられますまい」

師直の言葉を受け、他の家臣たちも口々に制止する。

心のままに生きたその結果が、これか。唇を嚙み、高氏は拳を床に叩きつけた。

六波羅陥落の翌日に当たる五月八日、上野の御家人新田《にった》義貞《よしさだ》が、後醍醐帝の綸旨に応じ倒幕の兵を挙げた。

義貞は足利家と同じく源氏の流れを汲むが、北条一門からは冷遇されていた。だが、坂東の武士は続々と義貞の旗の下に参集し、立て続けに幕府の追討軍を打ち破っていく。鎌倉を脱した足利千寿王も加え数万に膨れ上がった新田軍は、南下を続け、ついに鎌倉に攻め入る。

そして五月二十二日、得宗北条高時は鎌倉東勝寺《とうしょうじ》において自刃、三百人近い一族がそれに従ったという。

ここに鎌倉幕府は滅亡し、後醍醐帝による新政、世に言う〝建武《けんむ》の中興《ちゅうこう》〟がはじまる。

四

終わってみれば、実にあっけなかった。

足利高氏が兵を挙げてわずか一月足らずのうちに、六波羅も鎌倉も落ち、幕府は倒れたのだ。後醍醐帝は京へ還幸し、光厳帝は廃されている。

これでようやく、この国に光が射す。歪んだ歴史が正され、新しいあるべき世がはじまる。千早城を囲む大軍がなす術もなく四散していく様を見て、正成は確信した。

帝を頂点に戴く、武士も百姓もない、万民のための政。それがついに現実のものとなるのだ。長い籠城《ろうじょう》で折れかけていた心が力を取り戻すのを、正成ははっきりと感じていた。

だが、早くも新たな火種が見えはじめていた。高氏と大塔宮の対立である。

大塔宮は信貴山《しぎさん》で軍勢を集め、後醍醐帝からの帰京の要請も拒んでいた。高氏は全国の武士を糾合《きゅうごう》して新たな幕府を作り上げようとしている。そう主張しているのだ。

結局、大塔宮は自身が征夷大将軍に叙任されることを条件に、六月に軍勢を解いて帰京した。

正成は内裏の近くに屋敷を賜《たまわ》り、官位と河内・和泉《いずみ》守護という役職も与えられた。だが、京には恩賞を求める全国の武士たちが殺到し、収拾のつかない混乱に見舞われている。

新政の要諦《ようてい》は、帝一人がすべてを決するところにあった。

政令として効力を持つのは、帝の発する綸旨だけである。だが、帝がいかに意欲を持っていても、一人で処理できる政務には限界がある。政務は停滞し、恩賞の発給も遅れていた。そしてその混乱の中、帝の側近や、それに取り入った公家、僧侶などが己の利を求め、朝廷の政を乱しはじめている。その中には、正成を倒幕の戦に引き入れた文観の姿もあった。

高氏は六波羅に居を構えたまま、すべての役職を固辞して鳴りを潜めている。しかし、恩賞問題を抱えた武士たちの世話は、しっかりと焼いているようだった。

「これでよかったのか、正成。足利を味方に引き入れたは、間違いだったのではないか」

正成の屋敷を訪れ、大塔宮が言った。

まだ二十六歳で、倒幕の戦は自分が支えてきたという自負もあるのだろう。実際、大塔宮がいなければ、千早城はいとも容易く落城していたはずだ。その見識は優れ、皇子とは思えないほど武芸や用兵にも長けている。

だが、征夷大将軍に任じられたにもかかわらず、朝廷内ではどこか浮いた存在になっていた。

「まだ、新政がはじまって間もないのです。この混乱が収まれば、政も上手く回りはじめましょう」

「だが今の朝廷では、賂が横行し、何の功もない公家どもが大きな顔をしている。あの者たちに我が世の春を謳歌させるため、我らは戦ってきたのではない」

「今は、耐えられませ。足利も公家衆も、敵というわけではありません。ともに帝の政を支えるべき、味方なのです」

それでも大塔宮は、納得したようには見えなかった。

足利の武力に対抗するには、大塔宮を盛り立てていくしかない。宮のもとに自分や赤松円心が集い、従来の武士とは違う朝廷直属の武力を作り上げるのだ。そのためには、今は自重してもらうしかなかった。

だが、大塔宮は八月、突如として征夷大将軍を解任される。麾下の軍勢が京で狼藉を働いたというのが、その理由だった。二月後には、朝廷は後醍醐帝の皇子義良《のりよし》親王に公家の北畠顕家《きたばたけあきいえ》を付け、奥羽の支配を委ねた。十二月には、足利直義が同じく後醍醐帝の皇子成良《なりよし》親王を奉じ、坂東を治めるために鎌倉へ下っている。大塔宮が将軍職を解かれたことで、後醍醐帝と高氏の暗闘が表面化しつつあるのだと、正成は思った。

年が変わり、建武と改元された。

それから間もなく、瞠目《どうもく》すべき布告がなされた。絶えて久しい、国内での貨幣鋳造である。銅銭だけでなく、紙幣の発行までが計画されているという。

これは、朝廷が積極的に商業に介入するということを意味していた。新たな貨幣の流通を促進すれば、全国の商業を掌握することにも繋がる。そして、銭による商いが今よりもさらに広まれば、土地からの収穫に頼るしかない多くの武士は、没落を余儀なくされるだろう。商業を発展させて武士の力を弱め、朝廷に従わせる。まさに、驚嘆すべき壮大な策だった。

だが、不安も禁じ得ない。急ぎすぎてはいないか。銭の価値を裏付ける信用を、どうやって築き上げるのか。そもそも今の朝廷に、この策を実行する力はあるのか。

だが、帝の政策に口を出す権限など、自分にはない。与えられた職分をつつがなくこなすだけで、時は過ぎていった。その間、高氏は後醍醐帝の諱《いみな》である尊治《たかはる》から一字を与えられ、尊氏《たかうじ》と名を改めている。しかし水面下では、帝と尊氏の駆け引きは続いていた。

京を囲む山々が紅く染まりはじめた頃、正成は紀伊への出陣を命じられた。北条の残党が軍勢を集め、周辺を荒らし回っているという。

今年に入ってから、北条残党の蜂起が頻発し、正成も幾度か出陣を命じられた。いずれもすぐに鎮圧されたものの、周辺の土豪を糾合してかなりの兵力を集めた者もいた。

それだけ、武士たちの不満が高まっているということだ。そして公家たちは、相変わらず賂を取ることと、他人の足を引っ張ることばかりに熱を上げている。結局、新貨幣の鋳造もいまだにはじまっていなかった。

「兄上、このところ、何やらお疲れのようですが。それがしが代わりに大将を務めましょうか」

出陣を控えた正成に、正季が言った。

「そうもいくまい。帝は、わしに出陣せよと仰せなのだ」

疲れているのは自覚していた。慣れない政務に公家との折衝、叛乱の平定。辰砂の商いで諸国を駆け回っていた頃が懐かしいとさえ思える。

予定通り京を発ち、河内と和泉で五千の軍勢を集め、紀伊へ向かった。

叛乱そのものは、大した規模ではない。だが、叛徒は紀伊の深い山々へ逃げ込み、鎮圧には思っていた以上の時がかかった。

掃討をあらかた終えた頃、京に残した家臣から、信じ難い報せが届いた。

大塔宮が、捕縛されたという。

「馬鹿な。大塔宮に、何の罪あってのことか」

使者が言うには、大塔宮は悪党、野伏せりを集めて足利尊氏を討ち、さらには皇位簒奪《さんだつ》まで目論《もくろ》んでいたという。捕縛された宮は武者所に監禁された後、あろうことか足利家の屋敷に引き渡されていた。

大塔宮が足利討伐を企てることは、十分にあり得た。だが、帝位の簒奪など考えるはずがない。尊氏の圧力に屈した帝が、大塔宮を売った。そうとしか思えない。正成を紀伊に出陣させたのも、恐らくこのためだろう。尊氏が帝の側近を動かしたのか、それとも帝自身の意思か。それも、今となってはどうでもいい。

「兄上、いかがなさいます？」

訊ねる正季の顔も、蒼褪《あおざ》めていた。

京へ取って返し、足利屋敷を襲って大塔宮を救出する。真っ先に浮かんだ考えを、正成はすぐに否定した。尊氏と正面から戦って、勝てるはずがない。逆賊の烙印を押され、滅ぼされるだけだ。

結局、正成はなす術なく帰京し、帝に叛乱鎮圧を報告した。帝の口から、大塔宮の名が出ることはない。公家も武士も、大塔宮などはじめからいなかったかのように振舞っている。そして十一月、大塔宮は足利軍に護衛され、鎌倉へと送られていった。

深く泥だらけの沼に、首まで浸《つ》かったような心地だった。

建武二年の春、正成は病と称し、河内赤坂の屋敷へ帰っていた。それを引き止めた者は、誰もいない。

都の空気を吸っているだけで苦痛だった。朝廷では相変わらず賂が横行し、政が公平に行われることはない。武士だけでなく公家衆までが足利に媚《こび》を売り、新政の理想を追求する者は皆無に等しい。

失望の一語で言い表せないほど、落胆は深かった。

倒幕の戦に、意味などなかった。六波羅が落ち、鎌倉が倒れた時に見えたあの光明は、幻にすぎなかったのだ。

何をするでもなく、酒を呑み、女の体に溺れた。すべてがどうでもいい。気づくと春が過ぎ、夏も終わっていた。

思いがけない人物が赤坂を訪ねてきたのは、七月も終わろうかという頃だった。

「ずいぶんと荒れておるそうだな、楠木殿」

「これは、いかなる風の吹き回しですかな」

佐々木導誉だった。供はわずかで、遠乗りのついでに訪れたといった風情だ。手には、大振りな瓢《ひさご》を提《さ》げている。

「今の都は面白うのうてな。ふと、そなたのことを思い出した」

そう言って笑うと、導誉は勝手に縁に腰を下ろす。正成は苦笑しながら、従者に二人分の碗を用意させた。

変わった男だった。改めて、その顔を見つめる。その細い目からは、何を考えているのかまるで読めなかった。そして、なぜか片方の耳だけが大きい。

導誉は、派手な出で立ちに身を包み、人を人とも思わぬ狼藉を繰り返す婆娑羅者《ばさらもの》として知られていた。その分、朝廷でも忌《い》み嫌う者が少なくない。京に居場所がないという意味では、正成と通じるものはある。

「いつまで引き籠もっているつもりだ、楠木殿。近頃は、坂東のあたりが騒がしくなっておるぞ」

「北条時行《ときゆき》ですな」

　鎌倉陥落の際に自刃した、得宗北条高時の遺児である。それが信濃《しなの》に逃れ、この七月に兵を挙げていた。かなりの大軍を集め、鎌倉を窺う勢いだという。

「情報が遅いな。すでに、鎌倉は落ちたぞ」

「それは」

「足利直義は、成良親王を奉じて遠江《とおとうみ》まで逃れた。尊氏は追討のために征夷大将軍の職を望んでいるが、朝廷は渋っている。この分なら、勅許《ちょっきょ》なしでの出陣ということになるであろうな」

「して、大塔宮様は？」

「斬られた。鎌倉を捨てる直前、直義が配下の者に斬らせたらしい」

　知らず、口から呻き声が漏れる。いかに足利でも、帝の皇子たる御方を斬るなどとは思ってもみなかった。

「鎌倉を奪い返し、そこで幕府の樹立を宣言する。尊氏は、その腹づもりであろうな。当然、朝廷は坂東に追討軍を送る。総大将は、新田義貞あたりか。だが、義貞では尊氏に勝てん。天下は、足利のものとなろう」

まるで他人事《ひとごと》のように、導誉は淡々と語る。腹の奥底に滾《たぎ》る憤怒《ふんぬ》を抑え、正成は訊ねた。

「佐々木殿は、それがしに何を言いにまいられたのだ」

「わしはこの動乱の中で、楠木正成という男がいかに振舞うかを見てみたい。願わくは、貴殿には心の赴くままに生きてほしいものよ」

導誉の声はなぜか、耳ではなく頭の中に直接響くように感じた。

目を閉じ、正成は己の心を覗き込む。自分は今、何を望んでいるのか。

「足利尊氏の、首……」

心に浮かぶまま口にすると、不思議と縛めを解かれたような気分になった。はじめて会ったあの日から、自分はそれを望んでいたのではないか。そんな気さえする。

瞼《まぶた》を開いた。導誉は口元に穏やかな微笑を湛え、大きく目を見開いている。

その瞳の色はなぜか、左と右で違っていた。

五　擾乱に舞う

一

真冬の風を全身に受けながら、尊氏は鉛色《にびいろ》の海を睨んでいた。潮の匂い。砂浜に立つ足元の頼りなさ。波が残していく白い泡。そのすべてが、なぜか不安を掻き立てる。

鎌倉は再びの戦火に見舞われ、一面の廃墟《はいきょ》と化している。一度目は、新田義貞が幕府に止《とど》めを刺した戦。二度目は、弟の直義を逐って鎌倉を占拠した北条時行を、尊氏が打ち破った戦だった。時行には逃げられたものの、北条残党には、もはや立ち上がる力は残っていないだろう。

帝の許しなく京を出陣した尊氏が鎌倉を奪回したのは、八月のことだ。あれから三月近くが過ぎても、尊氏は朝廷からの帰京命令を無視し、鎌倉に腰を据えて独自に論功行賞まで行っていた。軍勢も解散させず、鎌倉にとどめているため、町には軍兵が溢《あふ》れ返っている。

気分がひどく塞いでいた。新たに築かせた屋敷に籠もりきっているせいかと思い、遠乗りがてら由比ガ浜まで出たものの、気分はいっそう塞ぐばかりだった。

北条時行討伐を名目に鎌倉へ下り、東国の武士を糾合して幕府を開く。そのために、鎌倉を敢《あ》えていったん放棄し、その際に大塔宮の殺害まで行わせた。

だが、いざ鎌倉に拠ってみると、募るのは不安と躊躇いばかりだった。このままでは、足利一門はいずれ朝敵の烙印を押されるだろう。そうなれば、足利の旗の下に集った武士たちも離れていきかねない。

やがて送られてくるであろう、京からの追討軍を打ち破ればいい。かの源頼朝も、そうして幕府を築いたのだ。直義や家臣たちはそう言うが、相手は朝廷を牛耳《ぎゅうじ》る平家ではなく、帝その人なのだ。

あの帝が、幕府など認めるはずがない。追討軍を打ち破り、大軍を率いて上洛しても、帝は尊氏を征夷大将軍に任じることはないだろう。執拗に足利討伐を呼びかけ、抵抗を続けるに違いない。

そうなれば、天下が治まるのにどれほどの時がかかるのか、見当もつかなかった。

馬蹄の響きに、尊氏は振り返った。

「兄上、こちらでしたか」

直義だった。数名の従者を従え、こちらへ向かってくる。

「珍しゅうございますな、兄上が海など」

「気を奮い立たせようと思うて来てみたが、駄目だな。不快になるだけだった」

ふと足元を見ると、貝殻が目に入った。渦巻模様のそれを手に取り、尊氏はしばし見入る。

思えば、長兄の高義がこの海で溺れ死んだ時、尊氏はなぜか、拾った貝殻をじっと眺めていた。これとよく似た、渦を巻いた貝だ。不思議と目を離すことができず、兄が溺れていることにも気づかなかった。

あの時、直義は屋敷にいて、兄の死を目の当たりにはしていなかった。尊氏の海に対する恐怖や憎悪は、直義には理解できないのかもしれない。

「やはり私は、この鎌倉が好きにはなれん。思い出すのは、辛いことばかりだ」

「兄上……」

手にした貝殻を、尊氏は力いっぱい投げ捨てた。

「して、何か用か？」

「朝廷が、足利討伐の軍を発しました。総大将は尊良《たかよし》親王ですが、ただの御輿でしょう。真の大将は、新田義貞です」

「新田か、妥当なところだな。楠木正成は？」

「参陣はせぬようです。このところ、自領に籠もっているという話ですので」

楠木正成は確かに戦上手だが、大軍同士のぶつかり合いで力を発揮する将ではない。加えて身分も低く、公家からも武士からも軽んじられている。どこか気にかかりはするが、恐れるほどの相手でもない。

「さて、いかがなさいます。駿河《するが》、遠江まで打って出るか、それとも箱根の天険に拠って迎え撃つか」

「お前と師直とで話し合って決めろ。私は屋敷へ戻る」

唖然《あぜん》とする直義を尻目に、馬に跨った。

どうしても、気力が湧いてこない。たとえ官軍を打ち破っても、待つのは際限のない戦乱の世だ。憎しみが憎しみを生み、あの貝殻のように渦を巻いて、いつ果てるともなく続いていく。残るのは、荒れ果てた国土と虚しさばかりではないか。

引き止める直義の声を無視して、尊氏は馬腹を蹴った。

十一月二十四日、三河《みかわ》矢作川《やはぎがわ》で、高師泰《もろやす》が官軍に敗れた。敵は敗走する師泰軍を追って、さらに東へと進軍を続けているという。さらに京からは、足利一門の官位が剝奪されたという報せも届いた。

「まさに、朝敵だな」

自嘲する尊氏に、直義をはじめとする家臣一同は苦々しい表情を浮かべている。

「何を悠長な。敵はすでに、遠江に達しておるのです。愚図愚図しておっては、箱根の関まで破られますぞ」

直義が唾を飛ばしながらまくし立てる。一同は全員が小具足姿で、平服は尊氏ただ一人だった。

「直義。今後の足利家の舵取りは、すべてそなたに任せる」

「兄上、何を仰るのです。今は戯言など……」

「戯言ではない。私は、出家いたす」

脇差を抜くと、尊氏は髻《もとどり》を切り落とした。

「もう、戦には嫌気が差した。私は寺に入り、竹若の菩提を弔う」

死んだ息子の名を出すと、ざわついていた場が静まり返った。

「直義、後は頼むぞ。もう、誰に遠慮することもない。戦うなり降《くだ》るなり、そなたの思う通りにいたせ」

それだけ言って、尊氏は腰を上げる。

ふと、佐々木導誉と目が合った。他の諸将のような動揺はいっさい見えず、微笑を湛え、ただ悠然とその場に座している。好きにしろ。そう言っているように、尊氏には思えた。

屋敷を出ると、その足で鎌倉扇《おうぎ》ガ谷《やつ》の浄光明寺《じょうこうみょうじ》に入った。直義や家臣たちは幾度も寺を訪ねてきて出陣を促したが、煩わしさしか感じず、すべて追い返した。諦めたのか、直義は十二月二日に鎌倉を出陣していった。

　軍勢が去ると、鎌倉に静けさが戻った。

　寺では日がな一日庭を眺め、時に経を上げて過ごした。このあたりは戦火を免れていて、海からも距離がある。京では、帝や大塔宮との暗闘で心を休める暇もなかった。この場所で、穏やかな時に身を委ねるのも悪くはない。

　思えば代々の足利家当主は、出家の願望が強かった。二代目の義兼《よしかね》は働き盛りの四十二歳で俗世を捨て、四代目の泰氏《やすうじ》も、幕府の許可なく出家したために領地の一部を没収されている。そして父の貞氏は、兄の死後に心を病み、たびたび出家を口にしていた。

　どういうわけか、足利家当主は心の弱い者が多いようだった。そして自分も、その例に漏れない。やはり足利の家は、直義が継ぐべきなのだろう。

　だが、その直義は五日、駿河手越《てごし》河原《がわら》で官軍とぶつかり、惨敗を喫していた。味方は敗走し、従軍していた導誉は降伏、敵軍に加わったという。導誉と同じ道を選んだ将も、少なくはない。

「よもや、導誉が降るとはな。して、直義は？」

　報せを運んできた使者に、尊氏は訊ねた。

「箱根で踏みとどまり、あくまで敵を防ぐお覚悟にございます」

「そうか」

敵は降伏した導誉らも含め、五万を超えていた。対する直義の兵力は、二万を割り込んでいる。

鎌倉まで退くという選択を、直義はしないだろう。弟の性格を考えれば、箱根で迎え撃ち、敗れた時には潔く腹を切って果てるはずだ。

弟が死ぬ。そう思った瞬間、体が震えた。竹若が死んだと聞かされた時の苦痛が、まざまざと蘇ってくる。

我が子を失った痛みは、もう拭い去ることはできない。どれほど時が経とうと、消えることはないだろう。だが、今ならまだ間に合う。

「今、鎌倉に兵は？」

近習《きんじゅ》を呼び、尊氏は訊ねた。

「はっ、五千の軍勢がおりますが」

劣勢の中、尊氏を守るために五千もの兵を残したのか。それとも、兄がいずれは起つと見抜いていたのか。どちらにしても、直義らしい。

苦笑し、尊氏は命じた。

「その五千を集めておけ。出陣いたす」

「ははっ！」

顔を輝かせ駆け去る近習を見送り、尊氏は嘆息した。

俗世を離れることさえかなわなかった。心の赴くままに生きるというのはやはり、容易なことではない。

二

終わってみれば、実に呆気ない勝利だった。

尊氏の出陣で味方は勢いづき、反対に官軍は浮足立った。足利軍は箱根、竹ノ下で追討軍を打ち破り、新田義貞は京へ向けて敗走している。

「このまま義貞を追い、京へ進む」

官軍の敗走を見届けると、尊氏は号令を発した。この戦は帝への反逆ではなく、あくまで新田義貞を討つためのものとしなければならない。義貞さえ討てば、帝は翼をもがれたも同然だ。妥協を受け入れ、幕府開設を認めるかもしれない。

「見事な勝利にござったな」

伊豆国府まで進んだ時、導誉が陣屋を訪ねてきた。

勝利の直接のきっかけは、導誉の寝返りだった。これ以上ないという機を摑んで、導誉が敵陣の横腹に突っ込んだのだ。それがなければ、戦いはもっと長引いていただろう。

「しかし、尊氏殿はよく、上洛を決意なされましたな」

いつものように勝手に酒を命じ、導誉は言った。

「御舎弟《ごしゃてい》は、鎌倉にとどまって幕府を開くことを主張されたと聞きましたが」

「鎌倉には、銭がござらん」

二年以上を京で過ごしてわかったのは、東国は貧しいということだった。京と鎌倉では、流通する銭の量の桁《けた》が違う。西国を中心に年々膨れ上がる商業を統制するには、鎌倉は遠すぎるのだ。銭と商業の扱いを間違えば、途端に足元から崩れていくことは、北条の幕府を見れば明らかだった。

「なるほど。よく見ておいでじゃ」

にやりと笑い、導誉は盃を呷る。

「それにしても尊氏殿は、実に上手く立ち回られましたな」

「どういうことです」

「帝と敵対することに恐懼《きょうく》して、一度は髻まで切られた。しかし、御舎弟が窮地に陥るや、颯爽《さっそう》と戦場へ駆けつけ勝利を得る。忠を重んじながらも弟を見捨てることのできぬ、義に厚い御仁。世の武士たちは、尊氏殿をそのように見るでしょうな」

「私が、そこまで考えて寺に入っていたと？」

「貴殿が何を考えていたかは問題ではない。周囲に、そして後世の者たちに、どう見えるかということにござるよ。以前にも申したはず。尊氏殿は、そうした星の下に生きておられる」

　言われても、実感などない。これまで頭の中にあったのは、その場その場を切り抜けることだけだ。自分の名が後世にどう伝わるかなど、想像したこともない。

「後世のことなど、今はどうでもよい。まずは新田義貞を討ち、京を制することだ」

「新田を討つことはかないましょう。されどただ一人、尊氏殿には勝てぬ相手がおる。帝は別としてな」

「ほう、誰かな？」

「楠木正成にござるよ。貴殿は、あの男に勝てん」

「ほう。楠木の兵力など、せいぜい二千。それでも、私には勝てぬと？」

「戦場で楠木の首を獲ることはできよう。だが、勝つことはできまいな」

　導誉の言わんとすることがわからず、尊氏は眉を顰めた。だが、導誉はそれ以上語ることなく腰を上げる。

「そうじゃ、一つ言い忘れておった」

　退出しかけた導誉が足を止め、振り返った。

「逆賊になるのが嫌ならば、尊氏殿も官軍になってしまえばよい。錦《にしき》の御旗《みはた》は、一つきりではござらぬぞ」

　思わず、尊氏は身を固くした。後醍醐帝が幕府を認めないのならば、別の帝を立ててしまえ。導誉は、そう言っているのだ。

「しばらくは貴殿にとって、苦難の時が続こう。死んだ方がましと思うこともあろうが、くれぐれも命は粗末にせぬことじゃ」

　細い目をさらに細め、導誉は笑った。


　京は、目と鼻の先だった。

　官軍は、大手の瀬田《せた》に名和、結城《ゆうき》、千種、搦《から》め手《て》の宇治には楠木を配し、主力の新田は遊軍として洛中にとどまっている。総勢は四万足らずとのことだった。

　対する味方は、各地から武士が参集し、七万にまで膨れ上がっている。西国でも播磨の赤松円心、阿波の細川定禅《ほそかわじょうぜん》らが兵を挙げ、摂津まで進出して西から京を窺っていた。

　年が明けた建武三年の元旦、尊氏は総攻めを命じた。

　瀬田を破られれば後はないため、さすがに敵の士気は高い。瀬田に攻撃を集中すると、すぐに新田の軍勢が駆けつけてきた。三日ほど攻防が続いたが、味方は瀬田川を越えられずにいる。

「瀬田は堅いな」

　尊氏は新田、名和らの相手を直義と高師直に任せると、二万を率いて宇治へ回り込んだ。宇治川の対岸には、五千ほどがしっかりと陣を組んでいる。そのうち、楠木軍は二千ほどだ。

　実際に楠木の軍勢を目にするのははじめてだった。

　千早城で数百倍の敵から攻囲を受けながら、耐え抜いた者たちだ。川を挟んでいても、他の軍とはまるで異質な闘気を放っているのがはっきりと感じられる。

「仁木《にき》、今川《いまがわ》を出せ」

　下知を受け、前衛の一万が渡河《とか》にかかった。いくらか強引だが、多少の犠牲は予想の内だった。数で押しきれば、楠木軍以外はすぐに崩せる。

　先鋒が川を三分の二ほど渡ったところで、味方の足が止まった。敵の矢と礫が降り注ぐ。味方はろくに身動きも取れないまま次々と倒れ、流れに呑まれていった。

「どうした。何をしておる？」

「川底に杭《くい》が打ち込まれておるとの由！」

　前衛からの伝令が、息を弾《はず》ませながら報告する。

「殿、あれを！」

　家臣の一人が上流を指した。

　宇治川の上流から、下流の味方へ向けて、夥しい数の丸太が迫ってくる。楠木正成が流させたものだろう。味方は退くこともままならず、大混乱に陥った。さらに、柴を積んだ小舟が何艘も流れてきた。そこへ敵の火矢が降り注ぐ。味方は火に包まれ、もがきながら川に呑まれていく。

「何という、戦のやり方だ」

後退を下知しながら、尊氏は呻いた。坂東武者として育った者には、到底思いもよらない策だ。卑怯と呼ばれることを、正成はまったく恐れていない。

尊氏は早々に見切りをつけた。目的は京を制することであって、正成を討つことではない。

「ここは仁木、今川、畠山に任せる。川を挟んで対峙したまま、決して動くでないぞ。残りは私に続け」

一万を残して八幡方面へ移動すると、赤松、細川の軍と合流して南西から京へ攻め入った。

予想通り、この方面は瀬田、宇治よりも手薄だった。洛中へ突入し、引き返してきた新田軍を数日間の攻防の末に打ち破ると、帝は内裏を捨て、坂本《さかもと》へと逃れていった。瀬田、宇治の敵も、帝を守るため坂本へ向かっている。

義貞の首こそ獲れなかったが、一月十一日には京を完全に制圧できた。坂本にはいまだ数万の敵がいるが、その糧道は、北近江に残した導誉が止めている。じきに兵糧が尽き、敵は瓦解するはずだ。

だが、尊氏が京を制したその翌日、驚嘆すべき報せが届いた。奥州で兵を挙げた北畠顕家軍が、すでに近江へ達しているというのだ。その数は、数万に上るという。

北畠顕家は、父の親房《ちかふさ》とともに義良親王を奉じて奥羽の支配に当たっていた。尊氏はこれに備え、鎌倉に軍の一部を残してきたが、北畠勢が近江に現れたということは、すでに打ち破られているのだろう。

顕家の本拠である陸奥《むつ》多賀城《たがじょう》から京まで、百五十里はある。それをこの速さで駆け抜けるなど、到底信じられる話ではなかった。ましてや、顕家はまだ十九歳で、武士ですらないのだ。

いや、武士ではないからか。正成といい、顕家といい、武士に生まれなかったからこそ、こちらの考えもしない戦のやり方を思いつき、それを実行することができるのだろう。

「皆の者、よう聞け」

本陣に諸将を集め、尊氏は静かに言った。

「我らは武士として生を享け、弓矢の道に生きるもののふである。その誇りにかけ、悪党や公家に後れを取るわけにはいかん」

十三日、北畠軍は坂本に入り、新田、楠木らと合流を果たした。数はおよそ三万。さらに、行軍に遅れた兵が続々と駆けつけているという。

兵力はいまだ拮抗《きっこう》しているが、北畠軍の到着で敵の士気は大きく上がっているはずだ。ここで守勢に回れば、戦の流れは逆転しかねない。

尊氏は十六日、二万の軍を細川定禅に預け、三井寺《みいでら》まで進ませた。だが、顕家は義貞とともに即座に三井寺を攻め、定禅はあえなく敗走、救援に差し向けた師直も退けられている。顕家には、行軍の速さだけでなく、用兵にも非凡なものがあるということだ。

勢いに乗った新田軍の一部が京まで進出すると、尊氏は直義を従えて三条《さんじょう》河原《がわら》で迎え撃ち、これを後退させた。

それから十日ほど、京の東で小競り合いが続いた。だが、敵の兵糧が尽きる気配はない。逆に、こちらの兵糧が不足しはじめていた。摂津から運ばれる米が、しばしば野伏せりの集団に奪われているのだ。恐らく、正成の指示によるものだろう。摂津は赤松円心が押さえているが、野伏せりは神出鬼没で、手が回らないという。

二十六日、敵の主力が動く気配を見せた。

「散らばった軍勢を集めろ。賀茂《かも》河原で決戦を挑む」

「しかし、兄上」

「ここが機だ。正面から新田、北畠を打ち破らぬ限り、敵を崩すことはできん」

翌朝、敵はほぼ全軍で洛東に進出、賀茂川を挟んで全面的なぶつかり合いになった。

敵は中央に新田、右翼に北畠、左翼に楠木、名和、千種らを配していた。新田軍はこれまでの敗北を挽回しようと勇み立ち、遮二無二《しゃにむに》突っ込んでくる。尊氏は先陣の師直を退かせ、勢いに乗った敵の横合いから矢を射掛けさせた。たちまち新田軍は崩れ立ち、賀茂川西岸へ後退していく。

「今だ、押し出せ。義貞の首級《しるし》を挙げるのだ」

太刀を抜き放ち、馬腹を蹴った。今度は味方が賀茂川を渡り、東岸へ殺到する。

半数ほどが川を渡った時、北畠軍の押さえに当たっていた味方の左翼が突き崩された。

「殿、このままでは背後に回り込まれます！」

家臣の狼狽《ろうばい》した声に、尊氏は馬首を巡らせた。手勢をまとめ、左翼へ向ける。ぶつかった。北畠軍の動きは、遠く奥州から駆けてきたとは思えないほどだ。一人一人の兵の発する気が違う。

「怯むな、押し返せ！」

気圧されそうになるのを堪え、味方を叱咤する。

「背後に敵勢！」

近習の叫び声が響いた。楠木軍。背筋が冷たくなった。喊声は、すぐ近くにまで迫っている。

「上杉憲房《うえすぎのりふさ》様、お討死！」

足利家の重臣で、尊氏、直義の母方の伯父《おじ》だった。歯噛みし、戦況を見渡す。味方は今や、包囲されかかっている。新田軍も態勢を立て直し、再び賀茂川を渡ろうとしていた。

屈辱を噛みしめ、山崎までの後退を下知した。これ以上崩されれば、退くこともままならなくなる。敵は洛中まで深追いせず、賀茂川東岸まで引き上げていった。

翌日、態勢を整え直し、再び賀茂河原へ進出した。数日間一進一退の攻防が続いたが、双方決め手に欠く戦況が続いている。

喚声に目を覚ましたのは、一月晦日《みそか》の未明だった。楠木軍の奇襲。それに続き、官軍が続々と賀茂川を渡って押し寄せてくる。

奇襲を受けた時点で、味方は浮足立っていた。こうなると、義貞の勇猛さは驚異となる。さらに搦め手から楠木、名和が突っ込んできた。味方は方々で崩れ立ち、逃亡する兵が続出している。名のある将の討死の報せも、次々と届いた。

「ここが先途《せんど》ぞ。退くな！」

声を嗄《か》らして叫ぶが、味方の敗勢は覆らない。戦意の低い畿内の武士たちは、手勢をまとめて引き上げはじめている。敵の矢が尊氏の頭上を掠めるほど、味方は押し込まれていた。

ここまでか。どうせ死ぬのなら、名乗りを上げて華々しく。そう思い太刀に手をかけた刹那、近習が尊氏の馬の轡を取った。

「ここはお退きください。摂津にはまだ赤松様の軍勢が」

抗う間もなく、馬が駆け出した。振り返る。味方はすでに総崩れだった。直義や師直の姿も見えない。尊氏の周囲を固めるのは、ほんの数百のみ。

進路を北西に取った。洛中を駆け抜け、領地のある丹波篠村を目指す。だが、敵の追撃は執拗だった。味方は尊氏を逃がそうと次々と馬首を巡らせ、討ち果たされていく。篠村でも踏みとどまることはできず、山中へ逃れた。味方は二十人足らず。馬も兜も、源氏の白旗までも失った。

敗けた。敵を上回る兵力を擁し、勢いは完全にこちらにあった。それでも、完膚なきまでに敗れた。敵はすでに、山狩りをはじめているだろう。

捕らえられ、恥辱を晒すよりは。何度も脇差に手が伸びたが、そのたびにどこかから声が聞こえた。

――マダダ。生キロ。戦エ。

ただの幻聴か、それとも自分の心の声なのかも判然としない。だが、その声が頭の中に響くと、萎《な》えかけた足に力が戻るような気がした。

どれほど歩き続けたのか。日が沈み、また昇った。誰もが疲れ果て、口を開く者もいない。

不意に、気配が肌を打った。周囲の森。三十。いや、五十はいるだろう。野伏せり・悪党の類ではない。れっきとした軍勢だが、武士とも言いきれない。気づいた味方が、尊氏の周囲に壁を作る。

正面の木々の中から、数人の武者が姿を現した。その中の一人の顔を確かめ、尊氏は覚えず笑みを浮かべた。

楠木正成。あの男に勝つことはできない。導誉の言葉が、脳裏に蘇る。尊氏は太刀を抜き放ち、味方を掻き分け前に出た。

互いに無言のまま、睨み合う。距離は十間足らず。

正成はこちらを見据え、ゆっくりと片手を上げた。あの手が振り下ろされた時、四方から矢の雨が降り注ぐだろう。兵の数は数倍。しかも、完全に囲まれている。この場で討たれることは避けられないだろう。だがせめて、あの男は道連れにする。

覚悟を決め、一歩踏み出した。

三

ここで散るか、尊氏。

右手を掲げながら、正成は全身を貫く高揚に身を震わせていた。大塔宮を陥れ、その命を奪い、新政を崩壊させた男。その首を、ようやく獲ることができる。

尊氏は兵たちの後ろに隠れるでもなく、正成の前に身を晒している。源氏の棟梁としての矜持か。あるいは、自暴自棄に陥っているのか。

様々なものが、脳裏を去来した。初めて目にした帝の御姿。千早城を囲む大軍。京に凱《がい》旋《せん》する、大塔宮の晴れがましい笑み。正成が夢見た、新しい国の形。

この男さえ討てば。そこまで考えて、正成は眉間に皺を寄せた。

尊氏を討った後、この国はどうなるのか。新政は公家たちのせいで腐敗し、大塔宮ももういない。新田義貞に、国中の武士をまとめる力量はない。北畠顕家は有能だが、武士ではない。

ここで尊氏を討っても、残るのは腐りきった公家たちと、不満を抱きながらも棟梁を失った夥しい数の武士たちだ。その先に待つのは、理想も大義もない、力だけがすべての乱世ではないのか。

振り下ろしかけた右手が、強張ったように動かない。

「兄上」

正季が怪訝な声で問う。

正成は頭を振った。迷うな。大塔宮の仇を討つ機は、今をおいて他にない。後の世がどうなろうと知ったことか。

右手に力を籠めた刹那、後方で喊声が巻き起こった。五十ほどの軍勢が、こちらへ向かってくる。

「楠木正成殿とお見受けした。その首、頂戴つかまつる」

高師直。兜すら無く、徒歩《かち》立ちのまま髪を振り乱して向かってくる。たちまち乱戦となり、不意を衝かれた味方が斬り立てられていく。

「兄上、ここはお退《ひ》きくだされ！」

群がる敵兵を斬り伏せながら、正季が叫ぶ。

「まだだ。尊氏はあれにある。あの男の首を……」

だが、敵兵が作る壁に阻まれ、尊氏の姿はもう見えない。

「もはや手遅れです。さあ！」

正季に腕を摑まれ、強引に走らされる。

逡巡したのは、ほんの一瞬にすぎない。だが、その一瞬が尊氏を生かした。天が、尊氏を選んだとでもいうのか。この国を治めるに相応しいのは、帝ではなく、尊氏ということなのか。

呆然としながら、促されるまま足を動かす。徐々に遠ざかる戦場の喧噪《けんそう》も、正成の耳には入らなかった。

「戦は終わったわけではない。今回は尊氏に運があった。そう思おうではないか」

悄然《しょうぜん》と京へ戻った正成に、北畠顕家はそう声をかけてきた。

山狩りを逃れた尊氏は三草山《みくさやま》を越え、摂津兵庫《ひょうご》で赤松円心の軍と合流、再起を期して兵を集めていた。京を追われた足利軍が続々と加わり、すでに五万を超えつつあるという。

正成は顕家、義貞らと摂津へ軍を進め、摂津豊島《てしま》河原で尊氏と対峙した。

「先鋒はそれがしにお任せあれ。今度こそ尊氏の首級、挙げてご覧に入れましょう」

意気込む義貞は、言葉通り果敢な戦ぶりを見せた。攻めの戦になれば、義貞は強い。対する足利軍は、一度敗けたことで腰が弱くなっている。正成が側面から攪乱すると、敵はたちまち総崩れとなった。

兵庫まで敗走した尊氏は中国、四国勢の船に乗り、瀬戸内を西へと落ち延びていったという。追撃しようにも、味方に船は無く、兵は疲れきっている。やむなく、京へと帰還した。

帝はすでに帰京し、公家たちは勝利を己の手柄のように喜んでいた。正成らには、形ばかりの労《ねぎら》いがあっただけだ。勝利は将兵の必死の働きではなく、帝の威光によるものだと受け取っているらしい。

唾でも吐きたい気分だった。この戦で、多くの家臣や兵が死んでいる。それに対して報いるだけの褒美も、与えられはしなかった。

あの時、尊氏を討たなかったのは正しかったのではないか。このところ、そんな思いが頭をよぎる。

朝廷を支える公家衆は勝利に浮かれるばかりで、誰もこの先の国のありようなど考えてはいない。戦火で方々が焼かれた京の復興すら、ほとんど手つかずだった。

船で摂津から播磨へ逃れた尊氏は、そこから九州へ向かっていた。そして、筑前多々良《たたら》浜《はま》において九州の雄族である菊池《きくち》、阿蘇《あそ》の大軍を打ち破ったという。この勝利によって、九州は足利方の制するところとなった。西国の武士たちは、こぞって尊氏の下へ馳せ参じるだろう。

「博多《はかた》を押さえられたか」

報せを聞き、正成は唸った。

京で大敗を喫した尊氏が九州を目指したのは慧眼だった。博多には、大陸から持ち込まれた莫大な銭がある。それを手中に収めれば、軍資金には事欠かないばかりか、京周辺の物と銭の流れを滞らせることにもなるのだ。

ここへきて朝廷はようやく、義貞に尊氏追討を命じた。だが、義貞は大軍を率いて播磨まで進んだものの、赤松円心の籠もる白旗城の攻略に手こずり、いたずらに時を費やしている。

北畠顕家は東国の足利方を押さえるため再び奥州に下向し、官軍の戦力は大幅に落ちていた。赤松円心一人を攻めあぐねている現状では、東上する尊氏を迎え撃つことは不可能だろう。

「正季。わしは、決めたぞ」

それだけ言うと、正成は内裏へ向かった。

義貞を誅罰《ちゅうばつ》し、尊氏と和睦する。それ以外に、この大乱を終わらせる道はない。正成の意を決した奏上を、公家たちは嘲笑するばかりだった。帝も薄い笑みを浮かべ、犬でも見るような目を正成に向けている。

こんなものか。正成の中で、何かが急速に冷めていく。正成と大塔宮が抱いた理想は、この者たちの欲得によって潰された。これまでの戦で命を落とした兵たちは、大義でも理想でもなく、公家たちの栄華のために死んだのだ。

自分の生涯は、いったい何だったのか。虚しさを通り越し、滑稽ささえ覚える。

内裏を辞すと、正成は声を放って笑った。

四

河内赤坂村は、平穏だった。

初夏の陽光の下、百姓が野良仕事に精を出し、街道を行商人が行き交っている。播磨では今も新田と赤松の激しい戦が続いているというが、それもどこか遠い世界での話としか思えない。

どうしても、戦おうという気力が湧いてこなかった。いや、今の朝廷のために戦いたいと思えないのだ。正季も家臣たちも、河内へ戻る正成に何も言わず従ってきた。抱えている思いは、自分と同じなのだろう。

このまま、一介の商人になるのも悪くはないかもしれない。昔のように、金剛山で辰砂を掘り、それを売って暮らせばいい。この村に根を張り、息子たちの成長を見守りながら年を重ね、やがて土に還る。そんな当たり前の営みを、正成は夢見るようになっていた。

だがどれほど望んだところで、その夢がかなうことはないだろう。一度武名を轟かせた正成を、朝廷も足利も放ってはおかないはずだ。

妹婿の服部元成が訪ねてきたのは、四月も半ばを過ぎた頃のことだった。

「その身なりは、いかがした？」

四歳になる息子の観世丸《かんぜまる》を伴って現れた元成は、旅芸人のような装束だった。髷《まげ》も結わず、腰には太刀の代わりに笛を差している。

「此度の戦では、あまりに多くの人が死に申した。それがし、武士にはほとほと嫌気が差しましてな」

「それで、芸の道に生きるか」

笑って頷く元成に、正成は羨望を覚える。

この義弟は元々、戦や政よりも芸事《げいごと》を好んでいた。幾度か元成の笛を聴いたことがあるが、武士の手すさびどころか、本職の芸人としても十分に通用しそうな腕前だった。

「義兄上はやはり、戦に向かわれるのでしょうね」

「朝廷から命が下れば、断るわけにもいくまい。わしとて、逆賊にはなりとうないからな」

　自嘲じみた笑みを漏らすと、元成は声を潜め、「それだけではありますまい」と言った。

「義兄上と足利尊氏、いや、楠木一族と足利一族は、決して相容《あいい》れることはござらぬ。それははるかな昔から、それこそ、この国が生まれるよりも前から、定められておりまする」

　断言する義弟に、正成は失笑を禁じ得ない。だが、元成の表情は真剣そのものだった。

「我が服部の家に伝わる口伝にございます。古来よりこの国には、対立を宿命づけられた二つの一族がある。源氏一門と平家一門が争うたのも、源氏の血を引く足利、新田が、平家の傍流である北条を討ったのも、その宿命によるものにございましょう」

「愚かな。この国の歴史は、それほど単純なものではない。それに我が楠木家は、平家の流れなど引いてはおらぬ」

「源氏か平家かなど、些末なこと。古《いにしえ》より対立を続けておるのは、それぞれ、海の一族、山の一族と呼ばれる者たちにございます。その二つの一族の中で、ある者は源を名乗り、ある者は平を名乗った。この家が海、あの家は山などと、一概には申せませぬ」

「それがまことの話だとして、その二つの一族は、何ゆえ争わねばならんのだ」

「さて、そこまでは。我が家に伝わるのは、この国の歴史は、その根幹に海の一族と山の一族の対立があること。そして、海の者と山の者が子を生すことはない、ということだけです」

「話にならんな」

到底、信じられるような話ではなかった。もしも再び尊氏と戦うことになったとしても、それは宿命などではなく、自分のこれまでの行いの結果、そうなったにすぎない。北条を倒そうと決意したのも、尊氏と戦うことに決めたのも、正成自身が選んだことなのだ。

「つまらぬ言い伝えのことはもうよい。それよりそなた、観世丸も芸人に育てるつもりか？」

「そのつもりにございます」

そう言って、元成は笛を取り出した。観世丸に唄わせるつもりらしい。正成は苦笑しつつ見守っていたが、観世丸の唄がはじまった瞬間、総身に鳥肌が立った。声の張り、太さ、節回し。すべてが童離れしている。正成は芸事には疎いが、都の名のある一座でも、これほどの唄い手はそうはいないだろう。

その年の不作を嘆きながら、来年のためにまた種を植える。そんな、さして珍しくもない唄だった。河内あたりの農民ならば、誰もが知っている。

だが観世丸の唄からは、嘆きや哀しみだけでなく、こちらを圧倒するほどの力強さが伝わってくる。絶望に打ちひしがれながらも、生きる希望は捨てない。そんな民の逞《たくま》しさが、正成の胸を激しく揺さぶった。

気づくと、観世丸の姿が滲んで見えていた。流れ落ちる涙を拭うことも忘れ、正成はその唄に聴き入る。

唄い終えた観世丸が深々と一礼する。再び頭を上げた時には、ただの四歳の童の顔に戻っていた。

四月三日に九州を出陣した尊氏は、五月半ばには備後《びんご》鞆《とも》まで進出していた。

尊氏はあろうことか、先帝である光厳上皇から新田義貞討伐の院宣を得ているという。院宣を手にしたからには、尊氏はもう逆賊ではない。諸国の武士も、尊氏に与《くみ》しやすくなる。実際、足利軍の兵力は鎌倉から西上してきた時よりも多く、十万に達していた。

播磨白旗城を囲んでいた新田義貞は、攻略を断念して撤退を開始したが、赤松軍の追撃を受けて甚大な被害を出し、かろうじて摂津兵庫で態勢を整え直していた。

正成は、朝廷からの執拗な参内の命に腰を上げた。使者の様子からも、朝廷の狼狽ぶりは伝わってくる。帝は諸国の武士たちに、足利軍を迎え撃てと綸旨を乱発しているらしい。

「帝ご自身が、綸旨の価値を下げておられる。そのことが、おわかりになっておられぬのであろうな」

「そして、それを諫《いさ》める臣もおりません」

やはり正季は、朝廷のために戦うのが不本意なようだった。

「いいか、正季。わしが戦に赴くのは、今の帝や、腐った公家どものためではない。己の意地などという、つまらぬもののためでもないぞ」

「では、何のために」

「この国を、際限なき戦乱から救うためだ。再び京を制した尊氏は、新たな帝を立てるだろう。だが、今の帝がそれを肯《がえ》んずるはずがない。となれば、この国に二人の帝が並び立つことになる。決着は容易にはつかず、乱世は果てしなく続く。そして、やがては帝という存在そのものさえも危うくなる」

それを防ぐには、尊氏を討つしかない。そして、返す刀で帝の側近くに侍《はべ》る無能な公家たちをも倒す。その後は、今の帝を政から遠ざけ、新田義貞か北畠顕家が幕府を開けばいい。そこまで思いきらねば、この国の政を建て直すことはできないだろう。

「よいか、正季。次の戦にかかっているのは、楠木家の命運などという小さなものではない。この国の形そのものだ」

正季はごくりと唾を飲み、強く頷いた。

参内すると、公家たちは口々に出陣を言い立てた。正成が以前、尊氏と和睦しろと進言したことなど、頭から抜け落ちているのだろう。

「主上におかれましては、まずは叡山へ臨幸あそばされますよう」

謁見《えっけん》の場で奏上すると、臨席する公家たちがざわついた。

正面から戦ったところで、勝利は得られまい。そこで、敵を洛中へ引き入れ、糧道を断つ。敵は十万を超える大軍ゆえ、兵糧が尽きるのも早い。そこへ四方から攻めかかれば、守りに弱い京に拠る足利軍はなす術なく崩れる。

だがその献策は、一顧だにされることなく退けられた。

一年の間に二度も京から逃れては、朝廷の威信にかかわる。たとえ兵力で劣ろうとも、朝廷の軍が逆賊に敗けるはずがない。公家たちが並べ立てたのは、理屈とも呼べない戯言《たわごと》だった。

「楠木正成、疾く兵庫へ出陣し、新田義貞とともに逆賊足利尊氏を討ち果たすべし」

帝のその一言で、謁見は終わった。

だが、絶望している暇はない。正成はいったん河内へ戻り、軍勢を召集した。集まったのは、わずか七百。それでも、戦意は旺盛だった。

五月二十四日、兵庫に着陣した正成に対し、新田義貞はあからさまな落胆の表情を見せた。待ちに待った援軍がたったの七百では、それも無理はない。北畠顕家はいまだ奥州にあり、名和、千種らの軍勢は、京の守りが手薄になるという愚かな理由で、出陣さえしていなかった。

「新田殿。まだ、勝機はござる」

消沈する義貞に、正成は説いた。兵庫周辺の絵図を広げ、軍勢に見立てた碁石《ごいし》を置いていく。

敵は陸海に分かれ、兵庫へと向かっている。足利直義率いる陸の軍は、およそ八万。残りは尊氏が率い、船で海上を東進していた。

「新田殿には軍勢を二、三千ほどお貸し願いたい。それがしは会下山《えげやま》に陣取り、直義の軍を食い止めましょう。新田殿は南の和田《わだ》岬に陣を布き、尊氏を迎え撃っていただきたい」

「上陸してくる敵を、水際で叩けばよいのだな？」

「いえ。それでは尊氏の首は獲れません。いったん押されて退くと見せかけ、あえて敵を陸地に上げるのです。上陸した敵が態勢を整える前に反転し、一気に尊氏の首を狙う」

義貞の顔つきが険しくなった。成算は、限りなく薄い。そして失敗すれば、全滅は免れないだろう。相当の覚悟がなければ、実行には移せない策だ。

「正成殿。この戦で、死ぬつもりか？」

「肚《はら》を決められませ。尊氏を討ち取る以外、お味方に勝利の道はござらぬ。たとえ刺し違えてでも尊氏の首を獲る。それが、帝の臣たる我らの務めにござろう」

帝の臣。その言葉に、義貞は覚悟を決めたようだった。

「承知した。敵は、明日にもこの兵庫に達しよう。必ずや、尊氏めの首を挙げてみせようぞ」

義貞は、無能な将というわけではない。むしろ、気持ちが攻めに向かった時には、凡将には及びもつかない果敢な戦をする。今は、それに懸けるしかなかった。

翌早朝、敵勢の姿が見えてきた。夥しい数の船と、無数の旌旗《せいき》をたなびかせて進む陸上の軍勢。

八万と聞いてはいても、実際に目にすれば足が竦み、心は萎えそうになる。勝てるはずがない。ただの犬死ではないか。押し寄せる絶望の波に、正成は必死に抗う。

「千早城での戦を思い出すな」

隣の正季に声をかけた。

「はい。ですが、あの時よりも味方は多くおります」

「それでも、たったの二千七百だ。そして今は、この国の武士の大半を敵に回している」

「兄上が出陣を決めた時から、覚悟はできております。願わくは、再び人として生まれ、朝敵を討つ戦がしたいものですな」

「罪深い願いだな」

小さく笑うと、正季も笑みを見せた。

対立を繰り返す、二つの一族か。胸中で呟く。和睦を望みながら、結局は戦うことになってしまった。元成の語る言い伝えも、あながち作り話ではないのかもしれない。

長い時が経てば、その二つの一族が互いをわかり合い、対立を終わらせることもあるのだろうか。海と山が混じり合って、新たな一族に生まれ変わることはないのか。

もしも来世があるとしたら、そんな光景を見てみたいものだ。

「兄上、敵が迫っております。お下知を」

頷き、正成は出陣を命じた。

五

尊氏は馬上から、戦場を睨んでいた。

開戦から、二刻は過ぎただろうか。戦の勝敗は、とうに決していた。新田軍はすでに敗走し、戦場に残っているのは楠木軍だけである。

新田軍を崩すのは、いとも容易だった。尊氏は船団を二手に分け、一手を新田軍が布陣する和田岬のさらに東、生田《いくた》の森に上陸させたのだ。動揺する新田軍の正面に尊氏の本隊が上陸すると、退路を断たれることを恐れ、義貞はろくに戦うことなく京へ退却していった。ここで全滅覚悟の戦をするよりも、京で臥薪嘗胆《がしんしょうたん》を期すつもりなのだろう。

だが、残った楠木軍の戦いぶりは、まさに鬼神そのものだった。

正成の麾下に加わっていた新田軍の一部は、本隊の撤退を見てほとんどが逃亡している。だが残った七百ほどは、押し寄せる直義軍を幾度となく撥《は》ね返し、大軍の中を縦横に駆けていた。

　とはいえ、それももう時間の問題だろう。楠木軍は疲弊し、すでに半数近くにまで討ち減らされている。

　正成ならば、足利軍を京へ引き入れ、兵糧を断つことを狙ってくる。尊氏はそう読んでいた。その献策は、公家たちに退けられたのだろう。そして自らは直義軍を食い止め、新田義貞に尊氏の首を獲ることを託した。

　しかし新田軍は早々に敗走し、正成は戦場に取り残された。今の正成の胸中にあるものが何なのか、尊氏には計りかねた。

「前に出る」

　告げると、高師直が制止した。

「殿。戦の場では、何が起こるかわかりませぬ」

「戦うつもりはない。あの男の最期《さいご》を、しかと見届けたいだけだ」

　馬を進めた。正成は麾下をしっかりと一つにまとめ、包囲されないよう巧みに兵を動かしていた。だが、降り注ぐ矢に一人、また一人とその数は減っていく。戦というよりも、一方的な殺戮《さつりく》に近かった。

　目を凝らし、正成の姿を探した。馬も兜も失い、鎧のあちこちに矢が突き立っている。それでもなお、太刀を手に下知を飛ばしていた。

私はここにいるぞ。心の中で、尊氏は呼びかけた。勝つために戦っているのなら、この首を獲りに来い。

だが正成の目に、尊氏の姿は見えていないようだった。

気付くと、矢の雨はやんでいた。直義にも、何か感じるものがあったのだろう。楠木勢を遠巻きに、降伏を呼びかけている。

幾度かのやり取りの後、三十人足らずにまで減った楠木主従は、近くの農家へと向かった。

「腹を、切るつもりでしょうな」

感慨の籠もった声で、師直が呟く。

「正成には確か、幼い息子がいたな」

「はい。まだ、元服もしておりませんが」

「首を、その息子に届けてやれ」

「承知」

正成らの姿が家の中へ消えると、戦場だった場所は静寂に包まれた。

鬨の声は上がらず、勝利の喜びもない。骸と血の臭い、そして奇妙な物哀しさがあるだけだった。

結局、正成は絶望に押し潰されたのかもしれない。新田軍が退いた時点で、正成なら戦場を離脱できたはずだ。しかしそれをせず、あえて戦って散ることを選んだ。

「報われぬ生涯であったな」

呟きは、強さを増した風に掻き消される。その風の中に、尊氏は潮の香りを嗅いだような気がした。


兵庫での敗報に慌てふためき、朝廷はあっさりと京を捨て、叡山へ逃れた。尊氏が京に入ったのは、五月二十九日のことである。

その後も戦は断続的に続き、六月には千種忠顕、名和長年を討ち取っている。八月、尊氏は光厳上皇の弟に当たる豊仁《とよひと》親王を即位させた。

叡山に籠もる敵は、兵糧が欠乏し、京を攻める力も失いつつある。この機を逃さず、尊氏は和睦を申し入れた。窮した後醍醐帝は和睦を受け入れ、帰京して三種の神器を差し出す。尊氏は帝を花山院《かざんいん》に幽閉した上で、前の天皇を意味する「太上《だいじょう》天皇」の尊号を贈った。見捨てられた形となった新田義貞は、後醍醐帝の皇子である恒良《つねよし》、尊良両親王を奉じ、北陸へと落ち延びている。

その後間もなく、後醍醐帝は京を脱出して吉野へ逃れ、尊氏追討の檄《げき》を飛ばした。さらには、先に差し出した神器は贋物《にせもの》であり、本物は自らの手中にあると触れている。

「何とも、しぶとい御方よ」

新たに築かせた屋敷の縁で盃を傾けながら、尊氏は言った。相手は、佐々木導誉一人である。

「されど世の趨勢は、すでに足利に向いております。新田、北畠はいまだ健在なれど、尊氏殿の足元も盤石になりつつある。形勢が覆ることはありますまい」

新田も北畠も、以前と比べればそれほどの脅威ではなくなっていた。尊氏はいまだ征夷大将軍の位には就いていないが、施政の方針を記した『建《けん》武《む》式目《しきもく》』を制定したことで、幕府は事実上出来上がりつつある。吉野の朝廷に味方する武士は、もはや数えるほどしかいない。

「だが、兵を出して吉野を攻め落とすのは難しい。私は、帝弑逆の汚名を着たいとは思わぬ」

「ならば、放っておきなされ。敵が出てきた時には徹底して叩く。それを繰り返せば、吉野も力を失い、やがては屈しましょう」

「それまでに何年、いや、何十年とかかろうな。乱世は、我らの子や孫の代まで続くやもしれん」

「新たな帝を立てよ。尊氏殿は、そう進言したわしを恨んでおられるのかな？」

「いや。足利が勝つには、それしかなかった。そして私は、勝ちたいと思った」

「心の赴くままに、生きられましたか」

頷き、酒を舐める。

「あの男も、最後は己の心のままに生き、そして死んだのであろうな」

脳裏に浮かぶのは、楠木正成の死に様だった。

あの男には勝てないという導誉の言葉の意味が、今なら尊氏にもわかる。後の世に英雄として語り継がれるのは、自分ではなく正成だろう。朝廷を二つに割った尊氏の名は、稀《き》代《たい》の逆賊として歴史に記されるのかもしれない。

「尊氏殿は今、何をお望みかな？」

試すように、導誉が言った。

「わからんな。だが、私はどうやら、戦というものが好きらしい。戦の場にいる時だけは、自分が生きていると、心の底から思えるのだ。望みがあるとすれば、楠木正成のように雄々しく戦い、戦場で果てることやもしれぬ」

「なるほど。ならば、北と南、二つの朝廷が対立を続ける今のこの国は、尊氏殿にとっては恰好の舞台ということになりますな」

導誉の喩《たと》えに、尊氏は苦笑した。新田義貞、北畠顕家、そして正成の息子たち。確かに、戦う相手にだけは事欠かない。

「ところで導誉。そなたは何が望みで私を焚きつけ、朝廷を二つに割らせたのだ。己が権勢か。それとも、佐々木一門の繁栄か？」

「さて、どちらも興味はありませぬなあ。朝廷を割ろうと意図したわけでもござらぬ。それよりも、足利尊氏という一人の男がいかに生き、死んでゆくかを見届けることの方が面白うござる」

「まったく、変わった男だ」

「この佐々木導誉、生粋《きっすい》の婆娑羅者ゆえ。それに、争いが無ければ、この世は前へは進まぬ。そしてその争いの中でこそ、光り輝く者もおりまする。尊氏殿や、楠木正成のように」

そう言って、導誉は珍しく細い目を大きく見開き、顔をこちらへ向けた。

その瞳の色が、片方は黒く、片方は正成と同じように蒼い。そのことにはじめて気づいたが、尊氏はなぜか、それが奇異なことだとは思わなかった。

六　浄土に咲く花

一

篝火の灯りの中、一人の女人《にょにん》が唄い、舞っていた。

唐織《からおり》の艶《あで》やかな小袖。笛と鼓の音に合わせて動かされる白く細い手足は艶《なま》めかしく、その甲高い唄声も、本物の女人としか思えない。

無論、顔につけた能面に表情などありはしないが、その唄声と所作だけで、踊り手の抱く感情は痛いほど伝わってくる。

舞台上で演じられているのは、『吉野静《よしのしずか》』だった。『義経記《ぎけいき》』を題材とした演目で、兄頼朝に追われた源義経のため、愛妾《あいしょう》の静御前《しずかごぜん》が追手の前で舞い唄い、追跡を断念させる場面を描いている。

義満《よしみつ》は舞台正面に設けられた桟敷《さじき》席に座し、その舞に見入っていた。

静御前を演じているのは、この一座の座頭・観阿弥《かんあみ》の息子で、まだ十一歳の童なのだという。それが事実なら、義満より五つも年下ということだ。なるほど、背丈こそ幼い少女のようだが、儚《はかな》さの中にも気丈さを漂わせる舞も、自信に満ちた唄も、とても童のものとは思えない。実際、義満は童が舞台に現れた瞬間から、その立ち姿に目を奪われていた。

　観阿弥率いる大和の結崎座《ゆうざきざ》は京、醍醐寺で七日間に及ぶ猿楽《さるがく》興行を催していた。大和猿楽の第一人者として知られる観阿弥の興行は京童《きょうわらべ》たちの評判を呼び、初日から多くの人々が詰めかけている。

　追手たちが静御前の舞に感銘を受け、義経追跡を諦めたところで演目は終わった。客席の方々から、感嘆の溜め息が漏れる。

「いかがでしたかな、御所様」

　隣に座る老人が、小声で訊ねてきた。

　佐々木導誉。長く北近江半国の守護を務め、祖父尊氏の覇業を支えてきた足利幕府創業の功臣だ。喜寿《きじゅ》を迎えた今は隠居しているものの、幕府内では今も大きな影響力を維持している。芸事にそれほど関心のなかった義満をこの興行に誘ったのも、この老人だった。

　征夷大将軍たる義満が町衆に交じって興行に足を運ぶことなど、異例中の異例だった。

　このことを知るのは、幕府内でもほんの一部の近臣のみ。義満の周囲は変装した警固の者が固め、寺の周囲にも警戒の目を光らせている。

「まあ、悪くはない」

　お忍びとはいえ、武家の棟梁である自分が、年端もいかぬ童の芸に心を奪われたと思われるわけにはいかない。だが、導誉は義満の心中を見透かしたかのように微笑を浮かべていた。

「いずれ、かの童とは会って話す機会もあろうかと。御所様とは、深い繋がりを持つことになるやもしれませぬ」

「愚かな。相手はたかが芸人ではないか」

「ふと、そのような予感がしたまでにござる。老人の戯言と、お聞き流しくださいませ」

権謀術数《けんぼうじゅっすう》を弄して幕府内に権力を築く一方、婆娑羅者として知られる導誉は諸国の見込みのある芸人を集め、援助をしているという。観阿弥と鬼夜叉《おにやしゃ》の父子も、そんな芸人のうちの一人だった。

「余は、武家の棟梁たる征夷大将軍ぞ」

　誰もいなくなった舞台を見据え、義満は言った。

　祖父尊氏が幕府を開いて、じきに四十年が経つ。朝廷は依然として南北の二つに分かれ、天下は安寧《あんねい》には程遠い。尊氏の跡を継いで二代将軍となった父の義詮《よしあきら》は六年前、南北朝の統一を果たせぬまま三十八歳の若さで没した。

　南朝は度重なる敗戦によって衰退し、今や楠木一族をはじめとするわずかな戦力が残るだけだ。だが、朝廷が二つあることによって、幕府内での争いに敗れた側が南朝と結んで蜂起するということがしばしば起きている。自分が今こうしている間にも、この国のどこかで戦が行われ、幕府と義満の威光が傷つけられているのだ。

祖父尊氏と後醍醐帝が引き起こした戦乱を終結させ、天下に真の安寧をもたらすには、南北朝の統一を果たす他ない。それが、義満が己に課した使命だった。

「尊氏公、そして亡き父上の遺志を継ぎ、余はこの乱れた天下を平定せねばならん。芸事などに現《うつつ》を抜かしておる暇など、ありはせぬ」

「されど、己が所領のことしか頭にない大名衆ばかりをお側に置いては、見えるものも見えなくなりましょう。この世には、地位や領地に執着せぬ者もいる。そのことを、お心に留めおかれませ」

導誉は瞳の色が左右異なる目で、義満を見つめていた。

それから半年ほど後、導誉が死んだ。七十八歳の大往生である。

政務を司る管領《かんれい》・細川頼之《ほそかわよりゆき》の働きで、このところ大きな乱はない。隠退した導誉が死んでも、幕政が揺らぐことはなかった。

「一つの時代が、終わりましたな」

導誉の葬儀が終わると、細川頼之が感慨深げに言った。

「毀誉褒貶《きよほうへん》ございますが、かの御仁はまさに、乱世の申し子と呼ぶに相応しい御方でござった」

「まだ乱世が終わったわけではないぞ、頼之。余の代で必ずや、朝廷を再び一つといたすのだ」

「無論、承知いたしてございます」

頼之は当年四十五。有力大名細川一門の棟梁であり、その老練な手腕は諸大名からも一《いち》目《もく》置かれていた。ともすれば所領や役職を巡って反目しがちな大名たちの利害を上手く調整し、幕政を安定に導いた功労者と言ってもいい。そして頼之を管領に推挙したのは、亡き導誉だった。

義満は導誉の死に際して、一つの噂を耳にしていた。

導誉が息を引き取ったその刹那、左右違っていた瞳の色が、両方とも黒くなったのだという。

真偽のほどは、定かではない。だが義満には、その不可思議な噂話が導誉にはよく似合っているように思えた。

二

京の都は、戦の気配に騒然としていた。

辻々に軍兵が溢れ、京童たちは早々に荷をまとめて避難をはじめている。集まった軍勢は、義満が本陣としたここ堀川《ほりかわ》の一色《いっしき》邸とその周辺に五千、内裏を中心とする内野《うちの》にも五千。かつて、京では幾度となく南北両朝の軍勢がぶつかったものの、都合一万に及ぶ大軍が都の中心部に展開するのは絶えて久しい。

京の西方に布陣した敵は、すでに動き出している。数刻のうちにも、京市中へ攻め入ってくるだろう。物見の報告が正しければ、敵の兵力はおよそ五千。数ではこちらが優位にあるが、実際の戦では何がどう転ぶかわからない。

明徳《めいとく》二年、十二月三十日未明。年が改まれば、義満は三十四歳になる。この戦は、義満が長い歳月をかけて取り組んできた有力守護大名統制策の大きな山場だった。

敵は、山陰を中心に、十一ヶ国に及ぶ勢力を持つ山名《やまな》氏。かつては南朝に寝返り、父や祖父から二度にわたって京を奪ったこともある強豪だ。足利将軍家の権威を確立するには、放置しておくわけにはいかない。しかも、山名は挙兵の大義名分を得るため吉野の南朝に恭順し、錦旗《きんき》を得ているという。

義満はこれまで、数年がかりで山名一族を分裂させて互いに争わせ、その勢力を弱めることに努めてきた。さらには度重なる挑発を繰り返し、山名一族を挙兵に追い込んだのだ。この一戦で山名勢を打ち破り主立った一族を討ち取れば、山名家の勢力は壊滅し、幕府への脅威は取り除かれる。

だが、万が一にも敗れるようなことがあれば、京を失うどころか、足利幕府そのものの存続さえも危うくなる。泰然と床几に腰を下ろしていても、鎧の下では汗が滲んでいた。

卯《う》の刻、彼方から喊声が聞こえてきた。間を置かず使い番が駆け込み、敵の先鋒が二《に》条大宮《じょうおおみや》まで攻め入ってきたことを告げた。迎え撃つのは、大内義弘《おおうちよしひろ》と赤松義則《よしのり》の軍。大内家は周防、長門を領する大大名で、当主の義弘は勇将として知られている。

それから次々と注進が入った。敵は山名満幸《みつゆき》の三千と同氏清《うじきよ》の二千に分かれ、西と南から攻め寄せてきている。義弘は自ら一騎打ちで先鋒の将を討ち取ったものの、後続の満幸勢に数で押され、劣勢を強いられていた。南の氏清勢も、細川、畠山らの軍を押し込んでいるという。

「ここで敗れれば山名の滅亡は必至。敵の士気は侮れませんな」

口にした将の一人に、義満は目を向けた。

「やはり、京の地で迎え撃つのは無謀だったのでは。今からでも、叡山か東山《ひがしやま》あたりに陣を移しては」

京の地形は攻めるに易《やす》く、守るに難い。父も祖父も、敵が迫ると戦わずして京を明け渡し、その後反撃に転じて奪い返すのを常としていた。だが今回の戦は、足利将軍家の武威を天下に示すためのものだ。京を捨てずに守り抜くことに意味がある。たとえ一度でも、京を奪われるわけにはいかない。

「陣は移さぬ。それほど恐ろしければ、手勢を率いてどこへなりと逃げるがよい」

冷ややかな声で言うと、その将は俯いて黙り込んだ。

開戦から一刻をすぎても敵の勢いに衰えは見られず、満幸勢に押された味方からは、援軍要請の使者が送られてきた。

「誰ぞ、我こそはという者はおらんのか」

苛立ちを滲ませながら一同を見回すが、居並ぶ諸将は視線を逸らした。所詮、この連中の頭にあるのは己の家の利益のみか。わかりきっていたことだが、腹の底が熱くなる。

「よかろう。余が自ら出陣し、逆賊を打ち払ってくれる」

「御所様」

一同の制止を振り払い、義満は腰を上げた。

「余は武門の棟梁、征夷大将軍なるぞ。従えぬとあらば、山名の下に参じるがよい。その首、戦場にて刎ねてつかわす」

互いに顔を見合わせる一同を尻目に、義満は馬を命じた。併せて、奉公《ほうこう》衆《しゅう》三千に出陣を下知する。

奉公衆は、かつて御馬廻《おうままわり》衆《しゅう》と呼ばれた将軍直属の軍で、義満はその規模を大幅に拡大し、有能な御家人を将に任じて精鋭に仕立てさせていた。尊氏や義詮が諸大名の統制に手を焼いたのも、直属の軍が小規模で、武力を諸大名に頼らざるを得なかったからだ。

武力と権威を一手に握り、諸大名を名実ともに従え、朝廷を再び一つにして天下を安寧に導く。その道のりは、まだ緒についたばかりだ。この戦に敗れれば、道は閉ざされる。

「者ども、今が功名の立て時ぞ。死して名を残せ！」

将兵から「おおっ」と声が上がるが、表情の硬い者も多い。奉公衆を実戦に投入するのは、これがはじめてだった。

かく言う義満自身も、これまで自ら戦場に立ったことはない。ともすれば臆しそうになる己を叱咤し、馬腹を蹴った。遅れじと、一色、今川らの諸将も後を追ってくる。

一色邸を出るとすぐに、十数騎が駆けてくるのが見えた。大内義弘とその家臣たちだ。全身を返り血に染め、手負った箇所に布を巻いた義弘が、義満の面前で下馬した。

「大内義弘。何ゆえ引き返してまいった。戦はいまだ終わってはおらぬぞ」

「敵の先鋒は打ち破ったものの、我が兵は疲れており申す。急ぎ、替わりの兵をお与えいただきたい。この義弘が討死しては、御所様の御為、命を賭ける勇士がいなくなりましょうぞ」

悪びれることなく、義弘は答えた。義満はかすかに眉を顰めたが、腰の太刀を取って義弘に投げ与える。

「そなたの勇戦、見事であった。いま一度二条大宮へ取って返し、その太刀で武勇を示すがよい」

一瞬、視線がぶつかった。義弘の蒼い瞳。なぜか、腹の底が熱くなるほどの憎悪を覚える。義弘は一礼し、再び引き返していった。義満も南の細川勢と合流すべく戦場へと向かう。

　内野は洛中とはいえ、過去の戦乱で荒れ果て民家はほとんどない。すぐに、広大な野で敵味方が真正面からぶつかり合っているのが見えた。

「旗を掲げよ。征夷大将軍足利義満、自ら叛徒どもを討ち平らげにまいった」

　太刀を抜き放ち、切っ先を前方へ向ける。味方は鬨の声を上げ、一斉に動き出した。

　怒号と喊声。地響きにも似た人馬の足音。掌に、じわりと汗が滲む。頭をもたげる恐怖を抑えつけるように、手綱を強く握りしめる。

　奉公衆の戦いぶりは、満幸勢を圧倒していた。加えて、義満自らの出陣に、敵の雑兵は明らかに狼狽している。満幸勢は櫛《くし》の歯が欠けるように次第にその数を減らし、やがて桂川《かつらがわ》を渡って敗走していった。

「まだだ。旗を大宮へ進めよ。氏清の首級を挙げるまで、手を緩めるな」

　満幸勢を打ち破った勢いのまま、大宮へ軍を進めた。人馬が入り乱れる中、太刀を振るう義弘の姿が見える。鼻持ちならない男ではあるが、その剛勇ぶりは認めざるを得ない。

　乱戦は奉公衆の参戦で、一気に味方の優位に傾いていった。日が中天に達しかけた頃、氏清は数十騎とともに戦場を離脱し、大勢は決した。逃げた氏清の首級を挙げようと、味方はさらに追い打ちをかけている。

やがて、本陣へ戻った義満のもとへ、一色勢が氏清を討ち取ったという報せがもたらされた。満幸は取り逃がしたものの、すでに再起する力は失っているだろう。

届けられた首を、作法に則り実検した。太刀の鯉口を切り、目の端で首を見る。

氏清の首は、両目を見開いていた。その瞳は、義弘と同じくかすかに蒼みがかっている。口元に浮かびかけた笑みを、義満は何とか押し殺した。

「義弘」

「はっ」

「此度の勝ち戦、そなたの働きに負うところ大である。よって、山名領国のうち、和泉と紀伊はそなたに預けることといたす。追って沙汰を待つがよい」

「ははっ、ありがたき幸せ」

諸将の羨望の視線を一身に受け、義弘は誇らしげに頭を下げる。

次に自分の前に首になって現れるのは、この男かもしれない。乾いた気分で、義満は思った。

三

その舞は、相変わらず見事なものだった。

駿河三保《みほ》の松原《まつばら》で羽衣《はごろも》を拾った漁師は、持ち主の天女《てんにょ》が悲しむ様を哀れに思い、羽衣を返す条件として天界の舞を見せることを求めた。喜んだ天女は羽衣をまとい、舞を披露する。

　二神出世の古　十方世界を定めしに
　空は限りもなければとて　久方の空とは名付けたり

篝火に照らされた舞台の上、地謡《じうたい》の声に合わせて舞う世阿弥《ぜあみ》は、まさに天女そのものだった。
三十路《みそじ》に達したとは思えない艶やかな舞は、鬼夜叉と名乗っていた若かりし頃からいささかも衰えてはいない。むしろ、歳を重ねたことで優美さが増している。その所作の一つ一つを、義満をはじめとする観客たちは食い入るように見つめていた。

　君が代は　天の羽衣まれに来て

世阿弥の澄んだ唄声が響き渡る。義満は舞台上に、浜辺に打ち寄せる波と彼方に望む富士の姿がはっきりと見える気がした。

「見事であった。世阿弥、近う。酌《しゃく》などいたせ」

「ははっ」

面を外した世阿弥が、義満のいる縁に上がる。将軍家御所たる室町第《むろまちてい》に集う大名衆の中には眉を顰める者もいるが、構いはしなかった。大臣と名のつく公家も数ヶ国を領する大大名も、義満に異を唱えられる者など、もはやこの国にはいないのだ。

明徳三年秋、山名家の勢力を壊滅に追い込んだ義満の権勢は、すでに並ぶ者がないほど高まっていた。

いまだに南朝の旗を掲げ抵抗を続ける者もいるが、その勢力は微々たるもので、取るに足りない。幕府内の最大勢力である山名家を討滅したことで、南朝にはもはや縋《すが》る相手すらいなくなった。このままじわじわと締めつけ続ければ、南朝の帝も遠からず音を上げるだろう。

「乱世の真の終結は、遠くない」

世阿弥の注いだ酒を干し、義満は言った。

「芸の道に生きるそなたたちにとっても、戦などないに越したことはなかろう」

「まこと、喜ばしい限りにございます」

世阿弥が微笑を浮かべる。その笑みに、追従《ついしょう》の色はない。心おきなく諸国を往来できることが、素直に嬉しいのだろう。

世阿弥の父観阿弥は、物真似芸を得意とする大和猿楽に、当時流行していた田楽《でんがく》や曲舞《くせまい》の要素を採り入れ、芸の世界に新風を吹き込んだ。観阿弥は八年前に没したが、世阿弥は父の猿楽をさらに深化させ、幽玄《ゆうげん》に重きを置いた芸で、都ではすでに父以上の評価と名声を手にしている。

導誉の誘いではじめて世阿弥の芸を見たのは、もう二十年も前のことだ。その翌年、義満は改めて結崎座の興行を観覧し、それ以来世阿弥とその一座を贔屓《ひいき》にしている。だが、卑賤《ひせん》視される芸人を将軍御所に出入りさせることを、快く思わない者も多くいた。しかも、世阿弥の父観阿弥は、かの楠木正成の甥に当たるのだ。嘘かまことか、観阿弥は幼い頃、正成の前で謡を披露したこともあるという。

観阿弥は南朝の間者であり、幕府の内情を探らせるため、世阿弥を送り込んだ。そんな噂も耳に入ってきたが、義満は意に介さなかった。内情を知られたところで、衰退著しい南朝など恐れるに足りない。そして実際、世阿弥の周辺を探らせてみても、不審な点はなかった。

「義弘」

義満は、一人黙々と盃を重ねる大内義弘に声をかけた。

「南朝との談合、いかがか」

「はっ。上皇を中心とする一派が反対を叫んでおりますが、所詮はごく一部にすぎませぬ。

大勢は、合一へと傾いておりまする」

義満は南朝との和平交渉を、義弘に担当させていた。

衰退したとはいえ、南の帝も天皇であることに変わりない。三種の神器も南朝の手にあり、軍勢をもって討ち滅ぼすというわけにはいかなかった。ゆえに義満は、和平という名の事実上の降伏を、南朝側に求めている。

条件は、『譲国の儀』を執り行い、南朝の持つ神器を北朝へ渡すこと。その後の皇位は北朝、南朝で一代ごとに交代して継承するというものだ。譲国の儀を行うということはすなわち、南朝の帝を正統な天皇として扱うということを意味する。一介の土豪程度の武力しか持たない南朝に、義満は最大限の譲歩を示したといっていい。

この交渉に関して、義満は北朝に何らの関与もさせていなかった。

南朝を正統と認め、皇位を交互に継承するとなれば、優位にある北朝が反対するのは目に見えている。だが義満は、先に既成事実を作り、多少強引にでも北の帝や公家たちを従わせるつもりだった。

「して、和平はいつ頃まとまる？」

「はっ、この半年のうちには」

「遅い。三月でまとめよ」

義弘の厳しい顔に、かすかに赤みが差した。宴席に張り詰めた気が流れる。

「なにぶん、公家相手の交渉ゆえ」

「言い訳はよい。余がその気になれば、軍勢を発して吉野を焼き払うことなどいとも容易い。そのことを、南朝の公家どもにしかと伝えておけ」

「承知いたしました」

義弘が交渉をしくじったところで、こちらに何の痛痒《つうよう》もない。今回は失敗したとしても、南朝はいずれ降るしかないのだ。

義満はむしろ、義弘に与えた大領を召し上げる口実として、失敗を望んでさえいた。山名家没落以後、六ヶ国の守護を兼ねる大内家は幕府内の最大勢力となっている。その力を削っておくのは、悪いことではない。

だがその後、義弘は戦場の猛将には似つかわしくない交渉力を見せ、三月で南朝と和平の合意を取りつける。閏十月にも、南の帝が吉野を発ち、上洛するとのことだった。

「義弘め。思ったよりもやりおる」

室町第の奥書院で世阿弥に酒の相手をさせながら、義満は呟く。

「ちと、目算が狂うたな」

「御所様は、大内様を嫌うておいでですか」

世阿弥の率直な問いに、義満は苦笑した。

「まあ、好いてはおらぬな。大内は今や、かつての山名にも匹敵する大大名。いや、それ以前に、初めて会うた時から、あの者のことはどこか虫が好かん。あの者の顔を見、声を聞くと、心の奥底がざらつくような気分になる」

一国の頂点に立つ身としては、好悪の感情は抑えなければならない。頭ではわかっていても、それをさせないほどの不快さを、義弘からは感じるのだ。

そういえば、氏清と満幸も、義弘と同じ目の色をしていた。あの目を持つ者たちはなぜか、義満の憎悪を掻き立ててやまない。

「まあよい。これで年内のうちには、南北の朝廷が一つとなる。河内の楠木や肥後《ひご》の菊池あたりは認めぬであろうが、討伐するのにさしたる手間はかかるまい。六十年近くも続いた乱世が、ようやく終わるのだ」

「祝着《しゅうちゃく》至極《しごく》に存じます」

頷き、世阿弥の酌を受けた。父も祖父も成し遂げられなかった偉業を、自分が達成するのだ。酒の味とともに、静かな喜びが腹の裡《うち》に広がっていく。

六ヶ国を領する大内家といえども、今の幕府には抗する術などあるまい。何かと煩わしい比叡山延暦寺《ひえいざんえんりゃくじ》をはじめとする寺社勢力も、すでに幕府の威光に屈した。公家衆からも、義満個人に忠誠を誓《ちか》う者が続出している。

義満が武家、公家、寺社の頂点に立ち、ただ一人の帝の下で政を行う。それが、この国の新しい形となるのだ。

「余は間もなく、まことの天下人《てんかびと》となる。そなたも、芸の道の天下人を目指し、精進を続けるがよい」

「芸とは、他人と競うようなものではございませぬ。無論、多くの人の心を動かすことのできるよう、心掛けてはおりまするが」

「欲のないことよ」

　義満に取り入って芸人としての地位を築こうという意図が、世阿弥にはまるでない。それを理解しているからこそ、義満も世阿弥にだけは胸襟《きょうきん》を開いていた。大名衆や側近にもできないような話も、この芸人にだけは打ち明けることができる。

「そういえば以前、ある者が申しておった。この世には、地位や領地に執着せぬ者もいる。そのことを、心に留めておけと」

　盃に残った酒を呑み干し、世阿弥の顔を見つめた。

「不思議なものよ。そなたの片方の目は、義弘らと同じ色をしておる。しかし、あの者らのような不快なものは感じぬ」

　義満の眼に映り込んだ世阿弥の瞳は、片方だけが蒼みがかっている。耳も、片方だけが大きい。それは、二十年前に死んだ佐々木導誉と同じだった。

　十月二十八日、南の帝は三種の神器を携えて吉野を発った。

一行は奈良を経て、閏十月二日に京、嵯峨野の大覚寺《だいかくじ》に入る。従うのは、皇族や公家が十七名、武士は河内の楠木党ら二十六名というわずかな人数のみ。そのみすぼらしい行列は、京童たちに南朝の衰退ぶりをはっきりと見せつけることとなった。

だが、予定には大きな齟齬《そご》が生じていた。蚊帳《かや》の外に置かれた恰好だった北の帝が、譲国の儀の執行と、南の帝との会見を拒絶したのだ。そればかりか、北の帝は公家衆を大覚寺に派遣し、一方的に三種の神器を接収したという。

「愚かな」

一報を受け、義満は思わず声を荒らげた。

「帝は、今までの余の労苦を台無しにするおつもりか」

これでは、甘言《かんげん》を弄しての騙《だま》し討《う》ちと言われても仕方ない。これを機に、南朝に心を寄せる者たちが一斉に蜂起しかねない愚挙である。

義満が使者を送っても、帝は断固として譲国の儀を拒み、神器を手放そうとはしない。ここで強硬策を採れば、義満が逆賊とされかねなかった。

結局、和平の条件はうやむやのまま南の帝は退位し、なし崩し的に北の帝がこの国でただ一人の天皇ということになった。偉業を成し遂げたという喜びは、すでに失せている。画竜点睛《がりょうてんせい》を欠くとは言うが、描き上げた絵に泥を塗りたくられたような気分だった。

「この国の頂点に立つのは余ではなく、あくまで帝だということか」

武力を持ち、実際の政を行うのは、征夷大将軍たる自分だ。形ばかりの存在にすぎない帝ではない。

「いいだろう」

独《ひと》り言《ご》ち、義満は笑みを浮かべた。

この日ノ本を動かしているのは誰なのかを、帝とこの国に住まうすべての人々に、はっきりと見せつけてやろうではないか。

四

その塔は、晩秋の蒼天に向かってそびえ立っていた。

臨済宗《りんざいしゅう》相国寺《しょうこくじ》大塔。七重の塔の高さは三十丈をゆうに超え、この国にこれまで建てられた建造物のすべてを凌ぐ。

義満は、最上階の欄干に手を置いて言った。

「見事な眺めではないか。苦労して建てた甲斐があったというものよ」

感嘆の吐息を漏らし、世阿弥が答える。

「まこと、天にも昇る心地とはこのことにございます」

その眺望は、義満の想像をはるかに超えていた。洛中はもとより、北は比叡山、南は巨《お》椋池《ぐらいけ》までが一望のもとに見渡せる。視線を足元に転じれば、地上を行き交う人々が豆粒ほどの大きさに見えた。

そして何より、この塔は内裏を間近に見下ろす場所に建立されている。それが何を意味するかは、誰もが理解できるはずだ。

南北朝の合一から七年が過ぎていた。長く幕政を支えた細川頼之はすでに没し、四十二歳となった義満も、征夷大将軍の職を嫡男の義持《よしもち》に譲っている。さらには、朝廷から与えられた従一位《じゅいちい》太政大臣の官位も返上して、今は出家の身だった。とはいえ、義持はいまだ十四歳の若輩で、政の実権は依然義満の掌中にある。

官位の返上と出家は、天皇の臣であることをやめると宣言したに等しい。武家と公家のいずれでもない立場に身を置き、何物にも縛られることなく、幕府と朝廷の全権を握るための布石だった。

南北朝が合一されても、地方では小規模とはいえ、いまだに戦が頻発していた。旧南朝方の蜂起もあるが、その多くは、領地を巡るいざこざや武家の家督争いである。

この国には、武士から下々の民にいたるまで、自力救済の論理が浸透していた。争い事は他者に頼らず、己の力で解決しようとする考え方である。そもそもは朝廷の力が弱かったため、民も武士も、自らの手で所領や村を守らなければならなかった。そしてその考えは、今も脈々と受け継がれている。

この論理を打破し、紛争は為政者が裁くという仕組みを徹底させなければ、いつまで経っても戦の芽は消えることがない。そのためには、義満が強大な力を身につけ、絶対的な権力者として君臨するしかなかった。

応永《おうえい》六年九月十五日。この日、延暦寺から四百人、奈良興福寺から三百人、東寺《とうじ》、園城寺、東大寺《とうだいじ》から各百人の、計千人に及ぶ僧侶が集まり、相国寺大塔の落慶供養《らっけいくよう》が行われた。

相国寺の造営は、今から七年前にはじまっている。南北朝合一の直前にはほぼ完成していたが、義満は新たにこの塔を建てるよう命じた。名目は父義詮の三十三回忌の追善供養だが、実際は足利家の権勢を京の民に見せつけるためであり、さらに言えば朝廷への恫喝《どうかつ》であった。

この数年、幕府は総力をこの大塔の建立と、義満の新たな御所である北山第《きたやまてい》の造営に注いできた。守護大名たちに人と銭を出させ、それでも足りなくなると新たな税の導入まで行ったのだ。大名たちは不満を募らせながらも、義満に表立って逆らうことはなかった。

そうした中で、一人だけ敢然と異を唱えた者がいる。大内義弘だ。

「近く、戦になるぞ」

「下々の者たちが噂いたしております。相手は、やはり大内様にございますか」

義満は頷いた。

義弘は「我が士卒《しそつ》は土木の労役に従事するための者にあらず」と言い放ち、幕府の要請を敢然と拒んだ。義弘は今回の落慶供養に参列せず、度重なる上洛命令を黙殺している。

　義弘が挙兵を企てているのは明白だった。大内家の本拠・周防へ送り込んだ間者の報せによれば、義弘は半ば公然と軍勢を集めはじめているという。さらには、関東の統治を受け持つ鎌倉公方・足利満兼《みつかね》や南朝の残党とも連携を図っている気配があった。場合によっては、乱の規模はかなり大きなものとなるだろう。

「安心いたせ。山名の時のように、京を戦場にはせぬ。この戦が終われば、ようやく天下に泰平が訪れよう」

「しかし、また多くの者が親類縁者を失い、家を焼かれることになりまするな」

「そうした者たちのため、そなたたち芸人がいるのであろう」

「さようにございますが、戦など、なければないに越したことはございません」

「無論じゃ。だが、戦をなくすために必要な戦というのも、またある。難儀なことではあるがな」

　義満は笑ったが、世阿弥の顔に笑みは見えない。

　十月十三日、周防を発した大内の大船団が、和泉国堺《さかい》に入った。和泉は大内家の領国で、堺は畿内の物流を押さえる要衝である。義満は側近を堺へ派遣して釈明と義弘の上洛を求めたが、義弘は自身の謀殺《ぼうさつ》の噂があるとしてこれを拒絶、政道を正すための挙兵であると明言した。

側近の報告を受け、義満は満を持して、諸大名に大内討伐を命じた。上洛の要請は義弘を謀殺するためのものであるという噂は、義満が流させたものである。今のところ、情勢は義満の望み通りに進んでいた。

十月末、細川、赤松、京極《きょうごく》らの先発隊六千が和泉へ出陣、十一月に入ると、義満も奉公衆二千余をはじめとする三万の本軍を率いて京を発ち、男山八幡《おとこやまはちまん》を本陣に定めた。

義弘は堺の町の周囲に無数の櫓《やぐら》と井楼《せいろう》を建て、籠城の構えを取っているという。時を稼ぎつつ、東国や畿内の反幕府勢力が呼応するのを待つつもりなのだろう。

開戦が間近に迫る中、鎌倉の足利満兼が兵を挙げたという報せが届いた。満兼はまず、後顧の憂いを断つべく武蔵、下野方面に兵を出しているという。

「一大事にございますぞ。このままでは、東西から挟撃されることになりましょう」

「急ぎ、満兼追討の軍を派遣すべきかと」

口々に進言する諸将に、義満は余裕の笑みを見せた。

「案ずるな。満兼は、箱根より西へ進むことはできん。それよりも、堺を落とすことだけを考えよ」

戦端が開かれたのは、十一月二十九日。幕府軍は義弘の首を挙げるべく攻撃を開始したが、義弘自ら陣頭に立っての防戦に阻まれ、甚大な被害を出して日没を迎える。

堺の要害は、想像よりもはるかに堅固だった。城へ近づく前に井楼から夥しい矢を浴びせられ、さらに幾重にも巡らされた城壁が行く手を阻む。兵糧攻めに切り替えようにも、敵は瀬戸内の航路を押さえているため、兵站《へいたん》を断つこともできない。むしろ、先にこちらの兵糧が尽きる恐れの方が大きかった。

鎌倉幕府は、楠木正成の拠る千早・赤坂城を攻めあぐねるうち、次第に追い込まれていった。その前例を、義弘は意識しているのだろう。このまま長引けば、満兼の軍に仕掛けた策も水泡《すいほう》に帰しかねない。

そして堺を攻めあぐねるうち、諸方から反幕勢力蜂起の報せが立て続けに届いた。丹波では山名氏清の遺児が決起し、美濃や近江でも小規模な叛乱が起こっている。乱は堺のみならず、畿内近国にまで拡がりつつあった。日に日に、義満の焦りも募っていく。

「三万をはるかに超える大軍を擁しながら、何をやっておるのだ」

男山の本陣で声を荒らげるが、諸将は顔を俯けるばかりで、意義のある献策は出てこない。

「堺を落とせぬまま年を越すようなことになっては、幕府は京童のいい笑い者ぞ」

吐き棄てた刹那、脳裏に閃《ひらめ》くものがあった。

「材木を掻き集め、左義長《さぎちょう》を作らせろ。出来る限り大きく、数も多くだ。銭に糸目はつけるな」

古くから、新年には竹や松を三叉《みつまた》に組んで火を付け、正月飾りを焼く風習がある。その竹や松を組んだものを、左義長と呼ぶ。

「併せて、城攻め用の井楼も作るのだ。堺の城壁よりずっと高く、移動可能なものを」

首を傾げる諸将を尻目に、陣幕をくぐって外に出た。

北からの風が強い。このぶんなら、しばらくの間は荒れ続けるだろう。紅蓮《ぐれん》の炎に焼かれる義弘の姿を、義満は想像した。


十二月二十一日早朝、しばらく攻勢を控えていた幕府軍が、一斉に動き出した。数百に及ぶ井楼を押し立て、楯を並べてひたひたと進んでいく。城壁をはるかに超える高さの井楼の上では、火を付けられた巨大な左義長が炎と煙を上げていた。兵たちに押し倒された井楼は、火の粉を振りまきながら城壁や敵の井楼にぶつかり、炎を上げる。

火の手は師走の強風に煽られ、瞬く間に燃え広がっていった。城内の敵は恐慌を来し、木戸から討って出た兵には味方の矢が降り注ぐ。やがて、炎は堺の町全体を覆い尽くし、黒煙が冬の澄みきった空を禍々しく染めていった。

義満は本陣から、南西の方角を見つめていた。立ち上る煙は、ここからでもはっきりと見える。あの炎の中に義弘がいるのだと思えば、覚えず口元が緩む。

その夜、堺からの伝令が義弘討死を告げた。

義弘は逃亡を潔しとせず、わずかな供廻《ともまわ》りを率いて幕府の大軍の中へ斬り込み、大太刀を手に奮戦した後、討たれたのだという。伝令は、西国一の大大名の名に恥じぬ見事な最期だと報告した。

　堺の町は焼け落ち、畿内随一の繁栄を誇った湊も、一万軒と称された町屋も灰燼《かいじん》に帰した。民の被害がどれほどのものであったのかは、想像もつかない。

　だが、これから長きにわたる泰平のためと思えば、必要な犠牲だった。堺の地は交通の要衝であり、町は放っておいてもいずれ復興する。再び多くの人と物で賑わう日も、そう遠くはないだろう。

　堺の陥落と前後して、諸方で蜂起した反幕勢力も鎮圧されていった。鎌倉の満兼は、かねてから義満と通じていた関東管領・上杉憲定《うえすぎのりさだ》の必死の諫言《かんげん》を受け、また義弘の敗死を受けて兵を引いた。憲定によれば、近く謝罪の使者が都へ送られるという。

　京へ凱旋した義満は、大名や公家衆を招き盛大な祝勝の宴を催した。北山第の庭に設《しつら》えられた舞台で演じるのは言うまでもなく、世阿弥の結崎座である。

　世阿弥の舞と謡に、観客たちが酔いしれる。だが、義満は世阿弥に常と違うものを感じ、眉を顰めた。

　その唄声には、憂いと哀しみの色が強く滲んでいる。他の客は喜んでいるようだが、義満には勝利の宴に相応しい芸とは到底思えなかった。

　世阿弥が扇子をかざし、ぴたりとこちらを向いた。腰を低く落としながら、儚さも漂わせた幽玄を思わせる立ち姿。ここからでは見えるはずもない能面の奥の瞳が、はっきりと光を放っているような気がした。

そうか。そなたは余のためではなく、死んだ者たちのために舞っているのか。戦場に斃《たお》れた将兵。炎に巻かれ、苦しみながら死んでいった名もなき民。その鎮魂の儀式が、この舞なのか。

かすかに灯った怒りの火を、義満は押しとどめた。ようやく、望みのすべてがかなうところまで手が届いたのだ。芸人風情に腹を立てるのも愚かしい。

義弘を倒したことで、瀬戸内の海の道を制することができた。そこを流れる夥しい銭と物とは、やがて自分のもとへと集まってくるだろう。

そしてその道は、はるか大陸まで続いている。

五

「爾《なんじ》、日本国王源道義《げんどうぎ》、心を王室に存し、君を愛するの誠を懐《いだ》き、波濤《はとう》を踰越《ゆえつ》し、使を遣わして来朝す」

義満が明国からの返書を読み上げると、居並ぶ公武の面々からは驚きとも諦めとも取れる嘆息が漏れた。

応永九年九月五日、北山第には、義満が明国皇帝へ送った国書に対する答礼の使者が訪れていた。

返書を置き、義満は上座《かみざ》の明使へと向き直る。

「臣、道義。謹んで拝命仕る」

恭しく言い、深々と拝礼する。広間に列席する一同もそれに倣った。

日本国王。悪くない響きだと、義満は思った。

源は足利家の姓であり、道義とは義満の法名《ほうみょう》である。明からの返書は、大明国皇帝が義満を日本の国王として認めるということを意味していた。

武家出身の自分が日本国王を名乗り、さらには明国皇帝を主君として奉ることに、不満を抱く者は多くいるだろう。だが、華夷《かい》秩序を重んじる明国と国交を結び、交易の利を得るには、臣下の礼をとる以外の方法はない。

明国との交易は、朝貢《ちょうこう》と呼ばれる形式でしか行われていなかった。臣下が自国の産物を献上し、皇帝からはその何十倍もの返礼を下賜《かし》するという形だ。返礼は明国が発行する貨幣であり、事実上の交易である。

義満が商人たちに出させた見積もりでは、一回の朝貢で銭二万貫もの利益が見込めるという。それは、幕府の一年の税収の三倍にも及ぶ額だった。

大内義弘を打倒し、鎌倉の足利満兼も義満に膝を屈した。すでに、幕府に弓引く力を持つ武家は存在しない。朝廷でも、莫大な利を生む京の土倉《どそう》・酒屋に対する徴税権を幕府に移し、人事権までも義満が握ったため、公家たちは義満にひれ伏したも同然だった。寺社は義満との対立を避け、多くの寺院が北山第の周辺に移転してきている。

　今や日ノ本の政庁は北山であり、内裏も幕府も飾り物であると言っても過言ではない。そして義満は、この北山に君臨する、事実上の〝治天《ちてん》の君〟であった。

　明使の接待を終えると、義満は奥書院に側近の僧侶、祖阿《そあ》を呼んだ。博多商人の肥富《こいずみ》とともに義満の国書を明国へ届け、答礼使を伴って帰国したのが、この祖阿だった。

「此度の役目、大儀であった。して、明国の情勢はいかがか」

「は。燕王《えんおう》はこの六月に国都南京《なんきん》を陥落せしめ、皇帝は自死したとも、行方をくらませたとも言われております。いずれにせよ、燕王が次なる皇帝となることは間違いないかと」

「これで、明国もようやく落ち着くか」

「燕王の武力は強大なもので、麾下にも多くの人材を抱えております。民の支持もあり、南京を落とした上は、手向かう者はおりますまい」

　明国はこの数年、内乱に揺れていた。初代皇帝朱元璋《しゅげんしょう》の孫に当たる現皇帝に、叔父である燕王が叛旗を翻したのだ。戦は足かけ三年に及んだものの、ここへきてようやく大勢が決した。

「では、急ぎ燕王宛ての国書を認める。明使とともに、いま一度明国へ発て」

「御意」

祖阿が出ていくと、義満は絵図を取り出し、床に広げた。

絵図には、日ノ本全土はもとより、朝鮮《ちょうせん》、明国から琉球《りゅうきゅう》、さらに南の島々までが描かれていた。

変動が起こっているのは、明国のみではない。朝鮮半島では十年前、長く続いた高麗《こうらい》王朝が倒れ、高麗の将軍であった李成桂《りせいけい》が朝鮮王朝を開いた。一昨年には明国より正式に国王の位を認められ、二度の内乱を経て国内支配の基盤を確立しつつある。

中華を中心とする世界に、明国を軸とする新たな秩序が生まれようとしていた。動乱から泰平へと進む急速な流れに、この日ノ本も無縁ではいられない。

ならば今こそ、この国にも新たな王朝を打ち立てるべきではないのか。天皇家が力を失い、血統を誇るだけの存在に成り果てて数百年が経つ。南北朝の内乱は、名ばかりの帝の下で覇を競う者たちがそれぞれに帝を擁立した結果、六十年もの長きにわたった。その愚を繰り返さないためにも、この国で最も力のある者が王となるべきではないのか。

それが、義満が考えに考え抜いた末に出した結論だった。

王朝交替。どこの国でも、当たり前のように行われていることだ。古びた天皇家の血を足利家の血に替え、形骸《けいがい》と化した律令を改め、公家や武家といった無意味な身分制度を廃する。そして、絶大な武力と財力を背景に自力救済の論理を一掃し、法に則って国家を運営していく。そこまでしなければ、この国に真の泰平が訪れることはないだろう。

その目論みも、実現へあと一歩のところまできている。

義満は静かな昂ぶりに身を委ねつつ、床の絵図を見つめ続けた。


義満を乗せた小舟は、暗い海に漂っていた。

空には月も星も見えないが、鼻を衝く潮の香りでここが海だとはわかる。波に揺られる小舟には、義満以外誰も乗っていない。目を凝らしても陸地は見えず、言いようのない不安に襲われる。

誰ぞ、おらぬのか。余は、日本国王なるぞ。

声を嗄らして叫ぶが、応える者はない。

何かが波間を漂っているのが見えた。蹴鞠《けまり》に使う鞠よりもいくらか大きい。伸ばしかけた手が、思わず止まる。それは、人の首だった。大内義弘。見開いた目が、蒼々とした光を放っている。

気づけば、小舟の周囲をいくつもの首が漂っていた。山名氏清、満幸。他の首も、義満の命で討たれた者たちだ。

――踏ミトドマレ。

何処からか、声が聞こえた。男とも女ともつかない、頭の中へ直接語りかけるような声。

——今ナラマダ、引キ返セル。踏ミトドマレ。

亡者どもが。

義満は立ち上がり、腰の太刀を引き抜く。

「余は、この国の王となるのだ。魑魅魍魎《ちみもうりょう》ごときに、我の行く手を阻ませはせぬ」

言い放った刹那、水面から伸びた手に足首を摑まれた。抗う間もなく、義満は深く昏《くら》い海へと引きずり込まれていく。

もがきながら、目を見開く。具足をまとった夥しい数の亡者たちが、得物を手に義満を見上げている。

放せ。余は、まだ死ぬわけにはいかぬ。

叫ぶが、声になるはずもない。潮の香りに包まれながら、義満の体は水底へと沈んでいく。

目を覚ますと、全身が汗に濡れていた。

また、あの夢か。

上体を起こし、枕元の水差しを手に取る。

このところ、よく見る悪夢だ。夢告げか、あるいは怨霊のなせる業《わざ》か。いずれにしろ、もう引き返すわけにはいかない。

六日前、極めて重大な儀式が行われた。十五歳になる四男義嗣《よしつぐ》の元服式である。

王朝交替といっても、武家や公家、民の反発を考慮すれば、武力で天皇家を打倒して根絶やしにするというわけにはいかない。そこで、まずは義嗣を天皇とし、自分は太上天皇の地位につく。そして、天皇の位を義嗣の子孫に受け継がせ、王朝交代を成し遂げる。それが、義満の最終的な目標だった。

義嗣の元服式は宮中で行われ、加冠《かかん》役は内大臣が務めた。これは、親王が元服する際の形式に基づいている。人々はこの式を、事実上の立太子の儀として受け止めたことだろう。後は、機を見て今上《きんじょう》帝に退位を迫り、義嗣を新たな天皇に擁立するだけだ。

自分は、触れてはならないものに触れようとしているのではないか。そんな畏れにも近い思いが無いといえば嘘になる。だがこの国が生まれ変わるには、他に道はない。天も、自分の決断を支持するはずだ。大きく息を吐き、悪夢の残滓《ざんし》を振り払う。

喉を潤すと、汗を拭い、法衣《ほうえ》に着替えた。酒がまだ残っているせいか、いくらか体が重い。昨夜は内々に義持を招き、世阿弥一座の芸を肴《さかな》に父子で盃を交わしたのだ。

朝餉をすませ、いつものように書院に移って政務を執る。

細々とした実務は管領以下役人たちに任せているが、最終的には自分が決裁しなければならない。それだけでも膨大な量だが、伺候《しこう》してくる大名や公家、商人や寺社関係者との謁見、さらには重臣たちとの評定《ひょうじょう》と、やるべきことは山のようにある。疲れを覚えることもしばしばだが、玉座に安穏と座しているだけでは、王たる資格はない。

その点では、義持の資質は大いに不満だった。すでに二十三歳になっているが、政務は管領や重臣たちに任せきりで、己が手で武家を束ねていこうという気概も窺えない。一度厳しく叱責《しっせき》したことがあるが、慌てふためいた義持は、義満と懇意の公家の屋敷に飛び込み、取り成しを依頼するという体たらくだった。

昨夜も、久しぶりに膝を交えて政について語り合ったものの、義持は恐懼するばかりで、その意見も到底満足のいくものではなかった。

やはり、義持では荷が勝ちすぎるか。何より、弟が帝、兄が将軍では、諍いの種にもなりかねない。自分が健在なうちに、義持の処遇も考えなければならないだろう。

一段落すると、義満は数名の小姓《こしょう》を従えて庭歩きに出た。

政務に没頭するうち、体の重さはいくらか和らいだ。とはいえ、義満はもう五十一歳になっている。健やかな体を保つためにも、庭歩きの習慣は欠かせなかった。

北山第の規模は、今の寂れた内裏はおろか、〝花の御所〟と呼ばれた室町第さえもはるかに凌ぐ。そしてそこに立つのは、金閣《きんかく》ばかりではない。池のほとりには天鏡閣《てんきょうかく》と名付けた三層の会所《かいしょ》が立ち、空中に架かれた回廊で金閣と結ばれている。

敷地には他にも無数の建物が築かれ、本殿の脇には相国寺大塔には及ばないものの、七層の塔まで備えていた。

「今日の金閣は、一段と美しゅうございますな」

小姓の一人が感嘆の声を上げた。

晴れ渡った空の下、池の水面に金閣が映り込んでいる。この地に移って九年が経つが、この景色は見飽きるということがない。

義満は目を細め、金閣の姿を仰いだ。日の光に照らされ金色に輝くその威容を見上げるたび、誇らしげな気持ちになる。

まさに、この世の浄土ではないか。やがて日ノ本の新たな内裏となるに相応しい。

導誉がこの光景を目にしたら、何と言うだろうか。ふとそんなことを考え苦笑した刹那だった。

体の奥底に、違和を覚えた。固く、重いものを飲み込んだかのような心地。それは急速に重みを増し、ほどなくして激痛へと変わっていった。

胃の腑《ふ》を押さえ、呻き声を上げた。小姓たちが異変を察し、慌ただしく動きはじめる。何か叫んでいるようだが、その声は遠い。

耐えきれず、膝をついた。誰かに呼ばれたような気がして、汗に濡れた顔を上げる。

霞《かす》みかけた視界の中、金閣の屋根に置かれた金色の鳳凰《ほうおう》像が、常と変わらぬ姿で義満を見下ろしていた。

六

気づくと、義満は見知らぬ場所に立っていた。

目の前には、篝火で照らされた無人の能舞台。困惑しながらあたりを見回すが、舞台の上以外は闇に覆われ、ここがどこなのかは判然としない。

胃の腑の激痛は、今は余韻さえ感じられない。だとすれば、自分の命は尽き、彼岸への入口に立っているのか。あるいは今も生きていて、夢を見ているだけなのか。いずれとも見当がつかない。

やがて、徐々に記憶が蘇ってきた。

庭で倒れ、数日間生死の境をさまよっていたはずだ。激痛にのたうち回る日もあれば、意識がはっきりとし、人と話せるほどの日もあった。薬師《くすし》の診立《みた》てでは、毒によるもので間違いないという。

毒を盛ったのは恐らく、倒れた前夜に盃を交わした義持本人だろう。自身の先行きに恐れを抱いたのか、あるいはどこかの大名か公家に唆《そそのか》されたのか。効き目の遅い毒を用いたのは、自身が疑われることを避けるための、小賢《こざか》しい策だ。

もしも自分が死ねば、あの息子は父がこれまで築き上げてきたものをすべて投げ捨て、帝の臣という立場に満足しながら無為に生涯を送るだろう。そして、義嗣も何かしらの理由をつけて殺害させるはずだ。

やはり、まだ死ぬわけにはいかない。何としても快復し、義持に己の行いの代償を払わせるのだ。そして、今度こそ王朝交替を成し遂げる。

決意を新たにした時、どこからか鼓の音が響き渡った。再び視線を左右に走らせるが、人の気配はない。

幾度か打ち鳴らされた鼓に甲高い笛の音が重なり、舞台袖から一人の役者が現れた。面で顔は見えないが、その立ち姿や動きの優美さから、世阿弥だとはっきりわかる。

これは、いかなる座興か。怒鳴りつけようとしたが、声は出ず、体も縛めを受けたかのように動かない。

　思えばこの世は　常の住《す》み処《か》にあらず
　草葉におく白露　水に宿る月より猶《なお》怪し

やはり、世阿弥の声だった。

この詞は知っている。『敦盛《あつもり》』という、幸若舞《こうわかまい》の一節だ。『平家物語』から材を取った曲で、若き貴公子平敦盛を討ち取った熊谷直実《くまがいなおざね》が、無常の思いに駆られ、出家を決意するという筋だった。

世阿弥は滔々《とうとう》と唄い、舞う。

その一挙手一投足から、義満は目を離すことができない。夢と現の境をたゆたうような心地。自分が地に足をつけて立っているという感覚さえも曖昧だった。

——足利義満。

不意に、名を呼ばれた。夢の中で幾度も聞いた、あの声。

——ソナタハ、スデニ役割ヲ終エタ。モハヤ、今生《こんじょう》ニ為スベキコトハナイ。

馬鹿な。叫んだつもりだったが、声にはならない。それでも、義満は続けた。

——余は死なぬ。為すべきことは、まだ多くあるのだ。帝が一人になったとて、この国から戦は消えぬ。ならば帝など廃し、余が新たな王として天下を治めるしかないではないか。

——ソレハ、ソナタノ役割デハナイ。

声は出ずとも、義満の思念は相手に届いているようだった。

——そなたは何者だ。余の役割とは何なのだ。

——秘スレバ花、秘セズバ花ナルベカラズ。

——語らぬと申すか。

——ソナタガ築キ上ゲタ物モ、ヤガテハ無ニ帰ス。ダガ、ソナタノ志ハ、次代ノ〝時ヲ担ウ者〟ニ受ケ継ガレル。ソナタトハ、別ノ一族ダガ。

——時を担う者とは何だ。別の一族とは、いかなる意味か。余が役割を終えたと言うならば、いったい誰が、この国に泰平をもたらすというのか。

義満の問いに、〝声〟は答えない。

金谷《きんこく》に花を詠じ　栄花《えいが》は先立って無常の風に誘わるる
南楼の月を弄ぶ輩《ともがら》も　月に先立って有為の雲に隠れり

世阿弥の舞がいまだ続いていることに、義満は気づいた。幽玄としか言いようのない声音と所作で、世阿弥が唄う。

人間《じんかん》五十年　下天《げてん》のうちを比ぶれば　夢幻《ゆめまぼろし》の如くなり
一度《ひとたび》生《しょう》を享け　滅せぬもののあるべきか

世阿弥のかざす扇子が、義満に向けられた。面の奥で、左右色が違う瞳が輝きを放つ。

次の刹那、脳裏に再び〝声〟が響いた。

——ソナタノ役割ハ終ワッタ。我執《がしゅう》ヲ捨テ、安息ノ時ヲ得ルガヨイ。

周囲が完全な闇に閉ざされたと思った次の瞬間、淡い光が義満の全身を包み込む。

なぜか、恐怖は感じない。光はほのかに温かく、むしろ不思議なほどの安らぎを覚える。

我執か。思えば、天下に安寧をもたらしたいという志は、いつしか権力そのものを追い求める野心に取って代わられていたのかもしれない。手段にすぎなかった王朝交替が、いつの間にか目的と化していたということか。

まあいい。自分が死ねば、皇位を脅かすほどの者はしばらく現れまい。あの世から、この国の行く末を眺めてみるのも一興か。

すべては夢幻。呟きとともに、光が強さを増した。目を閉じ、身を委ねる。

やがて義満の肉体と思念は形を失い、まばゆい輝きの中へと吸い込まれていった。

戦国の巻

「足利義満によって、六十年に及ぶ南北朝の対立は終わる。だが、足利の幕府はあまりにも弱かった。足利家の治世はすなわち、戦乱の歴史に他ならぬ。そして世は、戦国と呼ばれる時代へと移る」

「待て。そなたの話に幾度も出てくる〝役割〟とは何だ。海族、山族とは……」

「そう急くな。まだ、時はある」

頷き、男は〝声〟に耳を傾けた。

七　天の渦、地の光

一

見れば見るほど、不可思議な老婆だった。

その両の目は、一本の皺のように細く、彫りの深い顔にはいくつかの小さな入れ墨が入っている。首から下げた飾りには、黒く輝く石がいくつもあしらわれ、着物に描かれた紋様も見たことのない奇妙なものだった。

いや、目の前に座る老婆だけではない。この村は、村人の顔立ちも、建ち並ぶ家々もすべて、十兵衛《じゅうべえ》がこれまで見知ってきたものとは違う。

十兵衛が今いる家は、広く浅く掘られた穴に数本の柱が立てられ、その上に屋根が乗っているような形だった。部屋の中央には炉が切られている。敷物や家の隅に置かれた土器にも不可思議な紋様が施され、まるで異国に迷い込んだかのような心地がした。

出された椀の中身は雑炊だった。米や稗《ひえ》、粟の類ではなく、団栗《どんぐり》や栃《とち》の実がほとんどだ。炉では、木の枝に刺さった川魚が炙《あぶ》られている。

椀の雑炊を一口啜《すす》った。山深い村とあって塩は貴重品らしく、味は薄い。だが、数日間も山中を彷徨い歩き、疲れ果てた身にはありがたかった。

「大和の侍とは、珍しいねえ」

老婆が、おもむろに口を開いた。訛《なま》りは強いが、聞き取れないほどではない。

「しかも、ヤマノベとはね」

「ヤマノベ、とは？」

「大和の言葉では、山族とでもいうのかねえ。元々は山で暮らし、山の恵みを糧に生きてきた者たちさ。反対に、海で生きてきた者たちはイソベリ——海族じゃよ。もっとも、今となっては山に住むイソベリも、海辺で暮らすヤマノベもおるそうじゃ」

「私がその、ヤマノベだと？」

　老婆は頷く。

　今でこそ落ちぶれた身だが、美濃の名門土岐《とき》源氏に連なる十兵衛の家は、系図をたどれば摂津源氏の始祖・源頼光《よりみつ》にまで行きつく。頼朝に先駆けて平家討伐の兵を挙げた源頼政も、十兵衛の先祖の一人だ。

　だが、山族や海族などという言葉は聞いたこともない。山奥で暮らす老婆の言うことだ、聞き流しておけばいいだろう。

「ところで、この村はいったい……」

「大和との戦に敗れて北へ北へと追いやられ、それでも降ることを潔しとせず、この深い山へと逃れた者たちの末裔じゃ」

かつて、蝦夷《えみし》と呼ばれていた者たちだろう。勇猛で、山野を自在に駆け巡り、征夷大将軍率いる朝廷の軍勢に幾度となく煮え湯を呑ませたと聞く。

「では、大和の侍が憎いのではござらぬか？」

十兵衛自身も戦で故郷を追われ、諸国を流れ歩く身の上だ。敗残の苦衷《くちゅう》は察するに余りある。

だが、老婆は皺のような目をさらに細め、笑って首を振る。

「大和との戦は、もう何百年も前の話じゃ。憎しみなど、皆とうに忘れておる。それよりも、山の恵みに感謝し、昔と変わらぬ暮らしを守る方が、村の者にとってはずっと大切なことなのじゃよ。ゆえに、我らは外との往来を閉ざした」

口元の笑みを消し、老婆が続ける。

「交わってはならぬ。交われば、不幸を招くのじゃ」

このところなぜか、よくあの村のことを思い出す。

あの村を訪れたのは、故郷を追われて数年が経った頃だろうか。今となっては記憶も曖昧で、すべてが夢の中の出来事だったような気さえする。

あれから二十余年が過ぎ、光秀《みつひで》は五十五歳になっていた。人間五十年というが、自らの老いを実感しない日はない。

天正《てんしょう》十年五月。明智《あけち》十兵衛改め日向守《ひゅうがのかみ》光秀は、居城の近江坂本から安土《あづち》へと向かう馬上にあった。主から呼び出されてのことだったが、用向きは知らされていない。

流浪を終え、越前朝倉《えちぜんあさくら》家や足利将軍家の家臣を経て、織田《おだ》家に仕して十四年。今や、主信長《のぶなが》は天下人の地位を揺るぎないものとしている。長く抵抗を続けた本願寺《ほんがんじ》を降し、甲斐武田《たけだ》家も、この三月に滅亡に追いやった。関東の北条も、織田家に恭順している。残る大大名は越後《えちご》の上杉、中国の毛利《もうり》、四国の長宗我部《ちょうそかべ》くらいのものだ。信長はあと数年で日ノ本全土を斬り従え、長く続いた戦国の世に終焉《しゅうえん》をもたらすだろう。

戦と謀略に明け暮れた生涯だった。だが、我が子には泰平の世を遺してやることができる。それが、自ら手を汚し続けてきた光秀の矜持だった。

「殿」

従兄弟であり娘婿でもある明智左馬助秀満《さまのすけひでみつ》が声をかけてきた。若いが文武に長けた良将で、元は三宅《みやけ》と称していたが、光秀は明智の名字を与えて重用している。

「此度のお召しはやはり、四国の件でしょうか」

「それはあるまい。四国攻めは、すでに決定しておるのだ」

「しかし、長宗我部家は」

「上様のご決定だ。異を挟むでない」

「はっ。出すぎたことを申し上げました」

信長の三男・神戸《かんべ》三七郎信孝《さんしちろうのぶたか》を総大将とする四国征伐が下命されたのは、ほんの数日前のことだった。

この決定に、明智家中の反発は大きかった。

長宗我部家当主元親《もとちか》の妻は、明智家の重臣・斎藤利三《さいとうとしみつ》と縁戚の間柄にある。その縁から、長宗我部家との外交折衝にはこれまでずっと、光秀が当たってきたのだ。

信長は当初、長宗我部家に対し、四国全土の領有を認めていた。だが一昨年、突如信長は土佐《とさ》一国と阿波半国以外は領有を認めないと方針を転換する。元親はこれを拒み信長と敵対、光秀は間を取り持とうと調停に入ったものの交渉は決裂し、大いに面目《めんもく》を失うこととなった。

とはいえ、すべては信長が決めたことだ。自分には、長宗我部が滅んでゆくさまを見守ることしかできない。光秀でなくとも、異を唱えられる者など誰もいなかった。

信長は元々癇癪《かんしゃく》の持ち主だったが、ここ数年はその傾向がますます強まっているように思える。それが加齢によるものか、天下布武《ふぶ》を目前とした驕《おご》りからくるものなのかはわからない。

やがて、湖畔の安土山《あづちやま》にそびえる安土城天主が見えてきた。

何度見ても、異様な城だった。

地下一階、地上六階建てで、五階部分だけが八角形という、他に例を見ない造りの天主。防御のことなどまるで考えていないかのような、真っ直ぐ山上まで延びる大手道。そして城内に建立された、信長の化身であるという「盆山《ぼんさん》」なる石を神体《しんたい》とする摠見寺《そうけんじ》。

安土城は戦のためではなく、政の中心として築かれた城だった。それがわかっていても、光秀からしてみればすべてが歪《いびつ》で、居心地が悪い。

大手道を進み、信長が起居《ききょ》する天主へ入った。広間でしばし待つと、小姓の森乱丸《もりらんまる》を従えて信長が出座した。

色白細面に、高く通った鼻梁《びりょう》。怜悧《れいり》さと酷薄さを同時に感じさせる切れ長の目。その瞳は、かすかに蒼みがかっている。

「堅苦しい挨拶はよい。命を伝える」

甲高い声で、信長が言った。当年四十九。家督こそすでに嫡男の信忠《のぶただ》に譲っているが、実権はいまだこの主君の手中にある。信長の意思はすなわち、織田家の意思だった。

「近く、徳川《とくがわ》三河守《みかわのかみ》が上洛いたす。三月の武田攻めの慰労のため、余が招いた。その饗《きょう》応《おう》役を、其の方に命じる」

「承知いたしました」

織田家重臣の多くは、遠国で戦っている。柴田《しばた》勝家《かついえ》は北国で、滝川《たきがわ》一益《かずます》は関東で上杉と向き合い、羽柴秀吉《はしばひでよし》は中国筋で毛利との戦を繰り広げていた。丹羽《にわ》長秀《ながひで》も、四国攻めの副将として近く出陣することになっている。

そんな中で、自分は接待役か。かすかな落胆を見抜いたように、信長の目がすっと細まる。

「不服か」

「め、滅相《めっそう》もございませぬ。誠心誠意、徳川様の饗応に努めさせていただきまする」

「細かいことは乱丸と詰めよ。励め」

短く言って、信長は書院を後にした。この主君は、極端なほどに言葉を惜しむ。

乱丸との話し合いを終えて城内の明智屋敷に戻った時には、もう日が落ちていた。

「殿、何やらお疲れのようですが」

「何の、大事ない。明日からは忙しくなるぞ」

左馬助にはそう答えたものの、身も心もひどく疲れていた。恐らく、信長と会ったせいだろう。

初めて会った時から、反りの合わなさは感じていた。

その有り余る才気は認めながらも、なぜか人としては好きになれなかった。何か不快な言動をされたわけではない。だが信長の蒼い瞳を目にすると、胸の奥底がざわつくのだ。苛立ち。嫌悪。あの感情の動きは、自分自身でも説明できなかった。

だが、長く続いた戦乱を終わらせ、天下に安寧をもたらすことができるのは、信長を措《お》いて他にいない。己の志のためにも、一族や家臣たちを養うためにも、光秀は反りの合わない主君に仕える道を選ぶしかなかった。

比叡山の焼き討ちでは先陣を務め、越前一向一揆《いっこういっき》での撫で斬りや、酸鼻《さんび》を極めた伊賀攻めにも加わった。自分の采配が奪った人間の命は、数万にも上るだろう。この両掌が、血に汚れきっているという自覚はある。

しかし、後悔は微塵《みじん》も無い。戦国の世を終わらせるためには、流さねばならない血だったのだ。現に、乱世は着実に終結へと向かっている。あと数年もすれば戦は絶え、光秀も穏やかな余生を送れるだろう。

天下布武が完成するその時までは、歯を食い縛って耐え続けるしかない。

二

五月十五日、家康《いえやす》はわずかな供廻りのみを連れ、安土へ参上した。

「此度はお招きに与《あずか》り、身に余る栄誉にござる。光秀殿、しばし世話になりまする」

徳川三河守家康。三河・遠江・駿河の三国を領する大大名ではあるが、信長が「三河の律儀者」と称するほど物腰は低く、話しぶりも穏やかなものだった。

「こちらこそ、よしなに願いまする。さあ、長旅でお疲れにござろう。夕刻より歓迎の宴を催しますゆえ、しばしゆるりとなされませ」

「お心遣い、かたじけない」

頰を緩め、家康が微笑んだ。

家康は当年四十の働き盛り。肉付きのいい頰に大振りな耳、黒々とした瞳には、どことなく愛嬌《あいきょう》がある。

信長と会うときとは正反対で、この人物と対面する時は、自分でも不思議なほど心が落ち着いた。

家康と初めて会ったのは、足利義昭《よしあき》を奉じての上洛戦の折だった。それ以来、金《かね》ヶ崎《さき》の退《の》き口《ぐち》、長篠《ながしの》、武田攻めと、幾度も陣を同じくしている。

その夜の酒宴は、山海の珍味を並べた盛大なものとなった。饗応は、これから数日にわたって続く。料理や器の一つ一つまで光秀が検分したため、遺漏はない。家康は終始上機嫌で、信長も満足しているようだった。

天主二階の広間に呼び出されたのは、家康の滞在三日目に当たる十七日のことだった。

「光秀、たまには付き合え」

珍しく、信長は酒を呑んでいた。南蛮《なんばん》の宣教師から献上された、葡萄酒《ぶどうしゅ》だ。

「ではお言葉に甘え、頂戴いたします」

今宵も徳川主従を迎えての酒宴が予定されているが、手配りはすべて終えている。少しばかりなら、問題はないだろう。

玻璃《ガラス》の器を手に取り、乱丸の酌を受けた。赤紫色の酒が、器に満たされていく。

上機嫌で、信長は酒器を傾けている。光秀も、舐めるように酒を口にした。日ノ本の酒とはまるで違うふくよかな酸味が、口の中へ広がっていく。

信長は下戸《げこ》だというが、それは表向きのことにすぎない。酒宴の場では酒を口にせず、家臣たちの言動に目を配っているのだ。信長が実は呑めるということは、ごくわずかな重臣や一族しか知らない。

「饗応役など、其の方にとっては役不足であろうな」

「いえ、そのようなことは」

「隠すな。四国のことも、家中には不満が燻っておろう」

信長の意図が読めず、光秀は次の言葉を待った。

「だがそれは、其の方を軽んじてのことではない。いずれ、其の方には重大な役目を申しつける。日ノ本の大名ども相手に其の方を使い潰すわけにはゆかぬ」

「重大な役目、と仰せになられますと？」

「天下統一の暁《あかつき》には、余は海の外へと兵を出す。其の方には、異国との折衝を受け持ってもらうことになる」

一瞬、目の前が闇に閉ざされたような気がした。手にした酒器が板敷《いたじき》に落ち、音を立てて割れる。こぼれた葡萄酒が窓から射し込む夕陽を受け、血の色のように輝いていた。

主君が何を言っているのか理解できない。いや、わかっていても、上手く飲み込むことができなかった。

「驚いたか。無理もない」

満足げに、信長が笑う。

乱丸、片付けてやれ。主君の命を受け、乱丸が手際よく割れた器を片付けていく。新たな酒器を受け取ると、光秀は問いを発した。

「恐れながらお訊ねいたします。海の外へ兵を出すとは、いかなる仰せにございましょうや」

「そのままの意味よ。我が日ノ本の版図を、異国の地にまで拡げるのだ」

「では、日ノ本の政は」

「すべて信忠に任せる。そのために、あ奴に織田家の家督をくれてやったのじゃ。征夷大将軍となって幕府を開くか、あるいは関白《かんぱく》となるかはわからぬ。いずれにせよ、余は将軍や関白、天皇さえも超え、この国の頂点に立つことになろう。そして大船団を仕立て、大陸へと乗り出すのだ」

天皇を超える。この主君は、確かにそう言った。

かつて、足利義満は帝位簒奪を企てていたという。だが信長は、天皇の位を奪うのではなく、天皇をも超える存在となるつもりなのか。

「攻め入る先は、まずは朝鮮国となろう。先鋒は猿と勝家に任じ、競わせるのも悪うないな。朝鮮は長い泰平に慣れ、武官も文官も腐りきっておる。落とすのは容易い」

いつになく、信長は饒舌《じょうぜつ》だった。酒ではなく、己の夢に酔っているのかもしれない。

「朝鮮の次は、明国だ。こちらは、朝鮮のように容易くはいかん。かの国は広く、人も多い。されど、兵の精強さではこちらが上じゃ。まずは水軍にて港を押さえ……」

「お、お待ちください」

覚えず、声が上ずった。遮られた信長の眉間に皺が寄る。込み上げる恐怖に、膝が震える。だが、言わなければならない。

「異国へ攻め入るのに、いかなる大義名分がございましょう。我が国の武士も民も、長き戦乱に疲れ果てております。上様のお力により、ようやく天下に泰平が戻ると喜んでおる者も多くおりましょう。敢えて異国と争うようなことは……」

「光秀。そなたはわかっておらぬ」

身体を射抜くような、冷たい声音。光秀は、背中にじわりと汗が滲むのを感じた。

「人は、争いなくして生きてゆくことはできぬ。何かと争わねば、己の生すらも感じることができぬ。そのように、人はできておる」

「そのようなことは」

「其の方は、戦で敵を打ち破った時、焼け落ちる敵の城を見上げる時、屈伏し、頭を垂れる敵将を見下ろす時、いかなる喜びもないと申すか」

光秀は答えに窮した。何の喜びもないと言えば、嘘になる。だがそれは、この先に戦のない世があると思えばこそだ。

「どれほどの所領を持ち、己がいかなる地位にあるか、常に他者と比べる。戦となれば勇み立ち、どれだけの首級を挙げたかを競う。意に沿わぬことには刀を抜き、他者を従わせる。それがもののふの、いや、人というものの性《さが》であろう」

「さにあらず！」

思わず、声を張り上げた。乱丸の顔が、緊張に強張る。

「人の喜びとは千差万別。作物を育て、道具を作り、商いの品を売る。子を産み、育て、慈しむ。そうした他愛《たあい》ない営みこそ、民の喜びにございましょう。戦などなくとも、人は生きてゆけまする」

「ならば、戦なき世となった後、戦を生業《なりわい》とする者たちをいかがいたす。畑仕事にも商いにも馴染めぬ、戦場でしか生きられぬ者たちに、其の方は死ねと申すか」

「それは……」

「戦に飢えた者たちは、己の生きる場所を求め、必ずや乱を起こすであろう。そして、また多くの民が命を落とす。ならば、異国の地に戦場を作ってやろうというのだ」

「それでは、何の解決にもなりませぬ。戦場の外にも生きられる場所はある。それを教えてやり、その場を作ってみせるのが、為政者というものにございましょう」

「綺麗事《きれいごと》を申すな！」

雷鳴にも似た怒声に、身体がびくりと震えた。だが、ここで引き下がるわけにはいかない。

「綺麗事ではござらぬ。上様の歩んでまいられた道のりは、まさに覇道。されど、日ノ本全土を制した暁には、王道を歩んでいただきとうございます。異国を攻めて版図を拡げたとて、残るのは日ノ本に対する恨みのみ。憎しみは憎しみを呼んで渦となり、争いはいつ果てるともなく続きましょうぞ」

「ならば、その争いに勝ち続ければよい。憎しみに耐えきれず滅びるのなら、余もこの国も、所詮はそれまでであったのだ」

「上様、なりませぬ。それがしは上様を、亡国の主にしとうはございません」

床に手をつき、懇願した。だがその思いは、信長には届かない。凍《い》てつくような声音で、主は言った。

「光秀。其の方を、徳川の饗応役より外す」

「腹を切れと、仰せにございますか」

　真正面から信長に異を唱えたのだ、切腹を申しつけられてもおかしくはない。

「否。其の方には、まだ働いてもらう」

「では、何をせよと？」

「備中《びっちゅう》の猿めが援軍を求めてきた。近く、余自らが出向く。其の方は、先陣として備中高松《たかまつ》へ出陣いたせ」

猿——羽柴筑前守《ちくぜんのかみ》秀吉。氏素性《うじすじょう》も定かではないが、信長の草履《ぞうり》取りから織田家重臣にまで成り上がった男だ。

　その名を耳にするたび、言いようのない不快さが込み上げてくる。秀吉とその麾下の軍は今、要衝の備中高松城を包囲し、援軍の毛利本隊と睨み合っているという。

「余はこの一戦で、毛利を滅ぼす。四国も、信孝がじきに片付けよう。さすれば、次は九州攻めじゃ。その際にも、其の方には先陣を申しつける」

　この男は光秀を、いや、明智一門を潰れるまで使いきるつもりなのだ。それが、己に異を唱えた光秀に対する罰なのだろう。命を拒めばこの場で光秀の首は飛び、明智の一族郎党は路頭に迷うことになる。

「承知いたしました。先陣を承るは、武人にとってこの上なき栄誉。しかと務めさせていただきまする」

「それでよい」

言い残し、信長は腰を上げた。乱丸がそれに続き、二人が広間を出ていく。

一人になった光秀の耳朶を、地の底から響くような、くぐもった声が打った。

それは、己の口から洩れる呻き声だった。

三

不可思議な紋様の敷物の上に、色とりどりの石が並んでいた。

老婆は光秀に理解できない言葉を呟きながら、石を摘《つま》み上げては移動させていく。それを幾度となく繰り返した後、大きく息を吐き、顔を上げた。

「そなたはいずれ、大和の歴史に大きく名を残すであろう。血塗られた、禍々しき行いによって、じゃ」

そなたの行く末を占ってやろう。そう言い出したのは、老婆だった。聞けば、老婆は占術に長け、村人たちに頼まれては作物の実りや失せ物の在処《ありか》などを占っているのだという。

「それは、拙者が歴史に悪名を残すということにござろうか」

「悪名か否かは、後の者が決めること。確かなのは、そなたがとてつもなく大きな〝役割〟を背負うて生まれてきたということじゃ」

「役割とは、いかなる……」

「それは、その時が来てみねばわからん。じゃが、そなたはその定めから逃れることはできぬ」

老婆は、光秀の胸元を指差した。

「その首飾り。肌身離さず、しかと身に着けておくがよい。必ずや、役に立つ時が来よう」

光秀は懐に手を入れ、首から下げた飾りを取り出した。

貝殻ほどの大きさで、渦巻きのような、あるいは蝸牛のような模様が彫り込まれている。明智家に代々伝わる物だが、いかなる謂《いわ》れがあるのかは光秀にもわからない。

老婆はなぜ、自分がこれを身に着けていることを知っているのか。問い質《ただ》すより先に、老婆が口を開いた。

「迷うた時は、己の心の赴くままに進めばよい。それが、役割を果たすことにも繋がろうて」

首飾りを見つめる。それは光秀の掌の中で、かすかに熱を放っているような気がした。

ふと我に返ると、一同の視線が自分に集まっていた。

天正十年五月二十七日、山城国愛宕権現境内《あたごごんげんけいだい》、西ノ坊。戦仕度のため丹波亀山《かめやま》城に入っていた光秀が、備中出陣の戦勝祈願として開いた連歌《れんが》会である。天下に名を知られる連歌師・里村紹巴《さとむらじょうは》やその弟子たち、愛宕権現の住職らといった参加者は皆、光秀の発句を待っていた。

光秀は構わず、思案を続けた。その中身は、発句ではない。これから先の、己の採るべき道だ。

このまま信長の天下布武が完成すれば、日ノ本はその後も修羅《しゅら》の道を歩むことになる。夥しい数の将兵が海の外へと送り出され、それを支える民もまた、塗炭《とたん》の苦しみに喘ぐこととなるだろう。強大な明国との戦に乗り出せば、日ノ本という国そのものが滅びる端緒ともなりかねない。

信長を止められるのは、自分しかいない。言葉を尽くしても理解されないのなら、武力を用いるしかない。

謀叛。信長を討つとすれば、今しかなかった。

重臣とその軍のほとんどが遠国にあり、畿内はがら空きだ。そして信長・信忠父子は近々、わずかな供廻りのみを連れて上洛することになっている。その機を衝けば、信長父子の首を獲るのは難しくはないだろう。

だが、それから先はどうなる。統一へと向かう流れは滞り、またしても戦国の世に逆戻りすることになりはしないか。

心の赴くまま、か。心中で呟き、筆を執る。

戸を開け放した座敷の外は、五月雨《さみだれ》が降りしきっている。光秀は雨音に耳を傾けながら、手にした短冊に発句を書きつけた。筆そのものが意思を持っているかのように、心の奥底にある言葉を記していく。

「ときは今　あめが下しる　五月哉」

そうか。これが、自分の望みか。得心し、光秀は筆を置いた。

五月の雨の下、出陣の時を迎える思いを詠んだものだと、一同は受け取るだろう。しかし里村紹巴だけは、かすかに表情を曇らせていた。

光秀の出自は土岐源氏。そして、源氏が五月に戦を始めるということは、格別な意味を含んでいる。

　専横を極める平氏に対し、源頼政が兵を挙げたのは五月だった。そして、鎌倉の幕府を討つべく足利尊氏が挙兵したのも五月。しかも、尊氏の挙兵の地は、光秀の領国である丹波だ。自分が発句に込めた裏の意味を、紹巴だけは気づいたのかもしれない。

　光秀の後を受けて、参加者が順に句を付け足していく。

　　花落つる　池の流れを　せきとめて

紹巴の詠んだ句は、光秀に対する警告だろう。

信長を討てば、天下統一への流れをせき止めることになる。そして〝花〟――すなわち光秀の首も落ちるであろう。そうした意味を、紹巴は句に込めたのだ。

旅なるを　今日は明日はの　神も知れ

何巡目かの己の句に、光秀は己の決意を込めた。戦という旅に出たからには、今日や明日のことは神のみぞ知る。それを受け、紹巴は黙して頷いた。光秀の決意のほどに感じ入ったのか、それともただ諦めたのかはわからない。いずれにしろ、紹巴が信長に密告するようなことはないだろう。今の信長が、一介の連歌師の言葉に耳を傾けるとも思えない。

会を終えると、光秀は丹波亀山城へ戻った。すでに、家臣たちや傘下の国人衆《こくじんしゅう》は兵を引き連れて参陣している。総兵力は、一万三千に達していた。後は、光秀が出陣を号令するだけだ。

連歌会の翌日、待ちに待った報せが届いた。

「上様、本日早朝に安土を発ち、京、本能寺に入られたとの由。供廻りはおよそ二百」

報告にきたのは、織田家に仕えて以来、使い続けている忍びだ。間違いはないだろう。

「徳川殿はいかがしておられる？」

「昨日京を発ち、今頃は堺へ入られたかと」

「さようか」

家康は光秀が饗応役を解かれた数日後、安土を発って京・堺の見物に出かけている。できることなら、家康はこの謀叛に巻き込みたくはなかった。

「では、信忠卿は？」

「二十一日に妙覚寺《みょうかくじ》へ入ったきり、動きはありませぬ」

妙覚寺には、信忠の家臣らがおよそ五百、詰めている。いくらか多いが、一万三千の味方に較べれば微々たるものだ。さしたる障害にはなるまい。

「主立った者たちを集めよ。決して、余人を近づけてはならぬ」

小姓を呼び、厳しく命じた。

集まったのは明智左馬助秀満、同じく一門の明智次右衛門《じえもん》光忠《みつただ》、重臣の斎藤内蔵助《くらのすけ》利三、溝尾庄兵衛《みぞおしょうべえ》の四人。いずれも、長きにわたって光秀と苦楽を共にしてきた腹心中の腹心だ。

「これより、我が決意を述べる」

一同を見渡し、口を開いた。

「兵は、備中へは向けぬ。我が軍の目指す先は京、本能寺である」

「殿、まさか……」

「そのまさかだ、左馬助」

四人が息を呑む。光秀は数拍の間を置き、続けた。

「信長公を弑《しい》し奉る」

光秀は、それぞれの顔色を窺った。左馬助は納得するように深く頷き、次右衛門と庄兵衛は驚愕の色を浮かべている。四人の中で最年長の利三は、熟慮するように顔を俯けていた。

この反応を見る限り、自分が信長に叛旗を翻すとは、世人は考えもしないはずだ。それほどまでに、光秀は織田家に忠誠を尽くしていると、世間は見ている。

「わしはこれまで、戦国の世を終わらせるため、織田信長という御仁に仕えてきた。だが、信長公は天下統一の暁には、異国に兵を出すと仰せであった。それが実現すれば、この国の武士と民は、終わることなき塗炭の苦しみを味わい続けることとなろう」

「ゆえに信長公を討つ、と？」

「そうだ、庄兵衛」

光秀は、傍らに置いた畿内周辺の絵図を床に広げた。

「京、本能寺には信長公、妙覚寺には信忠卿が、わずかな供廻りのみで滞在しておられる。敵は合わせても一千に届くまい。我が一万三千の軍勢でこれを討つは、いとも容易きこと」

広げた絵図を指し示しながら、光秀は説いた。絵図には、主な武将たちの配置とその兵力が細かく書き込まれている。

「されど」

沈思していた利三が、顔を上げた。

「信長公を討ったとて、他の一族重臣らが黙っておるとは思えませぬ。仇討を旗印に、畿内へ押し寄せてまいりましょう。さすれば、我らは四面楚歌《しめんそか》となる恐れもございまする」

利三が懸念を口にすると、次右衛門と庄兵衛の顔にも憂いの色が浮かんだ。

「もっともな懸念である。だが、信長父子を討てば、織田家の広大な版図を束ねられる者はおるまい。大坂《おおさか》には四国攻めのための信孝卿、丹羽長秀の軍がおるが、その中には我が娘婿の津田信澄《つだのぶずみ》殿もおる」

信澄の父は信長の弟、信勝《のぶかつ》である。その信勝はかつて、謀叛を企てたとして信長に謀殺されていた。光秀が説けば、味方に付いてくれるはずだ。

「丹後《たんご》の細川藤孝《ほそかわふじたか》殿、大和の筒井順慶《つついじゅんけい》殿は我が組下《くみした》。信長さえ討てば、これも味方に馳せ参じよう。柴田勝家、滝川一益、羽柴秀吉はいずれも遠国にあり、兵を返すにしても一月はかかる。その間に京、安土、岐阜《ぎふ》を押さえれば、勝機は十二分にある」

「これならば、勝てまする」

最も若い左馬助が、興奮を抑えきれない面持ちで言う。

「一つだけ、お聞きかせ願いたい」

「申せ、利三」

「無礼を承知でお訊ねいたします。殿は信長公を弑し奉った後、天下布武を引き継ぐ意思と御覚悟が、ありや否や」

　実直で生真面目な、利三らしい問いだった。その視線を真正面から受け止め、答える。

「無論、意思も覚悟もある。なれど、これは野心からの行いにあらず。天下に静謐《せいひつ》をもたらすための、やむなき仕儀と心得よ」

　己に天下人たる器があるのか。今さら考えたところでどうなるものでもない。だが、信長を討つ機会は今をおいて他にないのだ。この機を逃せば、日ノ本は修羅の巷《ちまた》と化す。それを防ぐには、起つしかなかった。

「殿の御覚悟のほど、承りました。もはや何も申しますまい。我ら一同、殿を天下人へと押し上げるため、すべてをなげうってお仕えいたすのみ。方々、異存はあるまいな？」

　利三の言葉に、他の三人が頷いた。それぞれの目から、決意と覚悟のほどがひしひしと伝わってくる。憂いや不安の色は、きれいに消えていた。

「わしは、よき臣に恵まれた」

　胸の奥に熱いものを感じながら、光秀は告げた。

「出陣は明日、申《さる》の刻。全軍をもって老《おい》ノ坂《さか》を越え、京を目指す」

　天正十年六月一日、申の刻。丹波亀山城に集結した一万三千の軍勢は、水色桔梗《ききょう》の旗印を掲げ、順次出陣していった。

　信長への叛意を知るのは、左馬助ら四人のみ。将兵には、備中出陣を前に、京で信長の閲兵《えっぺい》を受けると布告してあった。

「我らが出陣した後は、そなたがこの亀山城の主ぞ」

　出陣の儀式を終えると、光秀は嫡男の十五郎光慶《じゅうごろうみつよし》に向かって言った。今は亡き妻・熙《ひろ》子《こ》が産んだただ一人の男子で、まだ十四歳という若さだ。それでも、武門の跡取りとして生まれたからには、甘やかすわけにはいかない。

「承知いたしております。父上、ご武運を」

　けなげに答える息子の頭を撫で、踵を返す。

「いざ、出陣」

　先鋒の左馬助から順に、麾下の軍勢が続々と進発していく。光秀も愛馬に跨り、城門をくぐった。もう、この城には戻れないかもしれない。今ならまだ、引き返せるのではないか。ふと湧き上がった弱気の虫を押し殺し、手綱を握る。

　今は、前を向いて進むしかない。事の成否は、天が決めることだ。

　丹波街道を東へ進み、王子《おうじ》村を経て老ノ坂を下った。日は、すでに西の山間に没している。子《ね》の刻過ぎに沓掛《くつかけ》へ達すると、光秀は全軍に休止を命じた。彼方には、眠りについた京の町が望める。

足軽大将《あしがるたいしょう》、物頭《ものがしら》を集め、光秀は告げた。

「つい先刻、上様より火急の使者が送られてまいった。それによると、上洛中の徳川三河守家康は上様に対し奉り、謀叛を企てておるとの由。よって、閲兵は中止となった」

ざわつきかける一同を、光秀は目で制した。

「我らはこれより、徳川三河守家康を討つため、本能寺へ向かう」

かすかな動揺が見られるが、構わず続ける。

「これより、軍勢の移動を秘匿《ひとく》する。馬の沓《くつ》は外し、徒の者は草鞋《わらじ》を足半《あしなか》へ履き替えよ。鉄砲衆は火縄を一尺五寸に切って五本携え、火を点じておけ」

家康殺害を擬装するというのは、利三の意見だった。

信長が本能寺にいることは、重臣たちを除いて誰も知らない。将兵を騙すことにはなるが、正直に打ち明けて、密告者を出すわけにはいかない。

「徳川勢は寡勢なれど、決して侮ってはならぬ。この戦には明智家の、いや、天下の浮沈がかかっておると心得よ」

主君のただならぬ雰囲気に気圧されてか、いくつもの息を呑む気配が伝わってくる。

「直ちに仕度にかかれ。目指すは京である」

馬に跨り、鞭《むち》で闇夜の底に沈む京の町を指す。胸に下げた首飾りの熱を感じながら、全軍に告げた。

「敵は、本能寺にあり」

四

光秀は馬上から、川岸に林立する味方の旗を睨んでいた。

天正十年六月十二日。明智軍前衛は、京の南西を流れる円明寺《えんみょうじ》川の東岸に布陣していた。

右から松田政近《まつだまさちか》、御牧兼顕《みまきかねあき》、阿閉貞征《あつじさだゆき》、溝尾庄兵衛、斎藤利三、津田信春《のぶはる》。それぞれの隊は、二千から三千。光秀の本隊五千はその後方、勝龍寺《しょうりゅうじ》城前面の御坊塚《ごぼうづか》に本陣を構えている。その総勢、一万六千。京での戦で負傷した次右衛門と、近江の押さえとして坂本城に残した左馬助は、この地にいない。

光秀はさらに目を凝らし、対岸の敵勢を見据える。

そこに翻るのは、羽柴筑前守秀吉が率いる大軍の、夥しい軍旗だった。池田恒興《いけだつねおき》、高山《たかやま》右近《うこん》、中川清秀《なかがわきよひで》ら摂津衆に、神戸信孝、丹羽長秀も加わっている。秀吉は天王山《てんのうざん》の南麓《なんろく》、山崎宝積寺《ほうしゃくじ》に本陣を据え、開戦の時を見計らっていた。

羽柴軍の総兵力は、三万をはるかに超えているだろう。天王山と淀川《よどがわ》に挟まれた隘路《あいろ》に布陣して敵を迎え撃つという策も、先に天王山を押さえられたことで潰え去っていた。

羽柴秀吉。信長と同じ色の目を持つ男。やはり、はじめて会った時から相容れないものを感じていた。だが、これほどの速さで備中から駆け戻ってくるとは。

何が間違っていたのか。蹉跌《さてつ》はどこにあったのか。今さら意味などないとわかっていても、考えずにはいられない。

六月二日払暁《ふつぎょう》、京へ侵入した明智軍一万三千は本能寺を攻め落とし、信長の殺害に成功した。変を悟った信忠は、妙覚寺から二条御所へ移ったものの、衆寡敵せず自刃して果てている。

焼け落ちた本能寺から、信長の首を見つけることはできなかった。とはいえ、あの業火をくぐり抜け、信長が生きているはずはない。抜け穴の類も見つからなかった。やむなく捜索を諦めた光秀は、主力を率いて近江へ進み、五日に要衝の佐和山《さわやま》、長浜《ながはま》両城を占領、無血で安土入城を果たす。

安土城天主の最上階に登った光秀は、思わず目を見開いた。

ここからの眺望は、絶景という他ない。眼下に琵琶湖《びわこ》が広がり、その先には坂本城や叡山までが望める。この景色のすべてが己の掌中にあると思えば、信長が慢心するのも無理はないと思えた。

その信長は死んだ。今後の天下に号令するのは、他でもないこの自分なのだ。

山深い美濃明智城で生まれ育ち、故郷を追われて諸国を彷徨い、泥水を啜るように生きてきた。足利将軍家や朝倉家に仕えていた頃は不遇をかこち、織田家に仕官してからも、血の海を這いずり回るような苦しい日々が続いた。

それも無駄ではなかった。天下統一を果たし、この国を真の泰平に導く。戦で故郷を追われることも、掌を血で汚すこともない世を築き、子や孫へと繋いでいくのだ。

五十五歳。残された時は、多くはなかった。これからは、一瞬たりとも立ち止まることができない。それでも、己の進む道の先に理想の世があるのだと思えば、力は自然と湧き上がってくる。

しかし最初の蹉跌は、思いがけないほど早くやってきた。

安土入城と同じ五日、大坂の神戸信孝、丹羽長秀が、光秀の娘婿の津田信澄を殺害したという報せが届いた。信孝らは、信澄が光秀に呼応することを恐れたのだろう。信澄には密書を送ってあったが、届いたか否か定かではない。

この段階で信澄を失うのはいかにも手痛かったが、嘆いている暇はない。すぐさま、周囲の武将たちに調略の手を伸ばし、併せて朝廷工作も開始した。朝廷から征夷大将軍に任命されるか、あるいは織田家追討の綸旨を得られれば、大義はこちらへ移る。日和見《ひよりみ》を決め込んでいる者たちも、我先にと馳せ参じてくるだろう。

だがその目論みも、わずか数日で崩れた。二日の時点で備中高松にいたはずの秀吉が、いち早く毛利と和議を結び、八日には姫路まで引き返してきたのだ。秀吉はさらに摂津へ進出し、近隣の武将たちに協力を呼びかける。

光秀は大和の筒井順慶に出陣を促すため洞《ほら》ヶ峠《とうげ》まで出向いたものの、順慶は居城の郡《こおり》山《やま》城へと立て籠もったきり、動く気配がない。丹後の細川藤孝、忠興《ただおき》父子も、参陣を拒んで出家したとのことだった。忠興は正室である光秀の娘、玉子《たまこ》を離縁し、丹後の山中へ幽閉したという。

「秀吉は信長の援軍を迎えるため、姫路から備中までの街道を整備し、要所要所に兵糧も蓄えておった由にございます」

そう報告したのは、中国筋に放った忍びだった。

「毛利へ送った密使は、いかが相成った？」

「わかりませぬ。ただ、秀吉が早急に和議を取りまとめたことを考え合わせれば、敵の手に落ちたものと思われます」

すべての流れが、秀吉へと向かっている。天は自分ではなく、秀吉を選ぶというのか。

「いや、まだだ」

まだ、終わったわけではない。天が己を選ばないというのなら、自らの手で勝利を摑むまでだ。

信長に心酔していた秀吉のことだ、天下を獲った暁には、信長のやり方を踏襲するはずだ。天下統一の後は異国へ軍を向け、この国の武士と民に塗炭の苦しみを強いるだろう。そして、巷には怨嗟《えんさ》と憎悪が満ち溢れ、争いの螺旋《らせん》はいつ果てるともなく続く。

それだけは、断固として阻止せねばならない。

「洞ヶ峠を引き払い、下鳥羽《しもとば》に陣を布く。山崎の隘路で、秀吉を迎え撃つのだ」

信長を討って以来、眠る暇さえない。疲れきった体を鞍に押し上げ、光秀は決戦の地を目指した。

六月十三日夕刻。降りしきる雨の中、戦いの火蓋《ひぶた》は明智軍右翼で切って落とされた。羽柴軍先鋒の高山右近隊の左に進出した中川清秀隊に、伊勢《いせ》貞興《さだおき》、御牧兼顕らが円明寺川を渡って襲いかかったのだ。

報告を受けた光秀は、思わず舌打ちした。川を挟んだ戦では、渡河中の敵を叩くのが定石だ。しかし、敵の動きにこちらが誘い出された形になっている。

「やむを得ん。全軍、押し出せ」

下知を受けた斎藤利三らが渡河を開始し、一気に全面的な衝突となった。

右翼では伊勢、御牧隊と中川隊が押し合い、中央では利三、溝尾庄兵衛らが敵先鋒の高山隊を攻め立てている。松田政近、並河易家《なみかわやすいえ》は、天王山の麓で黒田官兵衛《くろだかんべえ》らの隊とぶつかっていた。

開戦からおよそ半刻。数では劣るものの、麾下の将兵は善戦していた。ここで敗れれば後がないと、誰もがわかっているのだ。後続の羽柴軍主力が前に押し出してきたが、長い行軍の疲れからか、その勢いは弱い。

光秀は戦況を睨みつつ命じた。

「新手を繰り出せ。本陣を手薄にしても構わん」

今が勝負どころだ。秀吉の首は獲れないまでも、ここで敵を摂津あたりまで押し返せば、潮目は変わる。

ぬかるんで泥濘《でいねい》と化した地面に、敵味方の骸が積み重なっていく。雨で濁った円明寺川に、血の色が混じる。

阿鼻叫喚《あびきょうかん》の巷と化した戦場を見つめながら、光秀は胸の奥底に滾るものを感じていた。己の采配に何百、何千という将兵の命がかかっている。いや、それだけではない。この国の歴史そのものが、自分の手にかかっているのだ。

将たちは、光秀の下知を忠実に実行していく。そして光秀が鍛え上げ、数多《あまた》の修羅場《しゅらば》をくぐり抜けた兵たちは、己の命を顧みることなく死地へと飛び込んでいく。

後詰を引き受けた斎藤隊が、再び敵を押しはじめた。それにつられるように、味方の勢いが増していく。

秀吉の首。この戦で、獲れるかもしれない。首だけになった秀吉が、あの不快な蒼い目でこちらを茫然《ぼうぜん》と見つめている。そんな光景が、脳裏に浮かんだ。

これまで味わったことがないほどの高揚を感じながら、頭は冴え渡っている。五千の本隊の多くは前線に投入し、手元に残るのは馬廻り衆を中心とする千五百のみ。これをいつ前に出すかで、勝負が決まる。秀吉はさらに多くの兵を手元に残しているが、前衛を突き破れば、寄り合い所帯の敵は総崩れとなるはずだ。

開戦から一刻は過ぎただろうか。味方の中央から右翼にかけて、いまだ一進一退の攻防が続いていた。倍する敵と戦い続けた味方に、疲労の色が見えはじめている。だが、半数の敵を相手に押しきれない羽柴軍にも、焦りと苛立ちがあるはずだ。

ここで自分が陣頭に立てば、流れは完全にこちらのものとなる。

「前へ出る。馬曳け」

曳かれてきた馬に跨った直後、左翼から喊声が上がった。

旗指物《はたさしもの》も指さず、泥にまみれた一団が、円明寺川を越えて最左翼の津田信春隊の左側面に襲いかかっている。

「馬鹿な。どこから現れた！」

注進が届くより早く、不意を衝かれた津田隊が崩れはじめる。

「敵勢は池田恒興、加藤光泰《かとうみつやす》隊。淀川沿いを北上してきたものと思われます！」

河畔に生い茂る葦《あし》に身を隠しながら、息を潜めて進んできたのだろう。兵力差を活かし、迂回しての側面攻撃。兵法としては常道と言っていい。読みきれなかったのは、自分の落ち度だ。

池田、加藤の隊は津田隊の脇腹を攻めつつ、一部の兵を背後に回している。さらには神戸、丹羽の隊も川を渡り、津田隊へと向かっていた。津田隊が崩れれば、一気に全軍が崩壊することにもなりかねない。

「津田隊の救援に向かう。進め！」

しかし、光秀の千五百が動き出すより早く、津田隊は潰走《かいそう》をはじめた。これを見た味方に動揺が走り、中央と右翼でも羽柴軍が盛り返す。

その勢いに押されるように、味方の雑兵が逃亡をはじめていた。戦場全体に混乱が広がる中、秀吉はさらなる新手を繰り出してくる。

「松田政近様、お討死！」

「阿閉、溝尾隊、総崩れ！」

悲鳴のような注進が、各所からもたらされる。中央で突出する形となった御牧兼顕からは、「自分が討死する間に落ち延びられよ」との伝令が届いた。

「殿、これ以上は支えきれませぬ！」

「勝龍寺城までお退きくだされ！」

近習たちが叫ぶ中、さらに注進が続く。伊勢貞興、諏訪《すわ》盛直《もりなお》、そして御牧兼顕も討たれた。かろうじて踏みとどまっていた利三の隊も、すでに潰走寸前に追い込まれている。

天はやはり、秀吉を選ぶのか。この国を救おうとした自分に、大義はなかったのか。

茫然とするうち、近習の誰かが馬の轡を取った。馬首が勝龍寺城の方角へ向けられる。

抗う気力すら湧かない。騎乗した近習たちが光秀を取り囲み、走り出す。

「必ずや、再起の時はまいりまする。何としても生き延びて……」

近習の言葉に、光秀は力なく首を振る。

すべては、終わったのだ。

深い森の中を、這うようにして進んでいた。

長く降り続いた雨はようやく止んだものの、辺りは闇に覆われている。灯りは、先頭を行く家臣が持つ一本の松明のみ。幾度かの落ち武者狩りとの戦いを経て、一行はわずか十人ほどにまで減っていた。

勝龍寺城へと逃げ込んだものの、城までたどり着いたのは二千にも満たなかった。その大半は傷を負い、ろくに歩けない者も多い。やむなく、夜陰《やいん》に乗じて城を抜け出した。向かう先は、坂本城。倒木を乗り越え、藪《やぶ》を掻き分け、黙々と前へ向かって歩き続ける。

勝龍寺城を発って、もう二刻は過ぎているだろう。自分は何のために歩いているのか。家臣の多くは討たれ、軍勢は潰え去った。今さら坂本へ逃れても、再起の芽などありはしない。できることといえば、城を枕に討死するくらいのものだ。

自分は、歴史に大きく名を残す。あの老婆の言葉は、当たっていた。明智日向守光秀の名は、主君を討った大罪人として、史書に記されることになるのだろう。

自分は本当に、大義のために起ったのだろうか。先刻から、そんな疑問が頭を占めていた。己の真の望みは、天下獲りではなかったのか。己の野心と信長への憎しみを聞こえのいい大義で塗り固めながら、実際はこの国の頂点に立ちたかっただけではないのか。

人は、争いなくして生きることはできない。信長の言葉が、脳裏に蘇った。山崎の戦場で感じたあの高揚こそ、その証左なのかもしれない。

「何という、愚かな男だ」

呻くように呟いた。前を進む溝尾庄兵衛が足を止め、振り返る。

「殿、坂本まではあとわずかにござる。お心を強くお持ちくだされ」

光秀の呟きは耳に届かなかったらしい。再び歩き出そうとする庄兵衛を、光秀は「もうよい」と制止した。

光秀が坂本に入れば、また戦となる。凄惨な籠城戦の末に、また多くの将兵が命を落とすことになるだろう。

「わしは、ここで腹を切る。そなたは我が首を秀吉に差し出し、生き長らえよ」

「何と情けなきお言葉。殿がそのような弱気では、死んでいった者たちが浮かばれませんぞ」

「皆にはすまぬと思う。だが、すべては終わったのだ。これ以上、無駄な血を流すこともあるまい」

「ならば、それがしもお供つかまつる。この期に及んで秀吉に降るなど……」

言い終わる前に、何かが爆《は》ぜるような音が響いた。庄兵衛の頭が弾かれたように揺れる。額に開いた穴から血を噴き出しながら、前のめりに崩れ落ちた。

銃声。理解した刹那、脇腹に凄まじい衝撃が走った。火箸を刺し込まれたような熱。膝を折りそうになったが、かろうじて堪える。

間を置かず、左右の森の中から人影が湧き出してきた。十人、あるいはそれ以上か。動きは機敏で、刀を抜いて立ち塞がった家臣が瞬く間に斬り伏せられていく。

「落ち武者狩りじゃ。殿をお守りいたせ！」

残った家臣たちが光秀を囲み、駆けはじめる。敵は恐らく、落ち武者狩りではあるまい。肩を借りて走りながら、光秀はやけに乾いた心で思った。

「殿、ここはそれがしが……」

家臣たちは敵の足を止めるため、次々と引き返していく。

もはや、走ることもかなわない。血を失ったせいか、寒気に全身が震える。家臣たちの声も、どこか遠くで響いているようにしか聞こえない。

森の中をどれほど進んだのか。足が萎え、光秀は地面に倒れ込んだ。

首だけを動かし、あたりを見回す。

どうしたわけか、周囲は霧に覆われていた。いつの間にか、側には誰もいなくなっている。

不気味なほどの静寂に満ちていた。家臣や追手はもとより、獣や虫の気配すら感じない。気づけば、傷の痛みも遠いものになっている。

自分の命はもう、尽き果てたのか。だとすると、ここは黄泉の入口なのか。

この生涯で、自分はいったい何を成し遂げたのか。数万の民を殺した信長に仕え、その信長を殺すことで、治まりかけた天下を再び乱した。血塗られた、禍々しき行い。あの老婆の言葉は、すべて事実だったということか。

もういい。疲れた。少しだけ眠ろう。死んだ妻に会えるのなら、死ぬのも悪くはない。惨めな敗北を遂げた自分でも、妻は受け入れてくれるだろうか。

いや、まだだ。閉じかけた目を、光秀は開いた。

まだ、死ぬわけにはいかない。自分が押し曲げた時流の行き着く先を、この目で見届ける。それが死んでいった者たちへの、せめてもの償いではないのか。

両腕に力を込め、上体を起こす。立ち上がれ。立って、歩くのだ。生き延びて、すべてを見届けるのだ。

立ち上がりかけた刹那、足の力が抜け、光秀は再び地面に突っ伏した。口の中で、血と泥が入り混じる。

この体さえも、自分を裏切るのか。視界が滲み、嗚咽が漏れた。全身から力が失せ、すべてが闇に閉ざされる。

次の刹那、光秀は首飾りが放つ熱を、確かに感じた。

五

光。はじめは点にしか見えなかったそれは、見る見るうちに近づき、全身を包み込んでいく。

眩いとは思わない。恐怖もなかった。光は柔らかで、ほのかに暖かい。母の腕に抱かれているような安らぎを、光秀は覚えた。

ここはどこなのだろう。あたりを見回そうとしたが、うまくいかない。それどころか、己の肉体が存在しているのかさえ曖昧だった。光の中を、思念だけが揺蕩《たゆた》っているように思える。

これが、死か。想像していたよりも、恐ろしいものではないらしい。多くの命を手にかけた自分がこれほどの安らぎを得られるとは、意外だった。

だが、受け入れるわけにはいかない。己の行いの結果を見届けるまでは、黄泉へと旅立つことはできない。

不意に、目の前に人影が浮かび上がる。

彫りの深い顔立ち。ところどころに施された入れ墨。そして、一本の皺のような両目。

あの老婆だった。なぜ、今わの際《きわ》の自分の前に現れるのか。

――見届ケタイカ？

声が響いた。

――ソナタハスデニ、役割ヲ果タシタ。ソレデモマダ、見届ケタイカ？

見届けたい。いや、見届けねばならぬ。わしはまだ、死ぬわけにはいかぬ。

――ヨカロウ。

声が響き、老婆は両の瞼をゆっくりと開いてゆく。その目は、片方だけが信長と同じ色をしていた。

――カツテ光秀ト呼バレシ者ヨ。ソナタハコレヨリ、我ト融ケ合イ、ヒトツトナル。ソシテ、新タナ肉体ニ宿リ、新タナ役割ヲ果タスノダ。

どういうことだ。訊ねるより先に、老婆の姿が光の中へ掻き消えていく。

突然、目の前に見たことのない景色が現れた。

陸地に挟まれた狭い海。潮の流れは速く、白い波頭が生まれては消えていく。その水面を、武者たちを乗せた夥しい数の軍船が埋め尽くしている。

そこは戦場だった。矢が飛び交い、古めかしい大鎧を着けた武者たちが太刀を振るっている。二つの軍勢はそれぞれ、赤と白の旗を掲げている。

戦況は、赤の軍が押されているようだった。赤い旗を掲げた船からは、十二単《じゅうにひとえ》を着た女たちが次々と海へ飛び込んでいく。

その光景は、源氏が平家を滅ぼした壇ノ浦の合戦に似ている。

だとすれば、今から四百年も前の出来事だ。なぜ、この光景を自分が目にしているのか。

不意に、光秀の意識は別の場所へ飛ぶ。

馬で橋を渡る武士を狙う、弓を手にした男。

深い山中で睨み合う、二人の武者。

能舞台で舞う一人の役者を見つめる、僧形の人物。唄いながら見事な舞を見せる能役者は、瞳の色がそれぞれ違う。舞台の向こうには、鹿苑寺《ろくおんじ》の金閣らしき黄金色の建物が見えた。

それがいつ、どこで起きた出来事なのか、光秀には理解できない。だが、それが人と人とが争う様であることだけは、はっきりとわかった。

光秀は、役者の唄に耳を傾けた。

いつの間にか、声は別人のものに変わっている。

再び、場面が飛んだ。

炎の中、一人の男が唄い、舞っている。白小袖は血で汚れ、額には玉の汗が浮かんでいた。

　人間五十年　下天のうちを比ぶれば　夢幻の如くなり

信長。ならばこれは、あの日の本能寺か。唄い終えると、信長は胡坐を掻き、小袖の前をはだけて脇差を抜いた。

信長の蒼い瞳が、こちらへ向けられる。馬鹿な。見えるはずがない。だが、信長ははっきりと光秀を見据え、口元に笑みを浮かべた。

余の言うた通りであろう。どれほど時が流れようと、人と人との争いが絶えることはない。そう言っているかのような、勝ち誇った笑み。

信長が腹に刃を突き立てた瞬間、光が視界を満たした。

光は渦を巻いて螺旋となり、天高く立ち上っていく。

六

瞼を押し上げた。

雲一つない蒼天が、視界を満たしている。

波の音が聞こえた。潮の香りが漂ってくる。上体を起こすと、目の前には穏やかな海が広がっていた。

松の木がぽつりぽつりと生えただけの、何の変哲もない砂浜。人気はなく、漁師小屋の一軒も見えない。男には、ここがどこなのか、自分が誰なのかもわからない。

だが、己の為すべきことだけは理解している。立ち上がり、砂を踏んで歩きはじめる。

「お上人《しょうにん》様」

その声に振り返ると、若い僧が一人、砂浜を駆けてきた。

「こちらにおられましたか。お探ししましたぞ」

「ふらりといなくなられるのは、お上人様の悪い癖にございます」

荒い息を吐き、呆れたように言う。

そこでようやく、己が身にまとっているのが袈裟《けさ》だと気づいた。

「お気をつけくださいませ。上方では、また大きな戦があったそうにございますから」

「ほう、誰と誰の戦かのう」

「先にも申し上げたでしょう。織田信長公を討った明智日向守と、羽柴筑前守にございます。日向守は落ち延びる途中で討たれたそうですが、このあたりにも残党が潜んでおるやもしれません」

「そうか。光秀は死んだか」

小さく笑うと、若い僧は怪訝な顔で首を傾げた。

「天下はこの後、羽柴筑前のものとなるのかのう」

「そのようなこと、拙僧にはわかりませぬ。ですが、羽柴筑前と織田家の他の重臣たちとの間で、すぐにでも跡目を巡る戦がはじまるだろうと、宿の者は噂しておりました」

「やはり、この国から争いはなくならぬか」

「ゆえに、我らは釈尊《しゃくそん》のお慈悲に縋って悟りを開き、衆生《しゅじょう》を救わねばならぬ。お上人様は常々、そう仰っておられるではありませんか」

「ふむ、そうであったな」

「ではまいりましょう、天海《てんかい》様」

そうだ。南光坊《なんこうぼう》天海。それが今の自分の名だと、かつて光秀と呼ばれた男は思った。

光。天。海。

なるほど、なかなかよい名ではないか。

男は声に出さず、もう一度笑った。

八　最後の勝利者

一

耐えよ。

額を畳に押しつけながら、家康は己に言い聞かせた。

今までも、ただただ耐えてきた。今川義元《よしもと》の下では従順な家臣を演じ、織田信長に対しては忠実な盟友であり続けた。何のことはない、頭を下げる相手が代わっただけではないか。

「徳川三河守、頭を上げよ」

頭上で、猿が喚《わめ》いた。

畏れ入った態《てい》で顔を上げると、金糸銀糸を織り込んだきらびやかな衣装をまとう、小柄で貧相な男の姿が目に映る。

天正十四年、十月二十七日。真新しい木の香漂う、大坂城本丸謁見の間。中央に座す家康の両側には、豊臣《とよとみ》麾下の諸大名が居並び、後々の歴史に残るであろうこの会見を見守っている。

薄い髭を蓄えた口元に満足げな笑みを湛え、上座の男が声を張り上げた。

「海道一の弓取りと称される其の方が我が豊臣家に恭順を誓うたからには、天下統一は成ったも同然。これほどめでたきことはなかろうて」

其の方、か。ほんの数年前までは「徳川様」と呼んでいたのが、ずいぶんな出世ではないか。腹の底に灯《とも》りかけた怒りを押し殺し、家康はひたすら恐縮を装う。

上座にいるのは、氏素性も定かではなく、信長の草履取りを務めていた男だ。それが今や、朝廷から豊臣の姓を賜り、関白の地位にまで就いている。まがりなりにも大名の子として生まれた家康だったが、その立場は完全に逆転していた。

長きにわたって家康を苦しめ続けた信長は、ようやく死んだ。だが今度は、自分のはるか後ろを走っていたこの男が、頭上に君臨するのか。

本能寺で信長が斃れて四年、天下の情勢は目まぐるしく動いていた。

逆臣明智光秀を討ち、清洲《きよす》会議で織田家中の主導権を握った秀吉は、翌年には織田家重臣筆頭の柴田勝家を滅ぼすと、次に信長の遺児・信雄《のぶかつ》を挑発して挙兵に追い込む。

家康は信長の盟友として、信雄に与した。筋目を通すと言えば聞こえはいいが、何のことはない、信雄が秀吉に屈すれば、次に矛先《ほこさき》が向くのは家康なのだ。恐怖に駆られるように、家康は小牧《こまき》・長久手《ながくて》の地で秀吉の大軍と向き合った。

天正十二年四月九日。家康は三河侵攻を目論む秀吉麾下の池田恒興、森長可《もりながよし》らを捕捉し、壊滅させる。

だが、華々しい勝利はそれきりだった。秀吉は織田・徳川連合軍の名目上の総大将である信雄と単独で講和を結ぶという奇策に出たのだ。これにより、家康は織田家簒奪を目論む秀吉を討つという大義名分を失う。

その後は、秀吉の築き上げた徳川包囲網にじわじわと締めつけられ、紀伊の雑賀《さいか》衆、越中《えっちゅう》の佐々成政《さっさなりまさ》といった同盟者も次々と脱落。加えて、離反した信濃の真田昌幸《さなだまさゆき》討伐に向かった徳川軍がよもやの大敗を喫する。追い詰められた家康は、秀吉の上洛要請に屈するしかなかった。

見ているか、信康《のぶやす》。家康は心の中で、今は亡き嫡男に呼びかけた。

今からわしの、一世一代の道化がはじまるぞ。嗤《わら》いたくば、嗤うがいい。

「三河守」

再び、上座から声がかかる。

「我が幕下《ばっか》に加わった祝いに、何か褒美をつかわそう。何ぞ、所望いたせ」

居並ぶ諸大名の視線を一身に受けながら、家康は声を張り上げた。

「では恐れながら、殿下の陣羽織《じんばおり》を所望いたしとう存じます」

「なに、我が陣羽織とな？」

「はっ。この家康が殿下の臣となりましたる上は、向後、殿下が戦場にて采配を揮《ふる》う必要はございませぬ。ゆえに、陣羽織も不要となりましょう」

　束の間家康を見つめ、秀吉は声を上げて笑った。

「皆の者、聞いたか。実に、律儀者と呼ばれる三河守らしい申しようではないか。よかろう。我が陣羽織を身につけ、この秀吉の陣代《じんだい》としてしかと務めるがよい」

「ははっ、ありがたき幸せ」

　いささか芝居がかった大音声で応じ、家康はもう一度平伏《ひれふ》してみせた。諸大名は安堵したかのように、互いに頷き合っている。

　すべては、秀吉による筋書きだった。昨夜、家康の宿所を密かに訪ねた秀吉から、「謁見の場では、我が陣羽織を所望してほしい」と、縋りつかんばかりに懇願されたのだ。はるかに格下であった自分にへりくだるは、甚だ不快ではござろう。されど、天下の安寧のため、ここはぜひとも堪え、自分に従う姿勢を見せていただきたい。家康と二人きりで向き合った秀吉は、そう言って額を床に擦《こす》りつける。そこまでされては、家康としても拒むわけにはいかなかった。

　それにしても、昨夜からの秀吉の豹変《ひょうへん》ぶりは見事なものだった。役者が違うとはよく言ったものだ。慣れない芝居に戸惑い、満座の中で秀吉に叩頭《こうとう》する屈辱に耐えながらも、家康は認めざるを得ない。

この男が、自分の新しい主君なのだ。

二

振り返れば、家康の生涯は恥辱に塗《まみ》れていた。

祖父と父は若くして家臣に斬殺《ざんさつ》され、家康は物心ついて間もない頃から政略の具として織田、今川の間をたらい回しにされた。いつ終わるとも知れないこの命。寝床に就いても不安は消えず、朝になってはじめて、一日生き長らえたと実感するような日々。

織田信長という男にはじめて会ったのも、その頃のことだ。家康は六歳。信長は十四歳だった。織田家の人質として家康が幽閉されている熱田《あつた》の加藤屋敷を、信長が何の前触れもなく訪ねてきたのだ。

「そなたが、三河の小倅《こせがれ》か」

高々と茶筅《ちゃせん》に結い上げた総髪。下人のような袖なしの小袖。腰に差した派手な朱鞘《しゅざや》の刀。そうした奔放に過ぎる出で立ちよりも目を引いたのが、海のように蒼い二つの瞳だった。こんな目の色をした人間を、幼い家康は見たことがない。

込み上げたのは、恐怖と不快の念だった。

理屈ではない。この男とは生涯相容れることはないだろう。幼いながらも、家康ははっきりとそのことを悟った。信長も同じだったのか、自分を見る目は冷ややかだった。

その後、家康は織田・今川間の取引によって、今川領駿府《すんぷ》へ送られる。

今川家での扱いは、悪いものではなかった。今川家当主の義元は家康に目をかけ、一族の娘まで娶《めと》らせてくれた。しかし、家康十九歳の夏、義元は桶狭間《おけはざま》で非業の最期を遂げる。

三河で自立を果たした家康は、義元を討った信長と盟約を結ぶ。同盟という名の服従であっても、他に生き残る術はなかったのだ。

もう一つの大きな出会いは、それから十年後のことだった。

元亀《げんき》元年四月。家康は上洛間もない信長に従い、越前朝倉攻めの陣にいた。織田・徳川連合軍は三万。対する朝倉軍は一万余。どう考えても負けるはずのない戦だったが、信長の盟友浅井長政《あざいながまさ》の裏切りにより、連合軍は挟撃の危機に陥る。

長政の裏切りを悟った信長は、家康に報せることもなく単身で落ち延びていった。そして、織田軍の撤退を援《たす》けるべく戦場に残ったのが、当時木下藤吉郎《きのしたとうきちろう》を名乗っていた秀吉だった。

戦場に取り残された家康は、やむなく秀吉と共に朝倉軍の追撃を受け止め、多大な犠牲を払いながらかろうじて撤退に成功する。家康としては自軍が生き残るために秀吉を支援したまでだったが、当の秀吉は深く感謝し、戦が終わった後には這いつくばるようにして礼を述べたものだ。

だが家康は、一目見た時からこの猿面の将に違和を覚えていた。

信長と同じ、蒼みがかった双眸。漁師のように浅黒い肌。あまりにも陽気であけすけなその言動。すべてが、なぜか家康の癇に障る。無論、態度に出しはしなかったが、どこか相容れない相手として、木下藤吉郎の名は家康の脳裏に刻まれた。

その後の秀吉の立身出世ぶりは、目覚ましいものだった。越前攻めの際にはわずか数百を率いる将に過ぎなかったのが、浅井家滅亡後にはその旧領を与えられる。そして中国攻めの総大将に任じられ、その所領に播磨一国が加えられた。

この間、家康は織田家の戦に駆り出される傍ら、今川や武田と泥沼の戦を繰り返していた。武田信玄《しんげん》との三方《みかた》ヶ原《はら》の戦では大敗を喫し、命さえ落としかけている。そして信長の命で、期待をかけていた嫡男までも失った。

信康。文武に秀で、家臣からの信望も厚い、愚鈍な自分の息子とは思えないほどの逸材だった。いずれは自分に代わって三河武士たちを率い、徳川の名を天下に轟かせるはずだった息子。

だが家康は、その信康を自ら死に追いやった。

信長は、信康とその母で家康の正室・築山《つきやま》御前《ごぜん》が武田家と内通しているという疑いをかけ、二人の処断を命じてきたのだ。家康の必死の弁明を退けた信長は、信康を討たねば徳川家ごと討ち果たすとまで、言外に匂わせてきた。

ならば、戦ってやる。身代のすべてを賭して信長に謀叛し、「海道一の弓取り」を天下に示してやる。そう決意した家康に、辛苦をともにしてきたはずの家臣たちは冷ややかだった。

家臣たちは口々に謀叛を諫止《かんし》したばかりか、信康殺害まで進言してきたのだ。信長に一矢報いるどころか、謀叛に突き進めば、家康が家臣に討たれかねなかった。

信長や信玄、上杉謙信《うえすぎけんしん》といった一握りの英雄は例外として、戦国の大名など所詮、家臣たちの担ぐ御輿にすぎない。そのことを、家康は嫌というほど思い知らされた。

「もう、よいのです」

懊悩《おうのう》する家康に、信康は穏やかに言った。

「私が腹を切れば、父上が苦心の末に築き、守ってこられたこの徳川の家が救われる。それでよいではありませんか」

その時はじめて、家康は息子の前で涙を流した。

結局、家康は誰に牙を剝くこともできず、信長の命に唯々《いい》諾々《だくだく》と従うしかなかった。

天正七年八月、家康が家臣に築山御前を殺害させると、その報せを受けた信康も、幽閉先の遠江二俣《ふたまた》城において、従容と腹を切って果てた。正室と息子を死に追いやった傷は、今も癒えることなく家康を苛んでいる。

あの日から、家康は家名存続以外のすべての望みを捨てた。

栄達も、天下人の座も、人としての幸福さえも欲しない。息子を犠牲にしてまで保った徳川家を存続させる。ただそれだけのために、家康は今も生きている。

三

潮の臭いが鼻を衝き、家康は顔を顰《しか》めた。

八月とはいえ、いまだ日射しは強い。海から吹きつける風が日に焼かれた体を冷やしはするが、まとわりつくような潮気に家康は辟易《へきえき》している。

肥前名護屋《なごや》城。かつては何の変哲もない港町にすぎなかったこの地は、一国の都かと見紛うほどの巨大な都市に変貌していた。五重の天守がそびえる巨城には百を超える諸大名の陣屋が設えられ、その周囲に広がる町には、十万もの人々が住まっているという。

秀吉に屈して七年。秀吉による天下統一は成り、家康は関東で二百五十万石を領する豊臣政権最大の大名となっていた。とはいえ、父祖伝来の地である三河は追われ、中央からは遠ざけられた形になっている。

「家康殿は、海はお嫌いかな」

隣を歩く秀吉が、いたって気安い口ぶりで訊ねた。

「正直なところ、好きとは言いかねまする」

幼い頃、吹けば飛ぶような小舟に乗せられて三河湾を渡り、尾張熱田まで運ばれた。あの時の恐怖は体に深く刻み込まれ、今も忘れることができない。あれ以来、船に乗ることは極力避けている。

「なるほどのう。じゃが、もうしばし付《つ》き合《お》うてもらうぞ。あそこなら、誰にも邪魔はされまい」

秀吉は前方の物見櫓を指差すと、家康が止める間もなく軽やかに梯子《はしご》を登っていく。やむなく、その後に続いた。

「どうじゃ、よき眺めであろう」

眼前に広がる海に向けられた秀吉の目には、なぜか憂いの色が滲んでいた。とても、我が子の誕生を聞かされたばかりの父とは思えない。

秀吉の跡継ぎが生まれたという報せが大坂から届いたのは、昨日のことだった。祝いの言葉を述べに出向いた家康を、秀吉は二人きりの外歩きに連れ出したのだ。

いったい何を命じられるのか。家康は覚悟を胸に、秀吉の言葉を待った。

名護屋の城内こそ秀吉の跡継ぎ誕生に沸き返ってはいるが、この玄界灘《げんかいなだ》の向こうでは、二十万もの将兵が今も塗炭の苦しみに喘いでいる。

昨年からはじまった唐入り、すなわち明国征伐は、早くも行き詰まりを見せている。一時は朝鮮の都漢城《かんじょう》を落とし、半島を席巻した日本軍だったが、来援した明軍によって漢城は奪回され、各地で朝鮮の民が蜂起していた。兵站を寸断された日本軍には兵糧不足と疫病が蔓延《まんえん》し、朝鮮軍に寝返る将兵さえいるという。

　国内でも過重な軍役により、兵の脱走や村々の逃散《ちょうさん》が相次いでいた。京や大坂では、秀吉を批判する落書が毎日のように掲げられている。

　この戦況を覆すため、家康に渡海を命じることは十二分に考えられた。

「皆の考えておることは、ようわかっておる」

　視線を水面に据えたまま、秀吉が呟いた。

「愚かしい夢にとり憑《つ》かれ、二十万の兵を死地に送り出した阿呆《あほう》。しかも、国許《くにもと》では嫁がどこの誰とも知れぬ間男《まおとこ》と子まで生した。とんだ道化よ」

「殿下！」

「家康殿もわかっておろう。生まれた子は、わしの種ではないわ」

　家康の知る限り、秀吉の子を産んだのは側室の茶々《ちゃちゃ》ただ一人。先に三歳で夭折《ようせつ》した鶴松《つるまつ》に続き、再び茶々が男児を産んだとなれば、誰もが疑いを抱くのは当然だった。

「これも、信長公の天下をまんまと掠め取った報いかのう」

　ようやくこちらを向いた秀吉の顔は、ひどく寂しげだった。

「殿下、おやめくだされ。天下人たる御方が口にしてよい言葉ではございませぬ。掠め取ったなどと仰せですが、殿下はあくまで御自らの力量をもって、日ノ本六十余州を斬り従えられたのです」

「嬉しいことを言うてくれる。しかしのう、豊臣はわしが一代で築き上げた家じゃ。跡継ぎが海の者ではないとなれば、我が死後に天下は再び乱れよう」

嘆息を漏らし、秀吉は続ける。

「海の者である信長公が、山の者の光秀めに討たれた時、次はわしじゃと思うた。しかし、跡継ぎが海の者でないとなれば、天下は維持できぬ」

「お待ちくだされ。先ほどから海、山と仰せになっておられますが、それがしには何のことやら」

「そうか。やはり、そなたは知らぬか」

再び、秀吉の視線は海に向けられた。

「何から話せばよいのか。あれは、わしが針売りの商いで諸国を経巡《へめぐ》っておった頃ゆえ、今から四十年も昔のことよ」

*

果てることなく続くかと思われた森が途切れ、視界が開けた。

ようやく見えた人里に、藤吉郎は安堵の吐息を漏らす。

急斜面にへばりつくようにして、まばらに立つ家。その周囲に広がるわずかばかりの畑。人の数は恐らく、藤吉郎が生まれ育った尾張中村《なかむら》の半分にも満たないだろう。阿波の山中で道を見失い、彷徨うこと三日。野伏せりにも野犬にも襲われることなく村を見つけられたのは奇跡に近い。しかし村に足を踏み入れた藤吉郎は、ここがただの山奥の貧しい村ではないことをすぐに悟った。

この村の住人たちのほとんどが、自分と同じように瞳の色が蒼い。藤吉郎ははじめて訪れたこの村に、なぜか懐かしさに似たものも感じていた。

行商の途中、山で道に迷ったことを伝えると、村人たちは藤吉郎を招き入れてくれた。案内されたのは、村の古老の家だった。齢《よわい》八十はとうに超えているであろう古老の目も、例外なく蒼い瞳をしている。隣家の老婆が運んできた木の実と稗だけの粗末な粥《かゆ》を、藤吉郎は貪るように掻き込んだ。

「なるほど。あの深山を越えて村までたどり着けたということは、何かしらの導きがあったのであろうの」

粥を腹に収めた藤吉郎を眺めながら、古老は言った。

「この地は、今から四百年近く前、平教経公によって拓かれた村じゃ」

村人の目の色について訊ねようとした矢先、古老が言った。

「しかし、平教経といえば……」

「さよう、平家が滅んだ壇ノ浦の戦で、入水して果てたと伝わっておる。じゃが、教経公は生き延び、安徳帝を奉じこの地へ移ってきたのじゃ」

　百姓の倅とはいえ、寺で学んだこともあれば、武家に奉公したこともある。源平合戦の顛末《てんまつ》や、安徳帝の名くらいは知っていた。鄙《ひな》びた村では自らの祖を貴種に求める言い伝えが少なくはない。古老の話も、その類だろう。

「では、村人の多くの目が蒼いのは……」

「それはここが、海族の村だからじゃ」

「海族？」

「さよう。日ノ本というこの国が生まれるはるか昔から、連綿と続く一族よ。そなたにも、その血が流れておる」

　針売りの商いを通じて、様々な土地を歩いた。海辺に暮らし、海を糧とする村も多く目にしている。しかし、海族などという言葉は一度も聞いたことがなかった。

「古より、この国は海と山、二つの一族が代わる代わる治めてきたのじゃ。そして日ノ本の歴史とはすなわち、海と山の対立の歴史に他ならぬ。源氏と平氏の争いも、その一幕にすぎぬ」

　それから古老は、この国で飽くことなく繰り返されてきた二つの一族の歴史を物語りはじめた。

＊

「その時は、なかなかに面白き与太話《よたばなし》としか思うておらなんだ。しかしその数年の後、わしは信長公に出会うた。そして海族である信長公は、山族たる足利の幕府を倒し、天下の半ばを制した」

頷くしかなかった。しかし、あまりにも突飛な話に、どう応じていいのかわからない。

「その信長公が、山族の光秀めに弑し奉られた時、わしは確信した。あの古老の話は事実だったのだと。そして、海か山、いずれかの一族の者でなければ、天下を統べることはできぬとな」

大きく息を吐き、秀吉はさらに続けた。

「なるほど、日ノ本の天下は制した。朝廷より豊臣の姓を賜り、位人臣《くらいじんしん》を極めもした。唐天竺《からてんじく》まで攻め取ると豪語し、海まで越えた。異国を敵といたせば、海だの山だので争うてはおられぬ。この国は内輪での争いを克服し、はじめて一丸となれる。そう考えてのことじゃ。しかし、結果はこのざまよ」

「なんと……」

家康は言葉を失った。この唐入りは、秀吉が自らの栄誉を求めたわけでも、鶴松の死を受けて自暴自棄になったわけでもない。すべては、二つの一族の融和を求めてのものだったのか。だが、そもそもが鄙の古老が語った言い伝えにすぎない。それを頭から信じきっている秀吉が、家康には理解できなかった。

「家康殿。実を申せば、はじめて会《お》うた時から、わしはそなたを好かぬ。そなたと向き合っておると、胸の奥底がざわつき、苛立つのじゃ。そなたも同じではないか？」

話が思わぬところへ飛び、家康は答えに窮した。

「いや、答えずともよい。そなたは紛れもなく、山族の生まれじゃ。その大きな耳も、身にまとう気配も、あの光秀めとよう似ておる。海の者と山の者が出会えば必ず反発し、争いを呼ぶ。これも、あの古老の申しておったことじゃ」

死を命ぜられるのか。家康は覚悟を決めた。だが、こんなわけのわからない理由で殺されるのは、我慢がならない。

「もしも……もしもじゃ」

秀吉の声音は思いがけず、この国の頂点に君臨する者とは思えないほど弱々しいものだった。

「生まれた我が子がもしも、蒼い目を持っておらなんだとしたら……」

次の言葉が読めず、家康は身構えた。

「次なる天下人の座には、家康殿が就かれよ。海族の血を引かぬ我が子に、天下を治めることはかなわぬ」

四

露と落ち　露と消えにし　我が身かな
　難波《なにわ》のことも　夢のまた夢

慶長《けいちょう》三年八月十八日。伏見城において、太閤《たいこう》秀吉がその生涯を閉じた。

伏見徳川邸でその報せを受けた家康は、秀吉が生前に詠んだという辞世の句を噛みしめた。

夢、か。若き日に抱いた一国一城の主というその夢を、これ以上ない形で実現させた秀吉が今わの際に抱いたのは、果たしてどんな夢だったのか。死の数日前、悪夢にうなされた秀吉が、涙を流しながら信長に許しを請うていたという話も漏れ伝わってきている。すべてを手にしたかに見えた秀吉も、織田家の天下を簒奪したという後ろ暗さからは逃れられなかったのだろう。

いずれにせよ、天下人秀吉は死んだ。残された秀頼《ひでより》は、いまだ六歳の童だ。次の天下人の座を巡る駆け引きは、とうにはじまっている。

秀頼は、太閤の実子にあらず。それはすでに、公然の秘密と言っていい。豊臣家の跡継ぎから、亡き秀吉の面影を見て取ることはまるでできなかった。猿、禿《は》げ鼠《ねずみ》と称された皺深い顔も、小柄な体つきも、そして何より、蒼い目も。

「やはり、茶々様がどこぞの男を引き入れて孕《はら》んだ子、ということにございましょうな」

徳川邸の書院で家康と膝を交えながら、本多《ほんだ》佐渡守《さどのかみ》正信《まさのぶ》が言った。

名護屋城物見櫓でのあの会話の後、大坂に戻った秀吉は、茶々付きの女房や僧侶、陰《おん》陽師《みょうじ》らを多く処刑している。そこから類推すれば、茶々と女房らが共謀して生まれた子を秀吉の子と偽り、それが露見したと見ることもできた。

それでも茶々と秀頼を処断できなかったのは、混乱を避けるためか、あるいは茶々への愛情か。今となっては知る術もない。

「海族、山族の話がまことであれば、目が黒く、耳も小さい秀頼君は天下人の器にあらず、という証左になりますな」

家康は頷く。あの日秀吉から聞かされた奇怪な伝説は、腹心の正信にだけは伝えてある。

「大坂に潜ませた間者に、秀頼の実父を探らせることはできぬか」

「探したところで、意味などありますまい。恐らく、とうにこの世にはおらぬかと」

「口を封じられたか」

「それよりも殿。太閤の子が海族でないということになれば、次の天下人は、山族であられる殿しかおりますまい。何より、太閤ご自身がそう望んでおられたではございませぬか」

にやりと笑う正信に応えず、家康は秀吉と最後に交わした言葉を思い起こす。

「かえすがえす、秀頼のこと、お頼み申す」

飾り立てられた豪奢《ごうしゃ》な寝台の中で彼岸と此岸《しがん》を行き来しつつ、秀吉は幾度となく繰り返した。

「あれに、天下は治められぬ。家康殿、天下を……天下を獲って、秀頼を救うてやってくれ……」

血は繋がらずとも、我が子か。秀吉は確かに、秀頼に父としての情愛を抱いている。ゆえに、秀頼をやがて訪れる滅亡から救ってくれと、家康に頼んでいるのだ。

「厄介な荷を、押しつけられたものよ」

深く息を吐き、家康はぼやいた。

信長、秀吉の苦悩を間近で見続けてきた家康にとっては、天下人の座など、頼まれても就きたいものではなかった。頂点に向かえば向かうほど、足場は狭くなっていく。いつ、誰がどこで足をすくおうとしてくるかもわからない。猜疑心《さいぎしん》に苛まれ、常に苛立ち、安らかに眠ることさえかなわない。

何より、天下人の座を摑むには、家の存亡を賭した博打《ばくち》に打って出なければならない。

信康が救ってくれた徳川家を滅ぼすかもしれない賭けに出るつもりなど、家康にはさらさらなかった。

三河の小領主から、二百五十万石を領する大大名にまでなったのだ。これ以上の欲をかいて家を失うことになっては、あの世で信康に合わせる顔がない。

「正信よ。このまま何事もなく秀頼君が成人されるということにはならんかのう」

秀吉は臨終に当たって、五大老《ごたいろう》と五奉行《ごぶぎょう》の合議によって政を行う仕組みを作っていた。家康は、その五大老の筆頭である。

「残念ながら、そうもいきますまい。殿を、豊臣家の最大の脅威と見做す者が多くおりますからな」

「何とも、難儀なことよ」

「殿、腹を括りなされ。もはや、殿が天下人にならねばこの国は治まらぬのです。豊臣家に取って代わるか、座して滅びを待つか。道は二つに一つですぞ」

その後の情勢は、正信の言葉通りに進んだ。

秀吉の死から間もなく、五大老次席の前田利家《まえだとしいえ》と五奉行の一人石田三成《いしだみつなり》を中心に、反徳川派が形成されつつあった。

家康は自衛のため、加藤清正《かとうきよまさ》、福島正則《ふくしままさのり》らと婚姻を結び、自派の形成に努めた。しかし反徳川派は、「大名同士で徒党を組むべからず」という秀吉の遺命に背くとしてこれを糾弾、兵を集めて徳川邸を襲う構えさえ見せる。

結局、病を得た利家が和議に応じたため合戦は回避できたものの、反徳川派に集まった大名の数は、家康の予想をはるかに上回っていた。利家が徳川邸攻撃を下知していれば、自分の首は胴から離れていただろう。

幸い、利家はそれから間もない慶長四年閏三月に病没し、三成も加藤、福島ら七将の襲撃を受け、伏見城へ逃げ込んだ。家康はこの機を逃さず、大老筆頭として両者を調停し、三成に蟄居《ちっきょ》を命じる。これで三成も、表立った動きは取れなくなるはずだ。

同年九月、家康は秀頼のいる大坂城に入り、そのまま居座った。

秀吉の遺命により、家康は伏見で政務を執ることになっていたが、伏見にいたのでは反徳川派が何か動きを見せた場合、対応が遅れる。何より、秀頼を手元に囲っておくことで、おかしな動きも抑止できるのだ。

大坂を掌握した家康はさらに、前田利家の子・利長《としなが》に謀叛の疑いありとして、前田家討伐の号令を発した。利長は自らの母を人質に差し出し、異心無きことを誓う。形式上は豊臣家への恭順だが、実質的には徳川への屈伏だった。

「ここまでやれば、わしを排そうなどと企む者は二度と現れまい」

大坂城西ノ丸の居室で、家康は正信に向かって言った。

五大老のうち、前田利長は家康に屈し、宇喜多《うきた》秀家《ひでいえ》は家中の内紛で力を失っている。毛《もう》利《り》輝元《てるもと》も、家康を父とも兄とも思い敬うという内容の誓書を差し出していた。

「そなたの読みは外れたな。わしはこのまま、豊臣家の臣として生涯を終えるであろう。天下など獲らずとも、徳川二百五十万石は末永《すえなご》う栄え続けるのだ」

「さて、どうでありましょう。このまま何事もなく進むとは、それがしには思えませぬが」

　新たな問題が持ち上がったのは、翌慶長五年春のことだった。会津《あいづ》百二十万石を領する五大老の一人上杉景勝《かげかつ》が、領国で戦仕度を進めているという訴えが複数あったのだ。家康は問罪使を派遣して景勝に上洛を迫ったが、上杉家は釈明も上洛も拒んだ上、公然と家康を非難する。

　これを放置しては、徳川の威信は地に落ちる。家康は上杉家の返答を一読するや、会津征伐の軍令を発した。

　やはり、海と山が対立するというのはまことなのか。家康は、平氏の血を引く上杉景勝の、蒼みがかった双眸を思い出した。

　上杉は強敵だが、形としては、家康は豊臣家の命を受けて討伐に赴く官軍であり、上杉は賊軍ということになる。諸大名の兵力を合わせれば、こちらは二十万近い大軍になるだろう。負ける要素は皆無に等しい。

　六月十六日、すべての手配りを終えた家康は大坂を出陣した。

恐らく、これが自分の最後の戦となるだろう。上杉さえ討てば、家康に不満を抱く諸大名も膝を屈するしかない。

この戦が終わった時、天下は豊臣・徳川両家の名の下に、真の泰平を迎えるのだ。


六月二十九日、鎌倉鶴岡八幡宮《つるがおかはちまんぐう》で戦勝祈願をした家康は、七月二日に江戸《えど》へ入った。

急ぐ必要はなかった。畿内・西国の大名で、参陣が遅れている者も多いのだ。

江戸の町は戦仕度で騒がしいが、家康は久方ぶりに穏やかな心境だった。どこに敵が潜んでいるかわからない上方よりも、江戸の方がはるかに落ち着く。

出陣を数日後に控えた七月半ばのある日、一人の僧侶が家康に目通りを求めてきた。

僧侶は先頃、川越《かわごえ》の古刹《こさつ》・無量寿寺喜多院《むりょうじゅじきたいん》の住職となった。その挨拶に、家康の元を訪れたのだという。

来意を告げられた家康は、顔を顰めた。若い頃、一向一揆に苦しめられてからというもの、僧侶にいい印象はない。とはいえ、無量寿寺は八百年近くも前、淳和《じゅんな》天皇の命で建立された名刹だ。追い返すというわけにもいかなかった。

「南光坊天海にございます」

面を上げた僧侶の顔を一瞥《いちべつ》し、家康は微かに瞠目した。

歳の頃は六十か、それとも七十か。顔つきは柔和で、知性と教養がそこはかとなく滲み出ている。だが、歳の割に引き締まった体軀は、袈裟の上からでも見て取れた。端座するその姿の、どこにも隙《すき》が見えない。

修めたのは、学問だけではあるまい。この僧侶は間違いなく、相当な修羅場をくぐっている。

聞けば天海は、奥州の名族蘆名《あしな》氏の一門に連なるという。蘆名家は先年、米沢の伊達《だて》政《まさ》宗《むね》に滅ぼされている。武家の出であれば、僧侶らしからぬ体軀にも納得がいく。

だが、家康が目を引かれたのは別のところだった。

天海の顔の造作は、不可思議なものだった。片方の耳だけが大きく、加えて左右の瞳の色が違う。一方の瞳だけが、信長や秀吉と同じように、蒼みを帯びているのだ。

海族と山族。秀吉のあの話を思い起こさずにはいられない。同席する正信も、困惑の色を隠しきれずにいた。

「御坊……天海殿と申されたな」

挨拶の口上を述べた天海に、家康は声をかけた。

覚えず、声音に警戒の色が滲む。だが、天海はそれに気づいているのかいないのか、穏和な微笑を湛えたままだ。

この僧侶に似た雰囲気を持つ人物を、家康は確かに知っていた。

物腰も放つ気配も、実によく似ている。だが、あの男は主君を倒して天下を握りかけたわずか十一日後に秀吉に敗れ、落ち武者狩りに遭って死んだという。そして何より、この瞳の色だ。ただの他人の空似というものだろう。

「天海殿と、余人を交えず語りたい。皆の者、外せ」

戸惑う家臣たちを睨みつけて追い払うと、しばし二人で世間話をした。

奥州で生まれ、比叡山延暦寺や奈良興福寺、さらには下野の足利学校で学び、その後も諸国を転々として見聞を広めたというだけあって世情に通じ、時勢や政を見る目を持ち合わせている。

「天海殿は今後、世がいかに動くと見ておられるのかな」

「この国は長く、自力救済という道理が幅を利かせてまいりました。されど、豊臣家の天下統一により、その道理は廃れつつあります」

自力救済とは、争いが起これば他者に頼らず、己の所領や権益を己で守るという考えだ。村の境界争いから大名同士の戦にいたるまで、底流にはこの考えが存在している。

「秀吉公は自力救済を廃し、争いは公儀が裁くという仕組みを作ろうとなさっておられたのだと、愚僧は拝察いたしました。そのお考えが実現すれば、長きにわたった乱世も真の終結を見ることとなったでしょう」

「なるほど」

確かに、秀吉は諸大名に私戦を禁じ、所領争いはすべて豊臣家に訴えるよう命じていた。

その裁定のすべてが妥当なものだったかは措くとしても、裁きに異を唱えれば豊臣の大軍に征伐されることになるのだ。実際、秀吉の治世では、国内での争乱は絶えていた。

「今後も紆余《うよ》曲折《きょくせつ》はございましょうが、世は着実に、泰平へと向かっております」

「ならばよいのだが」

海族と山族。その双方の特徴を持つ天海。生涯最後になるであろう戦の前に、この男が現れたこと。家康はそれに、何かしらの意味を感じずにはいられない。

「一つお訊ねしたい。天海殿は海族、山族の伝説を知っておられるか」

「さて……。かつて叡山におった頃、そのような噂話を耳にしたような……」

「この徳川内府《だいふ》の前で、虚言を弄するか」

天海の言葉を怒声で遮り、家康は視線に殺気を込めた。

この謁見の間の武者隠しには、常に数名の手練《てだ》れが控えていた。家康が合図を出せば、天海は瞬く間に斬り刻まれる。

「そなたは海と山、両一族の特徴を持ち合わせておる。双方の一族と、何かしらの関わりがあるとしか思えぬ。そのそなたが、何ゆえ今、わしに会いにきた。答えよ」

天海の蒼い目が一瞬、光を放ったような気がした。

次の刹那、廊下から慌ただしい足音が響いた。

「殿、一大事にございますぞ」

正信だった。常日頃慌てるということのないこの男の顔つきが、いつになく険しい。

「何事か、騒々しい」

正信が天海を一瞥する。察した天海は一礼し、辞去していった。

石田治部《じぶ》少輔《しょうゆう》三成、挙兵。宇喜多、毛利の軍勢も加わり、大坂を制圧。

正信の報告に、家康は目を見開いた。何かの間違いではないのか。その問いに先回りして、正信が答える。

「確かな筋よりの報せにございます。すでに、徳川内府追討の檄を諸方に飛ばしておるとの由」

「おのれ……」

秀吉から〝稀代の能吏《のうり》〟と称された三成の賢《さか》しらな顔を思い、家康は拳を床に打ちつけた。

「いかがなさいます。会津攻めを中止し、上方へ向かいますか」

北に上杉。西に石田、宇喜多、毛利。まさに、四面楚歌だった。

大坂を押さえられた以上、京・伏見の失陥は避けられないだろう。西国には、会津攻めに参加するため諸大名が軍勢を率いて集まっている。その諸大名が挙《こぞ》って石田方に参陣すれば、石田方は十万を超える大軍に膨れ上がる。

だが、即座に上方へ取って返せば、背後から上杉の鋭鋒を受けることになる。上方で石田方と戦っているうちに本拠の江戸を落とされては、目も当てられない。

「上方へは戻らぬ。会津攻めは、このまま続行いたす」

「殿……」

「上方へ取って返すのは、上杉が南下できぬよう十分な手配りをしてからだ。それまで、三成の挙兵は誰にも知られてはならん。何事もなかったように、粛々と出陣の仕度を整えよ」

　家康は爪を噛みながら、今後の方策を思案した。

　下野小山《おやま》辺りまで進軍する頃には、参陣した諸大名も上方の変事を知るだろう。そこで軍議を開き、三成に付くか家康に付くかを迫る。三成嫌いで知られる福島正則、黒田《くろだ》長政《ながまさ》あたりなら、真っ先に自分に付くことを宣言するだろう。

「福島、黒田に根回しをしておけ。会津征伐の軍を石田討伐軍に変えられるか否かは、あの二人にかかっておる」

「承知いたしました。して、その後はいかがなさいます？」

「上杉の押さえには、秀康《ひでやす》に二万程度を付けて残す。わしは、まずは江戸へ戻って情勢を見極めつつ、治部めに応じた者たちに内応を促して切り崩す」

　次男の結城秀康は、息子たちの中で最も勇猛だった。上杉の押さえという難しい役目も、しかと果たすだろう。

「内応工作の目途《めど》がついたら西上し、治部めに決戦を挑む。そこから先がどう転ぶかは、天のみぞ知るといったところだ」

「まずは、妥当なところでございましょう」

正信の口元に浮かぶ微笑に、家康は眉を顰めた。

「そなたまさか、治部めの挙兵を予期しながら、わしに黙っておったのではあるまいな」

「はて。これしきのこと、殿ならばとうに読んでおったかと思いましたがな」

悪びれることなく、正信は答える。

「いずれにせよ、殿は天下人となられる宿命を負うておられるのでしょう」

軽く舌打ちし、家康は思案に戻った。

天下など欲しくはない。しかし、戦わなければ徳川家は滅びる。信康の死も、無意味なものとなる。

それだけは、肯んじることはできない。

五

昨夜から降り続いた雨はようやく止んだものの、家康の体は冷えきっていた。

慶長五年九月十五日払暁、美濃国関《せき》ヶ原《はら》は深い霧に包まれていた。ほんの数間先の相手の顔も見えない濃霧の中、十数万の軍勢が発する音と気配が伝わってくる。

桃配山《ももくばりやま》の本陣で床几に腰を据えたまま、家康はしきりに親指の爪を噛んだ。

後の世の人は、この戦を天下分け目の戦いと称するだろう。家康自身、久方ぶりの大戦である。

想像したよりも、血の昂ぶりは感じなかった。敗ければ、徳川の家は滅びる。しかし勝ったとしても、手に入るのは望みもしない天下人の座だ。武人として長く生きてきたが、これほど不本意な戦はなかった。

地形だけを見れば、家康率いる東軍にとって、この関ヶ原はまさに死地だった。前方には三成ら西軍の布陣する笹尾山《ささおやま》、天満山《てんまやま》、松尾山《まつおやま》が北から南へ連なり、背後の南宮山《なんぐうさん》には西軍の毛利、吉川《きっかわ》、長宗我部らが陣取っている。

だが、南宮山の吉川広家《ひろいえ》、松尾山の小早川秀秋《こばやかわひであき》はすでに、家康の内応工作に応じていた。地形的には死地であっても、西軍主力の右翼に位置する小早川隊が寝返って敵の側面を衝けば、この戦は勝てる。そう踏んで、家康は関ヶ原まで軍を進めた。

しかし主戦場の形勢次第では、彼らは約束などいとも容易く反古《ほご》にし、嬉々として家康の首を獲りにくるだろう。前後から挟撃を受けることになれば、敗北は必至。家康は生きて関ヶ原を出ることもかなわない。正面きっての野戦を行う以上、賭けの要素は排除できなかった。

不安要素はもう一つあった。東山道《とうさんどう》を進軍中の三男秀忠《ひでただ》率いる別働隊が、いまだ到着していないのだ。

秀忠には三万八千の徳川軍主力を預け、補佐役として本多正信を付けたものの、真田昌幸の籠もる信濃上田《うえだ》城攻略に手間取り、貴重な時を空費していた。結果、家康は福島正則や黒田長政ら、外様《とざま》の軍を主力として決戦に挑まざるを得なくなっている。

一向に晴れる気配のない霧を、どれほどの間睨んでいたのか。不意に前方から、鉄砲の筒音《つつおと》が響いた。

「とうとうはじまりましたな、殿」

近侍する正信の息子、正純《まさずみ》が緊張の面持ちで言った。

さて、どうなることやら。どこか投げやりな心持ちのまま、家康は徳川本隊の将兵に鬨の声を上げさせた。方々で法螺貝の音が響き、喊声が湧き起こる。

開戦から一刻。一進一退を繰り返していた両軍だが、次第に形勢は西軍有利へと傾いていた。しかも、ほぼ全軍を投入している東軍に対し、西軍でまともに戦っているのは石田、小西《こにし》、宇喜多、大谷《おおたに》ら三万程度。小早川、吉川、島津《しまづ》らは参戦することなく、様子見を続けている。時を経るにつれ、家康の不安と焦燥は抑えがたいものになっていた。

「何たるざまじゃ」

吏僚《りりょう》としては有能だが戦下手《いくさべた》。三成に対するその評価を、家康は改めざるを得なかった。

家康は戦場に目を凝らした。先鋒の福島正則隊は宇喜多隊に押されまくり、三成本隊と向き合う黒田長政、細川忠興らの隊は、石田隊先鋒の島左近《しまさこん》にいいように翻弄されている。他の戦線でも、東軍は劣勢どころか、敗色濃厚だった。

「小早川の小倅はどうした。いつになれば、西軍に攻めかかるのだ」

南西の松尾山を睨み、家康は呻いた。小早川の陣は静謐を保ったまま、動く気配がない。

「おのれ、小倅めにたばかられたか」

本来なら、小早川隊は開戦直後に寝返り、西軍の側背を衝くはずだった。それが今になっても動かないのは、秀秋が自分と三成を天秤《てんびん》にかけているからに違いない。

やがて、笹尾山の三成本陣から狼煙《のろし》が上がった。小早川、毛利らに参戦を促す合図だろう。

これに両隊が応じれば、味方は間違いなく壊滅する。自分はこの地に屍《しかばね》を晒し、徳川の家は滅びることになるのだ。

ここは一旦、退くか。そんな考えが脳裏をよぎった。南宮山の北を一目散に駆け抜け、赤坂か岐阜まで退く。その後、秀忠の別働隊と合流すれば、形勢逆転は不可能ではない。

だが敵を前にしての撤退は、相当な犠牲を覚悟しなければならない。前線の福島や黒田、細川らはもとより、徳川家臣の多くも命を落とすことになる。運が悪ければ、家康自身が討死する恐れさえあった。

退くか、とどまるか。答えが出せないまま、家康は爪を噛み続けた。

「ここに息子さえおれば、かような情けない戦をせずともすんだものを」

家康の呟きを耳にした正純が答えた。

「秀忠様は今、美濃へ向けて駆けておりましょう。すでに間近まで来ておられるかと」

「たわけ、気休めを申すな。それに息子とは、秀忠などのことではないわ」

信康さえいてくれれば、三成など容易く蹴散らせた。いや、こうなる以前に徳川家を天下へ押し上げていたはずだ。

ふと、家康は顔を上げた。今日は、九月十五日か。まさか、こんなことを忘れていたとは。

信康が自刃して果てたのは、二十一年前の今日のことだった。息子の死を聞かされた時の、狂おしいほどの痛み。そして、自分自身への憎悪。まるで昨日のことのように蘇ってくる。

最愛の息子を死に追いやってまで守った徳川の家を、潰すわけにはいかない。

家康は決意した。このまま戦ったところで、敗色は覆し難い。ならばいかなる犠牲を払ってでも関ヶ原から脱出し、秀忠と合流した上で再戦を挑む。徳川の家を保つ最も確実な方法はそれだけだ。最悪の場合でも、自分が腹を切ることで和睦に持ち込むという術がある。二百五十万石はその大半を失うだろうが、家が滅びるよりはましだ。

床几から立ち上がり、退却を下知しようとしたその時だった。

本陣に、とうに晴れたはずの霧が立ち込めはじめている。それは見る見るうちに濃さを増し、瞬く間に視界を塞いでいった。

「何事だ。誰か、返事をせよ」

何人かの近習の名を呼んだが、答えはない。気づけば、まるで霧が壁になっているかのように、あれほど激しかった喊声や筒音が消えている。

これは何だ。わしは、夢でも見ておるのか。静寂の中、家康は己の目と耳を疑う。

目を凝らすと、霧の中にうっすらと人影が浮かんでいた。本陣にいた近習の誰かだろう。思ったが、身にまとっているのは具足ではない。

咄嗟《とっさ》に、刀の柄に手をかけた。影は次第に濃さを増し、墨染の法衣をまとったその顔までがはっきりと見て取れる。

「貴様か」

天海。色の違う二つの目が、こちらを見据えている。

「何故ここにいる。よもや、ひそかに我が軍に紛れ込んでいたわけでもあるまい」

やはり、物の怪の類か。鯉口を切り、抜き打ちの構えを取る。

「ここまで来て、逃げられるおつもりか」

「なに？」

「己が野心から目を背け、自身の臆病さを我が子のためと言い繕《つくろ》い、また逃げ出すおつもりか」

「黙れ、化け物が」

一歩踏み込み、斬撃を見舞う。だが刃は空を切り、天海の姿は掻き消えた。

「己の裡なる声に、耳を傾けられよ」

背後から、声が響いた。

「思い出すのじゃ。若かりし頃に抱いた志を。これまでの生涯で味わってきた屈辱を。己の、真の望みを」

志。確かに、そんなものを抱いたこともある。政略の具としてたらい回しにされ、貧窮に喘ぐ家臣や民を救うこともできない己を呪い、いつか豊かな国を築くと己に誓った。いつの日か日ノ本全土を平定し、弱き者が強き者に踏みつけられることのない世を創るのだと。

しかし、今川の支配から独立したところで、織田家の事実上の家臣という立場は変わらない。それでも家康は志を捨てることができず、見果てぬ夢を追って足掻き続けた。そしてそれが、二十一年前の事件に繋がる。

信康は実際、武田勝頼《かつより》と通じていた。いや、通じていたのは信康本人ではない。家康は武田と手を組むことで、伸長著しい織田家の打倒を画策していたのだ。信康と築山御前は、その連絡役となっていたにすぎない。

武田を皮切りに上杉、毛利、本願寺とも結び、家康が信長の油断を衝いて兵を挙げれば、織田家打倒は不可能ではない。信長を倒し、自らが取って代わる。その甘美な想像に、家康は恍惚《こうこつ》を覚えた。

しかし、信長は甘くはなかった。妻子を失い、武人としての矜持さえもずたずたに引き裂かれた家康は、長く胸に秘めてきた志を捨て、抜け殻として生きるしかなかった。

「わしはあの日、すべての望みを捨てた。後悔などしておらん」

抉《えぐ》られた古傷の痛みに、家康は喚いた。刀を振り回すが、天海に届くことはない。

「目を背けるな。背ければ、徳川の家は滅ぶ」

二度、三度と同じ文言を繰り返し、天海の姿は霧の中へと溶けていった。

「いかがなされました……殿……殿！」

正純の声。気づけば霧は晴れ、戦場の喧噪も戻っている。白昼夢を見ていたのか。だが夢にしては、すべてが生々しすぎた。

家康は、幻の中で聞いた声を振り返った。野心。臆病さ。志。己の真の望み。それらの言葉は、はっきりとこの耳に残っている。

不意に、腹の底から笑いが込み上げてきた。唖然とする近習たちの視線を浴びながら、家康は声を放って笑う。

臆病か。確かにその通りだ。身に余る野心を抱きながら、怯懦《きょうだ》のゆえに一歩踏み出すことを避ける。そしてそれを、信康のせいにしてきた。これまで幾度となく己を偽り、己の真の望みから目を背けてきたのだ。

たとえ夢であったとしても、天海の言葉に間違いはない。いや、あれは夢の中で天海の口を借りた、家康自身の言葉だったに違いない。

笑いを収め、家康は陣幕をくぐる。戦場を見渡すと、刀の切っ先を前方へ向けた。

「これより、本陣を前に進める」

「殿、それはあまりに……」

「小早川の陣に向け、鉄砲を放て。三成もろとも、あの小倅を冥途《めいど》に送ってやるのだ」

家康の覇気が伝わったのか、近習たちが覚悟を決めた顔つきで頷く。

長く、己の心に枷《かせ》を嵌《は》めて生きてきた。一度くらいはその枷を外してみるのも悪くはない。

赦《ゆる》してくれ、信康。これがわしの、最後の我儘《わがまま》だ。たとえここで果てたとしても、三成と秀秋は道連れにしてやる。彼奴《きゃっ》らの首を肴に、父子で久しぶりに盃を交わそうではないか。

自然と湧き起こった鬨の声を聞きながら、家康は一歩を踏み出した。

六

元和《げんな》二年四月。大御所《おおごしょ》徳川家康は隠居所の駿府城で床に就いていた。

家康は七十五歳になっていた。今年の正月、鷹狩《たかが》りの途中で倒れて以来、頰はこけ、足は萎え、何度か血を吐いた。腹にできたしこりは、指の先で触れればわかるほど大きくなっている。

恐らく、もう二度と立ち上がることはできまい。自らも医術を学び、数多の医書を読み漁《あさ》ってきた家康は、自身の病状を正しく把握していた。

今日は腹の痛みはなく、気分も悪くない。襖《ふすま》を開け放し、射し込む陽光の心地よさを味わうこともできている。すっかり衰えたこの目にも、庭から見える富士の威容はしっかりと映っていた。

この数日そうしてきたように、家康は苦難に満ちた己の生涯を振り返った。

関ヶ原の戦で薄氷の勝利を得た家康は、朝廷から征夷大将軍に任じられ、間もなくその座を秀忠に譲り駿府へと移った。幕政は新将軍秀忠と、それを補佐する正信らに任せ、自身は悠々自適の隠居暮らしをまっとうするつもりだった。

「秀吉殿には、申し訳なきことをした」

廊下に控える近習にも届かぬ声で、家康は慨嘆する。

関ヶ原合戦後、六十五万石の一大名に転落した豊臣家は、もはや脅威とは言えない。豊臣家は旧主として敬いつつ、天下の実権は徳川家が握る。これで、彼岸の秀吉も満足することだろう。

だが、火種は思わぬところから現れた。二代将軍・秀忠である。豊臣家に再興させた方《ほう》広寺《こうじ》に刻まれた鐘銘《しょうめい》をきっかけに、秀頼と茶々を討つべきだと言い出したのだ。

「大坂を落とし、茶々と秀頼を討ち果たさぬ限り、天下に真の泰平は訪れませぬ」

そう主張する秀忠は、三十代半ばの働き盛り。すでに十年近く将軍の座にあり、地味ながらも統治の実績を築き上げている。その現将軍のたっての意向を拒むことは、いかに大御所家康とてできはしない。加えて、茶々は幕府との対決姿勢を鮮明にし、牢人《ろうにん》を集め諸大名に決起を呼びかけることまでした。こうなった以上、戦は避けようがなかった。

しかし、戦下手の秀忠に指揮を執らせるのは危険だった。戦場で何が起こるかわからない。万が一にも敗れれば、幕府は瓦解し、戦国乱世の再来となる恐れさえある。

やむなく、家康は老軀《ろうく》に鞭打って自ら出陣し、二度にわたって大坂を攻めた。真田信繁《のぶしげ》の捨て身の突撃で本陣を崩されかけはしたものの、家康が恥も外聞もかなぐり捨てて逃げたことで、豊臣方の命運は決する。信繁が奮戦の後に討死すると、家康の謀略で内堀まで埋められた大坂城にはすでに、押し寄せる幕府軍を防ぐ術はなかった。

慶長二十年五月八日、大坂落城。茶々、秀頼はともに自害。秀頼の遺児・国松《くにまつ》もほどなくして捕らえられ、処刑された。

炎に包まれる大坂城の天守を眺めながら家康の胸に去来したのは、秀吉への後ろめたさと虚しさだった。秀吉が抱いた夢の象徴とも言える巨城は、跡形もなく焼け落ちた。次は、自分が築いた江戸城かもしれない。

「秀忠。そなたに話しておかねばならぬことがある」

大坂落城を見届けた翌日、家康は息子を呼び、余人を交えず海と山の伝説を語った。秀忠は戸惑いながらも、神妙な様子で聞き入っていた。

「ゆえに、江《ごう》とそれがしは反りが合わず、子もできなかったと仰せですか」

家康は頷く。海族と山族の間に、子が生まれることはない。秀吉に伝説を語った古老は、確かにそう語ったのだという。

秀忠の正室は、茶々の妹・江だった。秀頼に嫁いだ千姫《せんひめ》、嫡男の竹千代《たけちよ》をはじめ、秀忠と江の間に生まれたとされる子は、すべて妾腹である。その事実を知る者は、天下に指折り数えるほどしかいない。

「よいな。このことは、徳川将軍家の秘中の秘といたせ。蒼き目を持つ者は、徳川に仇なす存在ぞ」

「承知いたしました」

伝えるべきは伝えた。信じるか否かは、秀忠次第だ。

これで、戦国と呼ばれた時代は終わった。欲しくて獲った天下ではない。だが、ようやく終わった乱世だ。出来得ることなら、末永く続いてほしいものだった。

「大御所様。天海僧正《そうじょう》がまいられました」

近習の声に、家康は「通せ」とだけ応えた。

天海は関ヶ原の後、幕政に深く関与していた。江戸城や城下の町造りにも関わり、その手腕をふるっている。そしてこの僧は、知識と教養のみならず、政や謀《はかりごと》の才まで持ち合わせていた。方広寺の鐘銘を利用するよう秀忠に進言したのは、天海だという噂もある。

現れた天海を、家康は横になったまま手招いた。

「挨拶はよい。近う」

「ははっ」

はじめて会った時から、天海は歳を取ったようには見えない。幕臣の中には、天海を〝怪僧〟と呼んで忌避する者もいるという。

「わかっておろうが、わしの死期は近い。そなたが何者なのか、そろそろ教えてはくれぬかのう。返答次第では、隣室の武者どもにそなたを斬るよう命じねばならん」

天海と出会って十五年。機会はいくらでもあったはずが、なぜか今の今まで聞きそびれていた。惜しい人材ではあるが、もしも徳川の世に害を為すようなことがあれば、生かしておくわけにはいかない。

「ご安堵くだされ。我らに、徳川の世を覆すような力などありはしませぬ」

　こちらの頭の中を覗いたかのように、天海は否定した。

　家康は驚かなかった。死を間近に控えたからか、目の前に座るこの老僧が人智の及ばぬ存在であることを、家康は自然と受け入れている。

「我らの役目は、見届けること。まあ、〝時を担う者〟があまりにも動かぬ時には、少しばかり背中を押すような真似をすることもありますが」

「時を担う者、とは……」

「人と人とは相争うもの。対立がなくなれば、世は立ち行きますまい。しかし争いばかりが続けば世は荒れ果て、それはそれで立ち行かない。ゆえに、秩序を築く者が必要となる」

「それが、わしや頼朝公、尊氏公であったというわけか。信長殿や秀吉殿も、その役割を担っておったのか」

　否定も肯定もせず、天海は続ける。

「この国は、百年以上の長きにわたって争いを繰り返してまいりました。次は、争いの少ない穏やかな世を。〝時〟は、そう望んでおりまする」

時。時代、ということか。あるいは、歴史そのものなのかもしれない。だが、歴史が意思を持つなどということがあるのか。

「意思というのは正しくありますまい。歴史とは、人を含めた森羅万象《しんらばんしょう》が織り成すべての営み。されど、ある程度の流れというものもございます。たとえば、戦乱の世が長く続けば、次には泰平の世が訪れる、というように。戦乱と泰平。混沌と秩序。それらは渦を巻き、螺旋となって繰り返されるのです」

そういえば、家康と秀忠が天海の考えを採り入れて築いた江戸城と城下町は、上から見れば「の」の字を描くように造られている。風水だの龍脈《りゅうみゃく》だのと天海は説明していたが、見ようによっては渦巻きに見えなくもない。

「そなた、先に〝我ら〟と申したが、そなたのような者は、他にもおるのか？」

「いつの世にも、〝我ら〟はおりまする。文字さえないはるかな過去にも、数百年先の遠き未来にも」

数百年か。何でもないことのように口にする天海に、家康は苦笑した。その頃には、徳川の幕府などありはしないだろう。しかし天海のような存在がいるということは、対立は続くということを意味する。

それはそれで、致し方あるまい。それが人の営み、歴史というものだ。

「天海よ。あと一つ、教えてはくれぬか」

「何なりと」

「わしにはもう、為すべきことは残っておらんのだな？」

「はい。大御所様はこれまで、重き荷を負いて、遠き道を歩んでこられました。されども う、背負うべき荷はございませぬ。ゆるりとお休みくだされ」

家康は、深く安堵の息を吐いた。

「螺旋、か」

この泰平の世が、いつまで続くのかはわからない。海と山の対立も、終わることはないのだろう。いつの日か、江戸城は蒼い目を持つ者に攻め落とされるのかもしれない。その時が一日でも遠くなることを祈るしか、自分にできることはなかった。

歴史の流れなどという大きな視野を持つことは、凡愚にすぎない自分にはかなわなかった。

しかし、戦国の世を終わらせ、天下が泰平へと移る端緒は開くことができた。息子に腹を切らせて家を保った愚物にしては、上出来ではないか。

「ざっと、済みたり」

呟き、目を閉じた家康を、死が包み込む。

それは思いのほか柔らかく、温かなものだった。

幕末維新の巻

夜明けまでそれほど時はあるまいと、男は思った。

日が昇れば、敵の攻撃が再開される。それを防ぐ術が、味方にはもう残されていない。

自分も、自分に従った者たちもことごとく戦死し、この不毛な戦争は終わる。

だがその前に、知りたいことが多くある。

「徳川が山の一族であることはわかった。海の一族を政から排することで、二百五十年に及ぶ泰平を保ってきたのであろう。だが、結局のところ幕府は滅びる。そこにはやはり、そなたたちが関わっていたのか？」

数拍の沈黙の後、〝声〟は再び語りはじめた。

九　蒼き瞳の亡者

一

昏い海を思わせる双眸が、格之助《かくのすけ》を見据えていた。

切れ長の目に蒼い瞳、大振りな鼻と口。知性を感じさせる秀でた額は今、怒りで赤く染まっている。

「聞いておるのか、格之助」

低い声で、養父が言う。常は甲高い声が低くなるのは、怒りが爆発する前兆だった。

「はっ。この書状、確かに跡部《あとべ》様へお届けいたします」

〝上〟と記した書状を箱に戻し、格之助は蓋を閉めた。

「大坂の民を救うにはもはや、ここに認めた策しかない。早急に手を打たねば、取り返しのつかぬ事態になるやもしれぬ。そこのところ、跡部殿によくよく申し伝えるのだ」

「委細、承知いたしました」

「そもそも、隠退した与力《よりき》にすぎぬこのわしが献策せねばならぬということ自体、おかしな話ではないか。この書状に書いた策など、為政者たるものならば当然、とうに実行しておらねばならん。それを、今の今まで無為無策でおったということが、彼の者がいかに無能で怠慢かという証左ぞ」

養父の舌鋒《ぜっぽう》は鋭く、とどまるところを知らない。これは長くなりそうだと、格之助は覚悟を決めた。

「では、行ってまいる」

妻のみねに告げ、格之助は屋敷を出た。

昼日中にもかかわらず、大坂の町はかつての賑わいが嘘のように静まり返っていた。

まだ十月に入ったばかりだというのに、小雪が舞っていた。海から吹き付ける風は身を切るほど冷たく、日の光は消えかけた灯明のように弱々しい。

通りを行き交う人々の表情は暗く、物売りの声にも生気がない。辻々では物乞いが茣蓙《ござ》の上で震え、路地に視線を向ければ、力尽きたように膝を抱える貧民の姿が嫌でも目につく。

餓死する者は、大坂の町だけでも日に百人から百五十人。二百人を超える日も珍しくはない。窮した百姓がついに人の肉を食らったという話も、幾度となく耳にした。

誰もが飢え、その日を生き抜けるか否かもわからない。これが、〝天下の台所〟と呼ばれた大坂の今の姿だった。

だが、こうした惨状を呈しているのは、大坂だけではない。

三年前の大凶作以来、全国で飢饉が続いていた。米価は際限なく上がり続け、諸国で一揆や打ち壊しが頻発している。昨年に甲斐国で起こった一揆では騒乱が国中に拡大し、幕府が近隣諸藩に出兵を命じるほどの事態にいたった。凶作が最も深刻な奥羽では、すでに十万人以上が餓死したとも言われている。

乳飲み子を抱いた物乞いの女に小銭を恵み、格之助は町奉行所へと向かう。

御用部屋を訪ねると、大坂東町奉行・跡部山城守《やましろのかみ》は書類の決裁をしているところだった。

格之助は決裁が終わるのを、部屋の隅に控えて待つ。

「大塩《おおしお》か。何用じゃ」

ようやく格之助に向き直った跡部が、大儀そうに訊ねた。

跡部は、七月に和泉国堺《いずみのくにさかい》奉行から栄転してきた。しかし、この九月に退任した西町奉行・矢部《やべ》駿河守《するがのかみ》と比べれば、その手腕も人望も天と地ほどの開きがある。

着任からまだ三月だが、跡部の尊大さと配下を虫けらのごとく扱う人となりは、すでに一部の与力たちから忌み嫌われている。しかし、老中《ろうじゅう》・水野《みずの》忠邦《ただくに》の実弟である跡部に阿《おもね》る者たちも少なくはなかった。

「これを」

格之助は養父から預かった書状を差し出した。

「我が養父大塩平八郎《へいはちろう》より、是非ともご披見賜るようにと申しつかってまいりました」

跡部は平八郎の名を聞くと露骨に顔を顰め、無言のまま状箱を開いた。

平八郎の提言は三つ。町奉行が管理する官倉を開き、困窮者に安値で売ること。大坂市中の富裕な商人から金銀を供出させ、貧民に分け与えること。御救《おすく》い小屋を建て、病人や衰弱した者を収容し、養生させること。

平八郎が言うように、どれも取り立てて目新しいものではない。だが、跡部はその中の一つとして、実行に移す気配さえなかった。

書状を読み進めるうち、跡部は口元に冷ややかな笑みを浮かべた。

「隠居した元与力風情が、奉行たるこのわしに指図いたすとはな」

言うや、跡部は書状を畳の上に放り投げる。

「指図など、そのような……」

格之助は慌ててかぶりを振った。

「そなたの養父のことは耳にしておる。与力どもを集めては学問を講義いたし、奉行所のやり方に異を唱えることもしばしばあるそうだな。若い頃はずいぶんと功があったというが、今は一介の隠居にすぎぬ。出すぎた真似は控えることだ」

「しかしお奉行様、養父の民を思う心はまことのものにございます。何卒、その思いを汲んでいただきたく」

「思いだけで政ができると思うな。奉行所への批判は、ひいてはご公儀への批判となり、世の乱れの元ともなろう。徳川家あっての民ぞ。そこのところをはき違えるでない」

跡部は蝿《はえ》でも追い払うように手を振る。格之助は一礼し、退出するしかなかった。

「どうした、浮かない顔だな」

与力の溜まり部屋で嘆息を漏らしていると、同僚の松浦光三郎《まつうらこうざぶろう》が声をかけてきた。光三郎は二十六歳になる格之助より三つ年長で、養父の跡を継いで与力になった頃からの付き合いだ。幼い頃に患った疱瘡《ほうそう》で光を失ったという左目は、黒い眼帯で隠している。

「まあ、お前の浮かない顔はいつものことか」

「笑いごとじゃありませんよ。実は……」

事の顛末を話すと、光三郎はさらに声を上げて笑う。

「そりゃ、お奉行が怒るのも当然だ。着任早々、隠居の年寄りに意見されてはな」

「年寄りといっても、養父はまだ四十四ですよ」

「いくつだろうと、隠居に変わりはあるまい。ましてや、お奉行はあのご気性だ。下からの意見など、取り上げるはずがなかろう」

「しかし、民が米を口にできるよう取り計らうのは喫緊《きっきん》の課題でしょう。今も、大坂の民は飢えて死んでいっているのですよ」

「だからといって、いくら正論を並べ立てたところで政を動かすことはできん。世の中は、道理だけで回っているわけではないからな」

「それはそうですが、このままでは、大坂でも甲州《こうしゅう》のような騒動が起こりかねません」

「その時のために、洗心洞《せんしんどう》で武芸の鍛錬も始めたのだろう？」

洗心洞とは、養父が自邸で開いている学問塾の名だった。

元々は陽明学《ようめいがく》を講じるのが主だったが、養父は一月ほど前から「大坂で一揆が起きた場合に鎮圧の先駆けとなるため」と称し、武具や火薬、大砲までを買い入れて門弟たちに砲術を学ばせている。

「お前は少し、物事を難しく考えすぎる。どうだ。今夜あたり、酒でも」

この時世でも、酒はあるところにはある。蛇《じゃ》の道は蛇《へび》、というやつだろう。

「せっかくですが、今日のところは」

「そうか。まあ、あまり深く考え詰めないことだ。世の中は、なるようにしかならん」

光三郎は格之助の肩をぽんと叩き、出かけていった。

定町廻《じょうまちまわ》りの光三郎が外でどれほど熱心に仕事をしているのか、格之助は知らない。少なくとも、これまで目立った手柄を立てたことはなかった。それでも上役から叱責されることもなく、同僚たちからも好かれているのは、この男の人徳というものだろう。

あんなふうにうまく世渡りができればと思うと、自然とまた溜め息が漏れた。

まずは、養父にどう報告したものか考えなければならない。

「徳川家あっての民。跡部は、確かにそう言ったのだな？」

「はい。間違いございませぬ」

格之助が答えると、平八郎は腕組みしたまま黙考を始めた。

跡部の答えを伝えても、養父は格之助が覚悟したほど激昂《げっこう》はしなかった。恐らく、建言が容れられないことは平八郎自身も承知していたのだろう。

「わかった。下がって休むがよい」

ほっと胸を撫で下ろし、一礼して退出する。

自室に戻り、みねに運ばせた夕餉《ゆうげ》の薄い粥を啜った。平八郎が私財を投じて大砲だの火薬だのを買い入れたため、大塩家の台所事情は逼迫《ひっぱく》している。だが、この家の誰にも、平八郎のやることに異議を唱えることはできない。

取り立てて有能というわけでもない格之助が、与力として奉行所でも一目置かれているのは、すべて養父・平八郎のおかげだった。

平八郎は若い頃から肺患に悩まされ、四十を過ぎるまで妻帯しなかった。そのため実子に恵まれず、格之助の祖母の生家である西田《にしだ》家から格之助を養子として迎えたのだ。妻のみねも大塩家の遠縁で、同じく平八郎の養女となっている。

大塩家と西田家は屋敷も隣り合っているため、格之助は幼い頃から平八郎を知っていた。与力としては優秀だが、厳格で気短、些細《ささい》なことで同僚や配下を怒鳴りつけることもあるという。そして何よりあの蒼い瞳が、子供心に恐ろしくて仕方なかった。

武家に生まれた以上、養子縁組を断ることなどできはしない。ましてや、大塩家は西田家よりもはるかに格上なのだ。養子の話が持ち上がった時、格之助の実父は涙ながらに「平八郎殿を実の父と思い、しかと孝行いたせ」と何度も繰り返した。

あれから三年以上経つが、平八郎が跡取りに求めるものは多く、格之助は毎日のように叱責を浴びている。

もともと、学問が得意なわけでも、武芸に秀でているわけでもない。今年、みねとの間に息子の弓太郎《ゆみたろう》が生まれたものの、平八郎はいまだに、格之助を一人前と認めてはいなかった。

養子入りしてからというもの、大塩家での暮らしは牢獄《ろうごく》にも似たものだった。女遊びや博打は無論のこと、酒に酔うことすら許されない。勤めを終えて帰れば養父から学問の講義を受け、非番の日も洗心洞の手伝いに追われる。

これからずっと、こんな日々が続くのか。そう思うと時折、何もかも投げ出してしまいたくなる。

いっそ武士など捨て、養父と離縁して妻子とともに百姓にでもなるか。だがこの飢饉では、百姓になったところで生きていけるはずもない。いつか養父に認められるその日まで、耐え続けるしかなかった。

大根の漬物を口に放り込み、残った粥を掻き込む。空腹はまるで満たされなかった。

二

「たまには付き合えよ。奢《おご》ってやるから」

松浦光三郎がそう言って格之助を連れていったのは、道頓堀《どうとんぼり》沿いの繁華な通りだった。

養父は所用で出かけ、帰りも遅くなるということだったので、誘いに乗ることにした。時には積もった鬱憤《うっぷん》を吐き出すことも必要だろう。

あと十日もすれば、年が改まる。だが、大坂の町にはやはり、師走らしい活気はない。年の瀬になって米価はさらに高騰《こうとう》し、京や奈良でも多数の餓死者が出ているという。そんな中でも、跡部山城守は米価引き下げに消極的で、売り惜しみする米商人を罰しようともしていない。

光三郎が足を止めたのは、数年前に店開きした有名な料理屋の前だった。その店構えに、格之助は思わず尻込みする。

「大丈夫ですか、こんな高そうな店」

「まあ任せとけよ」

大方、博打にでも勝ったのだろう。気にせず、光三郎の後に続いて暖簾《のれん》をくぐった。

身なりを見る限り、客のほとんどはそれなりの身分の武士と、裕福な町人たちだろう。

店内の生け簀《す》にいるのは、鯛や鮑《あわび》といった高級なものばかりだ。

「それにしても、ずいぶんと繁盛していますね」

大坂の飯屋は江戸と違い、武士も町人も同席できる。だがそれを差し引いても、なかなかの賑わいだった。

「銭も食い物も、あるところにはあるもんだ。もっとも、それを下々の者にまで行き渡らせるか、金持ち連中の間だけで回すかは、お上の決めることだがな」

皮肉めいた軽口を叩き、光三郎は次々に酒と料理を注文していく。

運ばれた酒は上等なもので、料理はどれも目を剝くほどの美味《うま》さだった。

「ところで最近、面白い噂を仕入れたんだが」

「噂というと？」

「お前の御養父上《おちちうえ》の話さ」

光三郎が言うには、平八郎は昨年、幕府から江戸へ出仕する意思があるかどうかを問われたらしい。幕府は、隠退した与力にすぎない平八郎を、幕閣に迎えようとしていたというのだ。

何でも、かつて大坂西町奉行を務めていた人物が、老中・大久保《おおくぼ》加賀守《かがのかみ》の側近として重く用いられ、平八郎を推挙したということらしい。

はじめて聞く話だった。だが、思い当たる節はある。昨年の春から夏にかけて、養父はどこか落ち着かない様子で、自分宛ての書状が来ていないか毎日のように訊ねていた。

「では、養父がいまだに江戸へ迎えられないのは……」

「そうだ。平八郎殿が出仕の話を待ちわびている頃に起こったのが、あの一心寺《いっしんじ》の事件だ」

徳川家との繋がりが深い一心寺の住職が、境内に家康の廟《びょう》を建てて参拝客を増やそうと目論み、町奉行所の与力数名に賄賂《わいろ》を贈ったのだ。これが幕府の寺社奉行に露見し、当時の東町奉行は解任、収賄を行った与力も処罰される。そしてその中には、洗心洞の門弟も含まれていた。

「幕閣に迎えようという人物の弟子が、賂を受け取って処罰されたとあっては、話が進むはずもない。平八郎殿の出仕は立ち消えになった」

思えば、一心寺の事件が発覚した時の養父の怒りようは、尋常なものではなかった。その時は、謹厳《きんげん》な養父が弟子の不行跡《ふぎょうせき》に激怒しているのだと思っていたが、自らの出世話が帳消しになった怒りも含まれていたのだろうか。

「面白いのはここからだ。実はな、平八郎殿が幕閣に取り立てられなかったのには、どうやら別な理由があるんじゃないかと俺は睨んでいる」

燗酒《かんざけ》を口に含み、光三郎は続けた。

「海族、山族の話、聞いたことはあるか？」

何の話をされているのかわからず、格之助はかぶりを振る。

「なんでも、この国には神代《かみよ》の昔から海の一族、山の一族と呼ばれる者たちがいるそうだ。そしてその二つの一族は争いを繰り返し、代わる代わる日ノ本を治めている。平氏は海、源氏は山。織田は海、明智は山、といった具合にな。それで、徳川将軍家は山の一族ということらしい」

「眉唾《まゆつば》ものですね。どうせ、どこかの読本《よみほん》作者の与太話でしょう」

「巷じゃ、そこそこ知られた話だぞ。その二つの一族について書かれた書物はすぐに発禁になるそうだが、好事家《こうずか》たちの間では出回っていてな。嘘かまことか、上田《うえだ》秋成《あきなり》や曲亭《きょくてい》馬琴《ばきん》も二つの一族を題材にした読本を書いたが、結局世間には出回らなかったって話だ」

大塩家に養子入りして以来、読本や黄表紙《きびょうし》の類などまったく読んでいない。秋成も馬琴も、名を知っている程度だ。

「それで、その胡散臭《うさんくさ》い話と養父にどう関係が？」

「鈍い奴だな。平八郎殿が海の一族だから、幕閣に取り立てられなかったということだ。

さっきも言ったように、徳川家は山の一族だ。どれほど優れていようと、政の中枢に入れるはずがない。海の一族は重用すべからず。神君《しんくん》家康公が、そう遺言したなんて話もあるくらいだ」

光三郎曰《いわ》く、天草四郎《あまくさしろう》の叛乱が徹底的に叩き潰されたのも、松の廊下の刃傷《にんじょう》沙汰《ざた》で浅《あさ》野《の》内匠頭《たくみのかみ》だけが切腹させられたのも、田沼意次《たぬまおきつぐ》の幕政改革が妨害を受けて頓挫《とんざ》したのも、すべて彼らが海の一族だったかららしい。

「待ってください。養父が海の一族というのは、何を証拠に？」

「海の者は蒼い目を、山の者は大きな耳を持つ。それが、海か山かの見分け方らしい。両方とも、お前の身近にいるだろう？」

確かに、平八郎のように蒼い目をした者は、他に見たことがなかった。そして、跡部山城守は耳が大きい。この二人が互いを嫌い合っているのは事実だ。

だが、俄かに信じられるような話ではない。芝居や読本の種にはなるかもしれないが、この日ノ本の歴史がたった二つの一族に動かされているなどとは、とても思えなかった。単なる偶然だろう。平八郎と跡部の対立は、政策を巡ってのものだ。幕閣入りの話が沙汰止みになったのも、一心寺の事件以外に理由などあるまい。

「それよりも私は、養父のことが心配です」

「どうした？」

「このところ、何か思い詰めたような表情で、小言《こごと》も言わず、一日のほとんどを書斎に籠もって過ごしておられるのです」

「いいことじゃないか。何かにつけて叱り飛ばされると言って嘆いていただろう」

「笑い事じゃありませんよ。私は養父が何を考えているのかさっぱりわからず、家にいてもまるで落ち着かないんです」

「そうだな。放っておけば、そのうちとんでもないことをしでかすかもしれん」

「とんでもないこと？」

「この百年、いや二百年、誰もやろうとしなかったような、とてつもないことさ」

光三郎は隻眼《せきがん》を細めて笑い、ぬるくなった燗酒を呷った。格之助もつられて酒を口にする。最初は美味かったはずの酒が、今はまるで味がしなかった。

帰宅すると、今夜は遅くなるはずの平八郎に呼びつけられた。

「酒を呑んできたのか」

書斎を訪ねると、いきなり問われた。

「同僚と、いささか」

「まあよい」

意外にも、叱責の言葉はない。

「今宵、跡部山城守と会ってきた」

「お奉行様と？」

「さよう。そなたを介してでは埒が明かん。直接会って、大坂の民を救う策を伝えてまいったのだ」

「して、お奉行は何と？」

「聞く耳持たん。己が老中の弟であることを鼻にかけ、差し出がましい口を叩くなの一点張りよ。さらには、将軍宣下の式典のため、大坂の米を江戸へ送るなどとのたまいおった」

「何と。それでは、大坂の民が……」

信じられない失政だった。これが世間に知れれば、大規模な打ち壊しが起こりかねない。跡部の目には、民の困窮など映っていないとしか思えない。

「あ奴の頭にあるのは、己の立身出世のみじゃ。飢えた民を救おうなどとは、露ほども思うておらぬ」

平八郎は、文机に置かれた一枚の紙を手に取った。

「読んでみよ」

受け取り、びっしりと書かれた文字を読み進める。

やがて、格之助の両手は覚えず震えはじめた。奉行、あるいは大坂城代への建白書かと思ったが、宛てているのは摂津、河内、和泉、播磨といった大坂周辺諸国の村々だった。

打ち続く天変地異とそれによる民の困窮を嘆き、米価の高騰と江戸への回米を怒り、大坂の奉行以下諸役人を、道徳もなく得手勝手な政道を行う言語道断の輩とまで言い切っていた。

「養父上、これはまさか……」

格之助の目は、中ほどに記された一文に釘付けになった。

　もはや堪忍なり難く、有志の者と申し合わせ、諸役人をまず誅伐《ちゅうばつ》いたし、続いて驕に長じおる市中の金持ちどもを誅戮《ちゅうりく》申すべく候

「さよう。我ら洗心洞は、己が身を捨て、大義のために起つ」

それはまぎれもなく、挙兵の檄文《げきぶん》だった。

三

戦とはどういうものなのか、格之助には上手く想像することができない。

無論、講談や芝居、軍記物語などで見聞きし、幼い頃には戦ごっこに興じたこともある。

洗心洞でも、武芸の鍛錬は怠っていない。しかし、実際に鉄砲を撃ち合い、槍《やり》や刀で斬り結ぶようなことが自分の一生に起こるなどとは、考えたこともなかった。

この国で戦といえば、島原《しまばら》の乱が最後だった。それから二百年、一揆や打ち壊しはあっても、戦と呼べるような事件は一度も起こってはいない。刀は武士という身分の単なる象徴となり、真剣で斬り合ったことのある者さえほんの一握りだろう。武士を名乗りながら、戦を知る者など誰もいない。それが、今の世のもののふだった。

兵を挙げ、大坂の腐った役人と富裕な商人を討ち果たす。養父のその決意は、年が明けても揺らぐことはなかった。

平八郎は、年賀の挨拶に訪れた門弟たちの前で檄文を読み上げ、血判署名を迫った。元々が、平八郎の唱える武士のあり方、政のあり方に惹かれて集まった者たちだ。平八郎の熱意が乗り移ったかのように賛同の声が相次ぎ、全員が血判を捺《お》した。

それ以来、洗心洞には静かだが、異様なほどの熱気が立ち込めている。学問の講義にも砲術の訓練にも、誰もが血走った目で取り組んでいた。

だが洗心洞に漂う気配は、挙兵に向けた熱気だけではない。門弟たちの互いを見る目が、明らかに以前とは違う。

押し殺した不安と恐怖。あるいは、誰かが裏切り、密告に及ぶのではないかという疑心暗鬼。張り詰めた糸がいつ切れてもおかしくないように、格之助には思える。

格之助ら奉行所に勤める与力たちは、常と変わらず勤めに出ている。他の者たちもそれぞれの生業を続け、端から見れば普段と変わらないように努めていた。しかし、まとわりつくような嫌な空気は拭いようがない。

挙兵の準備は、着々と進んでいる。

ひそかに買い入れた大砲は四門に及び、その他の武具、火薬はかなりの量となった。門弟たちが手分けして刷った数百通の檄文を周辺の村々に届ける手筈も整っている。

大坂の町人を味方につけるため、洗心洞の蔵書千二百冊余を売り払って得た六百二十両を投じ、三日間にわたって貧民への炊き出しも行った。

決行は、二月十九日と決まっていた。

この日、新任の西町奉行・堀《ほり》伊賀守《いがのかみ》が跡部山城守とともに市中を巡見する。その行列を襲撃して堀、跡部の両奉行を殺害、さらに米商人の蔵から奪った米をばら撒いて味方を募り、大坂市中を制圧するというものだ。

平八郎はこうした計画を、門弟の誰に相談することもなく、すべて一人で決めていた。

決行の日が近づくにつれ、格之助の不安は膨れ上がっていく。挙兵に確実に加わる者は、せいぜい三十人程度だ。大坂市中や周辺の村々からどれほどの人数が馳せ参じるかは、今のところまったくわからない。

そもそも、平八郎は『救民』を旗印に兵を挙げると言っているが、最終的な目標がどこにあるのかは示していない。首尾よく大坂の町を制圧できたとしても、幕府の討伐軍がすぐに駆けつけてくるだろう。それにどう対処するつもりなのか。

考えれば考えるほど、この計画に成算があるとは思えない。行き着く先は磔《はりつけ》か打ち首、あるいは拷問《ごうもん》の末の獄死だろう。自分や平八郎だけならまだしも、累《るい》は妻子のみならず、格之助の実家にまで及ぶはずだ。

いっそ、逃げ出してしまおうか。妻と子を連れてどこか遠いところへ逃げれば。何度か考えたものの、決断しきれないうちに、平八郎はみねと弓太郎、そして屋敷に住まわせていた自身の妾を、大坂から遠く離れた縁戚の家に送り出していた。

加えて、他の門弟たちの視線を四六時中感じる。格之助の覚悟が定まりきっていないことを、周囲は見透かしているのだ。こうなっては逃げることもできない。腹を決めるしかなかった。

長崎に遊学中だった宇津木《うつぎ》矩之允《のりのすけ》が大坂へ戻ってきたのは、決行の数日前のことだった。彦根《ひこね》出身で二十九歳になる宇津木は、洗心洞の中でも一、二を争う優秀な門弟で、平八郎からは殊《こと》の外《ほか》かわいがられ、信頼されている。

宇津木がこの時期に大坂へ戻ったのは、格之助が密かに書状を送ったからだった。宇津木なら、平八郎を説得して計画を止めることができるのではないか。そう期待したのだ。宇津木が戻ったと聞くと、平八郎は上機嫌で招き入れ、檄文を披露した。集まった門弟たちが見守る中、無言のまま檄文を読み終えた宇津木が、静かに口を開く。

「先生。残念ですが、私はこれに血判を捺すことはできません」

　門弟たちがざわめき、平八郎のこめかみがびくりと震える。

「先生の民を思うお気持ちは、痛いほどわかります。されど、幕府に弓を引いて役人や富商を誅戮し、戦を起こす。それが陽明学の教えに適うとも、民を救うことになるとも、私には思えません」

「此度の目的は戦を起こすことではない。私利私欲に駆られた役人と商人どもを誅し、幕府の御政道をあるべき姿に正すことにある。わしはそなたに教えたはずじゃ。学を修め無私無欲の境地に至った者は、己を捨てて大義のための行いを為すべし。それこそ陽明学の教え、知行合一《ちこうごういつ》の精神ぞ」

「自らが御政道を正すに足る存在だという思いこそ、驕りでなくして何でありましょう。戦で迷惑を蒙《こうむ》るは、常に貧しき民。困窮に喘ぐ民を戦に駆り立て、大坂の町を戦場となすことを、私には肯んずることができません」

「戦がそれほど恐ろしいか。そなたは、それでも武士か！」

「民の安寧を守るため、命を懸けて戦う。その一事ゆえ、武士は民の作った米を税として取ることが許される。先生はかつて、そう仰せであったはず。世をいたずらに乱し、民の安寧を妨げる。かような者こそ、武士を名乗るべきではありますまい」

平八郎の蒼い目が、宇津木を見据えた。反論しようとするが言葉が出てこないのか、その唇は激しく震えている。

「そなたの存念はわかった」

平八郎がようやく、絞り出すように言った。

「だが、もはや後に引くことはできぬ。そなたは決行当日まで、この屋敷に留め置く。血判を捺す気になったなら、遠慮なく申すがよい」

平八郎は憤然と立ち上がり、講義部屋を出ていった。平八郎に命じられた数人の門弟が、罪人を引き立てるように宇津木を連れ出す。

講義部屋に、重苦しい沈黙が下りた。宇津木に呆気なく論破される姿を目の当たりにし、門弟たちは気まずそうに押し黙っている。

「先生が、間違っておられるはずがない」

誰かがぽつりと呟いた。

「先生は救民の大義のために起たれるのだ。我らの正しさを知れば、民は必ず後に続く」

「そうだ。御政道が間違っているのであれば、刀に訴えてこれを正す。それこそが武士たる者の務めではないか！」

つい先刻までの沈黙が嘘のように、次々と賛同の声が上がった。自分たちの言葉に酔い痴《し》れたのか、それとも不安や恐怖を勇ましい言葉で掻き消そうとしているのか。

いずれにせよ、格之助は次第に熱を帯びていく門弟たちに、言いようのない薄気味の悪さを感じていた。

四

東町奉行与力の瀬田済之助《せたせいのすけ》が屋敷に飛び込んできたのは、挙兵当日、二月十九日の明け五つ（午前七時）になろうとする頃のことだった。決行の時刻は昼七つ（午後四時）。門弟たちの多くはすでに、昨夜から洗心洞に泊まり込んでいる。

瀬田は血判にも署名している門弟の一人で、昨夜から泊まり番として同じく門弟の小《こ》泉渕次郎《いずみふちじろう》とともに東町奉行所に詰めていた。

息を切らして屋敷に駆け込んだ瀬田は、汗に濡れ、いくつかの傷を負っている。その様子を一目みただけで、ただならぬ事態が起こっているのが察せられた。

「企てが奉行所に露見いたし、小泉が斬られました。ここへもじきに、捕り方が殺到いたしますぞ！」

門弟たちの間に動揺が広がった。狼狽を露わに右往左往する者。疑いの目で周囲を見回す者。格之助の膝も震えていた。

「もはや猶予はない」

一同の目が、平八郎に向けられる。

「今こそ決起の時ぞ。全員、武具を身に着けよ。すべては、かねてからの手筈通りだ」

やるべきことを与えられた門弟たちが、一斉に動き出す。格之助も、鎖帷子《くさりかたびら》と鉢金《はちがね》を身に着け、壁に立てかけられた槍を手に取った。

「大《おお》井《い》」

平八郎が、古参の門弟に声をかけた。

「宇津木を斬れ」

「養父上、お待ちください！」

「狼狽《うろた》えるな、格之助。血判を捺さぬ者を、生かしておくわけにはいかん。大井、急ぐのだ」

「ははっ」

槍を手に、大井が駆け出した。追いかけようとした格之助の肩を、平八郎が摑む。

「腹を決めよ。相容れない者は、斬り捨ててでも前へ進む。これが戦というものだ」

納得しがたいものを抱えながら、格之助は養父の言葉に従う他なかった。

大塩一党は屋敷の塀を引き倒すと、向かいの朝岡助《あさおかすけ》之《の》丞《じょう》邸に大砲を撃ち込んだ。朝岡は町奉行所の与力で、かねてより豪商から賂を受け取っていたという。

平八郎はさらに自身の屋敷に火を放ち、『救民』と大書した旗を掲げ、天神橋筋《てんじんばしすじ》の長柄《ながら》町へ繰り出した。天神橋を通って淀川を渡り、東町奉行所を攻めるのが当初の予定だ。だが、橋はすでに落とされていた。迂回を余儀なくされた一党は天神橋筋を西へ進み、難波橋を目指す。

この頃には、檄文を受け取っていた者たちが方々から集まり、一党は三百人近くにまで膨れ上がっていた。鋤《すき》や鍬を手にした百姓、火縄銃を持った猟師、着の身着のままの貧民。腐った役人を殺せ。米商人どもを八つ裂きにしろ。口々に唱えるその目には一様に、憎悪の火が灯っている。

「見たか、格之助。虐げられた民の、公儀に対する憎しみを。この流れは渦となって広がり、大坂を、いや、国中を呑み込む」

熱に浮かされたように語る平八郎の口元には、歪な笑みが浮かんでいた。

やがてたどり着いたのは、船場《せんば》に建ち並ぶ豪商たちの屋敷だった。大砲が撃ち込まれ、門や塀が吹き飛ぶ。

「皆を苦しめてきた諸悪の根源はあれにある。打ち壊し、すべて奪い、焼き尽くせ」

獲物を見つけた獣のように、飢えた群衆が喚声を上げて飛び出していく。

商家の用心棒たちが立ち塞がるが、その勢いに気圧され、たちまち逃げ散っていった。

群衆は倉から米俵を引き出し、車に載せていく。あらかた奪い尽くすと、屋敷や倉に火がかけられた。

「養父上、火が大きくなりすぎます。大坂を焼け野原にするおつもりですか？」

「黙れ。これは戦だと言うたはず。火が拡がれば、敵は恐怖におののき、動きも鈍るというもの」

「しかし……」

「総大将はこのわしじゃ。そなたは、命じられたことだけこなしておればよい」

略奪と放火を繰り返しながら淀川を渡り、北浜《きたはま》へ出ると進路を東へ転じた。このまま進めば東町奉行所、さらには大坂城へ至る。

一党が放った火の手が拡がり、方々で鉦が打ち鳴らされていた。無関係な民が逃げ惑い、市中は大混乱に陥っている。燃え盛る炎に煽られるように、群衆の高揚は増していく。はじめて鎮圧の兵と遭遇したのは、高麗橋を渡り東へ進んでいる時だ。

主力は西町奉行所の与力と同心《どうしん》。率いるのは、奉行の堀伊賀守だった。人数は五十人程度だが、全員が武装し、鉄砲の数もこちらより多い。畳や米俵を積み上げて弾除《たまよ》けとし、鉄砲の筒先をこちらへ向けていた。

「ご公儀に弓引く賊徒め。一人残らず討ち果たせ！」

堀が馬上で叫び、射撃を命じる。次の刹那、轟音《ごうおん》が響き、驚いた堀の馬が棹立ちになって主を振り落とした。敵の射撃の腕が拙いのか、倒れた味方はほとんどいない。

「見たか。戦場で落馬する程度の者が、よくぞ奉行などと名乗れる。当世の武士は、もののふにあらず！」

　哄笑《こうしょう》し、平八郎は射撃を命じる。

　銃撃を受け、敵は呆気なく崩れ立った。堀伊賀守は必死に立て直そうと叫ぶが、その声は届かない。やがて、堀自身も馬に乗って東へ逃れていった。

「進め。この勢いのまま、大坂の城を攻め落とすのだ！」

　平八郎は正面にそびえる大坂城天守閣を指し示す。

　だが、内平《うちひら》野《の》町まで進んだところで、跡部山城守率いる百人ほどの隊が現れた。

　跡部の姿を目にした平八郎の表情が、憎悪に大きく歪む。

「他の者はどうでもよい。跡部の首を刎ねよ。あ奴だけは、生かして帰すな！」

　味方の砲が火を噴いたが、砲弾はあらぬ方へと飛び、路上に着弾して土煙を上げる。

　すかさず敵の応射がはじまり、たちまち激しい銃撃戦となった。

　格之助も米俵を楯に鉄砲を構え、引金を引く。轟音が耳を打ち、火薬の臭いが鼻を衝く。顔のすぐそばを、敵の銃弾が掠めていった。

　後方で味方の悲鳴が上がる。振り返ると、洗心洞門弟の庄司《しょうじ》義《ぎ》左衛門《ざえもん》が肩を押さえてのたうち回っている。構っている暇はない。弾雨の中、次の弾を込めてろくに狙いもつけず放つ。

　自分の放った弾の行方を確かめる余裕もない。放っては弾を込め、再び引金を引く。幾度か繰り返すうち、気づけば集まっていた百姓、町人の多くが逃げ散っていることに気づいた。

「何をしておる。臆したか！」

　平八郎が声を嗄らして叫ぶが、引き返す者はいない。格之助は、身を屈《かが》めて平八郎の側へにじり寄る。

「養父上、もはや支えきれません。いったん退きましょう」

「たわけ。憎き跡部がすぐそこにおるのだぞ。あ奴の首を見るまでは、退却など許さぬ！」

「跡部を討つのが我らの目的ではありますまい。誰か、手を貸せ。養父上を後方へお連れするのだ。残りの者は、負傷者を連れて後退せよ！」

「黙れ、格之助。勝手な真似をいたすな！」

　童のように抗う平八郎を、門弟が二人がかりで引き立てていく。格之助も、敵に向かって一発放ち、すぐに踵を返した。

　平野橋を西へ渡り、堺筋淡路《さかいすじあわじ》町へいたったところで、敵に追いつかれた。

　残る味方は百人ほど。鉄砲衆に隊列を組ませて迎え撃ったが、鉄砲の数では大きく後れを取っている。砲主の梅田源左衛門《うめだげんざえもん》が狙撃を受けて即死すると、味方はたちまち崩れ立った。

　百姓や町人たちだけではなく、洗心洞の門弟たちまでが武器を捨て、なりふり構わず逃げ出していた。苦心して集めた鉄砲や大砲は投げ出され、傷を受けた者は倒れたまま呻き声を上げている。

「なぜだ。なぜ、こんなことになるのだ」

　惚《ほう》けたように虚空を見つめ、平八郎が言う。

「わしは、歴史を動かす定めを背負うておる。あの者は、確かにそう申した。これほど呆気なく、事が破れるはずがない」

「あの者？　養父上、あの者とはいったい……」

　格之助は問い質そうとするが、敵の銃撃が激しさを増している。

「養父上、もはやこれまでです。まずはこの場から落ち延びるべきかと」

「まだだ。わしは選ばれたのだ。こんなところで終わるはずがない。殺せ……跡部を殺せ……」

　念仏のように呟き続ける平八郎の目には、すでに何物も映ってはいないように見えた。

　屋敷を発ったのがつい先刻のことのように思えるが、すでに日が傾きはじめていた。火の手はやまず、大坂の空には幾筋もの黒い煙が立ち上っている。

『救民』の旗は倒れたまま、誰にも顧みられることなく、逃げ出す味方に踏みつけられていた。

五

大坂市中、油掛町《あぶらかけちょう》土橋筋《どばしすじ》に、その商家はあった。

染め物業を営む、美吉屋《みよしや》五郎兵衛《ごろべえ》の家である。平八郎と五郎兵衛は遠い縁戚に当たり、昵懇《じっこん》の仲だった。挙兵時に用いた旗や幟《のぼり》を染めたのも、美吉屋である。

格之助が平八郎を連れてこの家に転がり込んだのは、挙兵から五日目の二月二十四日の夜のことだった。

淡路町での銃撃戦の後、一党は散り散りになり、格之助と平八郎は十数人の同志とともに八軒家《はちけんや》の船着場から小舟に乗って市中を脱出した。

その後、さらに少人数に分かれて逃亡を図ったものの、どの街道も厳しく封鎖され、探索方が目を光らせている。数日間摂津、河内あたりを彷徨った末に、平八郎は病に倒れた。やむなく、格之助は平八郎を背負い、大坂市中へ舞い戻る。

かつての門弟たちの家は、すでに監視がついているだろう。となると、美吉屋の他に頼れる相手はいなかった。

「よくぞおいでくださいました。古びた陋屋《ろうおく》ですが、どうぞいかようなりとお使いくださいませ」

旅の僧侶に身をやつし、平八郎を背負った格之助を迎えると、美吉屋はさして驚いたふうもなく奥の離れへと案内した。

この美吉屋五郎兵衛という男を、格之助はほとんど知らない。時折洗心洞に出入りしていたので挨拶くらいはするが、膝を交えて話をしたことは一度もなかった。

年の頃は、還暦をいくつか過ぎたくらいだろう。小柄で猫背、顔には深い皺が刻まれ、やや垂れ下がった両の目は、一本の糸のように細い。話しぶりも物腰も穏やかで、口元には終始笑みを湛えている。

その日から、長い潜伏生活がはじまった。

美吉屋の奉公人は、手代《てだい》が一人と小僧が四人、そして下女のきぬの都合六人。彼らには平八郎父子の存在は知らされず、父子の世話はもっぱら、五郎兵衛と妻のつね、一人娘のかつが見ている。

平八郎の病はただの風邪《かぜ》で、数日臥《ふ》せっただけで回復していた。

だが心に負った傷は深く、床を払った後も日がな一日、ぶつぶつと独り言を繰り返している。格之助の問いかけにも応えることはない。以前の養父であれば息が詰まって仕方なかっただろうが、今はまるで人変わりした、哀れな老人がそこにいるだけだった。

これからどうすべきか、格之助はまだ決めかねていた。

あの戦で出た火は大坂市中を焼き、数万人もの人が焼け出されたという。煙に巻かれ死んだ者も数百、あるいは数千に上るだろう。

そんな惨事を巻き起こした首謀者とその息子が、おめおめと生き延びていてもいいのか。腹を切るなり、奉行所へ出頭するなりすべきではないのか。

だが、変わり果てた平八郎を見ていると、そのどちらもやる気が萎えていく。この惚けた老人を引き立てるのも、無理やり腹を切らせるのも、気が咎《とが》めてしまうのだ。

養父にはせめて、自分が何をし、どんな惨禍を引き起こしたのか思い出させたい。そして、平八郎を焚きつけた〝あの者〟とはいったいどんな人物なのかを確かめたかった。

とはいえ、出歩くことさえままならない状況では、どうすることもできない。今頃、多くの同志が捕縛されるか、あるいは自害して果てているだろう。遠く離れた妻子のことを思えば、胸を掻き毟《むし》られるような苦しみにも襲われる。

なぜ、刺し違える覚悟で平八郎を止めなかったのか。なぜ、妻と子を連れて逃げなかったのか。後悔に苛まれながら、日々はただ流れ去っていく。

「ここは、どこであったかのう」

平八郎が不意に訊ねてきたのは、潜伏から一月余りがすぎたある晩のことだった。

「養父上、私がおわかりですか」

「格之助か。なんとも、長い夢を見ていたような心地じゃ。して、ここはいったい……」

「美吉屋の離れです。あの戦から一月余、今は三月も終わろうとしております」

「美吉屋、とな」

突然、平八郎の蒼い目に力が宿った。あの戦の折に見せた、憎しみの宿った目。今までの惚けた様が嘘のように、思わず身構えてしまうほどの殺気を漂わせている。

「格之助。そなた、海と山の一族については知っておるか？」

養父の口からその話が出るのははじめてだった。しかもなぜ今、この時に。格之助は戸惑いながらも「はい」と答える。

「では、〝長老〟と呼ばれる者たちのことは？」

「いえ、聞いたこともございません」

「二つの一族の間に立ち、ある時は対立をただただ見守り、ある時は煽り、選ばれし者の背中を押す。そして片方の耳は大きく、片方の目は蒼い。それが〝長老〟よ。古くは源頼朝に挙兵を促した文覚。足利幕府創設の黒幕と呼ばれる佐々木導誉。徳川家康に仕えた天海僧正も、恐らくは長老であった」

「戦の折に仰っておられた〝あの者〟とは、まさか」

「長老よ。そしてわしは、この国の歴史を動かす役割を背負わされておる。わしは、天に選ばれたのだ」

気が触れたのか。一瞬思ったが、養父の顔つきは真剣そのものだ。虚言を弄しているようには思えない。

「わしは必ず再挙し、徳川の、山の一族の世を覆してみせる。かの頼朝も尊氏も、戦に敗れ、ほとんど身一つで落ち延びた後に天下を獲ったのだ。あの者らにできて、わしにできぬことがあろうか。格之助。そなたは同志たちの間を回り、再起を呼びかけるのだ。戦はまだ、終わってはおらぬ」

「まだ、戦を続けるおつもりですか」

「無論のこと。大坂では負けたが、この命ある限り挽回は可能。再び兵を挙げ、帝を奉じて徳川を討ち、我が理想の世を築くのだ」

「先の戦で、多くの無辜《むこ》の民が焼け出されました。巻き添えを食って命を落とした者も多くおります。それでもまだ、正義はご自分にあると？」

「当然であろう。考えてもみよ。この飢饉と徳川の失政で、どれほどの民が死んだと思う。それに比べれば、戦での犠牲など微々たるもの。だが、そこで流れた血と失われた命は無駄にはならぬ。わしの創る世には、無能な役人も強欲な商人もおらぬのだ」

口元を吊り上げ、平八郎は笑う。その笑みが、格之助にはひどく醜いものに映った。

「見ておれ、江戸の俗物どもめ。わしを幕閣に迎えなかった報いを存分に受けさせてやろうぞ」

「やはり、そうでしたか」

格之助は深く嘆息を漏らし、養父を見据えた。

「養父上は〝救民〟を掲げながら、民のことなど何一つ考えてはおられません。あるのは、ご自身が世に容れられぬ恨みと、身に過ぎたる野心のみ。天下など、獲れようはずもありません」

「そなた、自分が何を申しておるか、わかっておるのか」

「腹を切りましょう。それがお嫌であれば、致し方ありません」

格之助は手を伸ばし、部屋の隅に立てかけた脇差を摑む。平八郎がひっ、と声を漏らし、後ずさる。

「ま、待て。そなたが奉行所与力になれたは、誰のおかげと思うておる。大恩あるこのわしに、そなたは刃を向ける気か……」

必死にまくし立てる様に深い失望を覚えながら、格之助は立ち上がる。

脇差の鯉口を切ろうとした刹那、戸が叩かれた。美吉屋の者たちと取り決めた叩き方とは違う。身構え、灯りを吹き消して戸の内側に身を寄せる。

「俺だ。松浦光三郎だ。いるんだろう、格之助？」

答えず、横目で平八郎を窺った。尻餅をついたまま、壁際で震えている。

「安心しな。捕り方は引き連れちゃいねえ。俺は、お前たち父子を助けにきた」

「なぜ、我々がここにいるとわかったんです？」

「ここの下女が、美吉屋親子を怪しんでいてな。もしかすると、旦那様が咎人《とがにん》を匿《かくま》っているかもしれないと奉行所に訴え出たんだ。幸い、聞いたのは俺一人で、上には報告していない」

　下女は確か、きぬといった。朝晩に炊く米が増えたことを不審に思ったのだろうか。

「まったく、とんでもないことを仕出かしてくれたな。おかげで、大坂の町はひどい有様だ。洗心洞の連中も、ほとんどが縄につくか自害して果てたぜ。お前の妻と子も、二月の末に京の木賃宿《きちんやど》で捕まった」

「そうでしたか。みねと弓太郎が……」

「お前とは長い付き合いだ。どうにかして、お前だけでも逃がしてやりたい。平八郎殿はまあ、ついでだ」

「逃げるといっても、いったいどうやって」

「船着場に舟を用意してある。そこから九州まで落ち延びろ。明日には、ここが奉行所に知られる。まずは、俺を中へ入れてくれ」

　逡巡の末、戸を開ける。言葉通り、光三郎は一人だった。周囲に捕り方が潜んでいる気配もない。

　わずかに開けた戸口から体を滑り込ませると、光三郎は再び戸を閉めた。

「松浦！」

平八郎が格之助を押しのけ、光三郎に縋りつく。

「まことにわしを逃がしてくれるのだな。誓って、嘘偽りは……」

その言葉は途切れ、代わって嗄れた呻き声が漏れた。

何かが、平八郎の背中から突き出ている。脇差。微かな月明かりの中で、血に濡れた刃が光を放っていた。

光三郎は、平八郎の腹を貫いた脇差にさらに捻《ひね》りを加えた。養父の体がびくりと震える。刃を引き抜くと、平八郎は糸の切れた傀儡《くぐつ》のように、床に崩れ落ちた。暗がりの中でも、息絶えているのがはっきりとわかる。

「松浦さん……」

「悪いが、お前らには俺の出世の足掛かりになってもらう。幕府に弓引いた大逆賊を討ち取ったとなれば、加増は間違いあるまい。大名の仲間入りだって夢じゃねえ」

光三郎が、低く構え直した脇差を突き出す。間合いは半歩ほど。避けようがない。

大坂の町を焼いた大罪人には相応しい、ひどい最期だ。観念して目を閉じたが、痛みは一向に襲ってこなかった。

目を開くと、光三郎は金縛りにでもあったかのように、その場で固まっている。

「格之助……お前、何をした？」

凄まじい形相で睨みつけてくるが、体はまるで動かないらしい。この男の身に何が起こっているのか。理解できずにいるうち、光三郎の背後の戸が開いた。

現れた小柄な人影が、刀を一閃《いっせん》させた。背中をざっくりと断ち割られた拍子に、光三郎の眼帯が飛ぶ。疱瘡で光を失ったという、白く濁った左の目。

膝をついた光三郎が、虚空に手を伸ばしながら前のめりに倒れていく。

「ご無事でしたか」

美吉屋五郎兵衛。混乱する格之助に向かって微笑し、逆手に持ち替えた刀で躊躇《ちゅうちょ》なく光三郎にとどめを刺す。

一本の皺のようだった目が、今は開かれている。その片方だけが、平八郎と同じように蒼みを帯びていることに、格之助は気づいた。よくよく見ると、五郎兵衛は左右の耳の大きさも違う。

「もしや、そなたが……」

長老。海と山の特徴を合わせ持ち、二つの一族を見守り、時には対立を煽る存在。

「大塩様は、何か誤解なさっておられたようです。わたくしは何も、大塩様が天下人になられるなどとは、一言も申し上げてはいなかったのですが」

「そなたは、長老とは、いったい何者なのだ。何故、このような争いを引き起こすのだ」

「すべては〝時〟が望むこと。あなた方が長老と呼ぶ者にも、すべてが操れるわけではございませぬ。言うなれば、我らは憑代《よりしろ》のような者にて」

「その〝時〟とやらは、何を望んだのだ。養父上に戦を起こさせ、大坂の町を焼くように望んだというのか」

「武士――もののふがこの国を治める時代は、遠からず終わりを告げましょう。その先駆け役に、大塩様は相応しかった」

武士の世が終わる。格之助には、想像することもできない。町人や百姓が、日ノ本の政を動かすというのか。

「さて、この者には大塩格之助として死んでいただきましょうか」

穏やかな微笑を消すことなく、五郎兵衛が言った。

「どういうことだ？」

「じきに、奉行所の捕り方がこの離れに押し寄せてまいりましょう。その前に、舟で大坂を離れられませ」

「待て。私は生き延びるつもりなど」

「新たな世を、見届けとうはございませぬか？」

問われ、格之助は躊躇った。

自分を、そして養父を苦しめてきたのは、武士という名の鎖だった。もしも本当に武士の世が終わるというのなら、その先に何があるのか、この目で確かめてみたい。

　脳裏をよぎった思いを見透かしたかのように、五郎兵衛は続ける。

「この離れは、捕り方が現れる前に火薬を撒いて火を放ちまする。松浦光三郎は大塩格之助として死に、あなたは名もなき一人の男として、この先の世の移ろいを見届けられませ」

「だが、もはやこの国に私がいられる場所などあるまい。首尾よく舟に乗って大坂を出たところで、行くところなどないではないか」

「瀬戸内に、世に行き場なき者たちが集う小さな島がありまする。そこは古くから、大名もおらず役人も踏み込めない特別な地。そこならば、あなたのような御方も受け入れてくれましょう」

　格之助は束の間目を閉じ、自問した。父と、かつて友だった男の死を利用し、さらには縄についた妻と子を置き去りに、己だけが生き残る。そんなことが許されるだろうか。

　大きく息を吐き、目を開く。

「その島の名は？」

「鬼仙島《きせんじま》。土地の者は、そう呼んでおりまする」

　変わらぬ微笑を湛える五郎兵衛に、格之助は頷きを返した。

「大塩平八郎・格之助父子の遺骸はひどく焼け焦げ、顔を確かめることもままならなかった。

＊

そのため、大塩の生存説は乱の後も囁《ささや》かれ続ける。大塩の名を騙《かた》り、『救民』、『世直し』を掲げた一揆や打ち壊しを企てる者は後を絶たず、ついには『国外に逃れた大塩が、異国の船に乗って日本を襲う』という風説までもが流れた。

二百数十年に及ぶ泰平の世に為政者として君臨し続けた武士は、もののふとしての力量を失っていた。戦場で落馬した堀伊賀守などは、そのいい例だろう。

圧倒的な武力を背景として国を治めてきた幕府から、武威が失われればどうなるか。乱そのものはわずか一日で鎮圧されたものの、その余波は静かに、そして確実に、徳川の世を揺り動かし続けたのだ。

頻発する一揆と打ち壊し、そして度重なる失政により、幕府の権威は急速に失墜していった。その一方で、藩政改革に成功した西国雄藩が力を増し、政局の表舞台へ次々と上がっていく。

こうした中、欧米列強の影は着実にこの国へと忍び寄っていた。

大塩の乱から十六年が過ぎた嘉永《かえい》六年、浦賀《うらが》の地にマシュー・カルブレイス・ペリー率いるアメリカ東インド艦隊所属の四隻の蒸気船が来航する。

二百五十年の間、止まっていたかに見えた〝時〟が、再び回りはじめたのだ」

〝声〟は、そこで束の間途切れた。

「残された時は少ない。先を続けるとしよう」

再び響いた声に、男は頷く。夜明けは近い。

「これから語るのは、後に幕末と呼ばれる、お前たちの時代だ」

十　回天は遠く

一

「なあ、総司《そうじ》」

「何です？」

「何かに見られている。そう感じてあたりを見回しても、人っ子ひとりいやしねえ。そんなこと、ねえか？」

「歳《とし》さんは昔から、やたらと人の恨みを買ってますからね。そりゃあ、誰かにつけられることなんてしょっちゅうでしょう」

「いや。上手く言えねえが、もっと得体の知れない、人とは違う何かが自分を見ている……そんなふうに感じることが、俺は餓鬼《がき》の頃から時々あってな」

「珍しいな、歳さんが物の怪話なんて。隊のみんなが知ったらさぞ面白がるだろうな」

「笑うなよ。いいか、誰にも言うんじゃねえぞ。近藤《こんどう》さんにも話したことはねえんだ」

「じゃあ、なぜ私に？」

「そりゃあ、あれだ。お前が寝たきりで退屈してるだろうと思ってな」

「まったくですよ。ちょっと血を吐いたくらいで何日も床に縛りつけられて。ああ、早く剣が振りたいなあ」

「しっかり体を治せば、また嫌ってほど振らせてやるよ。じゃあ、俺は行くぜ。長州《ちょうしゅう》の連中を追っ払ったら、また見舞いに来てやる」

「やっぱり、戦になりますか？」

「ああ。池田屋《いけだや》じゃあ、長州藩士もずいぶんと斬ったからな。奴らは藩主の赦免《しゃめん》を朝廷に嘆願するなんて言ってやがるが、軍勢を引き連れて京の間近に陣取ってるんだ。はなからやる気なのは間違いねえだろうよ」

「ちょっと待ってください、歳さん。これ、持っていってください」

「何だこりゃ、首飾りじゃねえか。貝殻……いや、蝸牛か」

「このところ、寝てばかりですからね。手すさびに作ってみたんです」

「しかし、こりゃいったい何なんだ？」

「古い言い伝えですが、何でもこの形の首飾りは、持ち主を一度だけ死から守ってくれるそうですよ。私が隊務に復帰するまで、歳さんが持っていてください」

「……まあ、預かっといてやるよ。お前はせいぜい養生してな」

「ご武運を」

「安心しな。新選組《しんせんぐみ》に、敗北の文字はねえ」

土方歳三《ひじかたとしぞう》は部屋を出ると、掌の上の首飾りに視線を落とす。

貝殻にも蝸牛にも似たそれはなぜか、ほのかに熱を放っているように思えた。

いけすかねえ野郎だな。

京都御所を固める一隊を睨み、土方は心中で吐き棄てた。

掲げる旗は〝丸に十字〟。薩摩藩の軍だ。兵装は洋式で統一され、隊列には一糸の乱れもない。末端の兵にいたるまで覇気に満ち溢れ、味方とするにはこの上ない相手だった。

土方は、薩摩の将らしき恰幅《かっぷく》のいい男を睨んでいた。周囲の者が見上げるほどの巨漢で、眉は秀で、顎《あご》は四角く、大きな両の眼で兵たちに緩みがないか見回している。

おそらく、あれが西郷吉之助《さいごうきちのすけ》だろう。薩摩の先代藩主・島津斉彬《しまづなりあきら》に重用されたが、その死後は長く冷遇され、藩政を批判した咎で数年の間、島流しの憂き目に遭っていたのだという。藤田東湖《ふじたとうこ》や橋本左内《はしもとさない》といった当代一流の人物と交わり、当人も薩摩屈指の器量人として知られている。薩摩藩の京における事実上の指導者は、この西郷だという噂だった。

土方は西郷の姿を目にした瞬間から、自分と相容れないものを感じていた。取り立てて根拠があるわけではない。しかし、この男と同じ陣営に属することが、なぜかたまらなく不快だった。

いつか、敵として相見《あいまみ》えることになるかもしれない。それは予感というよりも、確信に近かった。

「副長、急ぎましょう。今にも戦がはじまるかもしれません」

隊士の斎藤《さいとう》一《はじめ》に促され、土方は伏見の陣営へと急いだ。

元治《げんじ》元年七月、都は戦雲に覆われている。昨年の政変で京を追われ、さらに先月の池田屋事件で多くの藩士を殺害・捕縛された長州藩が、ついに武力によって京都侵攻を試みていた。長州を進発した軍勢は朝廷に藩主・毛利《もうり》敬親《たかちか》の赦免を繰り返し要求しながら、京へ攻め入る構えを取っている。

対する幕府は諸藩に出兵を命じ、御所の守りを固めていた。兵力は幕府方が圧倒的に有利だが、藩の存亡を賭けて出兵した長州軍が引き上げるとは思えない。戦端は、今日明日のうちにも開かれるだろう。主戦場は、御所周辺になるはずだ。

だが、新選組の陣は御所から遠く離れた伏見に置かれていた。せっかく池田屋で名を挙げたというのに、これでは手柄の立てようもない。土方は上の者に掛け合ってみたが、「伏見の守りに徹しろ」の一点張りだった。

「上の連中は、俺たちがまた大手柄を挙げるんじゃねえかって恐れてるのさ」

配置替えの要求が却下されたという土方の報告を受け、局長の近藤勇《いさみ》は鷹揚に笑った。

新選組は、京の町に火を放ち、帝を長州へ連れ去るという尊攘《そんじょう》派の陰謀を未然に防ぎ、京童から喝采《かっさい》を浴びていた。百姓・町人も多い新選組の活躍が、武士として代々禄《ろく》を食《は》んできた者たちには目障りなのだろう。

「まあ、戦はこれでしまいじゃあるまい。この動乱は、まだまだ続くぜ。いつか新選組で池田屋を超える手柄を立てて、連中を見返してやればいいさ」

「近藤さん。武士ってのは、いったい何なんだ。二百五十年もただ飯を食らって、いざ刀を抜くべき時には腰が引けてやがる。池田屋でも、真っ先に斬り込んだのは俺たちで、幕府の連中は遠巻きに眺めてるだけだったじゃねえか」

「だからこそ、俺たちみたいなのがのし上がれるんじゃねえか。多摩《たま》の百姓出の俺たちが、武士よりも武士らしく戦う。面白いとは思わねえか、歳？」

「戦う場所があればな」

結局、長州軍は御所に向かって攻めかかり、薩摩をはじめとする幕府軍に惨敗、京に火を放ちながら敗走していった。新選組は報せを聞いて御所へ駆けつけたものの、あたりは敵味方の骸が転がるばかりだった。

「新選組の御方ですな」

いまだ硝煙《しょうえん》の漂う蛤《はまぐり》御門《ごもん》のあたりで話しかけられた。その声を聞いた瞬間、土方の背筋がぞくりと震える。

「薩摩藩、西郷吉之助」

軍服は煤《すす》で汚れ、足には血の滲んだ布を巻きつけている。

だが、激しい戦の直後とは思えないほど、口調も物腰も穏やかだった。長身で肉付きのいい山のような体軀だが、その温和な眼差しはむしろ、凪《な》ぎの海を思わせる。よく見ると、その瞳はうっすらと蒼みがかっていた。

「新選組副長、土方歳三」

名乗りながら殺気を放ったが、西郷が口元に湛えた微笑は消えることがなかった。気づかないはずはない。ただ軽く受け流されただけなのだろう。土方は己を恥じ、自嘲の笑みを浮かべた。

「おお、さようでごわしたか。土方殿のご高名は聞いちょりもす。池田屋では、新選組は見事な働きばなさったとか」

「何の。それより、お味方は大勝利のようですな」

「何とか勝ち申した。じゃっどん、残党は天王山に陣取り、再び集結しはじめておりもす。そこで新選組には、天王山攻めの先鋒となっていただきたか」

新選組は会津藩預かりであって、薩摩に指図される筋合いはない。だが、戦場に出られるのなら文句はなかった。近藤も喜ぶことだろう。

「承知いたした」

「かたじけなか」

「ところで西郷殿、その刀はまさか……」

土方は、西郷の佩刀《はいとう》に目をやった。

「さよう、千子村正《せんじむらまさ》にごわす」

村正の刀は徳川家に祟《たた》るという。家康の祖父を斬った刀も、家康の嫡男・信康が切腹に使った脇差も、村正の作だった。そのため妖刀として忌み嫌われ、今では多くの攘夷《じょうい》志士が佩刀としている。

「西郷家に代々受け継がれてきたものにごわすが、我が家は貧乏ゆえ、恐らくは贋物《にせもの》にござろう。それに、拙者は幼い頃の怪我《けが》が元で、刀が振れもはん。まあ、ただの飾りにごわす」

西郷は村正の柄頭《つかがしら》をぽんと叩き、笑みを浮かべる。そこにはいささかの邪気も感じられない。

だが土方の目には、その笑みがどこか空虚なものに映った。西郷はその巨体に、常人には計り知れないほどの洞を抱えているのではないか。

西郷が踵を返しても、土方の胸中から不快さが消えることはなかった。

いざ天王山に攻め上ってみると、敵はすでに四散していた。残った十数名も、陣屋に火をかけた上で自害して果てている。

「とんだ肩透かしだな、歳」

「ああ。結局、長州は自滅して、京の町を焼いただけだ」

振り返れば、燃え盛る京の町から立ち上る黒煙が、空を覆っている。このぶんでは、数日の間は燃え続けることだろう。何人が焼け出されたのか、見当もつかない。

「近藤さん。俺はあんたを担いで、新選組を今よりもっと大きく、強くするぜ。誰にも軽んじられねえ、それこそ薩摩にも負けねえくらいの精鋭に育て上げてみせる」

「面白え。それじゃあ神輿役としては、振り落とされねえようにせいぜい気張るとするか」

近藤が声を上げて笑う。

不意に、背中に何かを感じた。誰かが自分を見つめている。

視線を左右に飛ばすが、周囲には後始末に駆け回る隊士たちの姿があるばかりだった。

二

甲板《かんぱん》に出て大きく息を吸うと、潮の香りが体中に広がっていくような心地がした。

やはり海はいいと、西郷吉之助は思う。物心ついてからずっと、海と桜島《さくらじま》を眺めて暮らした。五年に及ぶ流罪の間も、波の音を聞きながら生きてきた。憤りも苦しみも、すべて海に向かって吐き出した。京や江戸での息の詰まるような日々で溜まった澱《おり》も、こうしていると波が洗い流してくれるような気がする。

慶応《けいおう》元年四月、西郷は京の情勢を国許に報告するため薩摩船・胡蝶丸《こちょうまる》に乗り込み、瀬戸内の海原を進んでいた。

禁門《きんもん》の変と称されるようになった京での戦の後、西郷は幕府による長州征討軍の参謀を拝命し、その任に当たった。だが、軍を進めて長州を攻め滅ぼすことはせず、長州藩の家《か》老《ろう》三人の切腹で事を収めるよう取り計らう。長州藩を温存し、その力をやがて起こるであろう倒幕の戦に役立てるためである。

その後、長州では高杉晋作《たかすぎしんさく》ら急進派が兵を挙げ、長州藩内の対幕府恭順派を打倒していた。遠からず、幕府は長州再征を決定し、薩摩にも出兵を求めてくるだろう。

西郷は、幕府からの出兵要請を拒むべきだと考えていた。

ペリー来航以来、この国は攘夷か開国かで揺れに揺れている。しかし西郷の見るところ、時勢はすでに外交のあり方をどうするかという問題をはるかに越え、幕府に代わり日本を統治する新たな政体を模索するところまで来ている。

そのためには、反幕勢力を結集し、倒幕のための武力を蓄えなければならない。場合によっては、仇敵《きゅうてき》の間柄となった長州とさえ、手を結ぶ必要がある。今回の帰国には、そうした西郷の考えを国許で説くという目的もあった。

「海はええもんですな、西郷さん」

後ろから声をかけられた。

髷を結わない蓬髪《ほうはつ》に、西郷にひけを取らない長身。足元は草履ではなく、欧米の商人から手に入れたという革の靴。目が悪いらしく、両目は常に細められている。

土佐脱藩浪士の、坂本《さかもと》龍馬《りょうま》。幕臣・勝《かつ》海舟《かいしゅう》の弟子で、幕府の肝煎《きもい》りで設立された神戸の海軍操練所で塾頭を務めている男だ。この男が勝海舟からの紹介状を持って西郷のもとを訪ねてきたのは、禁門の変が起きて間もない頃だった。

坂本の論じる時勢は、西郷のそれとほぼ同じだった。幕府はすでに、この国を治める力を失っている。それに代わるのは、天皇を中心に据えた雄藩の合議による政体しかない。そのためにも、長州は温存すべし。坂本の時勢眼を評価した西郷はそれから度々、坂本と意見を交換している。

他藩の人間の入国に厳しい薩摩藩が坂本のような浪士を迎えるのは異例のことだった。海軍奉行を罷免《ひめん》され、江戸に召還された勝海舟の依頼で、海軍操練所の面々を薩摩で預かることになったのだ。

「西郷さん。あっこに見える島を知っちょりますか？」

坂本が指差す先に目をやった。

中央のあたりに山がそびえ、その周囲はなだらかな丘陵地になっている、杯を逆さにしたような島。港には、小さいながら町もあるようだった。これといった特徴もない、瀬戸内にはありふれた島だが、西郷は以前から船でこのあたりを通るたび、なぜかあの島のことが気になっていた。

「あっこは鬼仙島っちゅうて、この日ノ本のどこにも居場所のない者たちが集う島じゃった。古くから海賊の住み処として恐れられ、いかなる権力の支配も拒んできたんやと」

「ほう。そげん土地が、こん国にまだあるとは」

「けんど、十数年前にあの島に銅が出ることがわかってからゆうもの、幕府の代官が兵を率いて乗り込み、島の者たちを鉱山で無理やり働かせとるそうぜよ」

「そいは、ひどか話ですな」

「面白いことに、その島には西郷さんと同じように蒼い目を持つ者が多くおりましてな。その者たちは幕府の代官に目をつけられ、他の者よりもひどい待遇で働かされておるとか」

「何と……」

　蒼い目を持つ者たちが「青鬼」と呼ばれて忌み嫌われ、いわれのない差別を受けるようになったのは、それほど古い話ではない。恐らく、この十年か二十年のことだろう。薩摩ではそれほどでもないが、江戸や上方では蒼い目を持つ者は災いを招くとして、迫害の対象になっている。異国人の目が蒼いことも、その差別に拍車をかけていた。

「一説には、大塩平八郎も西郷さんと同じ蒼い目をしとったっちゅう話です。そんで幕府は、蒼い目を持つ者を恐れ、災いを招くなどというあらぬ噂を流した」

「そげんこつが……」

いや、あり得ない話ではない。幕府では蒼い目を持つ者は重要な役職に就けないという不文律があると、以前からまことしやかに囁かれていたのだ。

「坂本殿は、海と山、二つの一族の言い伝えをご存じで？」

先代薩摩藩主・島津斉彬から聞かされた話だった。

曰く、この国は海と山、二つの一族が代わる代わる覇権を握っている。そして、今は山の一族たる徳川家が天下を握っているのだと。

その時はただの噂話として聞き流していたが、斉彬が下級藩士にすぎなかった自分を引き立ててくれたのも、この蒼い目のせいなのかもしれない。

「聞いとります。好事家たちが面白がって語る根も葉もない噂話だとばかり思っちょりましたが、徳川の蒼い目を持つ者に対するやり方を見れば、あながちただの言い伝えとも言いきれませんな」

西郷は、禁門の変で幕府軍の指揮を執った徳川一門の重鎮・一橋慶喜《ひとつばしよしのぶ》の顔を思い起こす。

慶喜を一目見た瞬間、西郷はなぜか、言いようのない不快の念を覚えた。その容姿も声も、身にまとう雰囲気も、すべてが気に障って仕方がない。海族と山族は決して相容れることがないと聞いたが、だとすれば確かに自分は海族で、徳川家は山族なのだろう。

そういえばもう一人、慶喜と同じものを感じた相手がいた。新選組副長、土方歳三。容姿は慶喜と似ても似つかないが、もしかすると、あの男も山族の血を引いているのかもしれない。

「何にせよ、たかだか目の色が違うだけで恐れ、憎み、迫害する。人ちゅうのは、まっこと厄介なもんぜよ」

嘆息を漏らし、坂本は彼方の鬼仙島を見つめる。

その両の目は、やはり細められたままだった。


今の自分があるのは、すべて斉彬のおかげだった。

思慮深く公明正大で、その目は薩摩や日ノ本だけでなく、常に世界に向けられていた。この国が列強の餌食《えじき》とならないよう、何ができるか、何をすべきなのかを考え、それを実現する力も持ち合わせていた。斉彬がいなければ、西郷は世に出ることもなく、薩摩の下級役人として生涯を終えていただろう。

斉彬は西郷に世界の情勢を説き、日ノ本が一つになる必要性を語った。幕府は、政は変わらねばならない。幕府が朝廷と一丸となって国難に当たる公武合体こそ、薩摩、そしてこの国が生き残る唯一の手段なのだと。そのために、斉彬は幕政に積極的に関与し、国許では欧米列強の技術を取り入れようと努めた。

そこには、自身の栄達や野心などは微塵もない。西郷は、斉彬が日ノ本の政を担う日を夢想し、その夢の実現のために京や江戸と国許を奔走した。

しかし、斉彬らは幕府と将軍継嗣問題で対立し、安政《あんせい》の大獄《たいごく》を招く。斉彬と志を同じくする者の多くが蟄居、あるいは斬首に処された。

斉彬は抗議のため兵を率いての上洛を計画するが、その準備の最中に急死する。その死は、明らかに毒殺によるものだったという。

殉死を考えた西郷を引き止めたのは、京、清水寺《きよみずでら》成就院《じょうじゅいん》の住職・月照《げっしょう》だった。

「徳川を討ち、斉彬公のご無念を晴らす。それが、臣下たる者の採るべき道ではないか」

尊皇攘夷派として知られ、京で活動する西郷と深い親交のある月照は、そう西郷に説いた。

しかしその月照も安政の大獄の余波を受け、逃亡先の薩摩で自ら命を絶った。前途に絶望した月照は西郷とともに入水したが、西郷一人だけが生き残ったのだ。そして、藩は西郷を幕府の目から隠すため、奄美《あまみ》大島《おおしま》への潜居を命じる。

なぜ、自分だけが生き延びたのか。無念の死を遂げた斉彬や月照のため、この身に何ができるのか。奄美で流人同然の暮らしを送りながら、ひたすら考えた。

やがて、西郷は一つの結論に達した。

二人の死はすべて、頑迷固陋《がんめいころう》な幕府によるものだ。ならば、幕府を、徳川を討つ。それが、心ならずも生き残った自分が、残りの生涯を賭して果たすべき役割ではないのか。

それ以来、西郷は己を捨て、心を捨てた。

坂本を伴って薩摩へ帰国した後も、情勢は目まぐるしく動いていた。

坂本の故郷土佐では、武市半平太《たけちはんぺいた》ら土佐勤皇《きんのう》党が弾圧され、土佐藩における攘夷急進派が壊滅。将軍家茂《いえもち》は三度目の上洛を果たし、幕府の大軍を背景に、朝廷に長州再征の勅許を求めていた。

一方、坂本は薩摩藩の出資により海運会社『亀山社中《かめやましゃちゅう》』を設立、それと並行して、同志の中岡慎太郎《なかおかしんたろう》とともに薩長《さっちょう》の盟約を成立させるべく諸方を駆け回っている。

坂本の策は、武器の購入を禁じられている長州のために、薩摩藩の名義で英国から武器を買い、密かに長州へ転売する。そしてその対価として、長州からは薩摩で不足している米を回送するというものだった。その取引の実務と荷の運搬は、亀山社中が実行するという。

明けて慶応二年一月、西郷は長州側の代表、桂小五郎《かつらこごろう》と京で会合し、薩長の盟約が結ばれる。

盟約そのものは、長州が幕府から征討を受けた時には、薩摩が長州赦免のため尽力することを約束しただけであり、武力による倒幕を目指す軍事同盟というわけではなかった。とはいえ、仇敵同士だった薩摩と長州が手を組んだことで、政局が大きく動くことは間違いない。

この流れを推し進め、やがては武力で幕府を倒す。それが西郷の考えだった。

たとえ流血を伴ったとしても、腐った巨木は斬り倒さねばならない。この手がどれほど血で汚れようと、構いはしない。痛める心など、もう持ち合わせてはいないのだ。

三

伏見の町の夜気は、あるか無きかの緊張をはらんでいた。どこからともなく、肌がひりつくような張り詰めた気配が漂ってくる。

監察方の山崎烝《やまざきすすむ》から伏見奉行所が動いているという報告が入ったのは、この日の夕刻のことだった。相当数の捕吏《ほり》が動員され、大掛かりな捕物《とりもの》が行われる気配だというが、新選組には何の通達もなかった。

土方は数名の手練れだけを連れ、極秘裏に伏見へ向かった。運が良ければ、とてつもない大物が釣れるかもしれない。

「副長」

路地の闇の中から声がした。山崎烝だ。

「伏見奉行所の捕り方は、寺田屋《てらだや》に向かいました。三十人ほどが踏み込みましたが、いくつか銃声が起こり、捕り方は四方に散っています」

「取り逃がしたか。それで、逃げたのは？」

「土佐脱藩、坂本龍馬」

「そうか。案外、小物だったな」

幕臣・勝海舟の弟子だが、今は薩摩の使い走りをしている男だ。最近では、薩摩と長州の間を頻繁に行き来しているらしい。

「まあいい。せっかく京から出張《でば》ってきたんだ、うちの獲物とさせてもらおう。手分けして坂本を捜せ。ただし、奉行所の連中とは揉めるなよ」

散開し、探索をはじめた。周辺には多くの捕吏が行き交い、血眼になって坂本の行方を追っている。土方は目立たないよう物陰に身を隠しながら、寺田屋の裏通りへ向かった。

山崎の情報によれば、坂本には護衛が一人付いていただけらしい。これだけ多くの捕吏がうろついていれば、それほど遠くへは逃げられないだろう。

息を潜め、路地の奥に目を凝らす。人の気配はない。だが、土方の勘が、先へ進めと告げている。

血と火薬の臭い。かすかに、風の中に混じっている。正面の材木屋。隠れるとするなら、あそこだ。

愛刀の和泉守兼定《いずみのかみかねさだ》を抜き、慎重に歩を進めた。短銃を持っているとすれば、どこから狙われるかわからない。

不意に、視線を感じた。

禁門の変の後、天王山で感じたのと同じものだ。不快でありながら、同時にどこか懐かしくもある。戸惑いながら、左右に視線を走らせる。

「ほう、新選組か」

銃口が、土方を見つめていた。闇の中、足を投げ出して材木の山にもたれかかる長身の男。距離は四、五間ほどか。

「お前が坂本龍馬か」

他に、人の気配はない。護衛は逃げたか、あるいは死んだのだろう。

「動かん方がええ。わしは、お主を撃ちとうないぜよ」

「撃てば、銃声で捕り方が集まってくるからな」

「それもあるが、わしはお主と、ちっくと話してみたいがじゃ」

銃を下ろし、坂本が言った。実際、殺気はまるで感じない。坂本の息は、いくらか荒かった。よく見れば、片腕が血で赤黒く染まっている。

「手を斬られたか」

「正直、銃を構えるだけで辛うてなあ。斬られるっちゅうのは、まっこと痛いもんじゃ。お前も、あんまり人を斬ってはいかんぜよ」

「人斬り鬼と呼ばれる新選組副長に向かって人を斬るなとは、なかなか面白い冗談だな」

「そうか、お前が新選組の土方か」

刀の柄から手を離し、坂本に歩み寄った。なぜか、この男と話してみたいという気になっている。

「伏見奉行所の動きは尋常じゃねえ。あんた、いったい何をやらかしたんだ？」

「大したことはしておらんぜよ。わしがやったことといえば、薩摩と長州を結びつけたくらいじゃ」

「薩摩と長州だと？」

その両藩は、一昨年に干戈《かんか》を交えたばかりだ。長州人の多くは薩摩を憎み、〝薩賊〟などと称しているという。だが、薩摩と長州が手を組めば、幕府にとってはこの上ない脅威となる。

「やはり、捕らえて色々と聞き出したほうがよさそうだな」

「わしがおらんでも、薩長はいずれ手を組んどったはずじゃ。わしはちょっとばかり、西郷の背中を押してやっただけぜよ」

「西郷か」

あの蒼い目を思い出し、不快の念が蘇る。

「幕府はもうもたん。幕府も藩も、武士や町人の別も無くして日本人が一丸とならねば、この国は世界からますます取り残されてしまうぜよ。どうじゃ、新選組も薩長の側に付かんか？」

「幕府のために命を張ってきた俺たちに、幕府を見捨てて寝返れと？」

「わしにはお前が、幕府にそれほどの忠義を抱いとるようには見えんぜよ。お前の望みはただ一つ。新選組を強く、大きくすること。違うかえ？」

土方の沈黙を肯定と取ったのだろう。坂本は続ける。

「ならばなおのこと、薩長に付くべきじゃと思うがのう。これからの日本は、外国の軍隊と渡り合っていかにゃならん。そのためにも、お前のような者が必要じゃ」

組を大きくする。その目的からすれば、坂本の言うことにも理はあるのかもしれない。だが、首肯することはできなかった。

「こっちです！」

背後から声が聞こえた。無数の足音がそれに続いてくる。

「わしの護衛をしとった長州の者ぜよ。どうやら、薩摩の連中を連れて助けに来てくれたらしい」

ここで薩摩の者たちとかち合うのはまずい。薩摩はまだ、幕府に表立って敵対したわけではないのだ。

「俺は行くぜ。命拾いしたな、坂本」

「どうぜよ、土方。この際、薩摩藩邸で西郷と会《お》うてみては」

「悪いが、寝返りってのは性に合わなくてな」

「武士は二君に見《まみ》えず、か。じゃが、武士の世はじきに終わる。お前はそれでも、意地を通すつもりか？」

「そうだ」

きっと、近藤も沖田《おきた》も同じことを言うだろう。

「俺たちは、最後の最後まで武士であり続ける。その一事だけは、譲れねえ」

四

薩長の同盟が明らかになるや、時流は大きく動きはじめた。

幕府は二度目の長州征討を開始するも、薩摩は出兵を拒否し、諸藩の足並みの乱れから連戦連敗を喫する。七月には将軍家茂が没し、幕府軍は何ら得るところなく撤兵を余儀なくされた。

情勢はほぼ、西郷の予想通りに推移している。

今回の敗戦で、幕府の権威は失墜した。後は、土佐や肥前といった西国雄藩を取り込んで朝廷の実権を握り、帝の名の下に幕府打倒の軍を起こせばいい。佐幕《さばく》派の諸藩も、長州一藩に敗れた幕府を見限り、続々と錦旗の下に馳せ参じてくるだろう。

十二月、将軍就任を再三渋っていた一橋慶喜がついに折れ、十五代将軍となる。それから間もなく孝明《こうめい》天皇が崩御し、翌慶応三年正月、十六歳の東宮が新帝に即位した。

新将軍徳川慶喜は、フランスと組んで幕府軍の軍制改革に乗り出していた。二度目の長州征討では惨敗した幕府軍だが、最新式の武器を買い、訓練も洋式のものを積極的に採り入れているという。

こちらもイギリスから武器を購入してはいるが、薩長と幕府ではそもそもの兵力が違う。このまま放置しておけば、いざ戦となった時に味方の不利は避けられないだろう。

「ここはやはり、諸侯による会議ば、開くべきでごわそ」

そう提案したのは、薩摩藩士・大久保《おおくぼ》一蔵《いちぞう》だった。西郷と大久保は生家も近く、幼馴染みであり無二の親友でもある。薩摩藩の意思決定は事実上、西郷と大久保、そして小松帯《こまつたて》刀《わき》の三人によって行われていた。

「長州の処分に、欧米、並びに幕府が求める兵庫開港の是非と、課題はいくらでもありもす。それを慶喜公の御前で話し合い、政局の主導権ば、幕府から奪うのです」

「なるほど。長州に赦免を与え、兵庫開港を認めなければ、幕府の権威はさらに落ちる。

して、参加する諸侯は？」

「我が藩の久光《ひさみつ》公。越前、松平春嶽《まつだいらしゅんがく》公。土佐の山内容堂《やまうちようどう》公と、宇和島《うわじま》の伊達宗城《だてむねなり》公あたりでしょう」

「よか考えじゃ」

大久保らしい、いくらか迂遠《うえん》な策だが、西郷は賛意を示した。一足飛びに倒幕の軍を起こしたところで、まだ幕府存続を望む藩は多くある。ここで焦っては、禁門の変の長州の二の舞だ。

五月、大久保の根回しによって四人の諸侯が上洛し、慶喜や公家衆も交えた会議が数日間にわたって開かれた。

だが、諸侯は慶喜の理路整然とした弁舌に終始押され、結論を先延ばしにしようとしたものの、主導権を完全に奪われてしまう。久光と容堂は会議から離脱し、ついには兵庫開港の勅許が下りることとなった。同時に長州にも寛大な処置を下すことが決定されたものの、具体性は無く、形式的なものにすぎない。

結果から見れば、会議は諸侯側の完全な敗北に終わった。

「申し訳ございもはん。慶喜の力量ば、甘く見すぎとりもした」

大久保は西郷、小松に向かって頭を下げた。

「もはや、武力による倒幕しかなか」

「じゃっどん吉之助さん、幕府はいまだ強大な兵力ば持ち、軍備も最新のものに改められつつありもす。加えて、慶喜はこちらが思うとった以上の傑物《けつぶつ》じゃ。真正面から戦うとなれば、勝敗はわかりもはんぞ」

大久保の言葉を受け、小松も口を開いた。

「国中を巻き込んでの戦となれば、傷も計り知れぬほど大きか。もしも戦が長引いて外国の介入ば招けば、日本は清国のように、国土を列強に食い荒らされるやもしれん」

「じゃっでこそ、早急に味方の陣容ば固め、朝廷を押さえて倒幕の兵を挙げねばならんのです。時を置けば置くほど、勝ち目はさらに薄くなりもんそ」

西郷は二人を交互に見つめ、続けた。

「徳川家を存続させたままでは、こん国は何も変わらん。たとえ江戸を焼け野原としても、徳川を滅ぼし、慶喜の首を獲らねばならんのじゃ」

「わかった。西郷がそこまで申すのであれば、私も武力倒幕に賛同しよう」

小松の言葉に、大久保も頷く。

「では、まずは土佐を味方に引き入れる。容堂公は佐幕派だが、藩士の中には武力倒幕派も多か。一蔵、早速根回しば頼む」

「承知した」

だが、四侯会議の失敗を受けた容堂は、新たな道を模索しはじめていた。

「大政奉還だと？」

西郷の問いに、大久保が頷く。

「慶喜に自ら政権を朝廷へ返上するよう建白し、徳川家をただの一大名とした上で、改めて諸侯による会議で政を行うっちゅう考えらしか」

まったく新しい考え方というわけではない。勝海舟や越前の横井《よこい》小楠《しょうなん》もかつて、幕府に大政を奉還するよう唱えていたことがあった。だがその頃と今とでは、情勢がまるで違う。

「容堂公に大政奉還の建白を熱心に説いたのは、土佐藩士の後藤《ごとう》象二郎《しょうじろう》とのことじゃ。そして後藤は、坂本龍馬から入れ知恵されたらしか」

「あの坂本が、か」

「まったく愚かなこつじゃ。そのような申し出を、慶喜が呑むはずがなか」

大久保の言う通りだった。四侯会議を潰したことで、時の勢いは幕府側にある。ここで慶喜が自ら一大名の地位に落ちることを肯んずるはずがない。

「いや、待て」

慶喜が大政奉還を拒めば、武力を用いて幕府を倒す大義名分が立つ。それが、坂本の狙いなのだろう。大政奉還が拒まれれば、佐幕派の山内容堂も、これ以上藩内の武力倒幕派を押さえることはできなくなる。

「挙兵の準備ば急げ。長州との連携を密にし、いつでも京に出兵ばできるよう、軍勢を整える。それと同時に、岩倉具視《いわくらともみ》らを使って朝廷に働きかけ、討幕の勅命が下るよう取り計らえ」

「じゃっどん、岩倉卿は謹慎中の身。加えて摂政《せっしょう》・二条斉敬《にじょうなりゆき》は慶喜の従兄弟じゃ。勅命が出るとは思えん」

「偽勅でも構わん。国許の連中を動かす材料になれば、そいでよか」

薩摩藩内にも、武力倒幕の方針に反対する者は少なくない。たとえ偽物であろうと、勅命さえあれば、その者たちを黙らせることができる。

「もう後には引けん。覚悟ば決めておけ」

西郷の気迫に押されたように、大久保は頷いた。

九月、薩摩と長州に芸州《げいしゅう》広島藩を加えた三藩が盟約を結び、十月中に幕府に対して兵を挙げるという約定《やくじょう》を取り交わした。土佐の後藤象二郎からも、慶喜が大政奉還を拒めば挙兵に加わるという言質《げんち》を取っている。

さらには、諸国の浪士を集めて江戸へ送り、事あらば市中で騒擾《そうじょう》を起こさせるようにも手配した。江戸では無辜の民にも多くの犠牲が出ることになるだろうが、それも必要な血だ。

後は、機が熟するのを待つだけだった。

十月十三日、朝廷から薩摩藩へ向けて、倒幕の密勅が下された。無論、正式な手続きを経ていない偽勅である。

だがその翌日、慶喜は二条城《にじょうじょう》に諸大名を集め、大政奉還を上奏する意向を告げる。十五日、慶喜の上奏は朝廷に受理され、二百五十年に及ぶ江戸幕府は終焉を迎えた。

「何ちゅうこつか！」

報せを受け、西郷は思わず声を荒らげた。慶喜が政権を返上したとなれば、倒幕の密勅はその効力を失う。これまでの工作も挙兵計画も、すべてが水泡に帰したのだ。

政権を返上されたところで、朝廷には実際の政を切り回す力などなく、全国の有力諸侯による会議で政権を運営するしかない。そしてその会議では、最大の領土と武力を持つ徳川家が主導権を握るだろう。幕府という形が無くなっても、徳川家が天下を牛耳ることに何ら変わりはない。

それからほどなくして、坂本が薩摩藩邸を訪れた。

「西郷さん、幕府はついに倒れたぜよ。めでたきことじゃ」

晴れやかな表情を浮かべ、坂本は悪びれることもなく言った。

「何がめでたかもんか。徳川の家ばそのまま残して、新たな世を作るこつなどできもはんぞ」

「我らが今なすべきは、戦じゃないがじゃ。一日も早《はよ》う、新たな政を確立することぜよ」

坂本は懐から一枚の書付を取り出した。坂本が起草した、八ヶ条から成る新政府の綱領である。そこには、広く人材を求め、憲法を制定し、上下議院を設置し、陸海軍を整えることなどが記されていた。

西郷にも概《おおむ》ね納得できるものだが、ただ一つ、気にかかる箇所がある。新政府の盟主の名が、〝〇〇〇〟と伏字《ふせじ》になっているのだ。

「こん〝〇〇〇〟には、どなたの名が？」

「さて、そこに誰が入るかは、今後の情勢次第でしょうな。三条実美《さんじょうさねとみ》公か、松平春嶽公、あるいは山内容堂公ゆうこともあるかもしれん。いずれにせよ、戦わずして新たな政体を立ち上げることこそ肝要」

「貴殿は、それほどまでに戦がお嫌いか」

「戦になれば多くの血が流れ、あたら有為の人材を失うことにもなりましょう。それに、政権を失ったとはいえ、徳川の武力はいまだ健在。薩長に芸州、土佐を加えたとしても、必ず勝てるとは言えますまい」

「必ず勝てると言いきれる戦など、そもそもありもはん。じゃっどん、たとえ緒戦で敗れたとしても、主上を西国へ移し奉り、粘り強く戦い続けるまで。徳川とて、長州や薩摩まで兵を出す力はもはや残ってはおりもはん」

「戦は何も生み出しはせん。今の日ノ本の国にとって、戦は大きな傷にしかならんがじゃ。

徳川家を滅ぼしたところで、得られるものより失うものの方がはるかに大きいとは思いませんか」

「思わん。こん二百五十年の泰平に慣れた人心は、戦を経なければ一新できん」

「西郷さん。あんたが徳川を討つことにこだわるのは、私怨《しえん》ではないのか」

「私怨じゃと？」

「恨みや憎しみで、世を変えてはならんぜよ。そんな世は、別な憎しみをまき散らすだけじゃ。徳川を赦し、この国が一丸となってこそ……」

「お引き取り願おう。明日にも薩摩へ下り、兵を率いて再び上京せねばならん」

坂本は目を細めたまま、何か問いかけるように西郷を見つめる。どれほどの時が経ったのか、坂本は諦めたように息を吐き、退出していった。

やはりあの男は、武士ではない。すべてを損得勘定で計る、根っからの商人なのだ。

そこまで考えて、西郷は息を呑んだ。

あの〇〇に入る名は、今後の情勢次第だと坂本は言った。ならば、それが徳川慶喜ということもあり得るのではないか。

もしも坂本の狙いが、最初から徳川家主導の新政体樹立にあったとしたら。いや、さすがにそれは考えにくい。薩長同盟の実現に奔走したのは他ならぬ坂本だ。あの同盟がなければ、幕府が長州に敗れることはなかっただろう。

だが、坂本がどこかの時点で、慶喜の意向に沿うよう動きはじめたという可能性もある。あの男はそもそも、幕臣である勝海舟の弟子であり、その人脈には幾人もの幕府の重役がいるのだ。

これ以上、あの男を捨て置くのは危険だ。放っておけば、何をしでかすかわかったものではない。

西郷は自室に中村《なかむら》半次郎《はんじろう》を呼び出した。以前から目をかけて引き立てた下級藩士で、西郷に絶対の忠誠を誓っている。学はないものの、剣の腕は確かだった。

「俺はいったん薩摩ば帰って、兵を率いてすぐに戻る。その間に、お前に一つ、頼みたか仕事がある」

密命を伝えると、中村の目に獣じみた光が灯った。

五

京の町は、喧噪に満ちていた。

幕府が一夜にして消え去った不安。日増しに高まる緊張と、戦の予感。そうしたものから逃れるかのように、ええじゃないか踊りに集まる群衆は日ごとに増え、乱舞は激しいものとなっている。今夜も鉦や太鼓を打ち鳴らし、何かに憑かれたように手足を跳ね上げる無数の男女の一団と幾度もすれ違った。

料亭の二階から河原町《かわらまち》通りを見下ろしながら、土方は考えを巡らせていた。女は呼ばず、飲んでいるのも酒ではなく茶だった。

幕府の元大目付《おおめつけ》・永井《ながい》尚志《なおむね》から呼び出しを受けたのは、五日ほど前のことだった。

土佐浪士・坂本龍馬を守れ。永井はあろうことか、土方にそう命じた。会津や京の治安を預かる京都見廻組《みまわりぐみ》、さらには局長の近藤にさえも気づかれてはならないという。

「坂本はせいぜい、薩長の使い走りと聞いております。その程度の男を守れとは、異なことを仰せになられる」

「そこもとにすべてを話すつもりはない。だが坂本は今や、徳川家にとって命綱に等しい。かの者を守るは、徳川宗家を守ることと心得よ」

なるほど、そういうことか。土方は合点した。

永井は坂本と面識があり、大政奉還の実現にも奔走したという。幕臣や佐幕派の大半は慶喜が政権を投げ出したことに憤っているが、永井は今後開かれるであろう諸侯会議で慶喜が実権を握ることで、徳川宗家の延命を図ろうとしているのだろう。

実際、政務の経験がない朝廷は慶喜に対し、諸侯会議が開かれるまで引き続き政務を執るよう命じている。大政奉還が為されても、慶喜が天下の政を執っていることに変わりはないのだ。

　このまま何事もなく進めば、いずれは樹立される政体の首班は慶喜ということになる。そしてそのためにも、徳川家は薩長と繋がりのある坂本を生かしておかなければならない。

「して、誰から坂本を守れと？」

「薩長、見廻組、そして新選組。坂本を斬ろうと考える者すべてだ」

　それからというもの、土方は坂本を配下に監視させ、自身も夜になると滞在先に近い料亭に入り浸っている。

　十月下旬から越前に出向いていた坂本は十一月五日に帰京し、河原町通り沿いの醤油《しょうゆ》屋・近江屋に潜伏していた。近藤にさえも内密の任とあって、割ける人数は必要最小限、いくらか不安は残る。

　近江屋を伊東《いとう》甲《か》子《し》太郎《たろう》が訪ねたという報せが入ったのは二日前、十一月十三日のことだった。伊東は数名の従者とともに近江屋に入り、半刻足らずで出てきたという。

　伊東は新選組の幹部だったが、薩長の動向を探るという名目で、この三月に十数名を連れて隊を離脱していた。だが、真の目的は薩長に近づき、倒幕派へ寝返るためだと土方は睨んでいる。

　薩長が目指す武力倒幕の口実を潰した坂本を、薩摩は粛清しようとしている。そしてそのために、伊東を送り込んで坂本の様子を探らせた。大方、そんなところか。

「副長」

襖の向こうから、声がした。薩摩藩邸の監視に当たらせていた、監察方の隊士だ。

「中村半次郎が、薩摩藩邸を出ました。一人で、河原町通りを南に向かっています」

「人斬り半次郎か」

西郷の側近で、数々の暗殺をなしてきたという薩摩きっての遣い手だ。

「ちょうどいい。一度、手合わせしたいと思っていたところだ」

土方は腰を上げ、一人で料亭を出た。そのまま、河原町通りを北へ進む。すでに夜は更け、人通りは絶えている。加えて、月は雲に隠れていた。暗殺にはうってつけの夜だ。

路地に潜み、しばし待った。

足音と抑えきれない剣気が、近づいてくる。土方は和泉守兼定の鯉口を切り、通りへ出た。

「行き先は近江屋か。中村半次郎」

中村が足を止めた。距離はおよそ二間。肌がひりつくほどの殺気を、土方は感じた。

「新選組、土方か」

「悪いが、坂本を斬らせるわけにはいかねえ。邪魔させてもらうぜ」

互いに抜刀した。中村は、示現流《じげんりゅう》の蜻蛉《かげろう》の構え。土方は右足を大きく引き、地面すれすれに刀を構えた。示現流は、初太刀《しょだち》にすべてを懸ける。勝つには、それをかわすことだ。

静寂の中、睨み合った。殺気。かろうじて受け止めながら、じっと機を窺う。

一歩、前へにじり出た。中村も同じように、距離を詰めてくる。ほんの何寸か間合いを縮め、再び固着した。それでも、息苦しいほどの重圧が全身を打つ。

不意に、機が訪れた。中村が奇声を上げ、上段から打ち下ろす。

かわせない。咄嗟に判断し、土方は前へ踏み込んだ。右斜め下段から刀を撥ね上げる。

刃が交錯した。甲高い音とともに、凄まじい衝撃が両腕に走る。

先に二撃目を放ったのは中村だった。左から胴を薙いでくる。後ろへ跳び、何とかかわした。脇腹の皮一枚、斬られている。

沖田ほどの鋭さはない。だが、近藤に勝るとも劣らない豪剣だった。

腹の底から、込み上げるものがあった。恐怖などではない。歓喜だ。覚えず、頬に笑みが浮かぶ。これほどの遣い手と一対一でやり合うのは、いったいいつぶりだろう。気づけば、中村の表情も愉しげなものに変わっている。

「面白かごわすな」

「ああ、面白え」

笑みを交わし、再び同時に前へ出た。

斬撃。鍔元《つばもと》で受け止め、首を薙ぐ。弾き返された。続けて襲ってきた上段からの撃ち込みを避け、下から斬り上げる。中村は後ろへ跳んでかわすが、土方はそのまま踏み込んだ。剣を引き、続けざまに突きを放つ。

二撃目までかわされたが、三撃目が中村の左の肩口を深く抉った。中村がたたらを踏み、後ずさる。土方も正眼《せいがん》に構え、乱れた呼吸を整えた。

中村は、左腕をだらりと下げていた。その指先から、血が滴り落ちている。

このまま押し続ければ勝てる。そう確信し、踏み出そうとした刹那だった。

不意に、あたりが霧のようなものに包まれた。すぐ目の前にいたはずの中村の姿も消えている。

気づくと、どこか知らない部屋に座っていた。

天井は低く、薄暗い。行灯《あんどん》の明かりが、あたりを頼りなく照らしている。傍らには火鉢が置かれ、見知らぬ男が端坐していた。部屋には別に、もう一人男がいるようだ。

「才谷《さいたに》先生、お久しぶりです」

目の前の精悍な顔つきの男が、こちらに向かって言った。

「覚えてらっしゃらないのも無理はありません。それがし、十津川《とつかわ》郷士《ごうし》の……」

男が名乗り終える前に、目の前を光が一閃した。

「貴様！」

もう一人の男が叫ぶと同時に足音が入り乱れ、数人が部屋へ踏み込んでくる。仰向けに倒れたのか、暗い天井が見える。

斬られたのか。だが、痛みはまるで感じない。それでも何とか体を起こし、部屋の隅に掛けた刀を手に取り振り返る。刺客が振り下ろす刃を受け止めると、鞘が割れた。

頬を濡らす雫に、我に返った。

いつの間にか、雨が降り出している。正面には手負いの中村半次郎。場所も、先刻と変わってはいない。

今のはいったい、何だったのか。ほんの一瞬の間、幻を見ていたというのか。いや、ただの幻とは思えない。火鉢の暖かさも血の臭いも、すべてがあまりに生々しかった。まるで、自分が他人の頭の中に入り込んでしまったかのように。

「まさか」

あの刺客は、確かに才谷と口にした。才谷梅太郎《うめたろう》。坂本龍馬の変名だ。

「悪いが、遊んでる暇はなくなった。続きはまただ」

踵を返し、駆け出した。雨はさらに激しくなっている。泥をはね上げながら走り、近江屋へ上がり込む。

薄暗い廊下は泥で汚れていた。数人が土足のまま踏み込んだのは間違いない。中村は恐らく、ここを襲った刺客団に合流する予定だったのだろう。

二階へ続く階段に、大柄な男が倒れている。坂本の用心棒、藤吉《とうきち》だ。階段を上がりきると、開け放された襖の向こうに二人の男が倒れていた。坂本と、陸援隊《りくえんたい》の中岡慎太郎。あたりは血に染まり、割れた鞘に収まったままの坂本の刀が転がっている。二人とも、まだ息はあるようだ。

「おい、坂本」

土方は血だまりに膝をつき、坂本がもう助からないことを悟った。額を横一文字に断ち割られている。斬ったのは、相当な遣い手らしい。

「土方、か……。わしゃ、脳をやられた。もう、いかんぜよ」

坂本は虚ろな目を虚空に向けたまま、独言のように続ける。

「こんなはずでは……なかったんじゃがのう……。上手くは、いかんもんぜよ……」

びくりと体を震わせ、坂本は目を見開いた。

土方は息を呑んだ。坂本の左右の目の色が、それぞれ違う。片方は黒く、もう片方は、海のように蒼い。

坂本の体から、わずかに残された力が抜けていく。それに合わせるように、片方の目の色が蒼から黒へ、ゆっくりと変わっていった。

死へと落ちていく坂本を、土方は呆然と見守ることしかできなかった。

土佐藩邸は、ここからわずか数町。店の者が異変を報せたとすれば、じきに人が駆けつけてくるだろう。ここにとどまるわけにはいかない。土方は、坂本と中岡をそのままにして近江屋を後にした。

悪い夢の中にいるかのような心地だった。だが、肌を切るような冷たい風も、掌にこびりついた血も、現実のものとしか思えない。

坂本龍馬。あの男はいったい何者だったのか。何を望み、何を為そうとしていたのか。一つとして答えを出せないまま、土方は屯所《とんしょ》に向かって歩きはじめた。

六

坂本龍馬の死を待ちわびていたかのように、時勢は戦へと流れはじめた。

幕府から政権を返上された朝廷は、会議を開くため諸侯に上洛を呼びかけるが、その多くが様子見を決め込み、応じたのは薩摩・芸州・越前・尾張・土佐の五藩のみという有様だった。

十二月九日、五藩の兵が禁裏《きんり》の諸門を固め、『王政復古の大号令』を発し、新体制の樹立を宣言する。慶喜は開戦を避け、松平容保《かたもり》らを従えて大坂へ移った。

だがここに至っても、五藩は徳川家討伐で一本化されていたわけではなかった。同日行われた朝議では、山内容堂が慶喜を新政権に迎えるべきと主張し、会議は紛糾する。しかし、結局は容堂が薩摩に押しきられる形となり、慶喜に官位の辞職と領地の返納を求める辞官納地《じかんのうち》が決定された。

一方で、薩摩は江戸でも徳川家に対する攪乱工作を行っていた。江戸薩摩藩邸に集めた浪士たちに『御用盗《ごようとう》』を名乗らせ、押し込み強盗や略奪、放火といった狼藉を働かせて徳川方を挑発していたのだ。

江戸では治安が極度に悪化し、業を煮やした徳川方が薩摩藩邸を攻撃する。藩邸は焼け落ち、浪士側に多くの死傷者を出す結果となった。

この報せを受けた大坂の旧幕府強硬派は京都進撃を主張し、押し切られた形となった慶喜はついに出陣を下命する。旧幕軍は一万五千、対する薩長軍はせいぜい五千。旧幕軍の勝利を誰もが疑っていなかった。

「その結果が、この様かよ」

煤で汚れた顔を手で拭い、土方は自嘲の笑みを漏らした。

戦端は一月三日、鳥羽《とば》街道で開かれた。この時、旧幕軍先鋒は銃に弾を込めてさえいなかったという。攻撃を予期していなかった旧幕軍は大混乱に陥り、あえなく敗走した。

一方、土方が指揮する新選組は、旧幕軍や会津軍とともに、旧伏見奉行所の守備に当たっていた。近藤は伊東一派の狙撃を受けて肩を負傷し、労咳《ろうがい》が悪化した沖田とともに大坂で療養している。

戦がはじまるや、間断ない砲撃が旧伏見奉行所を襲った。新選組は弾雨の中、斬り込みを敢行して敵陣に迫ったものの、奉行所は焼け落ち、味方は敗走を余儀なくされる。

翌四日の戦闘でも、旧幕軍は連携を欠き、各所で敗走を重ねる。そしてついに、薩長の陣に錦の御旗が掲げられた。

土方はその報せを、淀千両松《よどせんりょうまつ》の旧幕軍陣地で受けた。

「つまり、薩長は官軍、俺たちは逆賊ってわけだ。こうなれば、味方から必ず寝返りが出る。斎藤、覚悟しておけよ」

「しかし副長、錦旗といってもそれは、薩長が帝に強要して出させたものでしょう」

「誰がどうやって出させたかなんざ、関係ねえのさ。歴史ってのはどうやら、勝った奴が好きに作れるらしい」

「だったら、勝てばいい。そういうことですね？」

斎藤が不敵な笑みを浮かべる。

「そういうことだ」

戦はまだ、終わったわけではない。薩長は最新の銃砲を持っているが、味方の装備も決して劣ってはいなかった。

兵力差と地の利を活かしてここで踏みとどまれば、まだ逆転の目はある。何より、このまま一矢も報いないまま逃げ帰っては、近藤や沖田に合わせる顔がなかった。

翌五日早朝、伏見を発した薩長軍が、伏見街道を南下してきた。

味方の主力は会津軍で、旧幕府歩兵隊のような最新の銃砲は持っていない。だが、地の利はこちらにある。千両松は右手を宇治川、左手を沼地に挟まれ、横に大きく拡がることはできない。戦い方次第では、敵の前進を食い止めることも不可能ではないはずだ。土方は、宇治川の堤の上に会津から貸与された旧式の砲二門を置き、街道沿いの藪の中に永倉《ながくら》新八《しんぱち》ら斬り込み隊を埋伏した。

敵の砲が火を噴いた。甲高い音が響き、着弾と同時に土煙が巻き上がる。

続けて敵の前衛が、味方の射程外から発砲を開始する。土方の目の前に積み上げた弾除けの米俵にも、嫌な音を立てて銃弾が突き刺さる。

「副長、敵の前衛は長州です」

「そうか。異人を斬れと喚いてた連中が、異国の武器で攻め寄せてきやがる。まったく、攘夷志士が聞いて呆れるぜ」

味方の反撃は散発的で、敵の前進を止めるにはいたらない。土方が配した二門の砲も、ほとんど効果は上がっていなかった。加えて、戦場にはひどい北風が吹いていた。こちらにとっては向かい風となり、銃を構えていても狙いがつけられないほど砂埃が吹きつけてくる。

「撃ち合いじゃ勝ち目はねえ。鉄砲を捨てろ。引きつけて一気に斬り込むぞ」

刀の鯉口を切った刹那、敵の左手から喊声が上がった。

茂みに潜んでいた会津兵数十人が、敵の側面に斬り込んだのだ。その中には、永倉ら新選組隊士たちの姿も見える。敵の前進が止まり、射撃がやんだ。

「よし、続け！」

抜刀し、陣地を飛び出した。

耳元を弾が掠め、後方でいくつもの悲鳴が上がる。振り返らず駆け続け、敵が密集する中へ斬り込む。

「し、新選組だ！」

敵兵の間に動揺が走った。鉄砲や大砲では敵わないが、新選組の名はまだ効果があるらしい。背を向けて逃げようとする敵兵の背中を斬り下げ、返す刀でもう一人の首筋を裂く。

だが、敵は後ろから押し出されるように、後から後から湧き出してくる。やがて数の差が表れ、会津兵が崩れはじめた。

「退け、淀城まで退くのだ！」

声を嗄らして叫ぶ会津の将に、土方は舌打ちした。こうなっては、新選組だけで敵を食い止めることはできない。

銃撃を受けながらの後退は酸鼻を極めた。味方は次々と倒れ、街道が血に染まっていく。射手が撃たれたのか、大砲の援護もなかった。

やっとの思いで陣地に戻ると、間髪を容れず敵の砲弾が襲ってきた。直撃を受けた隊士の体が四散し、手や足を失った者が叫び声を上げながらのたうち回る。さらに敗走を続け、多くの犠牲を出しながら淀城下までたどり着いた。

「かなりやられたな、斎藤」

「はい。井上《いのうえ》さんも……」

「そうか、源さんが死んだか」

六番隊長の井上源三郎《げんざぶろう》は、土方や沖田が剣を学んだ試衛館《しえいかん》の古株だった。剣の腕は沖田や斎藤に及ばないが、その温厚で親しみやすい人柄には、土方も何度も助けられた。

「どうやら、こいつで戦う時代は終わっちまったらしいな」

土方は、腰の和泉守兼定を叩いた。

剣の時代が終わる。それは、坂本がいつか言っていたように、武士の時代が終わるということを意味するのかもしれない。人智の及ばない、抗いようのない時の流れというものなのだろう。

鳥羽方面でも旧幕軍は敗れ、富ノ森を捨てて淀へ後退していた。城下は旧幕軍兵でごった返し、あちこちから負傷者の呻き声が聞こえてくる。だが、淀藩は旧幕軍の入城を拒否したため、八幡方面への転進が命じられた。

翌六日朝、薩長軍が淀川の渡河を敢行した。旧幕軍は前衛を破られながらも善戦し、薩長軍はこれを攻めあぐねるが、旧幕軍の陣地にまったく予期していない方向から砲撃が浴びせられた。大山崎《おおやまざき》の陣地を守備していた津藩が、薩長に寝返ったのだ。

　連戦連敗の旧幕軍に、もはや踏みとどまる力は残されていなかった。側面からの砲撃に崩れ立ち、大坂へ向けて敗走していく。土方も隊士をまとめ、大坂を目指した。

　新選組は一連の戦闘で二十数名を失い、十余名が隊を離れて脱走した。監察方の山崎丞も瀕死の重傷を負い、隊内屈指の剣客だった吉村貫一郎《よしむらかんいちろう》も行方知れずとなっている。

　大坂へ向かう途上、土方は隊士の掲げる旗を見上げた。『誠』の一字を染め抜いた隊旗。煤と埃に汚れ、あちこちに銃弾の穴が開いているが、それでも激しい風を受け止め、雄々しくはためいている。

「まだ、終わったわけじゃねえ」

　土方の独言に、斎藤が強く頷く。

　振り返り、彼方に見える薩長の陣を睨んだ。

　西郷吉之助。あの男は今、どこにいる。京の御所か。それとも、前線に出て軍を指揮しているのか。

　中村半次郎が動いていたことからすると、坂本暗殺を指示したのはまず間違いなく西郷だろう。坂本を斬ることで、時勢を徳川家主導の合議政体樹立から、徳川家討滅へと強引に捻じ曲げたのだ。

　あの男はなぜ、そこまで徳川を憎むのか。この国を二つに割った内乱を起こしてまで徳川家を滅ぼすことに、いったいどれほどの意味があるというのか。あの蒼い双眸を思い起こすと、腹の底から怒りが湧き上がってくる。

「いいだろう」

抗ってやる。この先、時勢がどう変わろうと、最後の最後まで抗い続けてやる。武士の世が終わるのだとしたら、俺が最後のもののふだ。

敵陣に翻る錦旗を目に焼きつけ、再び歩き出した。

懐に入れた沖田の首飾りが、かすかな熱を帯びている。

十一　渦は途切れず

一

慣れ親しんだ硝煙の臭いが、鼻を衝いた。

いつものように朝から始まった銃撃戦は、日が西に傾きかけた今も、いつ果てるともなく続いている。

今日も、こいつの出番はなさそうだ。独り言ち、土方は腰の和泉守兼定の柄をぽんと叩いた。

鳥羽・伏見での惨敗の後、髷を落とし、洋装に改めた。洋式戦術を学び、これからの戦は銃と砲だと確信している。実際、鳥羽・伏見で負けてからは、刀を抜いて敵と斬り結ぶ機会などなかった。

それでも、刀を佩かずに戦場に出る気にはなれない。いつか、肌がひりつくような斬り合いができるかもしれない。そんな思いが捨てられなかった。

まったく、未練がましいな。再び独言し、土方は戦場に目を向けた。

土方が本営を置く二俣口《ふたまたぐち》の台場《だいば》山《やま》周辺には、十六の胸壁を築いている。味方はそれを楯に、敵の前進を食い止めていた。新政府軍は、見晴らしのいい川沿いの道ではなく、山道を進んでくるため、数の優位を活かしきれていない。

土方率いる旧幕府軍は三百。対する新政府軍は八百。だが、戦闘開始から十日、幾度となく台場山へ攻め寄せてきた敵を、土方はことごとく撃退していた。

山から吹き下ろす風を、頬に感じた。蝦夷地の風は四月でもどこかひんやりとして、京や江戸とはまるで違う。

思えば、ずいぶんと遠くまで流れてきたものだ。鳥羽・伏見の敗戦で京から追われ、大坂から江戸へ逃げ帰った。そして流山《ながれやま》、宇都宮《うつのみや》、会津を経て、新天地を求めて蝦夷地へ。その間、薩長の新政府によって元号が明治《めいじ》と改められている。

沖田総司は、昨年の五月に労咳で死んだ。斎藤一は土方と袂を分かち、会津に残留した。近藤勇も、流山で新政府軍に投降し、板橋《いたばし》で斬首された。薩長は私怨から、近藤に切腹を赦すことさえしなかったのだ。そして今、新選組はわずかばかりの生き残りがいるだけで、影も形も残っていない。今、土方が率いているのも、旧幕府軍の衝鋒隊《しょうほうたい》と伝習《でんしゅう》歩兵隊から成る混成部隊だった。

旧幕府海軍副総裁・榎本武揚《えのもとたけあき》を筆頭とする旧幕府軍が蝦夷地へ渡ったのは、新政府と戦うためではなく、あくまで旧幕臣が生きるためだった。

前将軍《さきのしょうぐん》・徳川慶喜は、鳥羽・伏見で戦う将兵を見捨てて逃亡したばかりか、新政府に対し恭順を貫き、戦うことなく江戸を明け渡した。そして、徳川家はわずか七十万石に減《げん》封《ぽう》された。

たったそれだけの領地で、旧幕臣とその家族を養うことはできない。そこで榎本は、旧幕臣の保護と北方警護、開拓を名目に、各地で抵抗を続ける旧幕府軍を糾合して蝦夷地へ渡ったのだ。

蝦夷地を平定し、箱館《はこだて》に事実上の政権を樹立した榎本は、新政府に対し蝦夷地開拓の嘆願書を送る。しかし新政府はこれを却下し、旧幕府軍追討の号令を発した。そして明治二年四月、新政府軍が蝦夷地へ向けて侵攻を開始する。

新政府が榎本の嘆願を拒むのは、最初からわかっていたことだった。

結局のところ、戦で決着を付けるしかない。そもそもあの欲深い薩長が、蝦夷地を旧幕臣の手に委ねるはずがなかったのだ。ならば、二度と手出しができないほどの痛手を新政府軍に与え、諦めさせる他ない。

いくつかの隊に分かれ箱館を目指す新政府軍に対し、旧幕府軍は土方を二俣口、大鳥圭《おおとりけい》介《すけ》を木古内口《きこないぐち》に配した。そして今のところ、土方は連戦連勝で敵の進撃を食い止め続けている。

気づけば、敵陣からの銃声が途切れがちになっていた。見ると、前面の敵が後退をはじめている。

これ以上の前進は不可能だと判断したのだろう。だが、土方はかすかな違和を覚えた。敵の攻めが、あまりに淡泊すぎる。

「気を抜くなよ。まだ、終わってはいないぞ」

安堵の吐息を漏らす兵たちを叱咤した時、思わぬ方角から銃声が連続して響いた。左手の、険しい山の上。急峻《きゅうしゅん》な崖を登らなければ行けない場所だ。正面の敵は、時間稼ぎの陽動だったということか。

舌打ちし、土方は迎撃を命じた。

日は西の山々に没しかけている。今夜は長くなりそうだと、土方は思った。


夜を徹しての激戦の後、勝敗は伝習歩兵隊の決死の斬り込みで決した。歩兵隊は多くの死傷者を出したものの、敵の指揮官を戦死させ、この方面の新政府軍を敗走に追い込んだのだ。

だが、新政府軍はもう一方の攻め口である木古内を突破し、その後方の矢不来《やふらい》まで迫っていた。退路を断たれることを危惧した土方は、箱館への撤退を決断する。

「土方君、よく戻ってくれた」

五稜郭《ごりょうかく》に帰還した土方を、榎本が出迎えた。

「無事で何よりだ。君にもしものことがあったら、全軍の士気に関わる」

榎本が右手を差し出す。西洋式の挨拶だ。その手を握り返した土方は、かすかな嫌悪を覚えた。

今にはじまったことではない。鳥羽・伏見の敗戦後、大坂ではじめて会った時から、この男とは相容れないものを感じていた。学問もでき、時流を見る目もある。旧幕府でも要職にあったが、その立場を笠に着て横柄な態度を取るでもない。それでもなぜか、心の底からは信頼できずにいる。おそらく榎本も、同じことを感じているのだろう。

「榎本さん。俺はこの戦に勝つために、ここへ戻ってきた」

「わかっている。我らが勝つためには、君の力が必要だ」

「言われずとも最後まで戦いますよ、俺は。榎本さんも、肚を決めておいてくれ」

降伏は選ぶなという意味を、言外に込めたつもりだった。伝わったかどうかはわからない。

二俣口、木古内口を突破された時点で、もはやこの戦争に勝ち目はない。それは、榎本も理解しているだろう。降伏か、徹底抗戦の末に散るか。残された道はすでに、二つに一つだ。

なぜ、ここまで生き延びてきたのだろう。五稜郭内に宛がわれた自室で、ふと自問した。死に場所など、いくらでもあったはずだ。流山で新政府軍に包囲された時、無理にでも近藤を引き止めて全滅する道もあった。会津にとどまり、敵に斬り込んで散る道もあっただろう。だが、なぜか俺は生きている。近藤も沖田もいなくなり、新選組は消えてなくなった。それでもなお生き続けて、俺は何を求めているのか。

「埒もねえ」

自嘲して、土方は答えを諦める。死ななかったから、生きている。ただ、それだけのことだ。

五月に入ると、態勢を整えた新政府軍が箱館の目と鼻の先まで迫ってきた。旧幕府軍は幾度か敵陣に奇襲を仕掛けたものの、ことごとく跳ね返されている。

五月十一日払暁、新政府軍の総攻撃がはじまった。

味方の前衛陣地は次々と破られ、背後の箱館山も奪取された。敵が箱館市街に雪崩《なだ》れ込むのも時間の問題だろう。

「事ここにいたっては、全軍で五稜郭に立て籠もる他あるまい」

旧幕府軍幹部を集めた軍議の席で、榎本が言った。

「この五稜郭は、最新の築城技術をもって築かれた要塞だ。敵がいかなる大軍であろうと、容易には落ちん」

「無駄だな」

断言した土方に、いくつもの鋭い視線が浴びせられる。それを意にも介さず、土方は続けた。

「籠城は古来、援軍が来ることを前提にした戦術だ。この孤立無援の五稜郭に、いったいどこから援軍が来る？」

「では貴殿は、城に籠もらず打って出ろと言われるのか」

「敵の攻撃は今、箱館市街に集中している。その隙を衝いて、こちらは散らばった兵力を一つにまとめ、七重浜《ななえはま》の敵本営を強襲する。新政府軍総督・黒田《くろだ》清隆《きよたか》の首を挙げれば、残った敵は崩れる」

「馬鹿な。無謀すぎる」

「どう掻き集めても三千余りの我が軍に対し、敵は一万近いのだ。城外で戦って、勝てるはずがあるまい」

　幹部たちは、是が非でも籠城に持ち込みたいようだった。その本音は、勝つことよりも保身にあるのだろう。

　土方は幹部たちに目もくれず、榎本に向かって問う。

「榎本さん、大将はあんただ。城に籠もって降伏の機を窺うか、それとも乾坤一擲《けんこんいってき》の勝負を挑むか。あんたが決めてくれ」

　一同の視線が、上座に集まる。土方も、腕組みして瞑目する榎本を見据えた。

　しばしの沈黙の後、榎本が目を開く。

「籠城だ。ただし、降伏のためなどではない。我らが耐え続けて包囲が長引けば、敵に隙が生まれ、勝機も見える。一か八かの賭けに出て全てを失っては、これまで我らの志に殉じた兵たちに申し訳が立たん」

やはり降るつもりかと、土方は思った。口では何とでも言える。だが、唯一の勝機は今ここにしかない。それを捨てるということは、この戦に勝つ気がないということだ。

「わかった。ならば、俺がここにいる意味はないな」

このあたりが潮時だろう。土方は腰を上げた。

「待て、土方君。どこへ行く？」

「孤立した弁天台場《べんてんだいば》の味方を救う。あそこには、新選組の仲間が多くいるんでね」

榎本が、何か問いかけるようにこちらを見つめる。その目の奥が、かすかな蒼い光を放っていることに土方は気づいた。

そうか。そういうことか。道理で反りが合わないわけだ。

こいつは、西郷と同じ目をしていやがる。どういう理屈か見当もつかないが、どうやら俺は、この蒼い目を持つ連中とはまったく相容れないらしい。

「土方君。君が言ったように、大将は私だ。その私の命令に、従えないと？」

榎本の顔に、苛立ちが滲む。

「俺は多摩の百姓上がりだが、これでも、もののふの矜持ってやつは持ち合わせているつもりだ」

一同を睨みつけると、声を出す者はいなくなった。踵を返して部屋を出ると、外の厩《きゅう》舎《しゃ》へ向かった。

もののふの矜持か。歩きながら内心で呟き、自嘲の笑みを漏らす。

何のことはない。薩長に屈したくないという子供じみた思いに、それらしい名前を付けただけのことだ。

ふと、西郷の顔が浮かんだ。

あの男は何を望み、何を求めてこの戦争を起こしたのか。この、革命の名を借りた殺し合いの果てに、何が残ると考えているのか。そして、この国はこれからどこへ向かっていくのか。あの男の口から、直接聞いてみたい。それが心残りと言えなくもないが、そんな機会は未来永劫《えいごう》、訪れはしないだろう。

――コレデ終ワルツモリカ？

不意に、声が響いた。

あたりを見回すが、それらしき相手はいない。

――コノ先ニアルモノヲ、見タクハナイカ？

頭の中に直接響くような、老若男女いずれともつかない、不可思議な声。だが、これと似た声を以前、どこかで聴いたような気もする。

――死ヌコトダケガ、モノノフノ道デハアルマイ。

死を前に、己の心の声が聞こえた。大方、そんなところだろう。

「もう決めたことだ」

答えて、土方は歩き出す。

胸元に手を入れ、渦巻きを象《かたど》った首飾りを取り出した。いつか、沖田から貰《もら》ったものだ。

持つ者の命を一度だけ救う力があるのだと、沖田は言っていた。それが本当なら、幾度も逃した死に時のうちの一つは、この首飾りのせいかもしれない。

「馬曳け」

首飾りを再び胸元に押し込み、土方は命じた。

銃声が近い。敵が、市街に突入したのだろう。砲撃も盛んに行われ、町の方々で火の手が上がっている。海上では、軍艦同士の砲撃戦もはじまっていた。

馬丁《ばてい》が曳き出した馬に跨ると、命じてもいないのに兵たちが集まってきた。

たった五十名ほどで、ほとんどが見知った顔だ。土方が何をしようとしているのか、言わずとも察しているのだろう。

「覚悟はできてるようだな」

兵たちがそれぞれ、決意に満ちた顔つきで頷く。

「土壇場で逃げ出す奴は、俺が斬る。それでもよけりゃ、ついてこい」

馬腹を蹴る。馬が、並足で駆け出す。集まった兵の全員が、後に続く。

「開門」

箱館市街へと続く門扉が、音を立てて開かれる。

このまま死ぬのか。この先にあるものを、見届けたくはないのか。脳裏をよぎる自問の声を振り払う。

「新選組、土方歳三。参る」

和泉守兼定を抜き放ち、馬を駆けさせた。

最後の戦場は、目の前にある。

二

そこは、さして広くもない山中の洞窟だった。

剝き出しの岩肌。その上で胡坐を掻く男に向かい、〝声〟が語りかける。

「明治二年五月十八日、箱館五稜郭の開城をもって、戊辰《ぼしん》の役は幕を閉じた。そなたたちの言うところの〝御一新〟によって、この国は封建の軛から脱却し、天皇を中心とした近代国家へと生まれ変わっていく」

「そうだ」

男は答えた。洞窟へ吹き込むかすかな風が、頬を撫でる。夜明けは近い。

「だが、武力を用いることなく成し遂げられたはずの変革を、そなたは敢えて、夥しい流血を伴う戦争へと導いた。そしてその結果、この国には消えることのない遺恨と、対立の芽が遺された」

「悔いてはおらん。あれは、必要な血だったのだ」

倒幕戦の前にも、薩英《さつえい》戦争、長州征討、禁門の変と、小規模な戦はあった。だが、より大きな日本全土を巻き込むほどの戦争を起こさなければ、この国の民が真の意味で泰平の眠りから醒《さ》めることはない。男はそう信じて、戊辰戦争を起こした。その信念は、今も変わってはいない。

「そうか」

数拍の沈黙の後、〝声〟は続けた。

「ならばここから先は、そなたが語るがよい」

三

まるで見知らぬ土地にいるような思いに、しばしば襲われた。

建ち並ぶ洋式の建物にも、東京という町の名にも、いまだに慣れることができない。

西郷吉之助改め隆盛《たかもり》は、編み笠を目深《まぶか》にかぶって顔を隠し、二人の従者を伴って日本橋《にほんばし》の自邸を後にした。

もう、ここに戻るつもりはない。しばらくは小梅《こうめ》村にある知己《ちき》の商人の別荘に厄介になり、それから鹿児島へ帰るつもりだった。

陸軍大将兼参議、並びに近衛都督《このえととく》を辞する旨を太政官《だじょうかん》に伝えたのは、昨日のことだった。陸軍大将を辞することは許されなかったものの、参議と近衛都督の辞職は認められた。

官職への未練など、欠片もない。元々、望んで就いた地位ではなかった。戊辰戦争の後に薩摩へ帰っていた西郷が参議の職に就いたのは、岩倉具視や大久保利通《おおくぼとしみち》の度重なる懇願に根負けしたからだ。

最初から、倒幕戦の勝利が決定的になった暁には中央政界から身を引くつもりでいた。

自分の役目は、幕府という古い大樹を切り倒すことだ。その後の新国家建設という細やかな事業には、自分は向いていない。その役目は、大久保のような能吏が担うべきものだ。西郷は中央ではなく、薩摩からその手助けをするつもりだった。

しかし、岩倉は西郷が新政府に出仕しないことを危惧した。西郷が、新政府打倒のため薩摩で兵を挙げるのではないかと考えたのだろう。

岩倉らの執拗な出仕要請をやむなく承諾した西郷は、朝廷直轄軍の創設と、その武力を背景とした廃藩置県を断行する。

日本が近代国家に生まれ変わるには、藩という枠組みの解体が必須だった。だがそれは、鎌倉の世から続く、武士が与えられた領地を治めるという仕組みを否定することになる。激しい抵抗が予想され、西郷も戦争を覚悟していたが、旧藩主たちは新政府の武力を恐れ、武器を取ることはなかった。大久保、木戸《きど》孝允《たかよし》、岩倉具視ら新政府首脳が長期の外遊に出た後も、西郷は政府の首班として、国内で諸々の改革に当たる。

徴兵令の布告、地租《ちそ》改正、身分制度の撤廃、鉄道の敷設。後に御一新と称されることになる一連の変革は、その多くが西郷主導の留守政府の下に行われた。

だが、改革に邁進《まいしん》しながらも、西郷は政府の有り様に失望していた。政府の要職にある者たちからは、早くも腐敗臭が漂いはじめている。浅ましいほど猟官に精を出し、政商から賄賂を受け取って私腹を肥やす。困窮する士族たちを尻目に己は分不相応な屋敷を建て、何人もの妾を囲って豪奢な暮らしを送る。そんな輩が、あまりにも目につくのだ。

そして不思議なことに、腐敗した要人の多くは黒々とした目と大きな耳を持ち、一目見ただけで西郷を不快にさせる。その筆頭が、長州閥の領袖《りょうしゅう》・木戸孝允だった。

はじめて会った時から、木戸とは相容れないものを感じていた。それでも手を組んだのは、長州と同盟を結ばなければ幕府に対抗できなかったからにすぎない。伊藤博文《いとうひろぶみ》や山県《やまがた》有朋《ありとも》といった長州の要人たちも、西郷は好ましく思っていない。

「海と山、か」

古の時代から対立を続けてきたという、二つの一族。坂本龍馬はかつて、徳川は山だと言っていた。だが、山族を根こそぎ滅ぼすことなどできはしない。現に、この政府にさえ少なくない山族の人間がいるのだ。市井《しせい》では〝青鬼〟と呼ばれ忌み嫌われる海族は、政府でも少数派だった。

朝鮮との外交問題が持ち上がったのは、明治六年六月のことだ。日本との国交を拒否し続ける朝鮮に対し、板垣退助《いたがきたいすけ》ら政府の一部から、「朝鮮討つべし」の声が上がったのだ。これに対し、西郷は征韓《せいかん》に反対した上で、自分が全権大使として朝鮮に赴くことを主張した。

朝鮮に攻め入ったところで、宗主国の清や、強大なロシアを敵に回すだけだ。それだけならばまだしも、秀吉の朝鮮出兵のような泥沼に嵌まれば、新政府は瞬く間に瓦解する。まずは武力によらず、穏便なやり方で朝鮮に開国を促すべきだった。

議論の結果、八月の閣議で西郷の派遣が決定する。だが、上奏を受けた天皇は大久保ら使節団の帰国を待ち、協議の上で再度上奏するようにと命じた。

翌九月に使節団が帰国すると、議論は沸騰《ふっとう》した。大久保らは、もしも朝鮮で西郷が殺害された場合、戦争は避けられないとして反対したものの、十月十五日の閣議で多数決の結果、西郷の派遣が決定される。

西郷は大久保との対立を、深刻に捉えてはいなかった。外国との戦争を避けるという点で、西郷と大久保の目的は一致している。西郷派遣の是非では対立したが、目指すところは同じなのだ。

だがその思いは、わずか数日で覆される。

十月二十日、太政大臣の三条実美が急な病で倒れ、岩倉具視がその代理に就任したことで状況は一変した。岩倉は閣議の結果とともに派遣延期案を上奏し、天皇は派遣の延期を勅裁したのだ。岩倉の背後では、大久保が動いていたという。

激昂した西郷はその日の内に辞表を提出し、板垣、江藤新平《えとうしんぺい》、後藤象二郎らもそれに続く。この後は、二年も日本を留守にしていた大久保、木戸、岩倉らが復権し、政府の主導権を握ることになるのだろう。

征韓論を巡る議論は結局のところ、単なる権力闘争に過ぎなかったのだ。

小梅村に向かう川舟に揺られながら、最後に大久保と交わした会話を思い起こす。

「どうしても、薩摩に帰るつもりか」

帰郷の挨拶に訪れた、大久保の執務室だった。無言で頷く西郷に、大久保は詰め寄る。

「あんたがおらねば、不平士族は抑えられん。また、国の中で戦が起こるぞ。それでもあんたは……」

「士族がまっこつ腹を立てとるのは、政府の政が公平を欠いとるからじゃ。薩長が官職を独占し、役人どもが贅沢《ぜいたく》な暮らしばしちょる。賄賂を取った者が、のうのうと政府にとどまり続ける。そげな政に、士族は怒っとるんじゃ」

「西郷さん。綺麗事だけでは、政は回っていかん。それは、あんたもようわかっとるはずじゃが」

卑劣な謀略に手を染めてきた。死ぬ必要のない人間も、多く犠牲にしてきた。だがそれはすべて、目指す世を築くためのものだ。地位や名誉にしがみつく俗物たちを満足させるためなどでは、断じてない。

「俺は海の人間じゃ。山の者とはやっていけん」

「馬鹿なことを。この文明開化の世で、そげな言い伝えを信じる方がどうかしとる」

大久保は呆れたように首を振る。海でも山でもない大久保には、理解できない話だろう。

「俺はもう、嫌気が差した。何もかもが、嫌になったんじゃ」

しばしこちらを見つめた後、大久保は諦めたように嘆息を漏らし、西郷から顔を背けた。

「そうか、わかった。俺はもう知らん。勝手にせえ」

そう言ったきり、大久保は口を開かない。深く一礼し、西郷は執務室を後にした。

幼い頃からの付き合いだった。ともに貧窮に苦しみ、志を立て、艱難辛苦《かんなんしんく》を味わいながら新たな世を打ち立てた。だが、どこかで道を違えた。これから先、その道が交わることはないだろう。

四

狩猟と湯治《とうじ》に明け暮れる、平穏で無為な日々だった。

東京から鹿児島の武村《たけむら》にある自宅へ帰ると、西郷は妻と子、愛犬たちと過ごした。一介の農夫のように庭の畑を耕し、たびたび薩摩や大隅《おおすみ》の温泉に出かけては湯につかり、猟をする。

思えば自分の生涯で、これほど穏やかな毎日を送ったことはなかった。幕末の動乱や東京での政争が、遠い幻のように思える。

あの頃の自分は、何か想像もつかないほど大きなものに衝き動かされていたような気がする。幕府への憤りや新たな世を作るという志とは別に、天の意思のようなものを感じることがたびたびあったのだ。とはいえそれも、今となってははっきりと思い出すことができない。

どれほど平穏な暮らしを望もうと、政治向きの話は否が応にも耳に入ってきた。

明治七年二月には、佐賀の乱が勃発した。西郷と同じく下野していた江藤新平が、不平士族とともに兵を挙げたのだ。反乱は間もなく鎮圧され、敗れた江藤は西郷を頼り鹿児島まで逃れてきた。だが、西郷に乱を起こすつもりなどさらさらない。諦めた江藤は四国へ向かうが捕縛され、わずか二日の審議の後に処刑、梟首《きょうしゅ》されたという。西郷が江藤の助命嘆願運動をはじめた直後のことだった。

結局、西郷は政治から完全に身を引くことができなかった。中村半次郎改め桐野《きりの》利秋《としあき》、篠原《しのはら》国幹《くにもと》、村田《むらた》新八《しんぱち》ら陸軍幹部をはじめ、多くの軍人や警吏らが西郷を慕って政府の職を辞し、薩摩へ下野してきたのだ。鹿児島には職を失い、政府に不平を抱く士族が溢れ返った。

このままでは、政府からあらぬ疑いをかけられ、不測の事態に発展する恐れがある。やむなく、西郷はこうした士族たちを収容するため、私学校を開設した。名目は士族たちに漢文の素読と、有事に備えての軍事教練を施すことだが、実際は彼らを統制下に置き、予期せぬ暴発を防ぐことにある。

しかし、事態は西郷の予想を超えた動きを見せる。私学校に集まった多数の士族が〝私学校党〟と呼ばれ、勢力を拡大しはじめたのだ。私学校党はわずか数年で県の要職を占めるようになり、県政を左右するほどの勢力を持つにいたる。私学校党は中央の意向を無視し、鹿児島は半ば政府から独立した状態になりつつあった。

明治十年一月、西郷は大隅半島の小根占《こねじめ》にある昔馴染みの家に滞在し、狩猟三昧の日々を送っていた。

前年十月には、熊本神風連《しんぷうれん》の乱、福岡秋月《あきづき》の乱、山口萩《はぎ》の乱と、不平士族による叛乱が立て続けに起こっている。政府の目は今、西郷と鹿児島に注がれているだろう。西郷が鹿児島市中を離れているのは、政府に痛くもない腹を探られないためでもある。

「西郷先生は、お起ちにならないのですか？」

そう問うたのは、平蔵《へいぞう》という近所に住む少年だった。

西郷家の家人・永田熊吉《ながたくまきち》の遠い縁戚に当たり、西郷が帰郷してからは何かと家を訪ねてくる。十二歳になる平蔵は、息子の寅太郎《とらたろう》、午次郎《うまじろう》と歳が近いので、遊び相手として特に咎めることもなく家に出入りさせていた。激しやすいところはあるが頭の回転が速く、なかなか見どころがある。今回の小根占滞在にも、従者として伴っていた。

「平蔵は、政府が嫌いか？」

逆に訊ねると、平蔵は「はい」と即答した。

「先生を朝鮮へ派遣しなかったくせに、今になって戦を仕掛け、不平等条約を押しつける。これでは、何のために先生が下野されたのかわかりもはん」

平蔵が言うのは、江華島《こうかとう》事件と、それに続く日朝修好条規のことだった。

明治八年九月、政府は測量の名目で朝鮮の江華島に軍艦を派遣した。これを挑発行為として攻撃してきた朝鮮軍に反撃を加え、砲台を占拠。これを契機に翌年、日朝修好条規が結ばれるが、それは日本が欧米を相手に結ばされたのと同じ、不平等条約だった。

かつて尊皇攘夷を唱えて幕府を倒した政府が、欧米と同じ砲艦外交を行ったのだ。政府のやり方には、西郷も腹に据えかねるものがある。

「それだけじゃなか」

憤懣《ふんまん》やるかたないといった様子で、平蔵が続ける。

「俺の父上は、戊辰の戦で敵の弾に当たって死にました。けど、政府は士族に感謝するどころか、嫌がらせばかりじゃ。髷も帯刀も禁じて、今度は禄まで取り上げる。そのくせ、政府の役人や華族は、東京で贅沢三昧じゃと聞きます」

廃刀令が出されたのは前年、明治九年三月のことだ。その五ヶ月後には秩禄《ちつろく》処分により、士族に支払われる禄が廃された。士族は、武士としての誇りを奪われた上、経済的にも追い詰められている。

「じゃっどん、士族に払う禄が国の財政を圧迫していたのは事実じゃ。武士に生まれたというだけで、米の一粒も作らずに暮らしていけたこれまでの世が間違っとった。そうは思わんか？」

「それは……」

古来、武士が民から年貢を徴収するのは、一朝事あれば命懸けで戦場に立ち、領地領民を守るという大義があったからだ。

だがその大義も、徴兵令によって失われている。武士がこれまで通りの武士として生きられない世を築いたのは、他ならぬ西郷自身だった。

「お言葉ですが、先生はわかっちょりもはん。俺は、銭が貰えんで腹ば立てとるわけじゃなか。政府の連中が、武士の誇りば踏みにじるのが許せんのです」

平蔵の黒目の奥には、ぶつけようのない激しい怒りの火が灯っている。

「では、兵を挙げて政府の連中を皆殺しにするか。お前はそれで満足か？」

「少なくとも、今の世の中よりはだいぶましになると、思うちょりもす」

西郷は束の間、時を遡《さかのぼ》ったような錯覚に陥った。

そうだ。この少年は、かつての自分だ。幕府を憎み、世のすべてを呪った西郷吉之助が今、目の前にいる。

「よかか、平蔵。恨みや憎しみで、世を変えてはならん。そげな世は、別な憎しみを撒き散らすだけでごわんど」

どこかで聞いた言葉だと思いながら、西郷は続けた。

「人と人との争いは、螺旋じゃ。憎しみが深ければ深いほど、その渦は大きくなり、多くの人を巻き込み新たな憎しみば生む。その渦は、どこかで断ち切らねばならん」

「では先生は、政府の連中の仕打ちを笑って赦せと？」

「そうではなか。じゃっどん、耐えねばなりもはん。耐えて、これからの武士が進むべき新たな道ば、探すのでごわす」

「新たな道？」

「これからの世は、身分だけで生きていくことはできん。身分で禄が得られないのなら、働くしかなか。軍に入って国を守る。商いや農業を始める。北海道の開拓に従事するのもよか。髷ば落とし、刀ば捨てても、武士が滅びたわけではなか。これまでとは違う有り様だとしても、生きる道はいくらでもありもんそ」

「俺は……俺は納得がいきもはん！」

平蔵は憤然と立ち上がり、立ち去っていった。

西郷は嘆息を一つ漏らし、部屋の掛け軸に目を向ける。

敬天愛人《けいてんあいじん》――天を敬い、人を愛する。西郷の座右《ざゆう》の銘だ。今の自分は、天に恥じることはないか。人を愛することができているか。

首を振り、西郷は自嘲の笑みを浮かべた。政府の面々に失望し、怒り、醜い政争から逃げ出したのだ。後悔はないが、今の自分を誇るつもりもない。

ふと、先刻の言葉を思い出し、西郷は苦笑した。

恨みや憎しみで、世を動かすな。あれはかつて、坂本龍馬が西郷に向けて言った言葉だ。坂本が今の自分を見たら、何と言うだろう。想像したが、坂本の顔さえも上手く思い出すことができなかった。

このところよく、同じような夢を見る。

　このまま、薩摩の片隅で朽ち果てていくつもりか。お前が為すべきことは、もう残ってはいないのか。様々な相手が、そう問いかけてくるのだ。

　出てくるのは、西郷がこれまで出会った人々だ。ある時は島津斉彬であり、ある時はかつてともに入水自殺を図った僧・月照だったりした。坂本龍馬や高杉晋作、新選組の土方歳三が出てきたこともある。いずれも、幕末の動乱で死んでいった者たちだった。

「もう、為すべきことは為した」

　誰が相手であろうと西郷はそう答えたが、目が覚めた時には決まって、何かやり残しているような気分に捉われる。

　これでいい。天が自分に与えた役割は、すでに果たしたのだ。後は、このままただの一人の男として故郷で生き、故郷の土になる。それで十分ではないか。

　小根占の西郷の許を弟の小兵衛《こへえ》が訊ねてきたのは、二月一日のことだ。

「兄上、鹿児島で一大事が出来《しゅったい》いたしました」

　その様子から、ただ事でないのは察せられる。だが鹿児島で起きたのは、西郷の想像を大きく超えた大事だった。

　鹿児島市内に警視庁の密偵が潜入し、西郷の暗殺を狙っているという風説が流れている。これに憤激した私学校党は、密偵を捕らえるべく市中に目を光らせていた。

　鹿児島市中に張り詰めた気配が漂う一月二十九日夜、政府の意を受けて密かに鹿児島港へ入港した海軍の軍艦が、市内にある陸軍省所管の弾薬を搬出した。これを政府による挑発と取った私学校党の面々は、その日以降、連日弾薬庫を襲撃し、武器弾薬を強奪しているという。

「ちょっしもた（しまった）！」

小兵衛の報告を受け、西郷は声を荒らげた。

「お前らは、何たることをしでかしたとや！」

めったに怒気を露わにしない兄の叱声に、小兵衛は身を竦めている。

いや、責められるべきは自分だ。不平士族の受け皿さえ作っておけばよいと楽観し、私学校の運営は人任せにしてきた。自分が鹿児島にとどまり、断固として私学校党の暴発を阻止する構えを見せていれば、こんなことにはならなかったのではないか。

だが、悔いたところでどうにもならない。すでに、事は起きてしまったのだ。

「鹿児島へ戻る。平蔵、荷ば、まとめてたもんせ」

「は、はい！」

平蔵を従え、小兵衛が乗ってきた和船で鹿児島へ向かった。

陸軍所管の弾薬を強奪する。それは、国家に対する明らかな叛逆だった。だが私学校党の面々は、政府が先に挑発してきたと考えている。西郷が自重を説いたところで、政府は弾薬強奪の実行犯を引き渡すよう求めてくるだろう。だが誇り高い薩摩武士が、同志を売ることを肯んずるはずがない。

考えあぐねた西郷は、甲板へ出て海を見つめた。平素は穏やかな錦江《きんこう》湾が、今日は不穏な気配を放っている。思えば、かつて月照と入水自殺を図った時も、同じことを感じた。

思案を巡らせ続け、やがて一つの結論に達した。

すべての責を負って西郷が自害し、私学校を解散する。私学校党の暴発を抑えて内乱を避けるには、それしかないだろう。

私学校の幹部や生徒たちは皆、軍事に通じた有為の人材だ。横の繋がりを断って個別に軍や警察に入隊させれば、今後の日本のため、大いに働いてくれるだろう。自分一人の死で内乱を回避できるばかりか、後々には国家の利益にもなるのだ。悪くはない。

「腹ば、切るか」

血の色にも似た夕陽を照り返す水面に向かい、独り言ちたその時だった。

突然、目の前に黒い霧のようなものが立ち上った。霧は見る見る濃さを増し、視界を閉ざしていく。

これは、どういうことだ。空は晴れ渡り、霧などどこにもなかった。困惑しながら、西郷はあたりを見回す。つい今しがた聞こえていた波の音や水夫たちの声も、いつの間にか消えている。

光。突如、霧の向こうに現れたそれは、ゆるやかな螺旋を描くように、全身を包み込んでいく。その眩さに、西郷は目を閉じた。

再び目を開くと、そこには見知らぬ光景が広がっていた。

無数の巨大な船が停泊する港。船は軍艦だろうか。甲板には砲台のような物をいくつも備え、帆柱の代わりに、城のような建造物がそびえている。港を行き交うのは皆、金や茶色の髪をした欧米人だ。人々は西郷の姿が目に映らないかのように、何事もなく目の前を通り過ぎていく。

ここはどこだ。思った刹那、晴れ渡った空に夥しい数の鳥が現れた。

はじめは点のような大きさだったそれらは見る見るうちに近づき、その異形を露わにする。銀色に輝く、巨大な体。羽ばたくことのない奇妙な翼には、日の丸に似た紋様が描かれていた。

鳥たちは虫の羽音のような不快な唸りを上げ、次々と海面に何かを投じた。数拍の後、轟音とともに水柱が上がり、軍艦が傾いていく。軍艦や地上に据えられた砲台が迎撃するが、鳥たちを撃ち落とすことはできない。やがて、港は炎と煙に包まれ、視界を閉ざしていった。

不意に、視界が開けた。先ほどとは別の場所らしい。行き交う人々の顔つきや看板の文字を見る限り、場所は日本のようだ。西洋風の建物も多く、鉄道まで走っているが、町並みは横浜《よこはま》とも新橋《しんばし》とも違う。

夏の盛りなのだろう、日の光は強く、通りを行く人々の額には玉の汗が浮かんでいる。先刻と同じく、誰も西郷が存在しないかのように振舞っていた。

またしても物の怪にでもなったような気分を味わった西郷は、頭上に銀色の光が点《とも》ったことに気づく。

瞬きするほどの間に光は膨れ上がり、天にもう一つの日輪が姿を現した。

続けて、凄まじい衝撃と熱風が町を襲う。通りを行き交う人々が吹き飛ばされ、木々が根こそぎ薙ぎ倒されていく。町を流れる川は沸騰し、木造の建物はたちまち炎に包まれた。町一つを消し炭に変えたもう一つの日輪は、巨大なキノコにも似た雲を形作りながらはるかな天空へと昇っていく。

地上に残されたのは、地獄だった。

見渡す限りに広がる、黒く焼け焦げた地面。そこにあったはずの無数の建物は跡形もなく消え去り、方々で火の手が上がっている。生き残った者は、炎に包まれながら死を待つか、焼けただれた体で何かを求めるように、覚束《おぼつか》ない足取りで彷徨《ほうこう》していた。

――見タカ。

突然、声が聞こえた。

――コレガ、オ前タチガ為シタ〝革命〟ノ行キ着ク先ダ。

「どういうことだ」

――近イ将来、コノ国ハ海ノ外トノ戦ニ敗レ、焦土《しょうど》ト化ス。

「馬鹿な。これのどこが戦じゃ。こげな地獄を、人が作り出せるはずがなか」

〝声〟は答えない。

「御一新で、この国から対立はのうなった。それが、間違いじゃったと？」

〝声〟は答えない。

「こげなものを見せて、俺に何をせよと言うのか！」

――対立ガ無クナルコトハナイ。コノ世ニ人ガアル限リ。

やがて、視界がすっと暗くなり、次の瞬間には元いた船上からの景色が広がっていた。

波の音。水夫の声。夕陽と、赤く染まった水面。すべてが元通りだった。

眩暈《めまい》を覚え、西郷は船縁に手をついた。

「西郷先生！」

平蔵の声。なかなか戻らない西郷を心配して見にきたのだろう。

「何でもなか。大丈夫じゃ」

平蔵はまだ何か言っているが、西郷の耳には届かない。

何事もなかったかのように、船は鹿児島へと進んでいく。

二月四日夜、鹿児島へ戻った西郷は、鹿児島鶴丸城《つるまるじょう》内の私学校本校へ入った。明日には、幹部たちを集めて大評議を開くことになっている。

一方、鹿児島の私学校党は市内に潜伏した政府の密偵を一斉に捕縛し、激しい拷問の末に西郷暗殺計画の存在を自白させていた。

事ここにいたった以上、穏便な解決は望むべくもない。ここで西郷が自害すれば、私学校党は自暴自棄の反乱へと突き進むのは目に見えている。幹部たちも、それを抑えることはできないだろう。

その夜、西郷は一睡もできなかった。船上で目にしたあの光景が、心に重くのしかかっている。

あれはいったい何だったのか。白昼夢か、あるいは物の怪の類が見せた幻なのか。だが、ただの夢や幻とは思えない。耳を聾する爆音と衝撃の波。火薬や肉の焦げる臭い。すべてが、目の前で起きた現実としか思えなかった。

やはりあれは、いつかはわからない将来に起こる出来事なのだ。考えれば考えるほど、その確信は深まっていく。あれを西郷に見せたのが何者なのかはわからない。だが、それには必ず意味があるはずだ。

自分にはまだ、為すべきことが残っているのかもしれない。その思いを、西郷は拭いきることができずにいる。

翌日、評議の席で西郷は一切発言せず、幹部たちの言葉に耳を傾けた。

直ちに兵を挙げる即時出兵論と、西郷と幹部が少人数で上京し、政府を詰問する慎重論とに、幹部たちの意見は分かれている。だが結局、桐野利秋の「総出兵あるのみ」という断固とした態度で評議は決し、最終決定は西郷に委ねられた。

意見の違いはあれど、幹部たちにはこのまま政府に屈するつもりなど欠片もない。西郷の下野から数年間、政府のやり方に歯を食い縛って耐えてきたのだ。だがこれ以上の忍従は、自ら誇りを捨てることになる。どれほど西洋化を進め、武士という身分が廃れたとしても、魂までも奪うことは誰にもできない。幹部たちの目は、そのことを雄弁に語っている。

「もののふの矜持、か」

誰の耳にも届かない声で呟き、西郷は一同に向かって告げる。

「よか。俺の命、お前らに差し上げもんそ」

この一言で、即時出兵が決した。立ち上がって雄叫びを上げる者もいれば、ただ黙って頬を涙で濡らす者もいる。

西郷は決意した。兵を率いて東京へ上り、腐敗した官吏を粛清し、真の御一新を断行する。

政府と真正面から戦っても、勝ち目は薄い。だが、勝算がまったくないわけではなかった。不平士族は日本中に数多くいる。薩摩が起てば、呼応する者も出てくるだろう。たとえ敗けたとしても、得るものはある。この戦いは長引き、戦火は全国に拡大するだろう。その結果、政府は士族の扱いを再考し、民は戦の愚かさを肌身をもって知ることになる。間違っても、欧米列強と事を構えようなどとは考えなくなるはずだ。

士族を救い、あの地獄を未然に防ぎ、この国を救う。これこそ、自分が為すべき役割ではないのか。

天の命じるところならば、己の命など惜しみはしない。それが、もののふとして生きてきた自分の矜持だ。

五

明治十年二月十五日、六十年ぶりの大雪に見舞われた鹿児島から、薩摩軍一番大隊が熊本へ向けて進発した。

挙兵の決定からわずか十日で編成された薩摩軍は、およそ一万三千。出兵の目的は、上京し、政府に異議を訴えるというはなはだ曖昧なものだったが、兵士たちの士気は高い。

雪中の行軍に難儀しながらも、二十一日には先鋒が熊本へ到着した。

西郷の到着を待たず、桐野ら幹部は熊本城強襲を決定、ついに戦端が開かれる。熊本鎮《ちん》台《だい》の兵力はおよそ四千。加えて、鎮台の将兵には薩摩出身者も多い。戦いになれば、呼応して内側から城門を開く者もいるかもしれない。そんな期待が、桐野ら幹部にはあった。

だが、予想に反して鎮台の抵抗は激しかった。二日にわたる強襲にもかかわらず、城門を破るどころか、味方の損害だけが増していく。やむなく、熊本城は包囲にとどめ、主力は北上して長崎、小倉《こくら》方面へ進むことに決した。

しかし、政府の対応は迅速だった。電信によって西郷挙兵を知るや、二月十九日には征討の勅命が下る。有栖《ありす》川宮《がわのみや》熾仁《たるひと》親王が鹿児島県逆徒征討総督、副官には長州の山県有朋陸軍中将、薩摩の川村純義《かわむらすみよし》海軍中将が任じられ、政府軍は続々と九州へ向けて出航。薩摩軍が熊本城を強襲している頃にはすでに、政府軍の第一陣が博多へ上陸していた。

三月四日、両軍の主力が熊本北方の田原坂《たばるざか》・吉次峠《きちじとうげ》において激突する。

薩摩軍は緒戦で幹部の篠原国幹を失ったものの、数に勝る政府軍相手に地の利を占め、戦局を優位に進めた。この田原坂を抜かれれば、熊本包囲軍は腹背に敵を受けることになる。戦いの重要さを知る薩摩軍将兵の士気は高く、また勇猛さでも、徴兵された政府軍兵士とは比較にならない。薩摩軍は押し寄せる政府軍を幾度となく撃退し、出血を強いた。

「先生はなぜ、前線で指揮を執られないのですか？」

田原坂からはるか後方に置いた本営で、平蔵が訊ねた。

挙兵以来、西郷は一度も前線に立っていない。指揮はすべて、桐野ら幹部に委ねている。

「桐野らはようやっとる。それでよか」
「しかし」
「俺が指揮したところで、戦に勝てるわけではなか」
西郷は、自分に軍事の才能があるとは思っていなかった。実際に戦場で兵を指揮した経験も、禁門の変くらいのものだ。最新の軍事学を学んだこともなく、銃と砲がすべてを決する今の戦争には対応できない。戊辰戦争以来、軍人として歩んできた桐野たちに任せるのが最善なのだ。

しかし、薩摩武士の勇猛さをもってしても、圧倒的な兵力と装備の差を覆すことはできなかった。

三月二十日、政府軍は薩摩軍陣地に猛烈な砲撃を行うと、折からの豪雨を衝いて大兵力を投じる。薩摩軍は降り注ぐ雨と砲弾で大軍の接近を察知できず、混乱の中、防衛戦は崩壊、敗走にいたった。

その後、薩摩軍の反撃で再び戦況は膠着《こうちゃく》するが、後方の八代《やつしろ》に政府軍が上陸、背後を衝かれた熊本包囲軍が蹴散らされる。四月二十日、熊本東方で行われた城東会戦で薩摩軍が敗北すると、局面は一挙に政府軍優位へと傾いた。

それからは、なだらかな坂を転げ落ちるような日々だった。人吉《ひとよし》で敗れ、宮崎へ転進し、豊後まで進出した味方も敗退した。弟の小兵衛も、戦闘の最中に銃弾を受け、戦死を遂げている。期待されていた不平士族の蜂起も起こらず、戦火は九州の中にとどまっている。

「敗けでごわすな」

八月十六日、西郷は日向《ひゅうが》北部の長井《ながい》村で、数倍の政府軍に包囲されていた。

圧倒的な物量の差。装備の質。急遽《きゅうきょ》出兵を決したことによる、兵站の不備。敗因を数え上げればきりがない。十四日の和田峠を巡る攻防ではついに西郷自ら前線で指揮を執ったものの、勢いに乗る政府軍には抗すべくもなかった。

将兵は疲弊し、無傷の者などほとんどいない。弾薬も食糧も、底を突こうとしている。

西郷は筆を執り、命令書を認めた。

『我軍の窮迫《きゅうはく》、此に至る。今日の策は唯一死を奮って決戦するにあるのみ。此際諸隊にして、降らんとするものは降り、死せんとするものは死し、士の卒となり、卒の士となる。唯《ただ》其《そ》の欲する所に任ぜよ』

事実上の、解軍命令だった。一読した幹部たちは一言もなく、俯き涙を堪えている。

「皆、これまでよう戦《たたこ》うてくれた。もう、十分じゃ」

幾人かが嗚咽を漏らす。

「先生は、いかがなさるおつもりです?」

重い沈黙を破り、平蔵が訊ねた。

「そうじゃのう……」

束の間考え、西郷は南の空を見上げた。

「俺は、薩摩に帰りたか。死ぬなら、桜島を眺めながら死にたか」

解軍命令により、政府軍に投降する将兵が相次いだ。前途を悲観し、自決する者も多く出ている。西郷も、長男の菊次郎《きくじろう》を従者の永田熊吉に託して一足先に鹿児島へと送り出した。

「平蔵、お前もこれまでよう仕えてくれた。後は、好きにいたせ」

「では、俺は最後まで、先生のお供をいたします」

「まったく、頑固な奴じゃ」

平蔵は笑みを浮かべ、駆け去っていく。

翌十七日午後十時、投降を拒んだ薩摩軍六百は夜陰に紛れて西の可愛岳《えのだけ》へ登り、翌十八日払暁、油断していた政府軍を急襲、混乱に乗じて包囲を突破した。その後、政府軍の警戒網を縫うように九州山地を踏破し、九月一日、ついに鹿児島帰還を果たす。

およそ七ヶ月ぶりに見る桜島は、常と変わらず煙を噴き上げ、西郷たちを迎えた。将兵は憔悴《しょうすい》しきった顔で涙を浮かべている。

「懐かしか。鹿児島を発ったのが、もう何年も前のようじゃ」

西郷の呟きに、平蔵が感慨深げに頷く。

薩摩軍は鹿児島鶴丸城の背後にある城山《しろやま》に最後の拠点を築いた。

傷病者も含め、人数は三百七十余人。西郷の帰還を喜んだ鹿児島の民衆は各地で軍や警察の倉庫を襲い、食糧と武器弾薬を薩摩軍に献じた。

食糧と武器弾薬の不足は解消されたものの、政府軍は続々と鹿児島へ到着してきている。その数は、五万をはるかに超えているという。

やがて、城山は政府軍に完全に包囲された。城山をぐるりと囲むように柵を巡らせ、要所要所に塹壕《ざんごう》と堡塁《ほうるい》が築かれている。可愛岳で西郷を取り逃がした政府軍は、何としてもこの城山で薩摩軍を殲滅するつもりなのだろう。

「三百七十対五万か」

あまりの戦力差に、西郷は笑った。湊川《みなとがわ》の合戦で散る間際の楠木正成も、同じような心境だったかもしれない。

包囲網が完成するまでの間、政府軍は城山に激しい砲撃を加えてきた。西郷は城山の洞窟に潜んで砲撃を避けたが、将兵にかなりの死傷者が出ている。平蔵も、砲弾の破片を受けて右目を負傷していた。

九月二十三日、政府軍からの使者が翌日の総攻撃を予告し、西郷に自害を勧めてきたが、西郷はこれを無視した。

最期の時は、すぐそこまで近づいている。

西郷は洞窟を出ると、城山からの眺望に目を細めた。眼下に鶴丸城と鹿児島市街が広がり、その向こうには錦江湾と雄大な桜島が見渡せる。

すべてはここから始まったのだと、西郷は思った。

この地に生を享け、斉彬と出会い、新たな世を夢想した。幾多の対立を経て、数えきれないほどの命を奪い、再びこの地へと帰ってきた。

だがそれは、本当に自分の意思だったのだろうか。すべては、人智を超えた存在が、自分に命じたことのようにも思える。源頼朝、足利尊氏、徳川家康。この国の歴史を動かした人物たちも、同じような思いを抱いたのだろうか。

そして、自分が起こしたこの戦争は、未来にいささかなりとも影響を与えているのだろうか。

答えは、何一つとして見えていない。

六

夜が明けたか。

いまだ闇に閉ざされた洞窟の中で、西郷隆盛は夜明けの気配を感じていた。

長い、長い物語だった。将門から数えて、九百年以上にも及ぶもののふたちの歴史を見せられたのだ。たった一晩しか経っていないことが、俄かには信じられない。

海と山の一族の対立。〝役割〟を担った人物たち。それらが歴史を動かし、この国を形作ってきた。

ならば、自分が背負っているであろう役割とは何なのか。誰が、その役割を与えるのか。わからないことは、まだ山のようにある。

「そろそろ、姿を見せてはくれんか」

目に見えない〝声〟に向かって、西郷は語りかけた。

「文覚、佐々木導誉、南光坊天海、そして坂本龍馬。いつの時代にも、〝長老〟と呼ばれる者たちがいた。お前も、その中の一人なのだろう？」

「そうだ」

〝声〟が答えた。闇の中に、薄らと人影が浮かぶ。

撫でつけた黒々とした髪。整った目鼻立ち。その眼光は鋭く、古の武人を思わせるが、着ているのは西洋風の軍服で、腰には刀を帯びている。

どこかで会ったことがある。記憶をたどり、西郷は苦笑した。

「お前だったか」

新選組副長・土方歳三。箱館で戦死したと言われているが、西郷は自分の目で確かめたわけではない。

いや、目の前にいる男は、土方であって、土方ではない。片方の耳だけが大きく、片方の目だけが蒼い。そして、幕末の頃からまるで歳を取っていないように思える。

「よりにもよって、新選組の土方に取り憑くとはな」

「取り憑くという言い方は少し違う。この者は、見届ける側に回ったのだ。箱館で瀕死の傷を負ったところを助け、肉体を借り、その精神は我らと一つになった。見届けたいという思いの強さゆえ、こちら側に来ることを認めたのだ」

「こちら側？」

「海と山とが対立することで、この国の歴史は前へと進んできた。そなたたちが〝長老〟と呼ぶ我らは、その対立を見届け、時には天命を担う者の背を押す。そのために存在する」

「では、この国の歴史はお前たちが操ってきたというのか。そのために、どれだけの戦乱が巻き起こり、どれほどの罪無き者たちが命を落としたか」

「たった一羽の蝶の羽ばたきが、遠く離れた場所で嵐となることもある。歴史もそれと同じだ。大まかな流れは存在しても、それは不確実で、ただ一人の決断、たった一つの偶然で、大きく様変わりしてしまう。因果のすべてを把握し、歴史を操ることなど、誰にもできはせぬ」

「だが、坂本龍馬は薩長同盟を実現させ、武力倒幕を阻止しようとした。あれは、歴史への介入ではないのか」

「そなたが知る歴史とは、過去の人々が数多ある分かれ道から選び取った道筋の、たった一つに過ぎぬ。分かれ道の数だけ、別の歴史が存在する余地があるのだ。坂本は別の道筋を模索し、失敗した。ただそれだけのこと」

「ならば、俺が見たあの光景は何じゃ。あの未来も、分かれ道が行き着く先の一つだというのか」

「そうだ。だが、あそこへたどり着くにはこの先、何百万、何千万もの分かれ道が存在する。そなたが選んだ道がどの未来に繋がるのかは、誰にもわからぬ」

「誰にもわからぬ、じゃと？」

ならばなぜ、自分はこの戦争を引き起こし、夥しい死者を作り出したのか。死んでいった者たちに、何と言って詫びればいいのか。

「そなたの役割は、別のところにある」

「それは、何じゃ」

「この国のもののふを、滅ぼすこと」

束の間、西郷は言葉を失った。

「武士を救うために起った俺の役割が、武士を滅ぼすことだったというのか」

「この戦争で、武士は徴兵された民百姓に敗れた。これで、戦を請け負うという武士の存在意義が消滅したことを誰もが知る。そして、反政府の潮流は武力による反乱から、自由民権運動へと移行していくだろう。どれほど弾圧を加えても、政府にこの流れを止めることはできぬ。やがて、憲法が制定され、民選による議会が生まれる」

西郷とともに下野した板垣退助、後藤象二郎らによる自由民権運動は、すでに一つの潮流となりつつあった。板垣らは藩閥政治を批判し、人民主権や憲法の制定、民選による議会の設立を政府に訴えている。

「デモクラシー、か」

倒幕以前から、西郷は議会政治に否定的だった。

政治とは、少数の賢人が民衆を導くという形であるべきだ。すべての民が政に参加するなど、愚かな夢物語に過ぎない。民が主権を持ち、国の行く末を決める。そんな制度が、この国に根付くとは思えなかった。

「確かにそうだろう」

土方は肯定した。

「支配されることに慣れきったこの国の民に、デモクラシーが根付くのには長い時がかかる。百年後、二百年後……異国との戦で国が焦土と化し、そこから復興してもなお、根付きはせぬやもしれん。だが、数多の対立を繰り返しながら、人はほんのわずかずつでも前へ進んでゆく。そなたはこの戦争で数多の命を道連れとし、その礎となるのだ」

そうか、と西郷は思った。

　これは、天命などではない。贖罪《しょくざい》なのだ。私怨から世を動かし、数えきれない命を奪った。腐敗した政府から目を背け、故郷に逃げ帰った。その罪に与えられた、罰なのだ。

「いや、俺は認めん」

　西郷は、土方を睨み据える。

「戊辰の戦は、必要じゃった。あの戦で流れた血がなければ、日本は生まれ変わることはできなかったのだ」

「そうかもしれん。そうではなかったかもしれん。答えは、誰にもわかりはせぬ」

　だが、と土方は続ける。

「いずれにせよ、武力で為政者を決する時代は、そなたの死とともに終わりを迎える。鎌倉の世から七百年続いたもののふの国に幕を引く者として、そなたは選ばれたのだ」

「よか。この国に住まうすべての者に、最後のもののふの意地ば、見せてくれよう」

　答えると、土方の影が薄れ、闇に溶けていった。

　西郷は立ち上がると、軍服を脱ぎ捨て、着物に着替えた。やはり自分には、こちらの方が合っている。

　洞窟の壁に立てかけた刀を手に取った。

　千子村正。徳川家に祟る妖刀として江戸の世では忌み嫌われ、幕末には多くの攘夷志士が佩いていた刀だ。

鯉口を切り、刀身を見つめる。子供の頃に手を負傷したこともあって、今にいたるまで、刀で人を斬ったことはない。これまで多くの人間を死にいたらしめてきたが、直接自分の手を汚したことはなかった。

刀を鞘に戻した刹那、何かが耳朶を打った。喇叭《らっぱ》の音色。物悲しい旋律は、葬送曲だ。政府軍の軍楽隊が、薩摩軍への手向けとして奏でているのだろう。

演奏が終わると、いくらか間を空けて砲声が響いた。続いて、轟音とともに地面が揺れる。

「先生！」

平蔵が洞窟に飛び込んできた。負傷した右目を布で覆っている。

「はじまりました！」

「慌てるな。とうにわかっとったこつじゃ。お前は持ち場へ戻れ」

この洞窟は、城山の頂からやや北西、岩崎《いわさき》谷の奥深くにあった。周囲には味方の堡塁が数多く築かれているため、敵がここまでたどり着くにはまだ間がある。

平蔵の姿が見えなくなると、西郷は再び地面に胡坐をかき、思索に耽《ふけ》った。

長老の言葉のすべてを理解できたわけではなかった。もしかすると、自分は己が作り出した幻を見ながら、存在しない相手と言葉を交わしていたのかもしれない。

「夢幻の如くなり、か」

織田信長が愛唱したという『敦盛』の一節。

所詮、この世は夢幻に過ぎない。人の営みも歴史の流れも、すべては諸行無常。春の夜の夢、風の前の塵《ちり》にも等しい。

だが、いや、だからこそ、この世に生き、戦い抜いた証《あかし》を遺さなければならない。それが、自分に従って滅びるもののふたちに対する務めだ。

天命であろうと贖罪であろうと、為すべきことに変わりはない。

どれほどの時が経ったのか、洞窟に日の光が射し込んでいた。

敵の攻撃は、激しさを増すばかりだ。銃声がかなり近くなっている。味方の堡塁はもう、ほとんどが落ちたのだろう。

立ち上がり、千子村正を腰に差した。

洞窟を出ると、生き残った将兵が整列していた。数はわずか四十人ほどで、銃を持っている者さえほとんどいない。

最前列には桐野利秋をはじめ、別府《べっぷ》晋介《しんすけ》、村田新八、桂《かつら》久武《ひさたけ》ら幹部たちの他に、平蔵の姿もあった。

「敵はすでに城山山頂に達しつつあり、残るはこの岩崎谷の入口に設けた堡塁のみにごわす」

桐野の報告に頷き、西郷は一同を見渡す。

将兵の表情に、恐怖の色は見えない。誰もが神か仏でも仰ぎ見るような顔つきで、西郷の言葉を待っている。

「皆、これまでよう戦ってくれた。お前らは俺の、いや、薩摩武士の誇りじゃ」

微笑を湛えながら声をかけると、幾人かが啜り泣きを漏らした。

「平蔵。最後の命令じゃ」

言うと、平蔵がびくりと体を震わせた。

「お前はまだ若か。よって、死ぬことは許さん。すぐに、ここから落ち延びよ」

「先生、何を仰るのです。俺は最後まで……」

「ここは、もののふとして生き、戦い抜いた者たちの墓場じゃ。お前にはまだ、ここで死ぬ資格はなか」

「先生……」

平蔵の片方の目から、涙がこぼれ落ちる。

「俺はここで死ぬが、お前は生きよ。生きて、こん刀でお前の道を切り拓け」

腰の村正を鞘ごと抜き、平蔵に押しつけた。

しばしの沈黙の後、平蔵は唇を引き結び、覚悟を決めたように頷いた。深く一礼し、刀を抱えて駆け去っていく。

「では、俺たちも参るとしよう」

幹部たちが頷いた。そこに待つのは確実な死だが、晴れやかな笑みを浮かべている者も少なくない。戦いの中で散ることが、もののふとして生まれ、生きてきた者たちの喜びなのだ。

「これより、最後の突撃を敢行する。目指すは、政府軍本営」

四十人の喊声が上がる。

「チェストォ！」

西郷の咆哮を受け、抜刀した味方が駆け出す。西郷は別府晋介ら数人に護られながら、最後尾を進んだ。

谷の入口に設けた岩崎口の堡塁に向かい、斜面を下った。その間にも、敵の銃弾が降り注ぐ。

桂久武が、銃弾に倒れた。たぶん、即死だろう。続いて桐野が倒れたが、すぐに立ち上がり、刀を手に駆け出していく。脚を撃たれ動けなくなった兵が、躊躇うことなく己の喉に刀を突き入れる。

味方は見る見る数を減じていくが、その勢いは衰えない。口々に雄叫びを上げながら、死に向かって臆することなく駆けていく。誇らしい思いとともに、西郷は歩を進める。

前方の敵陣。そのさらに向こうに、桜島と錦江湾が見えた。桜島が背負う日輪の光を受け、錦江湾の水面は蒼く輝きを放っている。

美しい。その光景に目を細めた刹那、何かが腹を突き抜けていった。束の間、目に映るすべてが色を失い、腹の奥深くからせり上がった血が、口から溢れ出す。

「先生！」

別府が声を上げて駆け寄ろうとするが、西郷は目で制した。

まだだ。まだ、倒れてはいない。まだ、前へ進める。西郷は狂おしいほどの痛みに耐え、震える脚で歩き続けた。

数多の対立を繰り返しながら、人はほんのわずかずつでも前へ進んでゆく。ならば命ある限り、歩みを止めてはならない。

さらに数歩進んだ時、脚に銃弾を受けた。意志に反し、膝をつく。立ち上がろうと力を振り絞るが、体は言うことを聞かない。

ここまでか。ならば、仕方ない。

「もう、ここらでよか」

別府に声をかけ、襟を正した。東の方角、宮城《きゅうじょう》に向かって深く拝礼する。

砲声、銃声は今もやむことなく続いている。

西郷の耳に、砲弾が空を切る音が一瞬、赤子の産声のように聞こえた。

死を前にした、幻聴だろう。だが、戦場で弊履《へいり》のごとく投げ出される命もあれば、今この瞬間に生まれ出る命もある。それが、人の世の営みというものだ。

「先生、介錯《かいしゃく》ば、仕りもす」

別府が刀を手に、西郷の背後に回り込む。

これから先も、人は飽くことなく争いを繰り返すのだろう。この国がどこへ向かうのか、考えるのはやめた。輪廻《りんね》転生《てんせい》が本当にあるのなら、いつか目にする日も来るかもしれない。この魂は森羅万象と一つに溶け合い、やがて分かれ、再び別の生を得るだろう。この世界が続く限り、命の螺旋が途切れることはないのだから。

ふと、足元に一匹の蝸牛が見えた。

梅雨《つゆ》時でもないというのに、どこへ行こうというのか、渦を巻いた殻を背負い、ゆっくりと前へ進んでいる。

微笑み、西郷は目を閉じた。

外伝　龍虎の夢

一

その男が海津城《かいづじょう》を訪ねてきたのは、永禄四年九月九日の昼下がりだった。

男は僧侶である。生まれは奥州《おうしゅう》の会津《あいづ》で、幼少の折から学問に非凡な才を見せたため、園城寺《おんじょうじ》や興福寺《こうふくじ》といった名だたる寺院で仏法を学び、今は比叡山延暦寺《ひえいざんえんりゃくじ》に籍を置いている。所用で甲斐《かい》の恵林寺《えりんじ》を訪れたところ、川中島《かわなかじま》で武田《たけだ》、上杉《うえすぎ》両軍が対陣中と聞き、武田勢が本陣を置くこの海津城へ駆けつけたのだという。

「会おう。通せ」

注進してきた近習《きんじゅ》に向かって、信玄《しんげん》は言った。

出陣は、丑《うし》の刻（午前二時）を予定している。城内では人馬が忙《せわ》しなく行き交い、幾筋もの炊煙が上がっていた。

「お久しゅうございます、徳栄軒《とくえいけん》様。戦に出られたと聞き、ご挨拶に伺った次第」

本丸の広間に上がり、男は頭を下げた。徳栄軒は、この二月に出家したばかりの信玄の法号である。

「わざわざ奇特なことよ。そなたも変わりないようで何よりじゃ、天海《てんかい》」

南光坊《なんこうぼう》天海。それが、男の名だった。

歳は、まだ二十代半ばといったところだろう。信玄よりも一回り以上若いが、その学識は高く評価されている。会津の名門・蘆名《あしな》家に連なるという噂もあるが、天海の所作や声音に漂うそこはかとない気品は、そうした血筋の良さによるものかもしれない。

「此度もこれまでと同じく、長陣になっておるようですな。このまま大きな戦も無く上杉勢が退けば、民草も喜びましょう」

天海が、口元に穏やかな笑みを湛えて言った。

北信濃の要衝、川中島の領有を巡る上杉家との戦は、今回で実に四度目となる。これまでの三度の戦はいずれも長い対陣のみで、実際にはほとんど干戈を交えていなかった。長尾景虎《かげとら》改め上杉政虎《まさとら》の戦上手ぶりは、すでに諸国に鳴り響いていた。配下の越後兵も、剽悍《ひょうかん》をもって知られている。真正面から野戦でぶつかるには、あまりに危険な相手だ。信玄はこれまで、いかに自軍に犠牲を出さず、川中島を領有するかに心を砕いてきた。

「さて、どうなるものかのう。政虎めの出方次第ではあるが、死人手負いが出ずにすむのであれば、それにこしたことはあるまい」

そう答えながらも、信玄は肚《はら》の裡《うち》で、決戦の意志を固めていた。

この機会に、政虎を討つ。それがかなわずとも、上杉勢に二度と立ち上がれないほどの大打撃を与える。

信玄が見ているのは、川中島だけではない。その先にある越後の海を、信玄は見据えていた。海へ出ることができれば、武田はさらに強く、豊かになれる。南の今川《いまがわ》、東の北《ほう》条《じょう》とは同盟を結んでいるため、海を手にするには、政虎を倒して越後を版図に収めるしかない。

「天海殿。政虎は明日にでも、この海津へ押し寄せてくるやもしれん。城を出たら、すぐに戦場を離れるがよい」

「恐れながら……」

　声を潜め、天海が言う。

「徳栄軒様が出陣なされたと伺ってからというもの、何か悪い予感がいたしまする。何卒、御身をいとわれますよう」

　黒々とした二つの瞳が、信玄を見つめる。よほど切迫したものを感じているのだろう、口元の穏やかな笑みは消えていた。

「ふむ。心しておこう」

　こうした根拠の無い予感めいたものにも、信玄は極力耳を傾けるようにしている。そのおかげで命拾いしたことも、一度ならずあった。どれほど人事を尽くしても、戦の勝敗は常に人智の及ばないところにある。自らを「毘沙門天《びしゃもんてん》の化身」などと称している政虎が相手となれば、なおさらだった。

天海が広間を辞すると、信玄は家臣の山本菅助《やまもとかんすけ》入道道鬼《どうき》を従え、本丸の物見櫓に登った。

「いよいよ、決戦にございますな」

右目を細めながら、道鬼が言う。

道鬼は若い頃に戦で受けた傷のせいで、左目は黒い眼帯で覆い、右足は軽く引きずっている。仕官を求めて諸国を流浪していた頃は、この傷を理由に拒まれることが幾度もあったという。

だが信玄は、この醜いといってもいい容貌を一目見た時から、なぜか引き込まれるようなものを感じていた。それ以後、道鬼は信玄の懐刀としてその智謀を如何なく発揮し、今では武田家の軍師といった地位にある。

「それにしても政虎め、あのような地に陣取るとはな」

信玄は、西の方角にそびえる山に目を向けた。

「それだけ、政虎もこの戦に賭けているということにございましょう」

八月中旬、一万八千の軍で北信濃に侵入した政虎は、川中島北方の善光寺《ぜんこうじ》に五千の兵と荷駄を残し、妻女山《さいじょさん》に陣取っていた。海津城からは、東へおよそ半里。戦においては、指呼の間といってもいい距離だ。

妻女山は、海津城を見下ろす高所にあっても、越後へ退くにはすぐ北を流れる千曲川《ちくまがわ》を越えなければならない。自ら退路を断つがごとき、兵法の常道を外れた布陣である。

上杉勢来寇《らいこう》の報せを受けた信玄が海津城に入ったのは、八月二十九日のことだ。妻女山の上杉勢一万三千に対し、海津城の武田勢は二万。兵力はこちらが上回っているものの、山上に陣取る敵の優位を覆せるほどではない。

かくして、両軍は互いに要害に籠もったまま、十日以上も睨み合いを続けてきた。

この膠着《こうちゃく》をこちらから破る。それは、賭けにも近い決断だ。だが勝算はあると、信玄は踏んでいた。

「この煙を、政虎も見ておるであろうな」

城内を振り返り、信玄は言った。

「見逃すはずはありますまい」

城の厨《くりや》から上がる、炊煙である。通常よりも、明らかに多い。これを見た政虎は、今夜から明朝にかけて、こちらが動くと察するはずだ。

信玄が山上に陣取る上杉勢に正面から攻めかかるほど愚かだとは、政虎も思っていないだろう。となると、こちらが目指すのは別の場所、すなわち、上杉勢の兵站《へいたん》拠点である善光寺と判断するはずだ。

そして今宵、信玄率いる武田本隊一万五千は海津城を出陣、千曲川を渡り、善光寺へ向けて北上する。

善光寺が落ちれば、上杉勢は退路を断たれ、完全に孤立する。それを阻止するには、政虎も今宵のうちに妻女山を下り、武田本隊を追うしかない。

それこそが、信玄の狙いだった。

夜が明ける前に、こちらは千曲川の向こうに広がる八幡原《はちまんぱら》で反転する。空が明るくなった時、上杉勢が目にするのは、堅陣を布いて待ち構える武田勢だ。

広大な平地で、真正面からぶつかることになる。戦いは熾烈なものになるだろう。

やがて、上杉勢の疲労が頂点に達した頃、本隊に遅れて出発した武田勢別働隊五千が上杉勢の背後を衝く。

これが、信玄と道鬼が立てた、政虎を討つための策だ。

信玄は再び、妻女山に目を凝らした。

あの山のどこかに、上杉政虎がいる。

初めて川中島で干戈を交えて八年。思いがけず、長い付き合いになった。だが、その悪縁も今日限りだ。

明日、政虎の首は胴から離れ、自分の前に置かれる。その時を、信玄は心待ちにしていた。

二

自身が奏でる琵琶《びわ》の音色に、政虎は耳を傾けていた。

戦陣に身を置きながら、気負いも昂ぶりも無い。心気は澄み渡った湖水のように穏やかだった。

決戦の時が近い。それを、肌がひしひしと感じている。

病弱な兄から越後国主の座を受け継いで十二年、十四歳で初陣を飾ってからは、もう十八年になる。

その間、数えきれないほどの戦に勝利し、「軍神」「毘沙門天の再来」の名をほしいままにしてきた。今年三月には十万に及ぶ東国諸侯の軍勢を率い、関東の覇者・北条氏康《うじやす》の本拠小田原《おだわら》にまで攻め入っている。

だがただ一人、武田信玄だけは打ち破ることができずにいた。川中島にはこれまで三度兵を進めたが、信玄はこちらの挑発に乗ることなく要害に立て籠もり、野戦でぶつかることを徹底的に避けてきたのだ。

実の父を追放して家督を奪い、騙し討ちとも言えるやり口で妹婿《いもうとむこ》を滅ぼす。何の大義名分も無く他国へ攻め入り、版図を拡げる。そうした信玄の行いは、政虎の信じる〝義〟とはまったく相容れない。己の義を貫くためにも、信玄は倒さねばならない相手だった。

琵琶を近習に手渡し、愛用の盃《さかずき》に注いだ酒に口をつける。

「一同」

本陣に居並ぶ諸将に向け、静かに言った。

「これより、山を下る」

つい先刻まで琵琶の音色に聞き入っていた諸将の総身から、覇気が滲み出る。

長い滞陣に、将兵は倦《う》みはじめていた。今回も睨み合いだけで、虚しく越後へ引き上げることになる。そう考えていた者も多くいるだろう。

「今宵、信玄は夜陰に乗じ、海津城を発《た》つ。その後は、千曲川を渡って北に進むと見て間違いあるまい」

「信玄め、ようやく餌に食いつきましたな」

本庄実乃《ほんじょうさねより》が言った。政虎の初陣から補佐役を務める、上杉家臣団の筆頭である。

善光寺に残した五千と大量の荷駄は、政虎が仕掛けた罠だ。ここを落として荷駄を奪えば、上杉勢は兵站と退路を断たれ、敵地の信濃で完全に孤立する。敵からしてみれば、いかにも攻め落としたくなる要地だ。

「善光寺が罠であることなど、信玄はとうに見抜いておる。海津城を出る真の狙いは、我らが追い討ちに出たところで反転し、野戦に持ち込むことであろう」

「では、いかがなさいます。手薄になった海津城を攻めるという手もありますが」

「あの信玄が、ようやく野戦の肚を固めたのだ。それに乗ってやるのが礼儀というものよ」

「お待ちくだされ。我らを待ち受ける敵に、真正面から挑みかかると仰せか」

村上義清《むらかみよしきよ》が声を上げた。元々、武田家との争いは義清が信玄に領地を追われたことにある。武田を打ち払い、北信濃の所領を取り戻すことは、この老将の悲願と言っていい。

「敵は総勢で二万。平場での野戦は、いささか無謀にも思えまするが……」

「信玄が率いるのは、恐らく一万から一万五千。残りは、別働隊として海津城を遅れて出陣し、信玄本隊と戦う我らの背後を衝こうとするはず。そこに、間隙が生じる」

「別働隊が到着する前に、信玄本陣を突き崩すと？」

「そうだ、実乃。わしはこの一戦で、信玄の首を獲る」

その一言で、村上義清は腹を括ったようだ。柿崎景家《かきざきかげいえ》は不敵な笑みを浮かべ、甘粕景持《あまかすかげもち》が決意の籠もった面持ちで大きく頷く。

陣幕や旗指物を残したまま、全軍で妻女山を西へ下り、雨宮《あめみや》の渡しへ向かった。鎧の草摺りは音が立たないよう縄で結び、馬には枚《ばい》を嚙ませている。

政虎は愛馬の放生月毛《ほうじょうつきげ》に跨り、粛々と川を渡った。月は無く、渡河は難航している。

全軍が川を渡り終えた頃には、東の空が白みはじめていた。

だが、視界は晴れない。数間先も見通せないほどの霧が、周囲に立ち込めている。

ふと気づくと、隣にいた味方の姿も見えなくなっていた。

全身の肌が粟立っている。誰かが、自分を見ているような気がする。

あの時とよく似ていると、政虎は思った。

あれは五年前、度重なる国人衆の離反や家臣同士の諍《いさか》いに嫌気が差した政虎が、出家を志して単身越後を離れ、高野山《こうやさん》を目指した時のことだ。

人里離れた山中を歩いていた政虎は、あたりに深い霧が立ち込めていることに気づいた。

「何処《いずこ》へまいられる？」

不意に、男の声が聞こえた。霧の向こうに、人影が見える。

周囲に人などいなかったはずだ。そもそも、霧が生じる気配さえ無かった。

「貴殿の居場所は、寺などではありますまい」

男の声は、耳にではなく、頭の中に直接語りかけてくる。

妖《あやかし》、物《もの》の怪《け》の類か。あるいは、幻術を身に付けた忍びかもしれない。

政虎は心気を研ぎ澄ませ、真言を唱えた。同時に、手にした錫杖《しゃくじょう》を構え、襲撃に備える。

じゃり、という土を踏む音と共に、男が一歩進み出た。

ようやく、男の姿がはっきりと見えた。歳は、五十をいくつか過ぎたくらいか。左の目を黒い眼帯で覆い、右足は軽く引きずっている。小柄で、みすぼらしい小袖と袴。腰には刀と脇差を差しているものの、殺気は感じない。

「何処の手の者か」

「さて、強いて言うならば……」

男は人差し指を伸ばし、天に向けた。

「事もあろうに、我が面前で神仏の使いを騙るとはな」

小さく笑い、政虎は男の脳天に向け、錫杖を振り下ろす。だが、捉えたと思った刹那、男の姿が霞《かすみ》のように掻き消えた。

「おのれ、やはり物の怪か」

「貴殿にはまだ、もののふとして、果たすべき役割がござろう」

振り返った。男は何事もなかったように、政虎の背後に佇んでいる。

「武士どもの身勝手さには、ほとほと愛想が尽きた。彼奴らは、己が所領の安泰と栄達しか頭に無いのだ。そんな連中のために戦うよりも、わしは神仏にお仕えし、衆生を救う術を探す」

くぐもった笑いが聞こえた。

「何が可笑しい」

「今さら高潔な僧が一人二人増えたところで、焼石に水というものにござろう。仏の力を説いたところで、今苦しんでおる衆生を救うことなどできはしませぬ」

「ならば、いかがせよと申す」

「貴殿には、倒さねばならぬ相手がいるのではござらぬか？」

「……甲斐の虎か」

これまで二度、川中島で相見えた。だが、いまだ決着はついていない。

「戦われよ。彼の者を討ち、貴殿の信ずる義を天下に示されよ」

「それが、衆生を救うことになるのか？」

「さよう。飢餓や戦乱以上に人々を苦しめておるのは、胸に巣食う絶望にござる。されど、貴殿が勝利を重ねることで、衆生はこの乱れた世にも義があることを知り、生きる望みを得られましょう」

　越後に生きる、民の顔を思い浮かべた。

　誰もが貧窮に喘ぎ、打ち続く戦乱に疲れ果てている。確かに、彼らの多くはこの世に生まれ出たことに絶望しているのだろう。そして己もまた、国主でありながら民を救えない無力さに絶望し、こうして高野山を目指している。

「戦に勝ち続けることで、民を救えるのだな？」

「それは、貴殿次第。勝利に驕り、義を忘れたその時、毘沙門天の加護は貴殿から離れましょうぞ」

　声が答えた時、周囲の霧が晴れ、元の景色が戻ってきた。

「待て。そなたは一体……」

　声はもう、聞こえない。

　政虎が追ってきた家臣たちの説得に応じ国主の座に復帰するのは、その数日後のことだった。

「殿」

小島《こじま》弥《や》太郎《たろう》の声が、回想を断ち切った。〝鬼小島〟の異名を取る、政虎の旗本だ。

弥太郎が馬を寄せてくる。

「この霧で、兵どもが戸惑っております。お下知を」

「ゆっくりでいい。北へ進め。そこに必ず、信玄がいる。甘粕隊に伝令を出せ。予定通り千曲川北岸にとどまり、海津城からの別働隊に備えよ」

「はっ」

ほとんど手探りのまま、慎重に行軍を続けた。

ここがどのあたりなのか、見当がつかない。本当に北へ進めているのかもわからなかった。これほど濃い霧の中では、隊伍から脱落する兵もいるだろう。

それでも政虎には、確信めいたものがあった。誰かが見ているという感覚は、今も続いている。そしてその視線の主は、敵ではない。自分を、信玄のもとへと導いている。

「このまま真っ直ぐ進め。そこに、信玄がいる」

命じた直後、伝令の兵が駆けてきた。先鋒を命じた、柿崎景家隊からだ。すぐ前方に、武田勢がいるという。

政虎は、愛刀の小豆長光《あずきながみつ》を抜き放った。弥太郎も、手にした槍を握り直している。

「全軍に伝えよ。かねてより下知していた通りに攻めかかれ」

霧はいまだ晴れていない。だが、先刻よりもいくらか見通しは利くようになっている。

「懸かり乱れ龍の旗を」

白地に〝龍〟の一字が染め抜かれた旗が掲げられた。全軍突撃を命じる旗だ。

「者ども、聞け！」

小豆長光を高く突き上げ、大音声を放つ。

「かの悪逆非道なる武田信玄入道は、この霧の向こうにある。これまでの調練は今、この時のためのものぞ。毘沙門天の加護を受けし我が将兵よ、身命を惜しむな。生は、死の中にこそあり！」

無数の視線を総身に浴びながら、切っ先を前方に向ける。

「かかれ！」

三

霧の向こうから、怒濤のような喊声が上がった。

続けて、地響きが起こる。夥しい数の、馬蹄の響きと足音。

信玄は本陣に据えた床几《しょうぎ》に腰を下ろしたまま、立ち込める霧の向こう側に目を凝らしていた。

多少はましになったものの、十間先もおぼろげにしか見えない。戦場全体を見渡すには程遠く、どこで何が起こっているのか、まるで把握できなかった。

「父上……」

狼狽して何か言いかけた嫡男の太郎義信《たろうよしのぶ》を、信玄は睨みつけた。

「うろたえるな。たとえ霧で見えずとも、本陣の動揺はすぐに敵味方に伝わる。腰を据えて構えよ」

「はっ、申し訳ございませぬ」

とはいえ、誤算には違いない。

すべては、この霧だった。海津城を出て八幡原まで進んだはいいものの、そこで夜が明け、霧で方角を見失った。やむなく、信玄は鶴翼《かくよく》の陣を布いて上杉勢を待ち構えるよう命じた。

しかし、味方は陣を組むことに気を取られ、上杉勢の接近に気づくのが遅れた。そして、武田勢を求めて進んでいた敵は一歩早くこちらに気づき、先手を取ったということだ。

川中島の地勢に詳しい家来から、この時季に霧が出ることがあるとは聞いていた。だがここまで深い霧は、その家来も見たことがないという。

天は、政虎に味方したというのか。そういえば、海津城を出た時から、誰かがじっと自分を見つめているような視線を感じていた。

馬鹿な。不吉な予感を、信玄は振り払う。死と隣り合わせの戦場では、ままあることだ。

今は、目の前の戦に集中しろ。

喊声。馬の嘶《いなな》き。鉄砲の筒音。断末魔の悲鳴。戦が奏でる音色は、耳を弄するほどに大きくなっている。

「室住豊後守《むろずみぶんごのかみ》様より伝令。村上義清隊と交戦に入ったとの由！」

「初鹿野伝右衛門《はじかのでんえもん》様より、柿崎景家隊の猛攻を受け、劣勢。至急、後詰を請う！」

立て続けに、注進が入った。伝令の兵はいずれも、悲壮な気を漂わせている。

霧の中からいきなり攻めかかられた味方の動揺は、やはり大きい。乱戦となれば、兵力差よりも勢いと兵の士気が物を言う。昨年、織田信長に討たれた今川義元が、そのいい例だ。

信玄は頭の中に、味方の布陣図を描いた。

攻撃を受けている室住、初鹿野隊は、右翼に位置している。敵の先鋒は恐らく、上杉家中で猛将と知られている柿崎景家だろう。敵は霧の中を進むうち、たまたまこちらの右翼とぶつかっただけだ。

政虎にとっても、この霧は誤算だったに違いない。ならば、条件は同じだ。動揺を鎮め、霧が晴れるまで持ちこたえれば、兵力差を活かせる。

「後ろ備えの軍を右翼に回せ。室住、初鹿野隊を支えるのだ」

使い番が駆け、本陣後方に予備として残した一千が、右翼へ向かっていく。

ようやく、霧が消え去ろうとしていた。敵味方の旗がはっきりと見える。

思わず、信玄は目を瞠った。

初鹿野隊を攻め立てていたはずの柿崎隊が、こちらに背を向けて後退していく。柿崎隊だけでなく、村上隊もだ。こちらの後詰が効いたのか。それとも、霧が晴れたため退却に移ったのか。

いや、違う。柿崎、村上両隊の後に続く本庄実乃隊は前進を続け、味方の右翼に攻めかかってきた。軍配を握る手が、どっと噴き出した汗で濡れていく。

「車懸かりの陣、ですな」

それまで黙していた道鬼が、ぼそりと言った。

「全軍を車輪の如く回転させ、代わる代わる攻め立てる。それがしも、実際に目にしたことはございませぬが」

「馬鹿な。そんな用兵が、敵を前にしてできるものか！」

声を荒らげて、信玄は己の愚かさを恥じた。実際に、敵は信玄の目の前でそうした動きをしているのだ。

「この時のため、調練を積んできたのでしょう。御屋形様の御首級《みしるし》を挙げることだけを考えて。そしてその意志は、末端の兵にまで浸透しております」

敵に背を向ける恐怖を押さえ、隊を旋回させる。そんな戦い方が実際にできるようになるまで、いったいどれほどの調練を重ねてきたのか。

信玄は歯嚙みした。堅陣を布いて待ち構える自分と、敢えて火中に飛び込んできた政虎。そこに、この戦に賭ける気魄の差があったのではないか。

「初鹿野伝右衛門様、お討死！」

再び、伝令の兵が飛び込んできた。本陣の将の何人かが、腰を上げかける。さらに続けて、室住豊後守討死の報せが入った。

「御屋形様、お下知を！」

近習の飯富《おぶ》源四郎《げんしろう》昌景《まさかげ》が求めてきた。いずれは一軍の将にもと信玄が見込んだ剛の者だが、その声音にも、拭いきれない不安と焦りが滲み出ている。

味方は、明らかに圧倒されていた。ここは一旦、退くべきか。追撃を受けてとてつもない犠牲を払うことになるだろうが、この身一つでも甲斐へ逃れることができれば、再起は可能だ。

撤退を命じようとした時、本陣に掲げた孫子の旗が目に入った。顔を上げ、旗の文言を見つめる。動かざること山の如し。

撤退の下知を、信玄は呑み込んだ。ここで別働隊の到来を待つ。そう決めた以上、動くべきではない。

「耐えよ。すぐに、別働隊が到着する。それまで、何としても踏みとどまれ」

信玄は立ち上がり、戦場に目を凝らした。

敵の攻撃は、こちらの右翼に集中している。まずは、あの車輪の回転を止めることだ。

「左翼の小山田《おやまだ》、穴山《あなやま》に伝令。敵の横腹を衝け！」

小山田、穴山両隊が動き出した。だがそれを見越していたかのように、敵の一隊が立ちはだかる。

右翼はすでに、崩壊寸前だった。初鹿野、室住の他にも、侍大将の討死が相次いでいる。右翼の混乱が波及すれば、全軍が総崩れになるのは必至だ。

「昌景、本陣の兵五百を預ける。信繁《のぶしげ》隊と共に右翼へ回り、後詰せよ」

武田典厩《てんきゅう》信繁は信玄の弟で、武田の副将格である。本陣の正面に位置する信繁隊千五百は、武田家中の最精鋭と言っていい。

「しかしそれでは、本陣が丸裸に……」

「構わん。右翼が崩れれば、この戦は敗けじゃ。急げ！」

「ははっ！」

一礼し、昌景が馬で駆け去っていく。

その後も、激戦が続いた。

信繁と昌景の投入で、右翼はかろうじて持ちこたえている。だが、別働隊はいまだ姿が見えない。千曲川北岸で敵の待ち伏せに遭い、苦戦しているという報せが届いていた。
開戦から一刻が過ぎ、上杉勢にも疲労の色が見えはじめている。だが、武田勢にも反攻に出る力は残っていない。互いに兵力を削り合う、消耗戦になっていた。

「武田典厩様、お討死！」

飛び込んだ報せに、信玄は軍配を取り落としそうになった。

「信繁が……死んだだと？」

呆然と呟く。本陣の諸将も、言葉を失っている。

幼い頃から、父に疎まれた信玄を慕い、兄として敬ってくれる無二の弟だった。父から寵愛されていた信繁は、その気になれば信玄を押しのけて武田家当主になることもできただろう。だが長じて後も、信繁は一門衆筆頭の座に驕ることなく補佐役に徹し、信玄を支え続けてきた。人を信じることの少ない信玄にとって、唯一と言ってもいい心の底から信頼できる相手だった。

その信繁が、死んだ。火が灯ったように、腹の底が熱い。

「……父上」

信玄の前に進み出た義信が、悲壮さを滲ませながら言った。

「もはやこれまで。それがしが殿《しんがり》に残りますゆえ、急ぎ海津城までお退きくだされ」

「ならん」

「しかし……」

「全軍に、信繁の死を触れよ」

誰とでも分け隔てなく接する信繁は、家臣たちだけでなく、末端の兵にまで慕われていた。その死を知れば、兵たちの怒りに火が付く。

信繁、すまん。信玄は心の中で詫びた。そなたの死を、利用させてもらう。

「動かぬ山は、これまでじゃ。これより全軍、風となり、火となれ。信繁の弔い合戦ぞ。上杉勢をことごとく薙ぎ払い、必ずや、憎き政虎の首級を挙げよ！」

消沈しかけていた諸将の顔に、覇気が戻ってきた。

信繁の死を告げる伝令が、戦場に散っていく。

やがて、ほとんど崩れかけていた味方が、徐々に押し返しはじめた。特に、主を失った信繁隊の生き残りが奮戦している。

車懸かりの陣は、すでに崩れていた。こちらの鶴翼も、ほとんど形を失っている。敵も味方も入り乱れ、ひたすら押し合い、殺し合うだけの戦になっていた。

「父上、あれを！」

義信が指差した。

南の方角に、土煙が上がっている。高坂《こうさか》、馬場《ばば》らの別働隊だ。

勝った。確信した刹那、信玄は肌に粟が生じるのを感じた。

視線を正面に転じる。〝毘〟の旗を掲げた、騎馬の一団。数は、三十騎ほどか。白馬に乗った先頭の将が、こちらを見据えている。

激戦の最中にあって、そこだけがぽっかりと穴が開いたように、静謐な気を漂わせている。

上杉政虎。この距離では、顔つきまで見えるはずがない。無論、顔を合わせたこともない。それでもなぜか、あれが政虎なのだとはっきりわかった。

政虎が、高く掲げた刀をこちらへ向けた。三十騎が、こちらへ向けて一斉に駆け出す。本陣に残る兵は、元服間もない近習を中心とした、およそ五十。

「危のうございます。お逃げくだされ！」

悲鳴のように言う近習を、信玄は軍配で殴りつけた。

「たわけが。この武田信玄を、天下の笑い物といたすつもりか！」

「ここは、それがしが」

道鬼が槍を手に、馬に跨った。

「死ぬ気か、道鬼」

「それがしの役目は、この戦で終わりましたゆえ」

役目とは何だ。訊ねるより先に、道鬼は眼帯を取り払った。

露わになった左の目は、海のように蒼い。

四

「者ども、願ってもない好機ぞ。政虎めの首を獲り、信繁様の仇を奉じよ！」

　眼帯を捨てた将が、槍をこちらへ向ける。

　政虎は、その容姿に見覚えがあった。恐らく、間違いない。五年前のあの日、山中で出会った不可思議な男だ。

「我こそは武田家家臣、山本菅助入道道鬼。上杉政虎殿、その御首級、頂戴いたす！」

　この男が、信玄の知恵袋か。あの時、道鬼は出家しようとする政虎を引き止め、信玄を討てと言った。何かの策か、それとも信玄に叛意を抱いているのか。

　だがあの男からは、それだけではない何かを感じる。人智を越えた、計り知れない何か。まさか本当に、天からの使いだとでも言うのか。

　いや、考えるな。政虎は頭を振った。あの男が何者であろうと、立ちはだかるのであれば、討ち取るのみ。

「殿、敵の別働隊が迫っております。急がれませ」

　轡《くつわ》を並べる小島弥太郎が、駆けながら言った。

　形勢は、大きく武田勢に傾いている。武田信繁を討ち取ったことが逆に、武田の将兵の心に火を点ける結果となったのだ。開戦から激しく動き続けた上杉勢の疲労は、頂点に達している。そこへ武田の別働隊が到着したことで、大勢は決しつつあった。これを覆すには、信玄を討ち取る他ない。

道鬼の率いる軍が、見る見る近づいてくる。数は、五十ほどか。

「突き抜けよ。端武者に構うな。目指すは信玄の首、ただ一つ！」

ぶつかった。最初に向かってきた若武者の槍をかわし、小豆長光を叩きつける。さらに一騎、二騎と薙ぎ払った。

「政虎！」

横から声がした。山本道鬼。振り下ろされた槍を、刀の峰で受け止める。さしたる腕とも思えなかった。

槍と刀で押し合う。五年前に会った男とは、別人のようだ。

「そなた、いったい何者だ。ただの武田家臣ではあるまい」

「さよう。だが、役目は終わった」

そう言って薄い笑みを浮かべた刹那、道鬼の喉から槍の穂先が突き出てきた。

穂先が抜かれ、血が噴き出す。道鬼の体が崩れ落ちる瞬間、政虎は道鬼の左目から、蒼が失われていくのを見た。

「殿、大事ありませぬか！」

小島弥太郎だった。地に落ちた道鬼の骸を一瞥し、頷く。

周囲では、乱戦が続いていた。敵は若い兵が中心だが、士気は高く、政虎の旗本を相手に善戦している。

「ここは任せる」

言い残し、馬腹を蹴った。単騎で乱戦を抜け出し、本陣を見据える。

ぞくりと、背筋が震えた。信玄。軍配を手に、床几に腰を下ろしたまま動かない。影武者などではないと、はっきりわかる。はるか昔から、自分はこの男を知っている。そんな気さえした。

名乗りを上げる必要はない。信玄を守ろうと向かってくる徒武者を蹴散らし、さらに駆ける。

信玄はなおも動かない。黒々とした双眸《そうぼう》で、政虎を睨んでいる。

これまで感じたこともないほどの憎悪が、腹の底から込み上げてきた。やはり、この男とは相容れない。信玄も、同じことを思っているはずだ。

「信玄、覚悟！」

山のごとく座したまま、果てるがいい。駆け抜けざまに、刀を振り下ろした。

だが、刃は信玄に届かなかった。斬撃は、軍配に弾かれている。

馬首を巡らせ、再び駆けた。信玄は軍配を捨てて立ち上がり、刀を抜く。

交錯した。互いの刀がぶつかり、火花が散る。手綱を引き、さらにもう一太刀、渾身の力を込めた斬撃を放った。

甲高い音とともに、信玄の刀が折れる。

あと一太刀。それで、この宿縁に片が付く。

刀を振り下ろそうとした刹那、殺気が肌を打った。誰かが投げ放った槍の穂先が、目の前に迫っている。

首を捻り、かろうじてかわした。その間に、数騎が政虎と信玄の間に割って入る。

「御屋形様をお救いせよ！」

四方から、数百の武田勢が押し寄せようとしていた。

「もはやこれまで、お退きくだされ！」

駆けつけた弥太郎が、政虎の袖を掴んで叫ぶ。政虎は唇を噛み、手綱を引き絞った。

「信玄。この勝負、今は預けおく。遠からず獲りにまいるゆえ、首を洗って待っておれ！」

こちらを見据える信玄の口元に、笑みが浮かぶ。

「よかろう。楽しみにしておるぞ」

政虎も笑みで応じ、馬首を返した。

「弥太郎、全軍に撤退を告げよ。善光寺で味方を収容した後、越後へ帰還する」

「ははっ」

この宿縁は、まだ続く。政虎にはそれがなぜか、喜ばしいことのように思えた。

五

「そなたの高名は、我が耳にも届いておる」

平伏する男に向け、謙信《けんしん》は言った。

天正六年三月、越後春日山《かすがやま》城の広間である。城内に降り積もった雪はようやく融《と》け、越後にも遅い春が訪れようとしていた。

「高名などと、畏れ多うございます。今は寺を失いし、一介の流浪の僧にございますれば」

穏やかな声音で言った僧形の男は、名を南光坊天海といった。

腐敗堕落した比叡山延暦寺にあって、若くしてその学識を知られた逸材である。だが、元亀二年に延暦寺が焼き討ちに遭った後は、延暦寺の再興を目指して各地を転々とする日々だという。一時は甲斐に身を寄せ、信玄の庇護を受けたこともあったらしい。

今回越後を訪れたのも、謙信に延暦寺再興の助力を求めるためだった。

「謙遜はよい。まずは、面を上げよ」

「ははっ」

天海が顔を上げる。すでに、不惑を過ぎているはずだ。だがその顔は、ある時から歳を取っていないのではないかと思うほど若々しい。

天海の双眸を目にした謙信は、思わず眉根を寄せた。一つ咳払いを入れ、平静を装って続ける。

「そなたの望む延暦寺の再興だが、当家としては、骨身を惜しむつもりはない。仏敵信長は、この手で討ち果たしてみせよう」

「ありがたきお言葉、恐悦至極にございまする」

永禄十一年に上洛を果たした尾張の織田信長は、今や畿内近国を完全に掌握しつつあった。延暦寺を再興するにはまず、信長を倒し、比叡山を取り戻さねばならない。

天海に言われるまでもなく、信長はいずれ倒さねばならない相手だった。腐敗の極みにあったとはいえ、仏法の聖地である叡山を焼き、越前や伊勢《いせ》長島《ながしま》で数万の一向門徒を撫で斬りにした男だ。互いの利害から同盟を結んではいたものの、これ以上、信長をのさばらせてはおけない。

「本来ならば、延暦寺の再興は、信玄坊主がなすべきであったのだがな」

謙信とは相容れないが、信玄もまた、仏法に深く帰依する者の一人だ。延暦寺を逃れた僧侶の多くは、甲斐の信玄のもとへ逃れている。信玄が生きていれば今頃、織田家は滅び、延暦寺は復活を遂げていただろう。

しかし信玄は、上洛途上で病に倒れ、陣中に没した。今から六年前のことである。

川中島で五度にわたって干戈を交え、幾度となく煮え湯を飲まされた信玄ではあったが、思いがけない形での宿縁の終わりを知った謙信は、己の半身を奪われたかのような喪失感に囚われた。

五度目の川中島合戦は睨み合いに終始し、結局ぶつかり合うことはなかった。信長を倒し、上洛を果たした信玄との決戦を、謙信は密かに思い描いていたのだ。

信玄と比べれば、信長は謙信にとって、さして戦いたいと思える相手ではない。昨年、加賀手取川《てどりがわ》で打ち破った柴田勝家率いる織田勢は、拍子抜けするほどの弱兵だったのだ。重臣筆頭の柴田勝家があの程度ならば、上洛はさしたる難事でもないだろう。

「まあよい。信長を討った暁には、延暦寺も再建いたす。その折には、そなたも手を貸してもらうぞ」

「ははっ」

「ところで」と、謙信は話柄を転じた。

「そなたと同じ目をした男を、一人だけ存じておる」

「ほう、それは珍しい。いったいどなた様にございましょうや」

「山本道鬼。かの信玄坊主の軍師よ」

「はて。かの御仁には幾度かお目にかかったことがございますが、隻眼だったかと記憶しております」

「四度目の川中島じゃ。あの折、道鬼は眼帯を脱ぎ捨て、左の目を露わにした。そなたと同じ、蒼い目を」

「さようにございますか。この目は人から恐れられ、忌み嫌われます。それゆえ、最後の時までひた隠しにしておられたのでしょう」

そう語る天海はあくまで穏やかで、害意や含むものは何も感じない。

その翌日から、謙信は城内に建てた毘沙門堂に籠もった。

毘沙門天像と向き合い、護摩を焚き、真言を唱える。長ければ数日に及ぶ勤行《ごんぎょう》の間、食するのはわずかな水と粥だけだ。

一心に真言を唱えながら、天海の、そして山本道鬼の目を思い浮かべる。

あの目を持つ者が現れた時、必ず不可解な出来事が起こる。

思えば、あの四度目の川中島合戦も、常の戦とは大きく違っていた。いくら霧の中で鉢合わせたとはいえ、万余の大軍同士でのあれほど激しいぶつかり合いは、この国の歴史に例が無い。思えばあの日の朝、誰かが霧の向こうから自分を導いているような感覚が、確かにあった。

あれから、謙信はより一層深く、毘沙門信仰に傾倒していった。法体《ほったい》となって不識庵《ふしきあん》謙信と号し、月に幾日も毘沙門堂に籠もる。

四天王の筆頭にして、夜叉羅刹《やしゃらせつ》の万軍を率いて北方を守護する武神。その毘沙門天と一体となることではじめて、人智を越えた何かが支配する戦場を、思うままに駆けられるのだ。自らを〝第六天魔王〟などと称する信長と戦うとなればなおさら、毘沙門天の加護は欠くべからざるものだった。

やがて、忘我の境地が訪れる。

己と毘沙門天がゆるやかに融け合い、一つとなる。総身に力が漲り、心気はこれ以上ないほど研ぎ澄まされていくのだ。

だが、今回は違った。

気づくと、謙信は霧の中に独り佇んでいた。あの日の八幡原のように、霧は深く、濃い。目を凝らす。彼方にうっすらと、甲冑をまとった武人の影が見える。いや、人ではない。左手に宝塔、右手に鉾を持ち、憤怒の形相を浮かべるのは、まぎれもない毘沙門天の御姿だった。

霧がさらに深くなった。毘沙門天の姿が薄れ、消えていく。

「待たれよ！」

謙信は手を伸ばし、問いかけた。何故、我が身にご降臨なさらぬのか。

――ソナタハモウ、戦場ニハ立タヌ。

頭の中に直接、声が響いた。

――役目ハ、終ワッタノダ。

馬鹿な。私にはまだ、仏敵信長を討つという大いなる役目が残っている。かの第六天魔王を倒し、天下に義のあることを示し、衆生を救わねばならないのだ。

――ソナタノ戦ニ、義ハ無イ。

霧が晴れ、視界が開けた。

見知らぬ村。どこかの戦の光景だ。雑兵たちが、縛られた何十人もの女子供を引き立てていく。

捕らわれているのはいずれも、貧しい百姓の子や妻女だろう。童は泣き叫び、年長の者は絶望に打ちひしがれた虚ろな表情を浮かべている。そして雑兵たちが掲げるのは、上杉家の軍旗だった。

思い当たる節はある。謙信自らが数えきれないほど行った、関東や北陸への遠征。そこで上杉勢は、捕虜を取って銭に替え、稲を刈り取り、金品と食糧を略奪してきた。

だがそれは、越後の民が生きるためだ。彼らは戦という働きの場が無ければ、冬を越すこともできない。多くの家来や民百姓を守るためには、他国へ攻め入るしかなかったのだ。

――シカシ、侵サレタ国々ノ民ハ地獄ヲ見タ。ソナタノ唱エル、義ノタメニ。

私は越後の衆生を救うべく、命を懸けて戦ってきた。己の野心のためではない。領地や権勢を望んだことは、一度として無い。

――ソウダ。ソナタハ誰ヨリモ雄々シク戦ッタ。ソノ〝義〟ガ誤ッテイタトシテモ。ダガ、ソナタノ役目ハ終ワッタ。

天啓のように、謙信は悟った。

謙信と信玄が川中島で睨み合う間に、信長は勢力を拡げ、天下を手中に収めた。一方の信玄は、八幡原の激戦で多くの有能な士を失い、時を浪費して病に斃れた。

ならば己の役目とは、信玄を足止めし、信長を救うことだったのか。衆生を救うことでも、仏敵を討つことでもない。顔も知らない信長という男のために、己の生涯はあったのか。

――上杉謙信ノ名ハ、後ノ世ニ義将トシテ語ラレル。ソナタノ生ハ、決シテ無駄デハナイ。

あたりが光に包まれた。やわらかく、ほのかに暖かな光。

――サラバダ、毘沙門天ノ化身ヲ名乗ル、人ノ子ヨ。天ニ帰リ、眠ルガイイ。

これが、死というものか。ならば、それほど悪くはない。

心残りが無いと言えば嘘になるが、戦い抜き、生ききったという思いもまたある。所詮、人の一生など、一炊の夢にすぎない。一期の栄華も、一杯の酒と変わりはしない。

あの世というものがあるとしたら、再び信玄と見《まみ》えるかもしれない。また斬り合いになるのか。それとも刀など抜かず、穏やかに語り合うのか。

川中島での戦談義に興じる二人を想像し、謙信は頬を緩めた。

見つけた水辺でひとしきり遊んだ少年が、男のところに戻ってきた。

「これ、カタツムリ。ひさしぶりに見たよ」

　葉の裏にいたのだという。殻の渦巻を指でなぞってしまう。

「生まれた時から螺旋を背負ってるんだよな」

「へえ」少年は関心なさそうに答えた。シャツから垂れる水があちこちから滴っている。

　男は視線を上げる。二十メートルほど離れた場所に、女たちがいた。

　乗ってきたエアスクーターがいよいよ燃料切れで、そこから乾き切った土地を何日も歩き、ここに辿り着いた。ほぼ同じ時に、彼女たちも、反対の方角からやって来たのだ。少女と犬と一緒だった。トーキョー跡地から来たのだろうか。

「どうして、仲良くしないの？」少年が言ってくる。

　ほかの人に会うのは久しぶりだった。最初、男は驚きつつも興奮し、挨拶を交わした。自分たちの帰る街はすでになく、高層のビル群もことごとくが崩れ、半壊しており、ともに暮らすべき人もいなかった。一緒に行動するのも悪くない、という思いも頭をよぎった。女のほうも笑顔を見せた。少女は、少年に近寄ると、その昔、クジラが大量の水を噴き出し、数十万冊の本をまき散らした話を、おとぎ話を語るように話した。トーキョーがあった時の物語だろう。しばらく子供たちと犬は、水遊びをしていた。

　ぎくしゃくしたのは、男の目が青く、女の耳は先がとがり大きいことにお互いが気づいたからだ。

　二人は表情を強張らせ、挨拶を交わした時とはうってかわり、警戒するように離れた。

「海と山だから」男は、少年に言った。古くから伝わる都市伝説で、前世紀には、科学的な根拠も見つかった。トーキョーがなくなった一因が、海と山の血筋にあるとも聞いた。

「一緒にはいないほうがいい」

「何で」

「ぶつかり合うからだ」

「いい人そうだよ」

男は答えなかった。

「出発しよう。水、できるだけ持っていく」男は、少年に言う。もう一度、視線を上げれば、女たちがこちらを見ていた。

「もっとここで休んでいたかったけれど」

一緒にいないほうが、近くにいないほうがいいんだ。男は自らに言い聞かせるようにし、歩きはじめる。

おおる。おおる。おおる。

どこからか奇妙な赤ん坊の泣き声が聞こえた。どこで？　とあたりを見渡してしまう。

「どこかで生まれたのかな。子供」

「ほかに人がいるようには思えない」

男は、少し前に、海と山のあいだで子供が生まれた、という話を思い出した。

そんなこともあるのだろうか。

少年が、少女に向かって、手を振っている。はじめは遠慮がちに、そのうち大きく。「これくらいはいいでしょ？」と男を見た。

男は、ふっと笑みを浮かべて、大きくうなずく。ぶつかり合う決まりだとしても、やり方はある。

少女も手を振り返していた。

——海と山の伝承「螺旋」より

初出　『小説ＢＯＣ』創刊号～十号（二〇一六年四月～二〇一八年七月）
単行本　二〇一九年五月　中央公論新社
「外伝　龍虎の夢」は書き下ろしです。

口絵デザイン　bookwall

中公文庫

もののふの国《くに》

2022年12月25日　初版発行

著　者　天《あま》野《の》 純《すみ》希《き》

発行者　安部 順一

発行所　中央公論新社
〒100-8152　東京都千代田区大手町1-7-1
電話　販売 03-5299-1730　編集 03-5299-1890
URL https://www.chuko.co.jp/

ＤＴＰ　ハンズ・ミケ
印　刷　大日本印刷
製　本　大日本印刷

Published by CHUOKORON-SHINSHA, INC.
Printed in Japan　ISBN978-4-12-207290-9 C1193

定価はカバーに表示してあります。落丁本・乱丁本はお手数ですが小社販売部宛お送り下さい。送料小社負担にてお取り替えいたします。